北魏风云

BEIWEIFENGYUNYUANHEZHUAN

源贺传

曹 谁 源荣枝 著

青海人民出版社

图书在版编目（C I P）数据

北魏风云：源贺传 / 曹谁，源荣枝著．-- 西宁：
青海人民出版社，2018.7
ISBN 978-7-225-05610-4

Ⅰ．①北… Ⅱ．①曹… ②源… Ⅲ．①历史小说—中
国—当代 Ⅳ．① I247.5

中国版本图书馆 CIP 数据核字（2018）第 168571 号

北魏风云：源贺传

曹 谁 源荣枝 著

出 版 人 樊原成
出版发行 青海人民出版社有限责任公司
西宁市五四西路 71 号 邮政编码：810023 电话：（0971）6143426（总编室）
发行热线 （0971）6143516 / 6137730
网 址 http://www.qhrmcbs.com
印 刷 陕西龙山海天艺术印务有限公司
经 销 新华书店
开 本 720 mm × 1010 mm 1/16
印 张 26.5
字 数 330 千
插 页 2
版 次 2018 年 8 月第 1 版 2018 年 8 月第 1 次印刷
书 号 ISBN 978-7-225-05610-4
定 价 48.00 元

曹　谁

曹谁简介

曹谁，作家、诗人、编剧。原名曹宏波，字亚欧，号通天塔主。1982 年生于山西榆社，2008 年去职远游，在西藏、新疆周游数月而返，开始职业写作生涯。著有诗集《冷抒情》《亚欧大陆地史诗》《通天塔之歌》等五部，文集《巴别塔尖手记》《西藏新疆游历记》《可可西里动物王国》等三部，长篇小说《巴别塔尖》《昆仑秘史》(三部曲)《乱世孤星：虎台太子传奇》等九部，写有电影剧本《子弹上膛》、舞台剧本《雪豹王子》和电视剧本《孔雀王》等百余部集。有作品发表于《人民文学》《诗刊》等各大刊物，有作品入选数十种权威选本。有多部长篇小说改编为影视剧、广播剧、舞台剧等。有作品翻译为英、法、日、韩、意、西等十余种文字。曾获首届中国青年诗人奖、第五届青海青年文学奖之“文学之星”、2015 年国家艺术基金等文艺奖。系中国作家协会会员、中国电影文学学会会员、源氏历史文化研究会名誉会长、《大诗刊》主编、《诗歌周刊》副主编，现就读于北京师范大学鲁迅文学院联办作家研究生班。

源荣枝

源荣枝简介

源荣枝，广东省鹤山市源氏历史文化研究会会长，宵南村源氏始祖源潜夫第19代传人。1941年出生于广东省鹤山市龙口镇宵南村，1960年参军，历任报务员、台长、司令部参谋（营级），1980年转业到珠海市电视转播台任台长，退休后回乡组织成立源氏历史文化研究会。带领乡亲们一道自费寻根二十年，走遍祖国大江南北，搜集到大量源氏家族的历史资料，写有四十余万字的寻根笔记。曾参与中央电视台《走遍中国·南凉虎台揭秘》、《大迁徙》等纪录片的拍摄。2012年向鹤山市人民政府呈报了《关于宵南村建立源贺纪念公园及鲜卑文化展览馆》的建议书，得到了市政府的大力支持，目前该项目投入一千万元，鲜卑古村落旅游景区已初具规模。

目录

第一章
内忧外患南凉国灭　年少轻狂破羌刺秦

火热的太阳照在乐都城上，乐都城里横七竖八躺着许多尸体，这些尸体有的已经开始散发着恶臭，引来无数只苍蝇。一群将士在清理这些尸体，他们用马车将这些尸体一车一车地往城外拉，有的士兵走着走着竟自己晕倒在地，城里的尸体乱坟冈已经埋不下了。饥饿在整个乐都城内蔓延，军队里每天都在宰杀战马，饿死的百姓不计其数，传闻有人饿得开始吃人肉，闹得全城人心惶惶。

南凉国主秃发傉檀在高昌殿聚集群臣商议："国家遭受饥馑，百姓易子而食，众卿家可有良策救国家于危困？"群臣纷纷谏言献策，可惜却没有一个即时可行的方案，最后秃发傉檀说："我们南凉国靠武立国，听说乙弗窟乾也在效仿，他准备在青海湖建立乙弗勿敌国。乙弗勿敌，这个名字一听就可笑，还是我的小舅子折掘奇镇在背后给他当的狗头军师！这时候青海湖的牛羊正肥，我们明天就西征，他们的牛羊足够我们解了这次的燃眉之急！"秃发傉檀正为自己的这个计策暗喜，太史令景保突然出列劝道："主上不可！现在我们四周都有强敌，北有沮渠蒙逊，南有乞伏炽磐，东有赫连勃勃，西有吐谷浑，这些都是虎狼之辈，我们前脚出征，他们后脚势必攻我大凉，臣劝主上三思！”群臣跪下附和道：“请主上三思！”秃发傉檀大喝：“这也不行，那也不可，难道我们就要这样等死吗？将来史书上记载，凉王和他的臣子们并非战死沙场，而是因饥饿而亡，想想多么可笑！明日孤王要在湟乐台大犒三军！”说罢退朝。

次日，秃发傉檀在湟乐台前把好不容易征集来的牛羊宰杀大犒三军，此时的南凉国只有两万骑兵，他决定带一万西征。秃发傉檀站在高台动员全军：“我们秃发部一直所向披靡，当年从廉川堡一隅之地，扩展到现在的十三郡，何等的威风！我们怎么能够饿死在这里，让周围的毛贼们耻笑！西征乙弗小国，获得他们的牛羊，我们才能渡过这次饥荒，乙弗勿敌他们本是我们的奴才，现在却要独立叛乱，我们能看着他们壮大，让我们的家人饿死吗？”三军山呼：“不能！”秃发傉檀道：“剿灭乙弗，丰衣足食！”三军山呼：“剿灭乙弗，丰衣足食！”

正当群情激奋之时，太史令景保突然跪在秃发傉檀面前说：“主上，微臣今天特意打了三卦，都是否卦，卦辞言‘否之匪人，不利君子贞，大往小来’，这是出征不利的卦象啊！假如主上非要出征，必定获利小，失之多矣！”三军看到此情此景，全都安静了下来，将士们脸上开始现出恐惧和犹疑，秃发傉檀怒视着跪在他跟前的太史令景保，拔出腰间的佩剑插在地上：“谁再胡言乱语惑乱军心，立刻斩首！”景保哭着说：“请主上三思！大往小来，我们可能获得牛羊，可国家必将灭亡！”秃发傉檀气得咬牙切齿，他当即命人将景保押到大凉军旗下斩首祭旗。景保被人强行拖到军旗下，他一路上都还在大喊“大往小来”，直到被砍头，鲜血溅在旗上，群臣看到此情此景，无人敢再开口。

出征前，秃发傉檀率领群臣到太庙祭祖。傉檀的左边是他的七个儿子，右边是他的七个大将。此次带兵出征，傉檀把军国大事全权交给了太子秃发虎台，他叮嘱虎台："我大凉虽然四周都有贼寇，但是西面的吐谷浑和东面的赫连勃勃都相距遥远，在孤带兵出征其间，他们不会那么快攻来，而北面的沮渠蒙逊刚刚退兵，旦夕要防的是乞伏炽盘！"虎台说："乾归小贼，不过是我们过去的人质，儿臣一定保全国都，等待父王凯旋！"傉檀道："你的志气可嘉，不过还是要小心行事！内政请教丞相宗敞，军事可请教护军孟恺！"虎台点头："儿臣谨记，请父王放心！"

秃发傉檀刚跳上战马，这时一员全副武装的小将跑来，侍卫想拦都拦不住，他径直来到傉檀马前，傉檀看到是小儿子破羌，他黑着脸问他："你不好好读书，跑来干什么！"破羌一本正经地说："父王，儿臣已经九岁了，很快就十二岁了，甘罗十二岁就做宰相，父王十二岁时已经是大将，我也要为父王分忧！"傉檀严肃的脸被破羌的一番话逗得笑逐颜开，他解下自己的一把短剑给破羌："这是孤十二岁的时候擒杀敌人而得，现在父王送给你。在父王出征的这段时间里，你一定要帮助你的哥哥，守住乐都城！"破羌上前领剑："儿臣谨遵父命！"

秃发傉檀打马前行，他率领一万骑兵浩浩荡荡出发，他的七个儿子秃发虎台、秃发明德归、秃发他儿、秃发安周、秃发染干、秃发保周、秃发破羌列队为他送行，在傉檀的七个儿子中，保周和破羌年龄最小，两个人整天在一起。傉檀的大军沿着湟水河谷前进，遇水蹚水，遇山翻山，向青海湖迅速进发，准备奇袭乙弗勿敌国。

傉檀大军刚刚开拔，枹罕城的西秦王乞伏炽磐就收到密报。当时乞伏炽磐正跟皇后秃发娑媚在花园赏花，娑媚又怀孕了，挺着个大肚子。娑媚是秃发傉檀的大女儿，当年炽磐在南凉做人质的时候，娑媚慧眼识英豪，非要嫁给炽磐，傉檀只好答应，炽磐复国后，却一心想要灭掉南凉国。炽磐读完密信后大笑，娑媚问炽磐："究竟何事让大王如此开心？"炽磐收住笑容："有人发现我国西面的边境有野鹿，我准备去打鹿。"这时又有人来报，城外的山上出现五色的云彩。炽磐大笑："真是大吉之兆，天助我也！"娑媚追问："野鹿山里到处都是，为什么偏要到西面去打？"炽磐说："爱妃有所不知，西面的鹿又肥又大，我打了后一定给你做件鹿皮衣！"

炽磐说完就笑着离开了，娑媚心中升起一股不祥的预感，她正准备差人去打探情况，就有侍卫来请："主上请皇后陛下回宫静养！"娑媚说："本宫还不想回去！"侍卫说:"这是皇上的旨意,为了皇子请皇后移驾！"娑媚无法，只得回宫。她刚回到自己的宫中,立刻就被一队侍卫看守起来,这分明是软禁，娑媚愈发感觉炽磐这次是要去攻打自己的国家，她开始着急起来。

炽磐聚集群臣道："众位爱卿，现在山上出现五色的云彩，天降祥瑞，如今傉檀率兵西征，虎台怎么能守得住都城？这正是我们灭凉的大好时机！"炽磐突然拔剑，他把自己的宝剑投掷到殿前的地上，宝剑直立在地，居然没有半点影子，群臣惊讶，炽磐再次仰头大笑："真是天助我也！"

当天炽磐就整顿了两万骑兵，连夜渡过黄河，一天就抵达乐都城外，两万骑兵围绕乐都城奔跑，马鸣之声传遍全城，尘土飞扬绕城一周，乐都城里的将士和民众无不被震慑。炽磐率领他的两万骑兵，把乐都城里三层外三层团团围了起来。

坐在马背上的炽磐遥望城头的虎台，他趾高气扬地向虎台喊话："太子，我们又见面了！赶快打开城门受降，我会保全你的家人，不！是保全我们家人！代我向丈母娘问好，你姐姐现在又有孩子了，我又立了乞伏暮末为太子，这天下，迟早是咱们两家人的！”虎台在城头说：“炽磐，你这个恩将仇报的小人！忘了当初在西平，我们是怎么待你的吗？在你国破家亡的时候，是我们收留了你，供你吃供你喝，把姐姐嫁给你，待你像家人一样。你却背信弃义逃走，我们原本可以一刀杀了你，要不是父王心慈放你回去，你的小命怕早就没了，你不感恩也就罢了，现在却屡次三番攻打我们！你对得起自己的良心吗？”炽磐变脸：“住口！当年我不过是你们的人质！你从小养尊处优，体会过国破家亡、寄人篱下的感觉吗？那感觉就像一条狗，要看着别人的脸色生活，今天高兴就给你饭吃，明天生气就向你撒气。我不否认，娑媚对我很好，我也会对她很好，你父亲放过我一马，我上次也已经放了你一马。废话少说，你现在只需要打开城门受降！”虎台大喊：“你休想让我打开城门！乐都城固若金汤，你就来送死吧！”炽磐大笑：“乐都正闹饥荒，你父王又率领精锐西袭乙弗，现在的乐都不过是一座空城，别等我攻破城池，让你们一家人都成了奴隶！”虎台大笑：“那就来吧！忘恩负义的东西！”

炽磐恼羞成怒，对西秦众将士大喊：“攻城！”只听牛角号吹响，西秦骑兵从四面冲了上去。虎台大喊：“放箭！”瞬间乐都城头万箭齐发，西秦兵纷纷倒地，根本无法靠近城池。当天炽磐只攻下了南凉四周的四个营寨，乐都城则完好无损。

第二天，西秦兵对乐都城围而不攻，炽磐在北门外一箭远的地方摆了张桌子静坐，有人给他打着黄色的华盖伞，左右还有人给他摇着扇子，这是炽磐的计谋，他知道乐都的粮草支撑不了多久，他要坐等乐都城不攻自破。

外有强敌压境，内又缺少粮草，乐都城中人心浮动，虎台白天故作镇定，晚上回到宫中，跟自己的妃子慕容啸娅对饮。对虎台而言，只要看到慕容啸娅，再多的忧愁都会烟消云散。慕容啸娅是吐谷浑部鲜卑人，她跟她的姐姐慕容鲜婭长得极像，而慕容鲜婭是虎台少年时代的恋人。在南凉和西秦的一场大战中，虎台率兵封锁了炽磐的退路，炽磐以慕容啸婭假冒慕容鲜婭，要虎台放秦军离去，虎台冲冠一怒为红颜，违抗军令把秦军放走，他为此还受了傉檀的好一顿责罚。过后虎台才知道慕容啸婭是慕容鲜婭的胞妹，但是他依然把她当成是慕容鲜婭去疼爱。

这天晚上，二人在庭院中对饮，慕容啸婭给虎台斟满酒，她忍不住眼含泪珠，虎台此时喝得已经有点上头，他抓着慕容啸婭的手问道："爱妃为何流泪？"慕容啸婭低头不语，只是不停地给虎台斟酒。虎台追问，慕容啸婭回道："我是担心这样的日子不会长久，将来我们无法在一起。"虎台把酒一饮而尽："爱妃是担心乐都城被攻破？放心好了！蒙逊不久就会被我安排的人刺杀，炽磐曾经就是我们大凉的手下败将，是我上次为了你才故意将他放走的，我们不会被打败，我们会永远这样在一起。"慕容啸婭说："恐怕汉人会趁机反叛，跟炽磐勾结，孟恺你不可不防。"说完此话慕容啸婭又非常后悔。虎台说："爱妃说得对，我明天就把那些汉人都关到内城，让鲜卑人守城。"虎台又取出一件洁白的昆仑玉佩给慕容啸婭戴上："我让全国最好的玉石匠给我们定制了两块玉佩，我的是龙，你的是凤，我们龙凤呈祥！"

慕容啸婭转过身去，她一直忍着的泪水突然奔涌而出，她低下头说道："殿下，你为什么要对我这么好，你可知道我内心多么痛苦？有件事今夜我必须向你坦白，其实我是炽磐安排在你身边的间谍，南凉国的许多军情都是我透露出去的，炽磐在乐都城中安排了许多眼线专门给西秦通风报信。我的家人都在炽磐手中，我也是没办法，现在我顾不得这些了，我不想再辜负你的一片真心，刚才我跟你说的孟恺的话，也是他教我离间你们的，你要好好守城，将来好救出我的家人。"慕容啸婭擦干眼泪回过头来，却发现虎台趴在桌上已经睡着了，看来她刚才说的那些话，他根本就没有听到，慕容啸娅不知为何，反倒松了口气。

次日，虎台在高昌殿跟群臣商议对策。护军孟恺说：“乐都外城广大，不如由殿下率领王公大臣到内城，我率领将士在外守城，这样进可攻退可守。”虎台想起慕容啸娅的话，加上平日他对孟恺的成见，他开始怀疑孟恺，他想到一个两全之策，便对孟恺说道：“鲜卑人更擅长打仗，即日起孟爱卿率汉人豪杰退入内城，外城由叔父吐若留率鲜卑兵把守，可以万无一失。”孟恺听后跪地：“如今炽磐背信弃义，人神共愤，我们本该同心协力守城，现在殿下却听信奸佞小人的话，无端怀疑汉人豪杰，让忠臣义士情何以堪！请殿下收回成命！”虎台说：“我自然知道你的忠心，只是害怕其他人背叛，所以我让你们到内城安顿人心！”虎台说完就退朝了。

当天汉人豪杰都被软禁在内城，吐若留率领鲜卑将士在外城守城。汉人豪杰和鲜卑王公本来就有隔阂，加上此次守城之争，双方矛盾愈发加剧。虎台在朝堂之上早已离心离德，却还自以为是。退了早朝后，虎台回去继续跟慕容啸娅饮酒，太子妃胡掖紫楼听说了朝堂之事，闯入虎台的寝室，看到虎台正跟慕容啸娅喝交杯酒，气不打一处来。胡掖紫楼气呼呼地指着慕容啸娅说道：“殿下，现在兵临城下，你却听信这狐狸精的挑拨离间，一旦国家灭亡，你只会贻笑千年！”慕容啸娅站起身：“姐姐，我一直对你敬重，你现在叫谁是狐狸精？”胡掖紫楼一把将慕容啸娅推开，慕容啸娅顺手抓住胡掖紫楼的衣服袖子，胡掖紫楼的袖子“刺啦”一声被撕开了，胡掖紫楼恼羞成怒，二人发了疯似的扭打在一起，拉都拉不开，虎台一生气，索性摔门而去，直到皇后折掘琬儿闻讯赶到，才让下人把她们拉开了。

乐都城中本就遭受饥荒，现在又被西秦军围守，城中每天都有人饿死，尸体又处理不掉，在这样的大热天里，尸体不停地堆积，腐烂，发臭，后来又引起了瘟疫。

炽磐在城外运筹帷幄，他从枹罕调集援军，还命人开挖暗渠，蓄意把乐都城淹掉。三天后西秦援军赶到，通往西城门的水渠也挖好了。

次日黎明，许多南凉军民还未从沉睡中清醒，就听到四面传来连绵不绝的鼓角声，如狼似虎的西秦士兵已经抬着云梯在城下冲锋，凉军开始拉弓射击，无奈秦军前赴后继，很快就要攻上城墙上方。南凉军见势不妙，赶紧将滚油和石头从城头倾下，西秦士兵死伤惨重。

正在双方激战的时候，一场蓄谋已久的大水从西城门奔涌而入，外城内的凉军被冲得七零八落，西秦军趁机将南门攻破，然后从南门一拥而入，凉军抵挡不住，统帅吐若留战死城外，剩下的人都退到了内城。外城是土城墙，内城是砖城墙，西秦军一时攻不下来。

虎台惊闻乐都外城被攻破，跟秃发兄弟骑马登上城头督战，随着夜幕降临，总算是守住了内城。晚上虎台看着城外黑压压的秦军，感觉心灰意冷，他无法想象自己成为炽磐阶下囚的样子。他连夜召集群臣议事，此时群臣已经死伤大半。孟恺上前说："微臣愿意率领五百死士突围，我们向西逃往西平，在那里跟主上会合，足可以东山再起！"虎台面对孟恺，现出愧色，他对孟恺说道："悔我当初胡乱猜忌，现在才知道你的忠心，事到如今，只能这样了。"

得到虎台的应允后，孟恺挑选了五百勇士，等他们吃饱喝足了，在夜半时分悄悄打开西门一涌而出，一时间厮杀声不绝于耳，无奈秦军强大，孟恺挑选的五百勇士大部分都死在了秦兵的刀剑之下，只有少部分从外西门逃走。虎台站在城头眼睁睁地看着孟恺带领的五百勇士被秦军一个个杀害，悲愤欲绝的他正要返回,就看到远处一片灯火通明,炽磐骑在马上大笑。炽磐喊话:“常败太子,你看到了，你们凉军根本不是我秦军的对手。念在我们是亲戚，限你明日午时率众投降，否则休怪我屠城！”虎台假装没有听到，悄悄退下了城墙。

当夜虎台回到宫中，却不见慕容啸娅，侍女说她们找了一个早上，都没有找到慕容啸娅，虎台顿时失魂落魄。他疯狂地派人四处找寻慕容啸娅，在街上找着她的时候，她已经被流矢射中，死去时手中还紧紧攥着虎台昨夜刚送她的那块昆仑玉佩，虎台看到后痛不欲生。

虎台走到太庙中长跪不起，这时折掘皇后到来：“台儿，你现在有什么打算？”虎台哀伤地说：“乐都外城已破，内城也指日可破。看来这次是完了，看来这次是真的完了！父王把国家交给我，我没有尽到责任，我没脸再见到他！我已经想好退路，你们明日午时向炽磐献城，父王的大军在外，他不至于对你们下毒手，我要跟高昌殿一起化为灰烬。”折掘皇后惊道：“傻孩子，你是我们秃发家的柱石，你在，凉国就还有希望，你死，凉国就真的灭亡了。我们不如先投降炽磐，保全全家和群臣的性命，留着青山在，不怕没柴烧，我们秃发部在外还有那么多人,还怕没有复国的一日！”虎台悲伤道:“复国?谈何容易！炽磐说得对，我就是常败太子，我心已死，母后不必再劝！”折掘皇后听后跪下：“你一定要振作起来，你可是我们凉国未来的希望！你看炽磐那样的小人都复国了，母后不信你比不过那个炽磐！”看到虎台低头不语，折掘皇后绝望道：“你若是死，母后就陪你一起死！”说完折掘皇后取出匕首要自残，虎台赶紧伸手制止，他低头答应不再寻短见，明日和众臣一起投降。

折掘皇后和虎台太子跟群臣在高昌殿议事，他们商定向炽磐投降。皇后命人写好降书，用箭射入秦军大营，约定明日午时出城投降。当日，虎台太子命人在自己宫中经常饮酒的高台处堆上了柴火，他把慕容啸娅的遗体放在柴堆上，独自对着遗体喝了一晚上的酒，晨光熹微之时，才让下人点燃了那堆柴火。

午时一到，乐都内城北门打开，虎台太子率领文武百官步行出城，炽磐早已率军候在门外，虎台跟群臣跪地献上玉玺，炽磐上前抓起玉玺大笑，他将虎台扶起，又将折掘皇后和胡掖紫楼相继扶起，最后才让文武百官平身。

在南凉投降的人群中，有一少女平身时对炽磐莞尔一笑，炽磐感觉有些面熟，就上前问道："此女是谁？"折掘皇后说："幼女娑玛。"炽磐说："几年不见，都长成大姑娘了。"炽磐正要离去，秃发破羌突然拔出短剑，保周在旁边想要拦住他，可为时已晚，破羌拿着短剑向炽磐刺去，炽磐慌忙躲闪，侍卫一拥而上，炽磐让他们退下。南凉和西秦的人都盯着破羌，这个倔强的少年，他再次扑向炽磐，炽磐再次躲开，当他第三次刺向炽磐时，炽磐一把抓住他的手腕，打落他的短剑，还把他的一只胳膊扭起，破羌疼得额上冒出一层细密的汗珠，却仍然不肯投降，依旧咬牙切齿地看着炽磐。炽磐原想再施加些气力，好让这顽劣小儿屈服讨饶，也好在南凉降将面前，整肃一下纪律。可折掘皇后知道破羌的脾性，赶紧跪地向炽磐求情："幼子破羌还只是个不懂事的孩子，请大王饶恕他吧！"炽磐听到破羌之名，脸上掠过一丝惊讶，他看着破羌沉吟："这就是胡僧昙霍预言的那个奇婴？据说他出生时狂风大作，出生后立刻天朗气清，昙霍说他将来定会助人主平定天下！"炽磐原本铁青的脸上突然笑逐颜开："以后跟着我，为我平定天下！"炽磐把破羌放开，折掘琬儿松了口气，破羌依然恶狠狠地看着炽磐，折掘琬儿担心破羌再做冒犯之事，慌忙将破羌叫回，听到折掘琬儿叫他，破羌不慌不忙地从地上捡起他的短剑放在剑鞘中，这才信步走到折掘琬儿身边。

面对南凉和西秦的众将士，炽磐正色道："我炽磐出征，是为了扫平天下，

破羌刺秦

让天下百姓不要再受战乱之苦，以后秃发家和乞伏家就是一家，其实我们本来也就是一家人。我今天当着所有人的面答应，只要秃发家的人顺从我，你们照样享你们的荣华富贵，你们的妻女我不会动，你们的牛羊我不会动，你们的财宝我也不会动。”

炽磐下令，皇宫中的东西都归秃发家，全部用大车装起来一并运走，文武百官的东西他也都没有动，原是谁的就是谁的，他只是把府库中的东西充作军资。他命令平远将军乞伏犍虔向西进攻西平，迎接秃发傉檀，又留下几位西秦将领镇守乐都，自己则先率军押送南凉皇族及文武百官向首都枹罕前进，南凉国就此灭亡。

第二章

南凉骑兵西征乙弗　西秦国主毒杀凉王

太阳从日月山的云海中浮起，一同浮起的还有雁阵一般排开的骑兵，秃发傉檀的军队如同天降奇兵，突然出现在了乙弗勿敌国的边境上。当傉檀率领的南凉骑兵从日月山上向西冲锋时，乙弗部的人还都在睡梦中，南凉骑兵突袭乙弗勿敌国，一路上几乎没有遇到什么抵抗。

睡在牙帐中的乙弗窟乾昨日才刚正式登基建立乙弗勿敌国，自称青海王，今日就遇到突袭，着实让他恼怒。有人来报突袭他们的是南凉的军队，他赶忙披盔挂甲，率领自己的部众前去迎战。乙弗窟乾赶到倒淌河河湾处，正遇到秃发傉檀跟折掘奇镇大战，折掘奇镇哪里是傉檀的对手，没等乙弗窟乾出兵相助，折掘奇镇便已被擒获。

乙弗窟乾自知不敌，率众准备逃奔而去，可是为时已晚，南凉骑兵已经从两边向他包围而来，乙弗军队在中间向前奔逃，两边是南凉骑兵，就像草原上的猎鹰追逐野兔，野兔明知无路可逃，乙弗窟乾还要拼命奔跑，南凉骑兵在其身后穷追不舍，远远地只看到三道白色的尘土在烈日下飞扬。

乙弗窟乾带着自己的部下跑到一座山包上，南凉骑兵迅速把整座山包给团团包围，窟乾一改之前惊慌失措的神态，随着他一声令下，他手下的一百多名骑兵齐刷刷拔出刀来，此时傉檀正好赶来，他骑马上前，趾高气扬地对窟乾说：“你只要束手就擒，到乐都孤定会给你个官，你们乙弗部擅长养马，孤可以封你做孤的养马官。”窟乾朝傉檀唾了一口，说道：“我们乙弗人是天之子，岂能受你们欺凌，我父亲事事顺从你们，还不是死于非命！今日我乙弗窟乾宁可战死，也决不投降！”窟乾话音刚落，其手下的一百多名骑兵便纷纷举刀跟着呐喊“宁可战死，决不投降！”傉檀听后大怒，对窟乾说道：“你拉拢其他部落反叛，本是死罪，念在乙弗部本是我秃发部的属部，孤本想留你一命，你却敬酒不吃吃罚酒，如今看来，留你也是祸害！”说完一挥手，南凉兵围了上去。窟乾指挥乙弗骑兵排成一个三角形在山包上拼死抵抗，前排只要有人倒下，后排的人立刻上前补齐，这样的阵型坚不可摧，他们又立于高地，占据居高临下的有利地势，凉军上前硬拼反而造成了许多伤亡，傉檀赶紧让军队后退，命弓箭手上阵，只见万箭齐发，在山包上奋死抵抗的乙弗骑兵纷纷中箭倒下，傉檀一挥手，弓箭手停止射箭，凉军上前把没死的乙弗骑兵全都砍死，窟乾可谓全军覆没。

秃发傉檀又率领凉军赶到乙弗牙帐，乙弗牙帐已是狼藉一片，乙弗部的人已经四散逃亡，他们抓到一个人，傉檀问：“乙弗窟乾家的人呢？”那人哆嗦回答道：“他们全都逃走了，乙弗窟乾的儿子乙弗匹知和女儿乙弗艳华也都逃走了。”傉檀问：“他们都逃到哪去了？不说孤就杀了你！”那人吓得跪地求饶说：“我不知道，我真的不知道！求求你们放了我吧！”傉檀哀叹：“我们杀了窟乾，不斩草除根，日后必是后患无穷！”此时傉檀恍然大悟，刚才乙弗窟乾为什么要飞蛾扑火自寻死路，原来是为了让自己的家人得以逃生，不禁对他心生敬畏，就没有滥杀无辜，他将刚才抓来的人也放了，只命人四处搜罗牛羊。

傉檀把乙弗牙帐当作自己的军营，折掘奇镇被两个凉兵押到牙帐中问审。折掘奇镇是傉檀皇后折掘琬儿的哥哥，折掘部早年被南凉吞并，他一直伺机报复，乙弗窟乾建立乙弗勿敌国，也都是他在背后一手策划的。傉檀问他："孤待你不薄，为什么要叛孤！"奇镇平静地说："成者王侯败者贼，我随你处置！你待我不过是像对待你豢养的那些动物一样，你逼迫我父亲把妹妹嫁给你，你却反手把我们折掘部吞并，我妹妹也真是瞎了眼，居然死心塌地跟着你。"傉檀说："折掘部，本就是我们秃发部的属部，谁叫你自不量力袭我营寨，可惜你太无能！你这个无能的蠢货，现在还不是孤的阶下囚？要不是念在你是孤舅子的份上，孤早就把你一刀砍死了！"

原本镇定的奇镇，一听傉檀骂他无能，立刻就被激怒了。他激动地朝傉檀吼道："你今天灭别人国家，杀别人家人，抢别人牛羊，明天同样会有人灭你国家，杀你家人，抢你牛羊！我早已经算好你不敢来，只要你一走，你那常败太子能守得住乐都城？没想到你还是来了，你在这里抢牛羊，恐怕你的女婿早已经在你家搬你的金银，夺你的城池！蒙逊，炽磐，都是你的女婿，别忘了你当年也是我们折掘部的女婿！灭自己丈人的人，终究被自己的女婿所灭！你就等着这样的报应吧！"傉檀本想放奇镇一条生路，现在却被奇镇给彻底激怒了，他杀气腾腾起身拔刀，奇镇没想到傉檀真的要动手，他正准备求姐夫饶命，傉檀已经手起刀落，奇镇的人头被砍了下来。傉檀将染血的大刀弃置一旁，对众人说道："今天的事，谁都不准向皇后提起，对外就说奇镇战死。"

乙弗王窟乾被杀，乙弗部众自行散去，南凉军在当地搜罗到了一万多头牛羊，傉檀看着这些牛羊，高兴地说："今年的饥荒不成问题了！等将士们吃饱了饭，孤就要率领众将士消灭炽磐和蒙逊，打回凉州去！”傉檀率军赶着牛羊浩浩荡荡向东进发。

他们翻过日月山，晚上在山间安营扎寨。夜里傉檀听到凄厉的嘶鸣声，扰得他无法入眠，他就带了几个侍卫到外面查探情况。此时天空中的月亮正为乌云所遮挡，惨淡的月光在云层中若隐若现，傉檀无意间看到荆棘上挂着的人皮，在风中呼啦啦作响，想来这就是那凄厉嘶鸣声的来源。一名侍卫告诉傉檀，这是羌人的丧葬方式，羌人在快死的时候就被勒成弯曲的形体，死后由天葬师用马驮上山，左边是尸体，右边是石头，一直驮到山顶，让鹰啄食，可是鹰经常只把人肉吃掉，剩下的人皮就会被大风吹走，有的就挂在荆棘上，像这样“呼啦啦"地响。

傉檀看着荆棘上摇摆的人皮，突然很是伤感，他正准备带着侍卫返回牙帐，这时远处有一队人马正朝着他们营帐的方向疾驰而来，近前来才见到是侄子秃发樊尼，樊尼是第一代凉王秃发乌孤的儿子。樊尼的头上缠着纱布，殷红的血已经把他额上的纱布洇湿了，他一看到傉檀，便从马上跳下，用沙哑的嗓子说道：“主上，大事不好了！”傉檀心中升起了一股不祥的预感：“先到帐里，你且慢慢说，究竟发生了何事？”

樊尼带着几名受伤的卫兵，随着傉檀走进营帐，谋臣武将们也随之闻声赶来。傉檀坐在营帐正中的座椅上，樊尼上前道：“主上，乐都城已被乞伏炽磐攻破，虎台太子和折掘皇后被迫率群臣投降，乞伏犍虔率大军围攻西平，我的军队抵挡不住，我率领几名前锋半夜突围出来，才得以跑来向主上禀报。”傉檀听了樊尼的话，脑中一片空白，重重地跌回座位上，这是他最不想听到的消息，没想到果真被折掘奇镇给言中了。营帐中的谋臣武将开始议论纷纷，樊尼望向傉檀，一脸哀伤，傉檀知道这时候作为君王的自己更不能乱了阵脚，他安慰樊尼说："不要难过，我们还可以东山再起！我们的精锐都还在这里，我们秃发部在廉川堡起家的时候还没有现在的一半人，我们明天就打回乐都！"

傉檀让谋臣武将都先回自己的营帐中休息，他单独留下樊尼，问樊尼炽磐虚实，樊尼如实告诉傉檀，傉檀听完突然痛哭流涕："天要绝我！天要绝我！妻儿都要赔上！孤怎对得起列祖列宗！"半天，傉檀才让樊尼去睡，樊尼刚出去又被傉檀给叫回。

傉檀问："孤的小儿破羌呢？"樊尼说："跟众人一起被俘，听说投降那天破羌还用短剑刺杀炽磐。"傉檀担心道："这孩子！他是众皇子中最勇猛的一个，炽磐岂能饶他？"樊尼说："炽磐当然生气，好在折掘皇后为其求情，才保全了他的性命！"傉檀放下心来："将来南凉若是能够复国，大概要靠他了！"

樊尼离去，傉檀在盘算应对之策，哪知后半夜就有镇北将军段苟来报，傉檀让他在帐篷外说话，段苟说："士兵们听说国都被破，许多人都逃跑了。"傉檀惊坐而起："逃走多少？"段苟说："大概有一半。"傉檀大喊："还不去追！"段苟领命去追。

次日，傉檀早早聚集文臣武将到自己的营帐中，没想到一夜之间，这些文臣武将就有一大半的人逃走了，傉檀气得暴跳如雷。傉檀大喊："段苟呢？追回来多少了？"散骑侍郎阴利鹿出列说："段苟也逃走了。"傉檀挥剑乱砍帐篷，砍到累了才垂头丧气地说："乐都被攻陷，男人都被杀了，女人都成了奴仆！我们还能到哪里去？孤现在只想用抢回的牛羊换回妻儿老小！"众将伫立一旁，看着傉檀，落下泪来。

傉檀率领剩下的骑兵赶着牛羊沿着峡谷向东，每天晚上都有士兵逃走。在临羌县城，傉檀感觉自己大势已去，他召集剩下的部下讲话："以前沮渠蒙逊和乞伏炽磐都曾经是孤的人质，现在孤去见他们岂不是奇耻大辱，四海之大竟没有孤的容身之地，孤本该自刎而死，可却又舍不得自己的妻儿。”众人听后一片唏嘘。樊尼说：“主上不必绝望，我们现在还有几千骑兵，可以搜罗各地的部众，东山再起！”傉檀看着远方若有所思地说：“东山再起？对，我们是还有东山再起的机会！蒙逊跟我算同辈，炽磐是少年英豪，我南凉被灭，蒙逊、炽磐二虎必然会争斗，我们与其聚在一起死掉，不如分开投奔他们。樊尼，你是先王的血脉，秃发部的希望，孤命你率秃发皇族投奔蒙逊，河西还有我们一万部众，蒙逊正在收买人心，在蒙逊身边还有秃发俱延可以照应。至于孤，孤已经年老，宁愿跟妻儿在一起，剩下的人跟孤投奔炽磐。”

樊尼不愿离去，非要跟着傉檀，傉檀忍痛劝他道：“这只是权宜之计，我们要在一个地方，必然会被灭族，在两个地方，就可以见机行事，将来东山再起。”樊尼听了才含着泪离开傉檀，率领秃发皇族投奔北凉沮渠蒙逊而去。傉檀对剩下的人说：“孤现在大势已去，你们可以各自选择自己的归路，孤绝不阻拦。”部众中愿意离去的都散去，剩下的都是傉檀的心腹，傉檀看到留下来的阴利鹿，问：“你怎么不离开！”阴利鹿说：“当初我出生低微，是主公一路提拔，我既然誓死效忠，就要生死相伴！”傉檀叹息：“孤得势之时，那么多人围着孤转，到头来只有你最忠心！”傉檀派人快马送降书给炽磐，接着继续率领余部赶着牛羊向西平进发。

在西平西郊可以看到远处的虎台祭祀台，周围是黑压压的西秦军队。虎台祭祀台是当年虎台太子镇守西平时修筑的，可惜如今却成了炽磐的，傉檀不禁悲从中来。炽磐从虎台祭祀台上走下来，笑着迎接傉檀。傉檀刚要下跪请罪，炽磐却上前扶住：“岳父征伐劳顿，女婿前来迎接，我们本就是一家人，岳父无须多礼！”

炽磐和傉檀并辔前行，两边是列队欢迎的仪仗队。他们从麒麟桥上踏马而过，一直行到西门下，两边的仪仗队完全是按照王侯的礼节来欢迎傉檀的归来。傉檀表面上高兴，内心却凄苦，他问炽磐："不知我的妻儿现在如何？"炽磐说："折掘皇后就是我的岳母，虎台是我的兄弟，虽然我占领了南凉国，但是你们仍然可以过从前的生活，我在枹罕城外专门修造了富丽堂皇的宫殿给岳父一家，岳母和虎台正等着你过去跟他们团聚呢！"

当天炽磐用盛大的宴席欢迎傉檀，次日炽磐又陪傉檀到凤凰山祭拜第二代凉王秃发利鹿孤。事后炽磐就要带傉檀一起回枹罕，傉檀却推辞道："我年岁已至，往后只想像小时候一样牧羊为生，你先回去处理军国大事，只要我的妻儿没事我就放心了，你就让我自己赶着牛羊慢慢到枹罕吧！"炽磐看傉檀的口气不容商量，想到现在的傉檀还是他收服秃发旧部的王牌，就笑着对傉檀说道："岳父愿意怎样就怎样！为了岳父的安危起见，我就留几个侍卫保护你！"炽磐出发的时候，没有动傉檀的一只牛羊，只是留下一小队士兵跟着傉檀，这些士兵名义上是保护傉檀，实则无非是监视傉檀。傉檀并不在意，他带着随从，随后赶着牛羊一路向东走，他想起小时候跟乌孤、利鹿孤兄弟一起放牧的情景，就免不得触景伤情。

傉檀一路游牧向枹罕城进发，一直抵达黄河北岸的左南城，左南城下就是著名的左南渡，左南渡两岸都是高高的河岸，南岸的悬崖呈红色，被人们称之为赤壁，从前这里是西秦和南凉的国界。左南渡附近的河心有一个大石墩，形状仿佛一个香炉，人们都叫它香炉台，炽磐命人利用香炉台做桥墩，在左南渡上修筑了一座五十丈高的桥梁，命名为乞伏飞桥，乞伏飞桥直通西秦国都枹罕城。傉檀行至桥头，俯瞰脚下景致，顿觉气壮山河，他感觉这是复国的兆头，就停驻在城里不前，炽磐的人无法，只好先到枹罕城报告给炽磐。

此时，炽磐正派人四处占领南凉的城池，南凉最后只剩下两座城——廉川堡和浩门城，那是秃发部的兴起之地，当年秃发乌孤就是在廉川堡称王，后来才将都城定在了乐都。在廉川堡和浩门城守城的是南凉猛将尉贤政，他以两城互为犄角，抵御西秦兵的入侵。西秦军围攻了几个月，一直都攻不下这两座城池。炽磐知道只要廉川堡攻不下，南凉国就还不算在自己手中。正值焦灼之时，炽磐听到来人禀报傉檀停驻左南城不前，计上心来，他决定亲自带人去拜访。

炽磐和傉檀在左南城黄河边的亭子中对饮。炽磐问傉檀：“前面就是枹罕城了，岳父为何迟迟不肯进城，莫非左南城里有什么值得岳父流连的景致？”傉檀说：“此地让我想起小时候的许多事情。小时候我一直想，将来平定天下后归隐山林，前天路过这里，感觉这里的山河壮美，恰是我年少时就向往的山林景色，我已到了耆耋之年，现在是你们少年豪杰的天下了，我准备在这里安度晚年。”炽磐笑言：“岳父不早说，既然岳父喜欢左南，我就把左南划给你，我还正想着如何封赏你，现在可好，我就封你为左南公！”傉檀假意要起身谢恩，炽磐把他压在座位上：“你是我的岳父，我是你的女婿，女婿怎敢受岳父的礼！”

傉檀说：“现在凉国土地都归陛下了，君臣有别，我这作臣子的哪来那么大面子，如何受了陛下的封赏而不行礼的！”炽磐笑道：“岳父别挤兑小婿了，我们本来就是一家人，虽然现在还差那么一点。”炽磐说到此处，略作停顿，意味深长地看向傉檀。傉檀问：“陛下这话如何说？”炽磐说道：“廉川堡和浩门城，守城的人叫尉贤政，现在死守不归顺，攻城的人告诉他，他的妻儿都在枹罕，整个凉国只有这两座孤城了，劝他归降，他却说他知道妻儿已被俘，先投降的人封赏，后投降的人杀头，他曾经受过凉王恩惠，就要誓死守城，他只听凉王的命令，你说我应该怎么办？”傉檀说：“陛下的意思莫不是要我劝降？”炽磐说：“正是！只要你修书一封，他定会投降。”傉檀略微沉思了片刻，开口说道：“修书劝降可以，此人忠心可嘉，只希望你能保全他性命，在我身边为差。”炽磐满口答应，傉檀当即修书一封。炽磐带着书信，让人用箭射入城中，尉贤政认得傉檀的字迹，这才把城献出。过后尉贤政跟阴利鹿一样，都成了傉檀的随从。

廉川堡和浩门城被攻下，过去南凉国的属地就全都归了西秦。真正占领南凉国后，炽磐当即让人写敕书，正式封傉檀为左南公，左南县为食邑。炽磐和皇后秃发娑媚亲自带着折掘皇后、虎台太子及南凉皇族到左南城探望傉檀，仪仗队从枹罕城出发，经过乞伏飞桥，直达左南城。

傉檀接旨后，炽磐有事先行离去，虎台看到炽磐已走，跪地向傉檀痛哭：“父王，都是孩儿无能，现在国破家亡，让孩儿有何颜面苟活在人世！”说着虎台就要拔剑自刎，傉檀上前一把将虎台手中的剑打落在地，父子二人泪眼相望，竟无语凝噎。看到父亲和哥哥脸上的悲痛，破羌拔出短刀，咬牙切齿地说道：“我和保周要把炽磐这忘恩负义的贼杀掉！”傉檀看着外面那些炽磐的人，把破羌和保周拉到身边训斥：“休得莽撞！”

傉檀走到女儿娑媚的面前，当年炽磐在西平做人质时，是他坚决把女儿娑媚嫁给炽磐，如今娑媚才成为了西秦国的皇后。娑媚的身后是小妹娑玛，娑玛小小年纪不知亡国之耻，还在看着手里炽磐赏赐的饰物微笑，被娑媚狠狠瞪了一眼才回过神来。傉檀对娑媚说道：“秦和凉原本一家，你好好辅佐炽磐平定天下，这也是天下苍生之福！”傉檀又问妻子折掘琬儿近况，折掘琬儿一一回禀。折掘琬儿后来留在了左南城里。

傉檀看到宗敞，宗敞可谓是南凉第一谋士，可惜后来傉檀一意孤行，不再听宗敞的计策。面对宗敞，傉檀痛心疾首："当初我要是能够听进你的话，也不至于沦落到现在这样的下场，还好你对我们秃发家不离不弃，虎台还年轻，以后我就把他托付给你了。"他当即让虎台和破羌、保周以后一切都听宗敞的。傉檀语重心长地对虎台和破羌、保周说道："越王勾践虽是亡国之君，卧薪尝胆，三千越甲可吞吴；文王姬昌虽是阶下之囚，忍辱偷生，广施仁德可兴周。你们在炽磐手下，千万不要轻举妄动，我怕是不行了，将来复兴大凉就靠你们了！"宗敞在一旁流下了眼泪。破羌和保周想要留下服侍傉檀，傉檀却让他们都跟宗敞回枹罕。

傉檀在左南城过起了逍遥自在的生活，每天不是打猎就是下棋，起初炽磐的人每天都要回去秘报一次傉檀的动态，接着隔几天才汇报一次，因为傉檀每天不是打猎就是下棋，后来就成了有异常才汇报。傉檀表面上过着归隐田园的生活，实则私底下在筹划复国的大事，他秘密跟大将孟恺联络，并写了封密诏封孟恺为大将军。

乐都外城被西秦军攻破之时，孟恺曾带领五百勇士突围，可惜被炽磐所擒，他便一直潜伏在秃发部众中。炽磐攻灭南凉，开始图谋北凉，他跟蒙逊经常交战，秃发部众时常被其征伐，秃发部众在征战中干的都是最苦最重的劳役，早已怨声载道。此次炽磐又率军前去征伐蒙逊，在祁连山中遇到大雨，西秦将军不顾秃发部众死活，用皮鞭驱赶他们前进，秃发部的人开始奋起反抗。孟恺也带着自己人混在队伍中间，这正是千载难逢的机会，他趁机率领部众杀掉西秦将军起义。大军开始调头往回走，攻下了南凉旧都乐都城，还杀掉了西秦的太守。孟恺率领的起义军一路上势如破竹，直抵黄河上的白土津，从白土津过去就可以直逼枹罕城。

炽磐得到消息，异常震惊，紧急召见傉檀身边的卧底，卧底报告，傉檀整天不是跟阴利鹿下棋，就是与尉贤政到郊外打猎。“这不可能！”炽磐将桌上的茶具扫落在地，只听一阵刺耳的碎裂声，地上已是一片狼藉。炽磐坚信傉檀是这次起义事件背后的主谋，他带着一队侍卫来到左南城，傉檀正跟折掘夫人在一起谈笑，看到炽磐黑着脸赶来，傉檀赶忙让折掘琬儿先行回避。炽磐开门见山地说：“你的旧部孟恺率众起义，攻下了乐都城，你可知道？”傉檀说：“略有耳闻。”炽磐说：“岳父的影响力真是大，我十万大军攻不下的廉川堡，你一封书信就让尉贤政归降。这次还希望岳父修书一封，让孟恺投降！”傉檀说：“上次是因为尉贤政是我的臣子，他才听我的话，这次可就不同了，孟恺早已自立门户！”炽磐笑道：“孟恺是不是真的已经自立门户，对我而言并不重要，我要的是岳父的劝降书！如果岳父不肯修书，那就别怪我这做姐夫的对弟弟心狠！”炽磐以虎台的性命相要挟，傉檀只得写了一封劝降书交给炽磐。

炽磐回到枹罕，赶忙让人划船到对岸的白土津，送降书给孟恺。孟恺见到傉檀的亲笔信后答应投降，约定明天辰时他率众到对岸归降西秦。其实这是傉檀和孟恺约定的诈降计策，想借此突破黄河天险，攻入枹罕。次日辰时，河面上大雾弥漫，孟恺按照约定，船队上打出白旗，向着对岸驶去。到岸之后，炽磐在码头率众迎接，孟恺突然拔刀率众向炽磐杀去，哪知炽磐早有防备，他骑马退去，从他身后三面突然涌上来三支黑压压的军队。孟恺知道中计，刚要率众返回船上，江面上却驶来了西秦的水军，他们将火把投到了孟恺他们的船上，顷刻间，孟恺他们的船全都化为了火海。前有强敌，后无退路，起义军不是被杀死就是被淹死，孟恺感觉大势已去，把傉檀的密诏取出，仰天长叹："主公，我愧对你的信任！"说完他将密诏扔入水中，自己也纵身跳入了黄河。

孟恺没有被淹死，而是被西秦水军救起，他扔掉的密诏也被人捞起来呈给了炽磐。炽磐恶狠狠地说："果然是这只老狐狸，我把他当上宾对待，他却在背后给我一刀！"炽磐把密诏收好，让人劝降孟恺，孟恺骂不绝口。炽磐一怒之下，下令把被俘的五百名起义军全都押到枹罕城外的校场，邀请西秦贵族和南凉旧臣到场，炽磐跟傉檀坐在一起，炽磐说道："这些人都是你的旧部，为什么要造反呢？难道是我待他们不好吗？左南公，你可知按照律例，谋反应该判什么刑？"傉檀面无表情地说："五马分尸。"炽磐站起来对校场上的起义军说道："将首恶孟恺五马分尸，愿意投降的就活着，不从的全部五马分尸！"

孟恺被押上来，炽磐问他："你说是谁主使你造反的？说出来我就饶了你。"孟恺厉声唾骂道："炽磐狗贼，你这个忘恩负义的小人，当初若不是凉王收留你，你怎会有今天，他不但给你吃穿，还把女儿嫁给你，你却要趁机夺人的国！天下人人得而诛之，还用得着谁主使！"炽磐原本是要当着众人的面羞辱傉檀，哪知孟恺反而让他在众人面前丢尽了脸，炽磐恼羞成怒，让人赶紧给孟恺行刑。孟恺的手脚和头部分别被拴在五匹马的尾巴上，孟恺还在骂骂咧咧，只听炽磐一声令下，五匹马朝着五个方向奔跑，孟恺的四肢和头都被扯了下来，只有躯干留在地上，肠子也都被扯了出来，场面惨不忍睹，在场的女人和小孩都掩面不敢看。炽磐又派人挨个问起义军，投降的站左边，不降的站右边，结果起义军大半都选择了投降，剩下不降的人全部被斩首，校场上血流成河，虎台看得心惊胆战，他虽然很害怕，但是看到这些惨死在西秦兵屠刀下的南凉勇士，他内心已决意要复国，破羌和保周恨不能上前杀死炽磐，被傉檀一把拉住了。面对这样的屠杀场面，面对这样的国恨家仇，小破羌把自己的手指都抠破了。

当天秃发傉檀和折掘琬儿回到左南城，折掘琬儿受到惊吓，回去就病倒了，傉檀请大夫为她看病，大夫给她开了几副药调理。三天后，傉檀还在给妻子喂药，炽磐的使者却突然从乞伏飞桥上直奔左南公府。傉檀在大厅迎接，以为是圣旨，没想到是御酒，使者说："陛下有旨，要左南公当场饮下这杯御酒！"傉檀端起酒壶，看到酒壶下正是自己写给孟恺的那封密诏，虽然经过河水浸泡，但是上面的字迹仍然能够分辨清楚，他知道这是炽磐要杀他，壶里一定是毒酒。阴利鹿和尉贤政要验毒，却被傉檀阻挡了下来，傉檀把杯中的毒酒一饮而尽，酒杯顺着他的手落在地上摔碎了，使者回去复命。傉檀让阴利鹿和尉贤政赶紧去枹罕城将虎台、娄媚、娄玛、保周、破羌和宗敞叫来，他有话要对他们说。

折掘琬儿从屋外进来，看到地上摔碎的酒杯和脸色发白的傉檀，焦急地问道："夫君，你怎么了？"傉檀说："我喝了炽磐赐的毒酒，恐怕只能再撑一个时辰。"折掘琬儿想去找医生，傉檀却将她一把拉住："炽磐要我死，我必须死。这样他才能放心，才能保你们安全。琬儿，有句话我一直想对你说，我对你父兄所造成的那些伤害，许多都是迫不得已，希望你能够原谅！"折掘琬儿怔了一下，泪如泉涌。

傉檀突然咳出血来，折掘琬儿赶忙将傉檀扶上胡床，不久尉贤政带着虎台、保周、破羌、宗敞赶到，阴利鹿也带回了解药，傉檀把解药推开，对众人说："解药我不能吃，只有我死了，炽磐才能放过你们。想我傉檀当年，兵不血刃取得凉州城，醉卧胡床吓退十万兵，现在却沦落到这样的下场！我们秃发部，从我的大哥乌孤称王开始，后来传位给利鹿孤，没想到南凉会毁在我手里。掰指一算，才十八年，你们要找机会复国！"虎台、保周都在哭泣，破羌拔剑要去杀炽磐，傉檀咳得愈加剧烈："破羌，你回来，现在还不是时候！你是我最小的儿子，知子莫如父，你最大的优点是勇猛，你最大的缺点也是勇猛，为父最后对你说的话，你要时刻记得，要有勇有谋，有勇无谋是匹夫，有勇有谋才是真英雄，你将是我秃发家的希望！"破羌看到胡床上面色愈加苍白的傉檀，放下了手中的剑，泪如雨下。

傉檀接着说："平定凉州，继而平定天下，这是我一生的追求，可惜我没能实现自己的抱负。我想起昙霍法师的话，现在后悔没有听他的话，以善积仁德，以德行天下。今后你们都要辅佐虎台，虎台虽然文武都不出众，但是他天生仁厚，君王就是要以仁德治天下。保周、破羌，你们兄弟俩凡事都要三思而后行，切不可鲁莽行事。宗敞是一代豪杰，从前我误听谗言，现在才知道他的智慧，今后凡事你们都要向他请教。"傉檀脸色愈加惨白，汗珠大颗滚落，他问起娑媚和娑玛，尉贤政说她们都被炽磐留在了皇宫里。

傉檀突然挣扎着要起来，折掘琬儿把他扶起，傉檀示意要到门外去。众人簇拥着他来到门外，傉檀看着河对岸的赤壁说道："昙霍法师在临走前曾经跟我说了一句偈语：向左向南，赤血千丈！当时我不知是何意，现在看来，他是要告诉我，我是要死在这左南城里。"说着傉檀口喷鲜血，倒在了折掘琬儿怀中，一代枭雄就这样离开了人世，众人一片号啕，折掘琬儿更是昏厥过去。

这时娑媚才匆匆赶到，娑媚问明情由，发誓为父亲报仇！娑媚气急败坏回宫质问炽磐，四处找不到炽磐，一直寻到后花园，突然听到葡萄架下有人欢笑，走上前才发现是炽磐跟娑玛在调笑。娑媚气不打一处来，她问炽磐："你为什么要毒死我父亲？"炽磐止住笑，假装很意外："什么？我不知道，你父亲出什么事了？"娑媚说："在你最落魄的时候，他收留了你，算我瞎了眼，错把你当英雄！"炽磐冷笑："你知道国破家亡后，寄人篱下的感受吗？当年要不是我逃走，我就会一直像条狗一样活在你们眼中。国有国法，家有家规！你父亲既然已成了我大秦的臣子，却还在私底下勾结叛匪，我赐他毒酒，完全是念着你的情分！你可看到孟恺是怎么死的？我没有把他五马分尸，已经算是给足你面子！”说完炽磐甩手离开。

过后，炽磐发文称傉檀在左南城病逝，并以王侯的礼仪厚葬了傉檀。虎台希望将傉檀的遗体运到西平虎台祭坛下安葬，却被炽磐拒绝。炽磐说道：“岳父生前说他喜欢看着这黄河，我已经在黄河边为他选择了一个绝好的坟址。”傉檀就这样被葬在了黄河边上。傉檀死后，折掘琬儿就病倒了，吃什么药都不见好，一个月后就一命归天，跟傉檀合葬在了一起。秃发兄妹在安葬好父母后，在黄河边盟誓：恢复大凉，除掉炽磐！

第三章

秃发家族复国失败　破羌奇遇北魏太子

时光荏苒，滔滔黄河水似乎带走了往日的悲伤，黄河岸边的一块高地上，一派莺歌燕舞、鼓乐升平，西秦皇帝乞伏炽磐和皇后秃发娑媚正率领文武百官在那里隆重庆祝坞堡的建成。这坞堡一面靠山、一面靠河，四方形的院落四角各有二层高楼，中间有一座如塔的高楼，院里四处都是亭台楼阁。炽磐问娑媚:“爱妃,喜欢吗？”娑媚点点头说:“陛下,您还没有为这坞堡赐名呢！”炽磐让人抬来匾额，当即书写二字上去：媚坞。炽磐说：“这个名字我早就想好了，今天给你一个惊喜，我说过要让你成为最幸福的人，我炽磐说到做到。”娑媚撒娇说：“既叫媚坞，那这里以后就是臣妾一个人的，不经过臣妾的同意，任何人都不能进来。”炽磐说：“难道我也不能进来吗？”娑媚说：“除陛下一人！”炽磐大笑，当即跟文臣武将说：“今后除非皇后同意，任何人不得踏入半步！”文臣武将跪拜。

送走炽磐，秃发娑媚就以邀请贤弟游览媚坞为由，召集虎台、保周、破羌、宗敞到媚坞，她对众人说：“我们要迷惑炽磐，以后这里就是我们起义的秘密基地，我已经派人在地下挖掘地道，将来粮草和兵器都可以囤积在这里。”虎台问："娑玛呢？"娑媚说："娑玛根本没有家国观念，让她参与进来说不定哪天我们的秘密就被她泄露出去了，这一切还是瞒着她为好。"娑媚转而说道："娑玛也有她的用处，炽磐对娑玛早已垂涎三尺，不如我顺水推舟把娑玛嫁给他，让炽磐耽于荒淫无暇朝政。"破羌急道："这样不是把娑玛送入虎口了吗？"娑媚爱怜地看着她这最小的弟弟，叹了口气说："何止是娑玛，我们何尝不是在虎口中讨生！"

娑媚前去找炽磐，炽磐正在跟娑玛饮酒。娑媚故意自嘲："我看陛下对我妹妹娑玛的爱都超过我了！"炽磐赶忙站起来否认，娑媚说："古人有媵妾制度，诸侯娶女，除了一个正妻，还有八个堂妹陪嫁做妾，现在我们的父母已不在人世，我这个做姐姐的就做主，把妹妹娑玛也嫁给你！"炽磐没想到娑媚如此善解人意、宽容大度，心中甚是欢喜，他想到这是拉拢南凉贵族的好时机，正好还可以借此答谢娑媚，就对娑媚说："我们本来就是一家人，我的妹妹西平公主乞伏蕊姬跟虎台年纪相仿，两人刚好相配，不如也把他们的婚事给定了吧！我要封虎台为驸马都尉！"娑媚说："虽说长兄为父，长姐为母，但是虎台跟胡掖紫楼情投意合，为他订婚，我们是不是要征求下他的意见？"

炽磐当即跟娑媚去找虎台，炽磐说："我要娶娑玛，正好左夫人的位置空缺，就封她为左夫人。我有一个妹妹乞伏蕊姬，她跟你年龄相仿，我想把她嫁给你，你意下如何？"虎台说："我现在是一介平民，怎么能够让公主屈尊下嫁？再说我已有胡掖紫楼。"炽磐说："大丈夫有个三妻四妾不是很平常吗？我有左夫人右夫人，你也可以有左妻右妻，就这么定了。三天后，我们一起举行婚礼！"在娑媚的示意下，虎台只得领旨谢恩。

他们正在这里谈得高兴，破羌从外面闯入寻找虎台，炽磐的女儿永昌公主也来找炽磐，一个是翩翩少年，一个是豆蔻少女，二人在门口撞了个满怀。

炽磐大笑:“这不是天生一对嘛！一个尚未娶妻，一个待字闺中，择日不如撞日，今天我就一道把永昌公主乞伏缦卿许配给破羌得了！”两个年轻人被这天降姻缘惊得目瞪口呆。虎台说：“万万不可，论辈分破羌可是缦卿的舅舅。”炽磐说：“缦卿虽然是我女儿，她的母亲不是娑媚，是我的右夫人越质苏洛，没有血缘关系。就这么定了，三天后我们一起成婚，我们乞伏家跟秃发家以后就全都成为一家人了！”

三天后，婚礼如期举行，枹罕城中张灯结彩，锣鼓喧天，乞伏炽磐和秃发虎台、秃发破羌的婚礼同时进行，一时传为美谈。炽磐娶娑玛为妻，三天后就将娑玛封为了左夫人，二人早已郎情妾意，这次终于可以名正言顺地在一起，炽磐对她的宠幸超过了后宫的所有人。娑玛向炽磐撒娇：“你为我姐姐修筑媚坞，可是都不管我。”炽磐说：“你告诉我你想要什么，我全都给你！”娑玛说：“我想要一座比媚坞还要漂亮的宫殿。”事后，炽磐果真在枹罕城中修筑了一座富丽堂皇的宫殿给娑玛。

虎台跟蕊姬成婚，从此他便有了蕊姬和紫楼两个妻子，虎台虽然知道蕊姬是炽磐派来监视自己的，但是他并没有因此而故意冷落蕊姬，反而还让紫楼多多照顾她。一次，北凉国使者出使西秦，悄悄给虎台带了一封书信，约定里应外合灭掉西秦，这件事不经意间被蕊姬得知，蕊姬虽然也爱虎台，但是她更怕自己的国家灭亡，她借机灌醉虎台，偷走书信，并把那封信交给了炽磐。当天虎台因醉酒睡到中午，炽磐带着人来到他府上，虎台醉眼迷蒙坐起来，炽磐看到虎台的样子就笑了起来，他把蒙逊的信递到他面前，虎台顿时酒醒大半，慌忙辩解说:“这封信我正要交给陛下处置，可惜昨天喝酒误了事，请陛下责罚！”炽磐说：“这是蒙逊的错，不能怪你！”在这件事上，炽磐故意放了虎台一马。然而这件事后，虎台便开始对蕊姬敬而远之，这让蕊姬痛苦不已。

破羌和缨卿虽然初次见面就被赐了婚，但是二人并不讨厌对方，甚至还有点喜欢对方。当天破羌和缨卿进入洞房，缨卿戴着红盖头坐在床边，半天不见破羌过来掀开盖头，她忍不住掀起一个缝来偷看破羌，只见破羌在洞房里走来走去，显得很烦躁。缨卿赌气问："你是不是不喜欢我？"破羌说："我们凉国被你们秦国灭了，我的父亲也被你父亲杀了，我怎么能够娶你？"缨卿说："凉国是我灭亡的吗？你父亲是我杀的吗？"破羌一时无法回答。缨卿继续说："我们是我们，他们是他们，在嫁给你之前，我早已打听清楚你的为人，既然现在你已经娶了我，那么将来无论发生什么我都会跟着你。"缨卿突然自己掀掉盖头，破羌看着眼前这个忽闪着一双大眼睛的如花少女，心脏"咚咚"地狂跳起来，不得不说他已经被眼前的这位美丽女子给俘获。破羌打消了先前的所有顾虑，抱起缨卿走进了帷帐中……破羌和缨卿这对少年夫妻可谓情投意合，在往后的岁月中，缨卿跟着破羌学习骑射，破羌也随着缨卿学习诗词。

这一切都已安顿好，秃发家族开始精心筹备起南凉复国的计划。娑媚让亲信在媚坞挖好了地宫，在地宫下储备了大量的粮草和兵器。由于炽磐对南凉旧臣实行了专门监督，所以娑媚和虎台他们一直都不敢轻举妄动，直到他们发现了失意的乞伏什寅。

有一次，乞伏什寅和乞伏去列兵分两路率军跟吐谷浑打仗，明明是乞伏去列没有如期抵达合围地点，才让吐谷浑人逃跑，炽磐却降乞伏什寅的职。过后乞伏什寅一个人喝闷酒，娑媚就去找他，为他倒了一杯酒，乞伏什寅问："你来干什么？"娑媚说："人人都知道你什寅是秦国最能干的，你为秦国打了多少胜仗，立下多少汗马功劳，谁人不知，可你还是没有乞伏去列、乞伏白养的爵位高，这是为什么？”什寅猛喝下一杯酒，借着酒气发泄道：“他就是嫉贤妒能！”娑媚说：“就算这样，你又奈他何？如今他是君，你是臣，除非你下辈子重生。”什寅听后大叫：“我们都是先帝的儿子，凭什么他做了皇帝，我却要向他俯首称臣！”娑媚说：“这自古以来的帝王，也并不都是长子的。”什寅听后，醉眼迷离的眼睛里闪过一道光芒，娑媚趁机劝道：“其实秦国人都知道你的贤能，你为什么不把他取代了？若你有这份心，我娑媚定会鼎力支持！”娑媚的一席话挑起了什寅篡位的野心，他开始跟娑媚一起策划政变。

早年投靠西秦的秃发如苟，他虽然也娶了炽磐的妹妹，成了炽磐的妹夫，但在西秦并不受重用。虎台有意要策反他，得知他养了一头狮子，就借此接近如苟。

前几年西域的使者献给炽磐一对狮子，近日那对狮子生下了一只小狮子，小狮子整天被关在笼子里走来走去，虎台看到这只小狮子，联想到自己的处境，几次忍不住落泪，这被蕊姬看在眼里。一直对虎台心怀愧疚的蕊姬向炽磐索要了这只小狮子，然后送给了虎台。虎台收下了蕊姬的这份礼物，他给小狮子取名为阿尔斯兰（意为狮子王）由于从小跟着虎台，颇为通人性。虎台养的这只狮子是只公狮，如苟的是母狮子，虎台约如苟相聚，他们的狮子居然交配起来，自此他们经常见面。

虎台跟如苟说：“你是陛下的心腹，他对你可是很倚重，不像我，我就是他的一个阶下囚。”如苟说：“快别提了，炽磐的为人你不是不知道，他最信任的只是他自己，其次才是他的兄弟，乞伏部人，其他部落的人，像我们秃发部的，都是打仗当垫背的。我为他出生入死立了多少战功，现在还只是个驸马都尉。”

如苟本是直性子的人，虎台在和如苟的交往中，逐渐知道如苟对炽磐的不满，不止于炽磐的赏罚不公，更因为二人曾经结下的一段私怨：原来，炽磐的右夫人越质苏洛是如苟少年时的恋人，可惜被炽磐看上，把一对恋人硬是拆开，这是他们多年前就已结下的怨，当然炽磐并不知道越质苏洛还曾经和如苟有过一段恋情。

虎台一直在寻找机会拉拢如苟，直到后来发生的一次征战，炽磐强征如苟的部众去打仗，让他们走在最前面当挡箭牌，一仗打下来，如苟的部众损失惨重，气得如苟咬牙切齿，如苟回来后跟虎台大骂炽磐，虎台趁机拉他入伙，共同谋划刺杀炽磐，如苟当即同意。

枹罕城的禁卫军掌握在一个人手中，那就是武卫将军越质洛城，他是炽磐右夫人越质苏洛的弟弟。秦国征服越质部时，越质酋长被杀，越质一家只剩下两子一女，后来越质苏洛成为炽磐的右夫人，越质洛城成为武卫将军，越质诘归成为立义将军。越质洛城亲眼看着自己的父亲被炽磐所杀，一直暗中想要伺机为父报仇，只是被越质苏洛阻止。

秃发破羌娶了乞伏缦卿，也就是越质苏洛的女儿，越质洛城成了他的舅舅，破羌就经常去找洛城习武论剑。洛城虽然比破羌大几岁，但是同样是少年英雄，他们经常一起结伴出去打猎。有一次，他们在野外打猎迷路，就在山洞中过了一夜，晚上破羌跟洛城讲起往事，他们的父亲都是被炽磐所杀，两个志同道合的少年便相约一起联手除掉炽磐。

秃发家族的复国大计在顺利推进，娑媚、虎台、保周、破羌、宗敞、阴利鹿、尉贤政经常聚在媚坞一起筹谋，有时也会叫来乞伏什寅、秃发如苟、越质洛城，只有左夫人娑玛整天跟炽磐在一起，娑媚说这也算是对炽磐的麻痹。炽磐起初还派人监督秃发家族的一举一动，但几年后就放松了。因为西秦每击败一个部族，就会把那个部族安置在枹罕城周围，若是每个部族都要严密监督，那得需要耗费多少人力和财力。

对秃发家族复国而言，近日发生的一件事，可谓是天赐良机。长安历来是中原王朝首都，长安被后秦所占领，前不久却被东晋大将刘裕攻破，后秦皇帝姚泓投降，整个姚氏家族被满门抄斩。就在刘裕踌躇满志，准备恢复中原统治的时候，朝中大臣去世，他派将士守卫长安，自己率兵赶回建康。哪知他前脚走，自己人后脚就起了内讧，胡夏王赫连勃勃趁机率兵攻下长安，在灞水上修筑高台称帝，一时间，群臣都劝他以长安为首都，从长安开始征服天下。

这胡夏国的建立者赫连勃勃属于匈奴铁弗部，当时被称为胡人，所以夏国被称为胡夏。赫连勃勃当年就像个流窜的流氓，带着几万人四处出击，周围的部落都是他的敌人，他除了跟已经灭亡的后秦连年征战，还跟南凉有过大战。他听说秃发家的女儿个个温良端庄，就向秃发傉檀求联姻，被傉檀一口拒绝，他便率兵去攻打凉州，把傉檀大军杀得大败，并用他杀死的一万多秃发部人筑起一座骷髅台，所以秃发家对他也是恨之入骨。西秦和北魏也被他攻打过，收到赫连勃勃攻下长安的消息，炽磐决定派破羌去胡夏国的国都统万城探明虚实。

破羌跟缦卿道别，这是小夫妻俩第一次分别，缦卿一直把破羌送到城外。破羌带领两个亲信向统万城出发，到边境后他们化妆成了卖剑的商人，经过几天的跋涉，破羌终于抵达统万城。在城郊，远远地就看到一座高大的城池，夯土齐整整的，几乎没有一处凹陷的地方，据说统万城筑起的时候，监工带着锥子，只要城墙能够刺进去一寸就要杀掉工匠，把工匠的尸体一并筑进去，工匠们为了保命，丝毫不敢怠慢，所以这座城池修得特别坚固。

统万城的城墙上剑戟森严，破羌带着两个亲信装作剑商从南门，即朝宋门进入，南门口有人在巨大的石头上雕刻赫连勃勃的丰功伟绩。进去后破羌发现这还只是外城，里面还有东西两座城，西城是皇城，东城是商城。当天他们在东城的一个客栈安顿下，两个亲信沿街摆摊卖剑，破羌则四处察看统万城的街巷布局。

破羌走到皇宫附近，只见胡夏皇宫极尽奢华，门口有用铜铸成的大鼓，两边的飞廉、翁仲、铜驼、龙兽都是铜铸的，这些神兽两边的面颊上都贴着金粉，破羌刚靠近，就被卫兵赶走。统万城中的每条街巷，破羌都走了一遍，这统万城是因为赫连勃勃要统治万邦，所以取名统万城，从四个城门的名字就能看出当朝者的野心，南门为朝宋门，是要南宋来朝；东门为招魏门，是要招降北魏；西门为服凉门，是要征服凉州；北门为平朔门，是要平定漠北。

破羌走回亲信摆摊的地方，正遇到两个大胡子的胡夏人各提着一把刀上前来找茬，其中一个胡夏人拍着手中的刀说："就你们这剑也敢来我们大夏国卖，知道什么叫大夏龙雀吗？我们大夏龙雀可以跟吴楚湛卢相比。看看这上面的字：古之利器，吴楚湛卢，大夏龙雀，名冠神都！知道我们的兵器为什么这么好吗？你们的剑要是能砍断我的刀，我就让你们继续摆摊，要是我的刀砍断了你们的剑，你们就给我立马收拾东西走人！"破羌闻言，本想上前去阻挡，但在好奇心的驱使下，他止住了脚步，他倒要看看这所谓的大夏龙雀究竟有多厉害，因为他今天在街巷中就听说了赫连勃勃让人造弓箭和盔甲，假如弓箭射不穿盔甲，就杀死做弓箭的人；如果弓箭射穿铠甲，就杀掉做铠甲的人，看来这大夏国的兵器不可小觑。

说着一个胡夏人举刀就砍，破羌的两名亲信赶紧拔剑招架，哪知两把剑居然像木头一样被对方的大刀给削掉，二人当场就傻了眼。两个大胡子胡夏人洋洋自得，举刀接着准备砍破羌的这两个亲信，破羌一看大事不好，便从后面跃出，两脚就把这两个胡夏人踢得栽倒在地。破羌带着两个亲信赶忙混入人群中，两个胡夏人看到被一个少年突袭，恼羞成怒，在后面紧追不舍，破羌他们转了几条巷子才摆脱掉那两个胡夏人的追赶。

破羌他们累得满头大汗，刚要休息一下，就见东城那边骑马跑来三个人，后面追着一队骑兵，那些骑兵一边奔跑还一边呐喊："抓住魏国奸细！抓住魏国奸细！"这时那两个大胡子胡夏人也追来了，情急之下，破羌一跃而起，把后面一个骑兵踢下马，自己跳上马背，两个亲信也分别夺下一匹马。三人骑马跟那三个魏国人一起向前奔跑，前面出现拦截的骑兵，被马上的三个魏国人拉弓搭箭射下。他们一路狂奔到北门，眼看就要关城门，破羌拍马上前，把守城的人全部砍倒，他完全不顾自己的安危，也丝毫不知道城墙上的弓箭手已经瞄准了他，好在那三个魏国人箭术了得，他们拉弓搭箭，不消片刻工夫，便把那几个弓箭手射落城墙。

城门外有大量的夏军，他们只能调头往城里跑。此时正是黄昏，前后都是夏军，他们看到一座巨大的门，此时也顾不得那么多了，一溜烟儿闯进去，夏军找不到他们，就到别处搜寻。他们发现那座大门里面全都是女人，原来他们在慌乱之中误闯了皇帝的后宫，宫女们看到几个男人进来，吓得纷纷躲进内院。有一个魏国人灵机一动，想到了个主意："不如我们扮成女人混出去！"他们一致觉得这个主意不错，就全部换上女人的衣服，从大门口走出去，居然没有人拦着。深夜他们走到城墙下，把女人的裙子都编成绳子，挂在垛堞上，依次爬上城墙，又原样出得城门。他们一起到驿站偷马，然后一路奔逃。

他们一口气跑出去好远，才终于把那些官兵摆脱。交谈中，破羌知道对方是北魏的拓跋焘，另两人分别是拓跋焘的哥哥拓跋齐和弟弟拓跋丕，拓跋焘也知道了破羌的名字。拓跋焘说：“听我祖父说，我们拓跋家族和你们秃发家族其实就是一家人，都来自鲜卑山，到了拓跋诘汾的两个儿子匹孤和力微才分的家，你们是匹孤的后代，我们是力微的后代。”破羌说：“我父亲也曾这样跟我讲过。”拓跋焘跟破羌说:“你以后叫我佛狸就行了，意思是鲜卑的狼，你怎么叫破羌？”破羌说：“我出生在破羌县，父亲希望我像破羌将军段颎一样平定河湟，故起名为破羌。”

说着后面又有喊杀声传来，六人又分别跳上马向前奔跑，他们一路交谈，觉得相见恨晚。破羌问：“佛狸，你来统万城干什么？”佛狸笑言：“我来统万城是为了招揽贤才的，自从晋朝八王之乱以来，天下一直大乱，有十六国之多，我希望将来可以招揽天下英雄一统天下，让天下苍生都能过上太平日子！”破羌听后，不禁对眼前的佛狸肃然起敬。

到岔道口即将分别，破羌和佛狸惺惺相惜，二人当即交换佩剑，佛狸朝东奔去，临走时朝破羌呼喊：“破羌，我佩服你的英雄气概，将来可以带着剑到平城找佛狸！”破羌带着自己的亲信向西而去。当时拓跋焘已是北魏太子，将来就是皇帝，他们的相会且是后话。破羌回去后，将自己在统万城探得的情报如实禀报给了炽磐，然后回家跟缦卿相会，久别胜新婚，他们在一起缱绻缠绵，感情比从前更好。

经过八年的筹谋，秃发家族的人觉得时机已到，他们准备实施计划。近日乞伏炽磐突然崇信佛教，他在小积石山中让工匠开凿石窟，雕刻佛像，人们将此称为唐述窟，这就是后来的炳灵寺。这积石山中林木茂盛，非常利于埋伏，秃发家族密谋在此地刺杀炽磐。然而，就在这关键时刻，突然传来耄耋之年的宗敞病危的消息，虎台带着秃发家族的人去看他，宗敞握着虎台的手说："唐述窟是炽磐的心腹之地，你们行事一定要机密，处事不密，必被诛族！"说完便撒手人寰。

宗敞去世后，秃发家族的人在媪坞会合。虎台觉得宗敞这时候去世，恐怕不是什么吉兆。娑媚却认为这是改朝换代的象征，现在行动反而是最佳时机，虎台听了娑媚的话，打消了心中的顾虑，对众人说："乞伏部本来就是我们秃发部的奴隶，后来脱离凉国自立，在他们灭国的时候，是我们收留了炽磐，他却恩将仇报，灭我凉国，杀我父王，我们卧薪尝胆八年，就是为了今天，三天后炽磐要去唐述窟拜佛，到时我们就在那里下手，一雪国恨家仇！"虎台说完，众人纷纷响应。

虎台按照事先娑媚所说的跟众人说道："三天后炽磐到唐述窟礼佛，如苟挑选五百勇士埋伏到山上，破羌和洛城会跟在炽磐身边，到时你们二人相机行动，斩杀炽磐，然后回军枹罕。我和娑媚、娑玛、保周、什寅在枹罕城里起事，假如夺取枹罕，就以枹罕为首都恢复大凉，假如攻不下枹罕，我们就率军从白土津渡河到乐都。"

众人听完，都觉得此次行动部署周密，万无一失。这时，如苟他们已经开始分头行动，破羌却突然皱起了眉头，他将虎台拉到墙角低声问他："大哥，假如我们无法刺杀炽磐，你们在城里不是成了瓮中之鳖，要有退路才是啊！"虎台信心满怀地说："这你就别担心了！就算你们杀不了炽磐，我们也可以夺取枹罕！"破羌虽然心有疑虑，但是看到所有人都充满斗志，他只好在内心劝慰自己，希望只是自己多虑了。

娑媚过后去跟什寅讲他们的计划，只是把恢复大凉说成是拥戴他为西秦皇帝。这两天他们装作跟往常一样，当然在暗中已经都做好了准备，如苟率领五百勇士已经藏到小积石山的唐述窟，什寅、破羌、洛城都在暗中调动自己人，媚坞中的武器和粮草也已准备好。破羌特意让人在媚坞附近的黄河边多备了船舶，跟保周商量万一不成功他们就带着南凉旧臣逃跑。晚上万事俱备，众人都在等待着明天的行动。

炽磐到唐述窟礼佛之前须斋戒三天，晚上他正在念《金刚经》，娑玛突然闯了进来。原来娑玛前几年得到炽磐的专宠，后来炽磐渐渐又开始宠幸娑媚，这让娑玛非常郁闷，她一直在想着如何把炽磐的心夺回。炽磐生气地问她："你来干什么？不知道我正在斋戒吗？"娑玛说："假如臣妾救陛下一命，你会不会只爱臣妾一个人？"炽磐看着娑玛柔弱的样子笑着说："你要救我，等你练成上乘的武功再说吧！大晚上的别再胡闹，你赶紧回去休息，明天我带你到唐述窟礼佛！"娑玛焦急地说："我没有胡闹！你先回答我，假如我真的能救你呢？"炽磐看她异常，就问："那你先说说你要怎么救我？"娑玛说："唐述窟万万不能去，他们要在唐述窟刺杀你。"炽磐听后大吃一惊："他们是谁？怎么杀我？你倒是详细跟我说。"娑玛看着炽磐，一口气把虎台的计划和盘托出。

炽磐听完后，倒吸了一口凉气，他不停地来回踱步，努力让自己镇定下来。炽磐安慰娑玛："爱妃立了大功，过后我会大大地封赏你，此事你先不要跟任何人透露，我自有办法对付！"娑玛请求炽磐不要杀虎台，炽磐没有回答，匆忙离去，离去前还吩咐下人把娑玛软禁在屋里，不准她出去与任何人碰面。

炽磐先是派人把皇后娑媚抓捕起来，接着派乞伏去列和乞伏白养去抓捕虎台一家，乞伏什寅看到事情败露，在家装病不起。虎台已经事先得到密报，所以安排破羌和保周带着他的儿子副周逃走，他让胡掖紫楼逃跑，无奈紫楼坚决不跟他分开。当天破羌和保周就住在虎台府上，虎台知道自己大祸临头，生机渺茫，临别前他拉着破羌和保周的手说："以后秃发家就看你们了，在西平的虎台祭坛下面有我多年积累的金银，你们将来可以用来招兵买马起事，重振秃发家！”说完流着泪就要推他们走，破羌要虎台跟他们一起走，虎台说：“我要是走了，炽磐就会倾全国之力去追击，到时候你们也会被我连累，你们快走吧！你们可以投靠北凉，娑罗是左夫人，她不会不管你们的，况且那里还有我们的兄弟！”

破羌只好含着泪跟保周带着副周逃走，破羌虽然担心缦卿，但是想到炽磐不至于杀自己的女儿，所以从虎台的府邸出来后，破羌和保周带着副周一路向城外逃去。他们在街上正好遇到逃亡的洛城，就一起向北门而去，守门的是洛城的旧部，洛城的旧部把他们放出城门，还给了他们一人一匹马。他们骑着马一路逃向媪坞，哪知等在那里的，却是炽磐的人。破羌想起还在小积石山埋伏的如荀，他们骑马继续向小积石山逃亡，路上由于洛城的马受伤，洛城让他们继续逃亡，自己藏进附近的树林。如荀还不知道变故，直到破羌他们骑马赶来，如荀才知道刺杀炽磐的计划已经败露，破羌让如荀率领他手下的部众赶往白土津。白土津的守将还不知道事情真相，于是破羌他们把关城骗开杀掉守将，从白土津坐船逃到了对岸。

他们没想到会在对岸遇到秦军，看到再也无法骗过，只好跟秦军大战，虽然最终把秦军杀退了,但是如荀手下的部众也伤亡惨重。副周在大战中失踪，急得破羌和保周四处寻找，二人甚至翻遍了战场上的那些尸体，尸体里根本没有副周，副周只是十来岁的孩子，兄弟二人抱头痛哭，不知如何向虎台交代。

此时，虎台和娑媚的党羽已经被抓，娑媚要见炽磐，炽磐害怕见到娑媚后，自己会忍不住饶恕她，所以拒绝相见。娑媚的儿子是当今太子乞伏暮末，娑媚让人去找暮末，暮末害怕影响自己的太子之位，狠心拒而不见。炽磐命人给娑媚送去了一丈白绫，心灰意冷的娑媚用白绫自尽而亡。娑媚死后，炽磐仍以皇后的礼仪厚葬了她。

由于炽磐信仰佛教，在这起叛乱中，他只斩杀了虎台和胡掖紫楼、阴利鹿、尉贤政等十来个首要分子，其他人他都没有追究。乞伏蕊姬为虎台苦苦求情，炽磐无动于衷，虎台死后，蕊姬看破红尘，到唐述窟出家为尼。而破羌的妻子缦卿，此时已经怀有身孕，炽磐把她软禁了起来，缦卿整天发了疯似的通过各种途径打听破羌的下落。

越质洛城后来被抓，同样被斩首，由于越质苏洛和越质诘归没有参与叛乱，所以他们在宫中的身份地位如故，并没有受到任何影响。什寅也被抓了起来，但他坚持说自己没有参与，炽磐虽然把他放了，但是从此对他更加不信任。娑玛看到自己的家人被杀，当时非常痛苦，过后很快就忘了，她想让炽磐封她为皇后，炽磐却发誓皇后的位置永远空缺。南凉复国运动彻底失败。

第四章

惊魂甫定遁凉州城　冤家路窄逢胭脂山

破羌和保周跟着如苟率领的部队残余一路逃亡，在一个三岔路口，如苟想要向西到青海湖，他不想再投靠任何人，破羌和保周则想去凉州投靠沮渠蒙逊，他们就在此别过。破羌和保周对南凉故地非常熟悉，他们昼伏夜出，穿过湟水谷地，越过祁连山脉，在山里遇到西秦的一支军队。原来西秦和北凉正在打仗，西秦现在已经在四处通缉二人，西秦军队一见到他们就追逐起来，兄弟二人拼命奔跑，一直跑到北凉军阵前，被北凉的士兵拿下。

在这里率兵打仗的是沮渠蒙逊的儿子沮渠兴国，兴国看到二人的样子时，忍不住大笑起来，二人身上衣衫褴褛，腹中饥肠辘辘，兴国赶忙让人给他们拿来两身新衣裳，又让人给他们盛来一大盆羊肉，兄弟二人狼吞虎咽很快就将那一大盆的羊肉给吃完了。北凉和西秦都在争取秃发旧部的支持，兴国知道破羌和保周对这件事的意义，他赶紧派人快马加鞭报告自己的父亲沮渠蒙逊。

匈奴卢水部的沮渠蒙逊派人去迎接破羌和保周，破羌和保周跟随着蒙逊派出的使者赶到凉州城下，在他们很小的时候傉檀就撤出了凉州城，他们是在乐都长大的，所以对凉州城的印象就一直停留在了小时候的样子，如今二人阴差阳错故地重游，都显得很兴奋，他们没想到凉州现在是这么一座宏大的城。凉州城如鸟翼一样展开，总共有相连的七座城池，东中西各有一城，南北沿中城排有五座城，主城有三层城墙，最外的是外城，中间的是中城，最里面的是皇帝居住的紫禁城。

沮渠蒙逊亲自率领北凉大臣和秃发宗族在城门迎接破羌和保周，蒙逊左边是秃发家族的俱延、樊尼、安周、染干、他儿和左夫人娑罗，右边是蒙逊的文臣武将。蒙逊一见面就说："两位兄弟辛苦了，现在终于回家了！"说着带他们到南面新城中的谦光殿。这谦光殿可谓是金碧辉煌,四周各有一个大殿，东面的叫宜阳青殿，南面的叫朱阳赤殿，西面的叫政刑白殿，北面的叫玄武黑殿，可以分别在春夏秋冬四季居住，破羌和保周还依稀记得小时候在这里玩过。

蒙逊在大殿中安排酒席，众人分两列坐下，酒过三巡后，蒙逊站起来说道："炽磐不仁不义，灭你凉国，杀你国王，我这就要为你们秃发家报仇雪恨！"当天蒙逊就在校场阅兵，并将破羌和保周封为将军，让他们直接率军向西秦进军，秃发部的人都以为要攻打西秦，人人都很兴奋，秃发贵族们当即动员部族们一同参加。

沮渠蒙逊和儿子沮渠政德、沮渠牧犍率军大张旗鼓出发，他们抵达西秦边境后却止步不前，原来蒙逊的真正用意是攻打西凉，他们在原地等待消息，既不前进也不后退，众人都在议论纷纷。直到有人来报，西凉国王李歆率全国的三万将士倾巢出动，蒙逊听后激动不已，只留下少数的人，命大军连夜向西前进，一路上扬言攻下了西秦的浩门城。

李歆听说大喜，率军向凉州扑去。殊不知蒙逊大军已经到达张掖西郊的怀城，蒙逊让怀城的人撤出，把大军埋伏在怀城周围。李歆大军抵达怀城时已是黄昏，前锋回报怀城是一座空城，李歆以为是蒙逊的兵弃城而去，命大军在怀城过夜。

西凉军在怀城安营扎寨，哪知半夜北凉军从四面八方包围过来，许多人还没反应过来就已经被杀死在睡梦中。李歆从梦中惊醒，在侍从的护卫下带着残余的军队向西逃去。他们从后半夜一直逃到次日清晨，李歆命人清点人数，发现人马竟损失大半，李歆的将军都说："蒙逊这是谋算好的，他的目的是灭亡我们国家，我们现在应该回军酒泉，守卫首都才是！"看着眼前残余的兵马，李歆又气又恼："我后悔没有听太后的意见，现在失败辱国，我若不杀了蒙逊这胡儿，还有什么脸面回去见我母后？"李歆统帅剩下的一万多人向蒙逊大军进攻，可哪里是蒙逊的对手，李歆被打得丢盔弃甲。蒙逊率军乘胜追击，最终李歆被蒙逊部将抓住，他对蒙逊骂不绝口，蒙逊当即让人砍了他的头。

蒙逊大军如天降神兵，把酒泉城团团包围，李歆此次率军出征可谓是孤注一掷，他把西凉的主力全部带走，现在守城的只剩下老弱病残，蒙逊命秃发部强攻，西凉军在尹太后率领下拼死抵抗，虽然秃发部伤亡惨重，但是酒泉城还是被他们给攻破了。

北凉军进入酒泉城，尹太后率领李氏家族投降，只有李歆的几个弟弟逃往敦煌。后来李歆的弟弟李恂在敦煌称王，一年后也被蒙逊灭掉，西凉至此灭亡，后来西凉李氏的后人在几百年后建立了唐朝，这些都是后话。

破羌奉命押送李氏皇族的人前往凉州，由于自己也是亡国王子，对他们深有同情，在路上便尽量照顾他们。大军刚过张掖，突然有个少年偷马逃走，马背上还有一个小女孩，破羌赶紧骑马去追赶，一直追到南面的胭脂山。马上的人气喘吁吁的，小女孩摔落下来，马上的少年也跟着跳了下来。破羌从后面追上来，只见落马的小女孩脸色惨白地躺在少年怀中，少年拔出随身携带的短刀，以敌视的眼神看着他，一副随时准备跟他拼命的样子，这让破羌想起南凉国灭亡时的自己，他不忍心伤害他们。这时破羌的随从也赶来了，他们拔刀上前，却被破羌给拦了下来。小女孩眼看就要不行了，破羌跟少年说什么都不行，他只好使出本领把少年的刀踢飞，然后让人先把少年控制起来。破羌将小女孩抱到来时经过的一顶帐篷里，让牧民给她喂了些肉粥，她才苏醒了过来，原来她是太饥饿了。

少年看到破羌在救小女孩，便慢慢对破羌友好起来。破羌问少年：“她是你妹妹？”少年点头说：“我们的部落被人攻破，我们的父王被人杀死，我和妹妹一路逃亡到祁连山中，被人当奴隶贩卖到酒泉的王宫，现在又成了亡国之奴。”破羌对兄妹二人的遭遇很是同情，他害怕蒙逊的人追来，就让他们二人在这里休养，留下些银两给牧民，让牧民好好照顾兄妹二人。破羌离开时，少年追出来，他在草丛中找到自己的刀，少年对破羌说：“你救了我们兄妹一命，将来我怎么还你？”破羌笑着说:“只要你能保护好你妹妹，这就足够了！”破羌看他的刀生锈了，想要给他一把长刀，少年却坚决不要：“这是我父王留给我的，我将来要用它来报仇！”破羌看着少年稚气的脸，忍不住落下泪来。

破羌带人返回队伍，因为逃跑的只是两个下人，所以之后也没有人再过问此事，沮渠政德和沮渠牧犍兄弟心思也根本不在这里。尹皇后有两个女儿，一个叫李敬情，一个叫李敬爱，都生得风华绝代，她们的美貌远近闻名，所以这次一攻下酒泉城，政德、牧犍兄弟就争相去一睹这两姐妹的芳容。兄弟二人在路上让专人照顾尹皇后，她的两个女儿自然跟着，两个美人李敬情和李敬爱也是不知亡国恨，很快就跟政德、牧犍两兄弟好上了，这两个女人也不是省油的灯，回到凉州城不久就先后使出手段嫁给了政德、牧犍兄弟二人。

从前凉州地区群雄并起，现在西秦吞并南凉，北凉吞并西凉，西秦和北凉成了最后剩下的两大势力。蒙逊灭亡西凉，算是解决了后顾之忧，西秦开始成为阻挡他东进的障碍，他开始谋划灭亡西秦。蒙逊和炽磐连年征战，互有胜负，这时柔然从北方进攻北凉，迫于局势，蒙逊派人向炽磐请求联姻，炽磐把女儿兴平公主乞伏芸卿嫁给蒙逊，蒙逊册封芸卿为右夫人。蒙逊的正室是孟皇后，蒙逊起初宠幸左夫人娑罗，自从芸卿来后，就整天跟这天生丽质的公主腻在一起。

蒙逊娶西秦公主，不过是他的缓兵之计，等到北凉休养过来，他便派出太子沮渠政德前去进攻西秦，一下子攻占了西秦的重镇广武城，政德乘胜追击，中了西秦的埋伏，被西秦俘虏。蒙逊还准备把王位传给政德，没想到政德却落入西秦之手，他赶忙派使者前去商谈，希望用三万斛米换政德，炽磐一口回绝了。最后炽磐写了封信给蒙逊，信中说，若他真想换回他的太子政德，除非用广武城或破羌、保周兄弟来与他交换。

使者把信带给蒙逊，蒙逊看后反复盘算，决定把破羌和保周交给西秦。但为了不得罪秃发贵族，他想到了一出借刀杀人的计谋。他当天召见破羌和保周，对他们兄弟二人说道："广武是你们祖先发迹的地方，我们新攻下此地，因为广武还有许多秃发旧部，所以我让你们兄弟去治理，现在我任命破羌为广武太守，保周为司马，明日赴任。"皇命已下，兄弟二人没得选择，只好当堂领旨。其实蒙逊早就谋划好，他准备在路上把兄弟二人捆绑送给炽磐，到时对外宣称破羌和保周是被西秦人劫掠走的，这样不仅一举两得，还可省去许多麻烦。

兄弟二人正准备离开，蒙逊叫住破羌说："我的使者在西秦打听到了你妻子缦卿的事，她给你生了一个大胖小子，虽然炽磐把她软禁起来，可毕竟是自己女儿，她让你一切放心！"破羌听后，急忙问详细的情况，蒙逊添油加醋说了一番，破羌高兴得手舞足蹈，蒙逊却在内心得意着自己的计谋。

兄弟二人回去向秃发皇族道别，破羌一路上都在想孩子的名字。他们见到樊尼，樊尼感觉蒙逊派破羌和保周到广武城赴任这件事，事出蹊跷，樊尼联系娑罗，让娑罗晚上到蒙逊书房偷看书信，娑罗看到炽磐写给蒙逊的信吓了一跳。娑罗派人连夜去找破羌和保周，把实情告诉了他们。保周说："我们连夜出城，逃得远远的！"破羌说："现在城门紧闭，我们若是贸然出城，一定会被蒙逊发现，不如当做什么也不知道，在路上杀了官差逃走！"兄弟二人计议已定，把能带走的金银细软都带在了身上。

第二天，破羌和保周装作什么事也没发生，沮渠牧犍亲自到城门口相送，还派了一队官差护送他们去广武。二人带着众人向广武出发，晚上在一个驿站休息，破羌事先在官差的饭中下了蒙汗药，饭后这些人都横七竖八地睡着了。破羌叫保周赶紧离开，保周却说："这些人若留着，明天他们就会回去报告我们的行踪。"破羌说："他们也是无辜的，没必要杀他们，就算杀了他们，来往驿站的人还是会知道的。"保周不听，把那些官差全部砍死了。

兄弟二人离开驿站，保周有些茫然："秦国和凉国我们都去不了，现在我们还能到什么地方呢？"破羌看着自己的佩剑，眼前一亮，对保周说："我们到平城，我们秃发家跟拓跋家本是一家人，我前不久遇到魏国太子拓跋焘，他是当世的英雄，将来一统天下的必定是他。"

他们骑马连夜向东逃跑，投奔北魏。半路实在是太累，后半夜便在一个客栈住下，第二天上午他们才醒来。他们还想着先到街上去购置点路上带的用品，可出门后却发现人们都在围着官府刚贴出的告示指指点点，破羌心想，他和保周应该没有这么快就被发现的，他挤进人群去看，这一看可不得了，正是他和保周的画像，他们赶忙从人群中撤出，当即退房走人。原来保周将那些官差全都砍死后，驿站的老板看到发生了大命案，立即连夜向官府报了案，兄弟二人杀官兵外逃的消息，就这么一夜之间传遍了北凉。

破羌和保周在路上不断看到搜捕他们的官兵，破羌说："现在蒙逊在东面让人搜捕我们，他知道我们要向东逃亡，我们不如先向西走，等到风声不紧，再找机会向东到平城。"

他们往西走，果然西面查得没那么紧。他们昼伏夜出，一直进入祁连山中，山里没有吃的，他们就打野兽吃。谁料山中居然下起了大雪，野兽也再难打到，眼看没有了任何食物，他们只得把自己的马杀了果腹。兄弟二人想要出山，又在山中迷了路，转了几天，终于在白雪皑皑的山林中相继昏了过去。

破羌在昏迷中看到自己正跟缦卿在山花烂漫的荒野里奔跑，缦卿跑到山崖边不慎滑下，他眼睁睁看着缦卿在眼前消失，开始大声呼喊。破羌突然从昏迷中惊坐而起，却发现自己是在一顶帐篷里，原来刚才只是做了一场梦。破羌看到帐篷里一个男子正在地上用石臼捣一种花，一个小女孩在往瓷瓶中装东西。破羌的叫声把小女孩惊到，她赶忙过来瞧了瞧，看到破羌醒了，小女孩开心地跑到男子身边："哥哥，有一个醒了！"男子赶忙过来看破羌，还让小女孩端来肉汤，小女孩喂破羌喝下一碗肉汤，破羌感觉有了力气，赶忙四处找寻保周，他发现保周正躺在对面，他过去叫醒保周，看到保周缓缓睁开了眼，他才放下心来。在男子的嘱咐下，小女孩也给保周喂了些肉汤，保周喝了肉汤也坐了起来。

破羌感觉眼前的这位男子和小女孩非常眼熟，可是又记不起在什么地方见过。看到破羌和保周都醒过来了，男子显得很激动，他对破羌说：“壮士可还记得我们兄妹？这世界真是太巧了，壮士救过我们，现在我们终于还回来了。”破羌看到男子腰间的短刀，猛然想起他们正是自己在征伐西凉后放走的那对兄妹，而男子在山中恰巧遇到了昏迷的他们，这才把他们给救了。

男子说：“过几日有波斯国商人经过，大人这几天就要集齐胭脂，我们要赶紧提炼。”说罢，兄妹开始加工胭脂，妹妹把红蓝花放入石臼中，哥哥用石杵捣烂，满屋子都是花香，只见满石臼都是泥状的花，红中间黄，哥哥又把花泥放在纱布上拧干，把花泥放到乳酸中淘洗，经过几次淘洗，哥哥把纱布拧干，等到打开便看到花泥变得鲜红欲滴，妹妹把这花泥拿出去晒干，然后拿回屋里放进瓷瓶中，胭脂便做成了。

他们在交谈中得知这对兄妹分别叫乙弗匹知和乙弗艳华，破羌正要告诉兄妹二人自己的真名，这时部落大人来催促乙弗兄妹制作胭脂，破羌和保周赶忙到帐篷后面躲藏起来，等部落大人走后，破羌和保周为防万一，只跟乙弗兄妹说了化名。

破羌拿起桌上的瓷瓶，打开看到瓶子里鲜艳的胭脂，不禁想起妻子缦卿取胭脂时的样子，想到自己当时只顾逃亡，都来不及去见妻子一面，心中不免感伤。过后，他在北凉托使者打听到了缦卿的消息，知道缦卿生下了一个儿子，欣喜若狂的他还想着何时能见上他们母子一面，但却没想到自己又踏上了逃亡之路。

破羌走到屋外，只见漫山遍野都是红蓝花，原来他和保周已经来到了胭脂山。破羌想起梦中跟缦卿在一起的情景，不知不觉便走到了山下。破羌走到百花池，池边有许多正在浣洗衣服的匈奴女子，北凉是匈奴卢水部建立的，他们都是匈奴帝国的后人。他听到有女子在用匈奴语唱歌：失我祁连山，使我六畜不繁息；失我胭脂山，使我嫁妇无颜色。女子的歌声在百花池中回荡，凄婉的音色氤氲在天地间，仿佛和晨光中的水汽凝为了一体。

破羌沿着小路不知不觉走到山下的胭脂镇，这里是丝绸之路的必经之地，街上往来的客商摩肩接踵，有匈奴人、鲜卑人、羌族人、氐族人、汉族人，还有波斯人、罗马人、印度人。当地最大的市场是胭脂市，许多客商都是来胭脂镇采购胭脂的，这里的胭脂可谓行销天下。

破羌害怕被官差发现，在街上买了一顶毡帽戴上，并把帽檐压得很低。他走到郊外，突然感觉有些饿了，便又返回镇上，找了家饭馆准备吃饭，他刚坐下就看到有人在调戏对面桌的一个金发外邦女子："姑娘，一个人吃饭啊！"女子说："本姑娘一个人吃饭碍你什么事？"在女子跟那个无赖理论的时候，那人的同伙已经从后面把她的钱包偷走了。这一切都被破羌看在眼里，没等偷钱的蟊贼离开，就被破羌一把给抓住了，虽然破羌的身体才刚刚恢复，可对付这样的小蟊贼，还是绰绰有余的，他只施展了几招功夫，女子的钱包就到了他的手中。

破羌将钱包还给外邦女子，女子看着破羌，眼里发出异彩，显然她是被破羌刚才的功夫给镇住了，她正要上前表示感谢，刚才负责引开外邦女子注意的那个蟊贼突然带着一帮人跑来，女子见状赶忙拉着破羌从后门出去，她率先跳上马，又伸手拉破羌上马。破羌坐在女子身后顾不得那么多，他抓起缰绳，策马扬鞭，二人骑马从院内冲出，绝尘而去，那帮贼在后面气喘吁吁追赶了一阵子便停下了。

破羌和女子骑着马跑出去好远，看到后面那群贼已经被他们甩脱了，破羌舒了一口气，这时候他才惊觉女子在自己怀中，想到男女授受不亲，他慌忙放开了手，女子一不留神差点栽下马，破羌赶紧伸手抱住她，哪知他不小心抓到了女子的胸部，破羌感觉浑身不自在，赶忙让马停下。破羌有些害羞和尴尬，女子却完全不以为然。

他们牵着马边走边聊。女子问破羌：“你是当地人？”破羌说：“我只是路过。”女子又问:“你要到哪里去？”破羌情急中看着自己的佩剑想起拓跋焘：“平城！”女子说：“正好我也要去平城。我叫美罗德，你叫什么？”破羌说：“秃发破羌。听你名字不像是东方人。”美罗德说：“我从波斯国来的。”

美罗德跳上马要带破羌一起走，破羌看着马上的美罗德，想起刚才二人在马上的情形，犹豫着要不要上马，美罗德似乎看穿了破羌的心思，她笑着对破羌说道：“刚才我们不是已经一起骑过了吗？有什么可害羞的！”破羌听了美罗德的话，这才跳上马。二人打马慢步前行，不久便进入胭脂镇，他们在一家客栈前停下。美罗德带破羌看屋后的骆驼，破羌只见黑压压的一片，破羌问:“这都是你的？这有多少头？”美罗德点头，得意地说:“一百五十头。”破羌开始盘算着混入她的商队离开这里，美罗德说：“你的伙伴呢？我们可以一路同行。”这正是破羌求之不得的，不过让他纳闷的是，美罗德怎么会猜到他还有同伴，破羌管不了那么多了，他觉得美罗德应该不会害自己，美罗德的驼队正在收购胭脂，约定三天后一大早出发。

破羌返回乙弗兄妹的帐篷，跟保周商量到平城投奔拓跋焘，乙弗兄妹听到，也要跟他们去平城，乙弗匹知说他们在这里的生活形同奴隶，还不如跟他们一起去平城寻条出路。乙弗兄妹赶在第三天下午向匈奴大人上交了一批胭脂，这样匈奴大人这几天就不会去他们的帐篷催缴胭脂了。

晚上，四人赶到美罗德的客栈，破羌跟美罗德说：“我们不能被当地官府发现，一旦被他们发现，我们四个都走不了。”美罗德说：“这个简单！”她找来四套波斯服装，让破羌他们换上，接着又为他们一一化了妆，经过美罗德这么一打扮，只要他们不开口说话，根本就看不出来他们是假冒的波斯人。

第四天一大早，他们就随着长长的驼队出发了，一路上美罗德的视线从未离开过破羌，连保周他们都看出来美罗德对破羌有意，破羌又怎么会不知，可他此时内心却惦记着缦卿。他们抵达凉州城，在城外的客栈休息，商队交换货物后，继续向平城前进。在北凉的边境，他们遇到检查的人，都被美罗德想法应付了过去。为了回避胡夏的劫掠，他们向北绕道草原，幸好一路上没有遇到游牧的柔然人。

前方就是北魏六镇沃野、怀朔、武川、抚冥、柔玄、怀荒中的武川镇，这时北方的草原上尘土飞扬，美罗德说那是柔然骑兵，他们驱赶骆驼加速前进，到武川镇下，柔然人才撤去。他们进入武川镇，美罗德说："现在四处动乱，买卖是越来越难做了，魏国现在比较强大，能够保护沿途的商旅，所以商人们一般都会选择到平城贸易，然后在那里将自己带来的货物行销各地。"

他们进入盛乐城，盛乐城是北魏的北都，城中一片繁盛之景。这里有美罗德家开的商铺，她领他们到她家的波斯商铺，在那里安顿下来。夜里众人都睡下了，破羌睡不着起身到院子里透气，他看到账房中还亮着烛火，过去一看，竟是美罗德。美罗德正在核对账本，她的脸在柔和的烛光下美得无可挑剔，破羌站在门外竟看得痴了起来。美罗德抬头看到破羌，问道："这么晚了，你怎么还没睡？"破羌一下回过神来："我……我睡不着，出来走走！你怎么也没睡？"美罗德说："这次店里又进了一批货，账房先生不在，我得亲自核对下账目！"破羌主动提出要帮美罗德查账，美罗德便把一本账目本递给了他，破羌很快就投入到工作中，美罗德望着破羌少年英俊的脸庞，突然心中升起了无限的爱慕，在这寂静的夜里，她再也无法控制自己的情感，她从背后抱住破羌，破羌和美罗德都听到了彼此剧烈的心跳声，正在这时，不知哪儿来的野猫突然从窗口蹿入屋内碰翻了桌上的茶盏，破羌一下子惊醒过来，他蓦地站起身，用力推开美罗德，对美罗德说："男女授受不亲，我不能污了你的清白！"说完就冲出了门外，美罗德看着破羌离去的背影，气得拿起账本朝野猫砸去。

次日，美罗德装作什么事都没发生过，带着破羌四人到街上闲逛，破羌看到美罗德一副没事人的样子，也放下心来跟大家一起玩闹。乙弗兄妹看到什么都好奇，美罗德给他们买了各种小吃、衣服和玩物。路上破羌笑着跟乙弗匹知说："其实我的真名叫秃发破羌，我的哥哥叫秃发保周！"乙弗匹知不听则已，一听脸色就变了。乙弗匹知问破羌："你难道是秃发傉檀的后人？"破羌还不明就里："我父亲是秃发傉檀，我是他最小的儿子，我的大哥是秃发虎台，可惜我的父亲被炽磐杀死了，我的哥哥和姐姐也被杀了，只有我和保周逃了出来……"破羌还准备向乙弗匹知道歉上次他和保周并非有意隐瞒他们的真名，谁料乙弗匹知突然拔出短刀就刺破羌，旁边的保周看到了，上前挡开，两人开始搏斗，最后保周把乙弗匹知制服了。

破羌问乙弗匹知："你难道中邪了吗？"乙弗匹知咬牙切齿地说："你才中邪！你们秃发家十恶不赦！我眼睁睁看着国家被灭，父母被杀，现在你的国家也被灭，父母也被杀，这真是报应！我当时就发誓为父亲报仇，要把仇人的全家用这把短刀全部杀死！"保周要杀乙弗匹知，破羌赶忙制止："这是上代人的事，你忘了他们救过我们？"乙弗匹知说："你们也救过我们，我们现在算是扯平了，以后你我再没有恩情可言，你走你的路，我报我的仇！"

保周把乙弗匹知放开，这时美罗德带着乙弗艳华赶到，美罗德为乙弗艳华买了一件新衣服。乙弗匹知拉着乙弗艳华就走，美罗德赶忙上前去问究竟，破羌把她拦住了，他们三人看着兄妹二人消失在人群中。破羌知道乙弗匹知是不会轻易死心的，亡国之痛，杀亲之仇，他不是没有经历过。破羌在回家的路上跟美罗德讲了他们兄弟二人和乙弗兄妹之间的恩怨，美罗德说："人世哪有这么复杂！"破羌说："人世也许远比这个还要复杂！"

盛乐城的中心有座大煤山，晚上美罗德带破羌到大煤山的山顶上，从大煤山顶可以眺望整座城市，看着阑珊灯火中的盛乐城，他们仿佛感觉置身于太平盛世。他们看着天上的明月，美罗德低声许愿，破羌问她："你在跟谁说话？"美罗德说："我在向月亮许愿。"破羌说："许的什么愿？"美罗德说："让你成为我的丈夫！"破羌没想到这次美罗德会如此大胆热辣地向自己表白，美罗德在他的脸颊上亲吻了一下，破羌不小心从山坡上滑下，美罗德站在山坡上哈哈大笑："这至于把你吓成这样？"破羌在山坡下说："我已经有妻子了！"美罗德说："你说的是秦国的那个公主？秦国是你的敌国，我怕这辈子你们再难相见！"破羌说："我们约好白头偕老的！"美罗德说："我就不信你会一直不变心，我相信有一天你会爱上我！"天色已晚，他们一起回到商铺，准备明天继续向平城进发。

第五章

平城知遇北魏太子　虎牢破羌初显英豪

破羌和保周随着美罗德的驼队就要抵达平城，远远地看到平城，破羌就被平城的雄伟给折服了，他跟美罗德说：“以前我感觉我们凉国的乐都城很大，后来看到夏国的统万城才知道乐都城小，后来又看到凉州城才知道统万城小，现在看到平城才知道凉州城小！”美罗德听罢笑了起来。放眼望去，只见平城四周都是苑囿，有如浑水环城一周，最外的郭城有三十二里，中间的京城有二十里，北面是皇家居住的皇城。当天他们抵达郭城，这里全部被规划成豆腐块一样的里坊，美罗德家的波斯总店在市廛坊，那里是繁盛的商业区。

破羌想起自己跟拓跋焘在胡夏的相遇，他拿着当初交换的佩剑就要去找他，却被保周给拉住了。保周说：“拓跋焘贵为太子，迟早要做皇帝，我们这么落魄，他会认你吗？”破羌说：“拓跋焘不是那样的人，假如他不认我，就当是我看错人了。”保周叹了口气，只好陪他一同前往。

兄弟二人出门时正遇到美罗德，美罗德知道情况后问破羌：“你是不是进宫后就要当大官，那我以后还能见到你吗？”破羌笑着说：“放心吧！现在我连家都没有了，就算当官了，下朝之后还是要回来的。”美罗德还是有点依依不舍，保周在一旁调侃二人："真是郎情妾意！美罗德你不如嫁给我弟弟，破羌你不如娶了美罗德，我这做哥哥的今天就为你们做主！"。美罗德开心起来："好啊好啊，你说的可是真的？"保周看着美罗德笑了起来，保周对美罗德说："女孩子家到谈婚论嫁的时候，要学会矜持！"破羌在一旁急得面红耳赤，他对美罗德说道："千万别听保周乱说，他是在跟你开玩笑！"美罗德听完显得很不开心，破羌不知道说什么好，只好转身独自离去。保周看到破羌走了，赶紧追了上去，保周说："你不会生气了吧？我看美罗德对你一片真心才这么说的！"破羌的气其实早已消了大半，他假装埋怨保周道："你明知道我已有了缦卿,你还开这样的玩笑！"保周嘀咕:"男人有个三妻四妾不是很正常吗？"破羌说："那是你不知道我对缦卿的感情！"保周答应下次不再乱开玩笑，破羌这才松了口气。

兄弟二人到了太子府，被侍卫挡在了门外，他们在跟侍卫争执的时候，里面出来了一个英俊的少年，他跟破羌说："我父王出征柔然了，不日就将得胜归朝，请二位改日再来。"这位英俊少年正是拓跋焘的世子拓跋晃。他们只好告辞而去。

美罗德正在店里懊恼，没想到破羌和保周垂头丧气回来，美罗德一看到破羌一副失落的样子，对他的怨气一下子抛到了九霄云外。美罗德得知了事情的经过,把他们安慰了一番。他们在店里安顿下来,平时帮美罗德打理商店，随时打听着拓跋焘回来的消息。

这天破羌和保周正帮美罗德搬运货物，就看到街上敲锣打鼓好不热闹。他们跑到街上，只见路两边人山人海，中间是长长的仪仗队，破羌向围观的人询问才知道是太子征柔然得胜归来。破羌赶忙从腰间摘下宝剑，等到拓跋焘骑马经过时，他拼命向拓跋焘挥舞手中的剑，可惜夹道欢呼的百姓太多，拓跋焘根本听不到他的声音，他往前追了好久都没有引起拓跋焘的注意。

拓跋焘在仪仗队的欢迎下直接进入内城，接着又进皇城去拜见明元帝拓跋嗣。破羌和保周守在皇城大门口，一直等到拓跋焘带着赏赐出来，破羌不顾侍卫的阻拦，闯到拓跋焘的马前，侍卫以为是刺客，把破羌压倒在地上，破羌拼命举起手中的佩剑对拓跋焘喊："佛狸，你还记得这把剑吗？"拓跋焘看到自己的剑，他又从腰间拔出破羌的剑，他端详了破羌半天，终于认出了他，赶紧让人将破羌放开。拓跋焘跳下马，不等破羌解释，就带着他一起回了太子府。

破羌和保周跟拓跋焘回到太子府，拓跋焘设宴款待兄弟二人，拓跋焘还请来了他的哥哥拓跋齐和弟弟拓跋丕。破羌跟拓跋焘讲述自己分别后的遭遇，拓跋焘说："人生不经历磨难怎么会成长！现在天下动乱，朝廷正是用人之际，明天我就将你们兄弟二人引荐给我父王！"兄弟二人叩谢，拓跋焘赶忙将他们二人扶起。拓跋焘和破羌、拓跋齐、拓跋丕回忆起他们在夏国都城统万城相遇的场面，讲到他们误闯后宫，穿着女人的衣服出来，又用女人的裙子做绳索逃走，四个人都哈哈大笑起来。当天他们喝得杯盘狼藉，破羌和保周被安排住在了太子府上。

次日，拓跋焘带破羌和保周进入皇城，破羌发现皇城沿路都是森严的侍卫，一直到太极殿，他和保周见到了明元帝拓跋嗣。

破羌和保周按照拓跋焘所教的行礼，拓跋焘说："父王，儿臣要向你引荐两位英雄，他们是凉国君主秃发傉檀的两个儿子破羌和保周，凉国灭亡后他们的父亲被杀，先被乞伏炽磐俘虏，后投奔沮渠蒙逊，可惜后来却被蒙逊所算计，儿臣在统万城侦查时，破羌曾经救过儿臣一命，现在他们兄弟二人想投奔我们大魏。”明元帝说:“虎父无犬子，傉檀也是一代豪杰，可惜时运不济。若讲起来，我们拓跋部和秃发氏本就是一家人。现在天下纷争，北有强敌柔然，南有刘宋劲旅，正有你们的用武之地。况且你们还曾经救过太子，朕先封你们为骑都尉，统领皇城的羽林军。”

兄弟二人谢恩，拓跋焘带他们去上任，羽林军共有五队，正有两个空缺，另外三个骑都尉是刘尼、陆丽、长孙渴侯，他们统归兼职羽林中郎将的拓跋焘领导。这三人的父亲都是北魏的大官，对破羌和保周不以为然，长孙渴侯尤其骄纵。拓跋焘为了让二人服众，在校场专门为他们举办了一场比赛，不出拓拔焘所料，保周武功第一，破羌骑射第一，兄弟二人顺利走马上任。拓跋焘还给他们送了一套院子，美罗德经常去看破羌。

这天明元帝紧急召集文臣武将到太极殿议事，臣子三拜九叩后，明元帝说道：“自从苻坚淝水之战失败以来，北方重新陷入战乱，我们魏国虽然消灭了燕国，分得一杯羹，但是天下还被群雄所占，刘裕趁机攻占长江黄河间的地域，灭了后秦和南燕，重新占领长安、洛阳。现在刘裕已死，听说他的儿子刘义符是个窝囊废，每天声色犬马不理朝政，还玩物丧志，正是我们收复河南的好时机！”

明元帝当即封大将奚斤为都督，又派吴兵将军公孙表跟随，吴兵将军是专门为攻打南朝而设立的。奚斤率领大军浩浩荡荡南下，黄河南岸是南朝的四大重镇，即洛阳、虎牢、滑台、碻磝，他们面临的第一大重镇便是滑台城。临行前明元帝跟他们说：“滑台是宋军四镇中的第一重镇，城池坚固，你们可以绕过滑台,先攻下宋朝的江淮地区,前线的这些重镇不攻自破。”公孙表却说：“臣冒死上谏,正因为这是宋军第一镇,我们就要不惜代价攻下,其他城镇看到,自然望风而逃。假如绕道攻击，必将腹背受敌，不但无功，还会大败！”明元帝觉得公孙表所说也有几分道理，公孙表倚老卖老，还立下了军令状，明元帝看他是老臣，就同意他的意见。

奚斤和公孙表率领魏军把滑台城团团包围，不过滑台城守将早有准备，兵来将挡、水来土掩，魏军用尽了一切办法，都攻不下滑台城，魏军的伤亡日益严重，滑台城却安然不动。明元帝得知此事勃然大怒：“公孙表这个无能之辈，当初就不应该听他的计策，还要我亲自出马！”拓跋焘知道明元帝身体不好，进谏道:“父王现在龙体欠安，还是由儿臣率兵督促。”明元帝不放心，让人率兵到北面防范柔然趁机袭击，自己带着拓跋焘御驾亲征，破羌和保周也随军前往。

明元帝率领的魏军抵达燕国的旧都中山城，他派人连夜送书信到前线，命公孙表继续围困滑台，让奚斤率兵绕道黄河南岸，魏军如同天降，接连攻下青州、兖州、豫州大片土地，晋朝的王室大将司马楚之也投降奚斤。这时滑台守将慌了，要派人前去增援，被公孙表打了个大败，至此总算攻下滑台城。

公孙表又继续率军前去攻打虎牢关，他认为虎牢关是洛阳的门户，要攻下洛阳就得先攻下虎牢关。虎牢关的关口可谓一夫当关、万夫莫开，守关的又是宋朝名将毛德祖，公孙表根本攻不下来。这又让明元帝大怒，他命奚斤绕路攻下洛阳城，自己率军到虎牢关前线督战，依然是攻不下来。

晚上明元帝骑马带着拓跋焘和破羌、保周到黄河边侦查。虎牢关果然是一座雄关，背靠嵩山，面朝黄河，明元帝问拓跋焘：“佛狸，你可知这里为什么叫虎牢关？”拓跋焘说：“据说是周穆王在此地养虎而得名。这里自古以来就是兵家必争之地，项羽和刘邦在这里反复争夺，刘邦得到虎牢关就建立大汉，刘关张三英战吕布，马上就闻名天下建立蜀汉，所以虎牢关的得失关系我大魏王朝的命运！”

他们四处查看，明元帝嘟囔说根本没有破绽，破羌在旁边说道：“任何的关口都是有破绽的，关键在于用心去发现。洛阳虽然有八个关口，还不是一个个都被攻下了，虎牢关之所以没有被攻下，实在是因为有一个守关高手。”破羌和保周本来只是担任警卫的任务，在军事方面本不该多言，看到破羌在明元帝面前失言，保周赶忙拉他的衣袖，想要阻止他继续说下去，可为时已晚。明元帝听后并没有责怪破羌，反而回过头来问破羌：“那你觉得这关口的破绽在哪？”这时关城上的人正垂下水桶来打水，破羌指着那些水桶说：“虎牢关虽然坚固，但是里面的人需要吃喝，粮食应该是储备丰富，水却需要随时取，所以断水就能破关！”

明元帝觉得有理，他当即让人把舰船开到河上，日夜不停攻击，阻断宋军取水之路。宋军虽然士气受到影响，但是魏军仍然攻不进去，这让明元帝纳闷，他找来当地人询问，才知道虽然关城在山上，他们却掘有一口深达四十丈的水井。一时间，双方陷入僵持。

守关的毛德祖知道攻城的主将公孙表的来历，就派人写了一封书信约定一起劫持明元帝到刘宋，并故意让这封书信落到了魏军手中。这封信被太史令王亮得到，公孙表自认为文武全才，曾经侮辱过王亮，王亮一直记恨在心，他毫不迟疑就把这封信交给了明元帝。王亮说：“公孙表本来是慕容永的人，后来投靠慕容垂，最后才到我大魏，现在又要投靠刘宋。前面先是故意攻不下滑台，现在又在虎牢关前止步不前，这封书信就是证据。”明元帝已经对公孙表多有不满，现在魏军又伤亡惨重，当夜他便派出卫士潜入公孙表营帐，用绳子把公孙表勒死。

毛德祖听说公孙表被除掉，就开始准备击退魏军的方法，他先是从关城挖掘六条地道，一直挖到魏军的背后。明元帝正跟文臣武将在营帐中商议破敌之策，就听到背后喊杀声震天，众人都不知道怎么回事，顿时乱作一团。宋军直奔明元帝营帐，破羌立刻跳上战马拼杀，明元帝和拓跋焘也骑上马，破羌一马当先，根本不顾自己的安危，杀出了一条血路，保护明元帝到安全的地方。这次宋军突袭，虽然杀了很多魏军，还把魏军准备攻城用的器械一把火烧掉，但是毕竟他们人数少，只能见好就收，先返回城里。

经过这一战役，宋军士气高涨，魏军则垂头丧气，毛德祖次日乘机出击，魏军被打得四处逃跑。这时奚斤带着得胜的军队赶到，魏军重新杀了回去，破羌也跟着一直杀到关城下面，这次宋军损失惨重，魏军重振士气。在战场上，破羌身边有一员将领一直跟他齐头并进，回到营帐，奚斤就向明元帝举荐了这员将领："这就是司马楚之，他本来是晋朝皇室后裔，可惜晋朝被刘裕篡位，楚之侠肝义胆，曾经感动刺杀他的人，他的周围聚集大批愿意为他去死的将士，可以安置四个郡，现在率部来归降明主。"明元帝当即封他为征南将军、荆州刺史。

明元帝看到破羌勇武，专门在众将面前表扬了他，这时破羌却说："陛下，宋军一直能够守城，全靠城中的一口深井，既然敌人可以挖地道到城外袭击我们，我们何不挖地道进去，把他们的井堵起来，这样虎牢关就不攻自破。"明元帝就命破羌和保周去挖地道，他们找来当地人，问清楚那口井的准确位置，便开始朝着那口井所在的方向挖起地道来。

在破羌连夜挖掘地道的时候，毛德祖也开始日夜修筑城墙，他感觉这次难以解围，所以命人在关城内又修筑两层城墙，准备抵抗到底。破羌的人在一个晚上就打通了到虎牢关城中的深井，破羌让人把上面的井口堵塞，并把下面的井水引出城外。关城的人再也喝不到水，没有水哪里还有力气，近日天气又是出奇炎热。明元帝命奚斤攻城，魏军带着攻城器械，如狼似虎攻入城里，却遇到里面新修的城墙，奚斤命将士猛攻。毛德祖聚集部众在里面继续抵抗，宋军渴到受伤的士兵都流不出血的地步仍然不肯投降，他们日夜睁着眼睛守城，击退一波一波的魏军，许多人因此得了眼病。魏军攻入第二层城墙，没想到里面还有一层城墙，明元帝既佩服这群宋军，又愤怒于他们的狡诈，他下军令让魏军必须在天黑前彻底占领虎牢关。

最后魏军攻入城里，宋军的许多士兵已经躺在地上渴得没法动弹，全部都成了魏军的俘虏。魏军把五花大绑的毛德祖押到明元帝的营帐，要毛德祖投降，被毛德祖断然拒绝，明元帝要杀毛德祖，奚斤站出来说："两军大战，各为其主，毛德祖虽然抵抗天军，罪该问斩，不过念在他忠勇可嘉，可以留他的命，等他慢慢悔改！"明元帝就让人用囚车把毛祖德押回了平城。在这场战争中，明元帝还让人把俘虏到的宋朝的年轻人全部阉掉，送入宫中做了太监，这其中有一人名叫宗爱，谁能料到，此人将来以翻江倒海之势影响了整个北魏王朝，这已是后话。

拱卫洛阳的八大关都已攻下，明元帝率军进入洛阳城，这样黄河南岸的四镇全都被攻下，河南大片领土被魏占领。这洛阳城虽然经过战乱，但是破羌还是为其雄浑所折服。当时中原有四大城，洛阳、长安、邺城、平城，平城是仿造洛阳建造的。明元帝进入汉魏的宫殿，开始论功行赏，奚斤、崔浩、司马楚之自然不在话下，轮到破羌的时候，明元帝说："文臣不贪财，武将不畏死，国家才能安定，那天若不是有破羌在，朕恐怕也不可能再站在这里给众卿家封赏。破羌,朕现在就封你为西平子,保周为张掖子。"破羌和保周谢恩，从此兄弟二人开始屡立战功。

有一次，明元帝带拓跋焘和破羌到伊阙打猎，明元帝看到一只獐子，拉弓搭箭射过去，可是却被獐子躲了过去，獐子撒腿逃跑，明元帝紧追不舍。

明元帝转过一座山峰，居然看到一队穿着破烂的土匪，这些土匪看到明元帝也非常吃惊，双方对峙一会儿，对方开始围过来，明元帝调转马头往回跑，一边跑还一边呼喊拓跋焘和破羌，拓跋焘在河对岸打猎，这边只有破羌一人，破羌策马前去救驾，他接连射箭，箭无虚发，匪徒纷纷落马，可是后来箭射完了，大批的匪徒从山上啸叫着下来，把他们团团包围，破羌拔出佩剑开始狂砍，匪徒的头目本来在旁边观战，破羌突然调转马头冲上去，拦截的人都被他砍下马，破羌身上也多处受伤，但他不管不顾，一直厮杀到匪首的马前，匪徒都被震住了，这时拓跋焘率军渡河而来，匪徒才作鸟兽散。明元帝回去上朝时，看到浑身包扎着伤口的破羌，嗔怪道："朕知道你忠勇，可是你也不能不顾死活，每战都是你捷足先登，你再这样，岂不是要让朕的其他护卫丢饭碗？"众人大笑。然而这件事后，明元帝开始把破羌当成心腹。

洛阳城的西北为金墉城，这是魏明帝修筑的一座高大、坚固的卫城，从那里可以俯瞰洛阳全城，明元帝就住在金墉城里。明元帝在洛阳住了一个月，感觉这里物阜民丰，便产生建都洛阳的想法，他聚集群臣在金墉城头商议。明元帝提出迁都洛阳，北魏大臣却劝他起驾回京。太史令王亮说："洛阳是千年古都、天下之中，夏商周以来历代都是国都，我们大魏很快就会一统天下，洛阳将是首都的不二之选。"崔浩说："洛阳当然适合做国都，不过现在时机还不成熟，当今天下还没有平定，柔然是北方的大患，东有燕，西有凉，南有夏，平城地处塞北和中原之间，可以掌控全国，若是现在贸然迁都洛阳，恐怕不利于国家。"明元帝思量再三，才打消了迁都洛阳的想法，他留下将军镇守河南四镇，自己率领大军返回平城。

第六章

乱军救主获赐源姓　侠骨柔肠千军救美

破羌一回到平城，立马就去找美罗德，他给美罗德从洛阳带回了上好的绸缎，哪知美罗德到盛乐去了，他只好先把绸缎带回家中。现在破羌和保周都有了爵位，还有了自己专门的宅邸，他们兄弟二人的宅邸就在同一条街上，还是相对的两座院落。破羌仰慕司马楚之的风度和崔浩的学问，他经常去向他们请教，久而久之就和他们成了至交。

明元帝从洛阳回来就生了大病，每日无法上朝，拓跋焘开始监国，他虽然年轻，却已是个文韬武略的少年英豪。明元帝不久就驾崩了，临终前把拓跋焘托付给了大臣崔浩和大将奚斤，并叮嘱拓跋焘日夜防范北方的柔然汗国。其实拓跋焘早有防范，他知道一旦自己的父亲去世，周围的群雄就会趁机进攻他们北魏，攻打刘宋失败他不担心，北燕、北凉、胡夏、西秦的力量根本无法跟北魏相比，最大的威胁来自柔然，他早已暗中在北方六镇增兵。这柔然汗国是草原上继匈奴和鲜卑后的又一大强国，国王姓郁久闾，这姓氏是从他们的祖先木骨闾而来，木骨闾曾经当过代国开国君主拓跋猗卢的奴隶，后来逃跑到草原上聚集部众成立了柔然汗国，现任可汗为郁久闾大檀，号称牟汗纥升盖可汗，意为胜利的王。

北魏从代国拓跋什翼犍开始，王室死后一直葬在云中郡的金陵，那里处于北魏的边陲，靠近北方的柔然汗国。拓跋焘披麻戴孝，准备将父亲安葬到金陵，明元帝的陵墓早已修好。哪知还没出发，边关就连传噩耗，先是柔然大汗大檀率军南侵，后是北都盛乐失守，金陵就在盛乐老城北面。连祖先的墓都被柔然侵占，现在父亲的尸骨也无法安葬，拓跋焘毅然决定御驾亲征。许多大臣竭力反对，太史令王亮说："先帝驾崩，我们贸然北伐，恐怕刘宋会趁机袭击！"当然也有许多人支持，太常崔浩说："宋朝自从刘裕去世后就一蹶不振，前面又刚被我们打败，现在定是不敢贸然出兵，再说我们在南线有重兵把守，北伐何尝不可！"

拓跋焘说："盛乐是我们的旧都，是我们拓跋部兴起的地方，更是先祖陵墓金陵的所在地，如今却落入柔然之手，若不北伐，我父亲的尸骨将葬于何处？"司空奚斤上前说道："陛下说得是，不是我们要进攻柔然部，是要抵抗柔然的侵略，这是我们大魏的耻辱，全军将士都将誓死收回金陵！但是现在攻打柔然显然兵力不足，我们南方的军队要防刘宋，北方的军队又不足以应对柔然。"拓跋焘说："值此生死存亡的关头，要紧急征兵，每户只要有男人就要有一人当兵！"拓跋焘把征兵的命令下达，手下的将军开始到各地按照名册军书征兵，奚斤则被派到南线防范刘宋北伐。

拓跋焘让破羌到魏郡征兵，魏郡是冀州的核心，郡治就在邺城，是当时北方最为富庶的地方。破羌带人赶到邺城。到了邺城，破羌才知道这座城市为何会跟长安、洛阳、平城并称四都，这座城的雄伟，只有亲临其中的人才能知晓，邺城分外城和宫城，西面有巨大的铜雀园，曹操当年修筑的铜雀台、金虎台、冰井台都被完好地保留了下来。

公务要紧，破羌没来得及细细游览邺城，便把军书分发到了各县。兵员很快就征到一万，这天，破羌正在核对名册，突然有人在衙门外吵闹。破羌出去，只见一个面庞清秀的男子抱着盔甲和长枪嚷着要见主帅。破羌让人将他放开，问他究竟有何事，男子跪地说："我要替父从军！"破羌问："你父亲是谁？"那人说："我父亲叫花弧，曾经为国家打过仗，是一名千夫长，如今已经年迈，可军书上每次都点到他的名字，我是他的长子花木兰，今年已经十六岁了，我要代父从军。"破羌说："我看你细皮嫩肉的，你知道打仗可不是闹着玩的！"花木兰急道："大人，我会使枪，不信你看！"

花木兰当即起身舞枪弄棒，红缨跟着白刃飞舞，人和枪要合一了，众人原以为他手无缚鸡之力，可是没想到他的枪法如此了得，顿时刮目相看，拍手称好。破羌看他年纪轻轻却如此机灵，就让他留在自己身边做侍卫，花木兰谢恩后，道别破羌，回去购置军械。

邺城是一座繁华的大都市，花木兰到东市买骏马，西市买鞍鞯，南市买辔头，北市买长鞭，然后跟自己的父母家人道别。其实花木兰本是女儿身，自幼在家跟随父亲读书习武，才懂得了舞枪弄棒的，她是花弧的长女，还有妹妹花木莲、弟弟花雄，看到父亲年老体弱，她不忍心父亲死在战场上，而妹妹和弟弟都还小，她便毅然决定女扮男装代父从军。花木兰有一个心心相印的恋人名叫王郎，就住在他家的对面，此时也只能默默看着花木兰离去。花木兰一身戎装，骑着骏马前去报到，破羌看他换了戎装，英姿飒爽，内心暗自称赞。由于军情紧急，破羌在邺城征完兵后，便速速率军赶回了平城。

各路征兵的将领都已回来，给北魏带回了十万大军。拓跋焘聚集众人到校场，在校场前摆上了自己父亲明元帝的棺材，幸好此时正是春天，天气还比较冷，棺材里放着冰，尸体才不至于腐烂。拓跋焘对众人说：“柔然背信弃义，在我父王过世的时候来入侵，占领我大魏旧都盛乐，让我父王无法安葬于金陵。他们的祖先木骨闾本是先帝拓跋猗卢的奴隶，后来一直是我大魏的手下败将，现在我们就去把柔然赶出家门！柔然没什么可怕的，只不过是一群蠕蠕！”魏军当即出征。拓跋焘将崔浩和破羌带在身边，还命人抬着父亲的棺材一起出征柔然，魏军的士气一下子大受鼓舞。

魏军越过长城，抵达盛乐城下，大檀在城头阴阳怪气地对拓跋焘说道：“乳臭未干的小子，你可是来投降？”引得守城的众将哈哈大笑。拓跋焘说：“要投降的是你，否则你只能像你的祖先木骨闾一样当奴隶了！”大檀大怒，当即派柔然大将郁久闾于陟斤出战，这于陟斤是柔然第一勇士，以力大无穷著称。拓跋焘派手下的一位将军前去迎战，还没打三个回合就被对方砍下了马。拓跋焘又派北魏勇士独孤忠前去迎战，双方可谓是棋逢对手，二人往来大战三百回合，可没想到于陟斤越战越勇，独孤忠却有点体力不支，最后一不留神就被于陟斤捅下了马，柔然大军趁机掩杀，魏军十分惊恐，看到拓跋焘悠然自若，方才稍稍镇定下来。拓跋焘勒令领兵将军稳住士兵，双方在原野上展开了厮杀，直到晚上才鸣金收兵。

晚上，拓跋焘召集文臣武将到营帐商议对策，崔浩说：“现在柔然正士气高涨，我们要修筑营寨，跟六镇大军联络，让柔然腹背受敌才行！”谁能想到，此时的六镇早已变成了一座座孤零零、冷凄凄的城镇，拓跋焘当即派人分头去联络六镇将领。

六镇将领听说魏王御驾亲征，都在抓紧搜罗逃散的士兵，向盛乐集结。时机成熟，拓跋焘命大军攻城，柔然腹背受敌，只能趁着夜色弃城逃跑，不过走的时候却把城里的百姓都给掳走了。拓跋焘率军占领盛乐城，破羌进得城内，赶紧去波斯商铺寻找美罗德，可是那里已经被洗劫一空。破羌四处找不到美罗德，料到美罗德一定是被那些柔然人劫持走了，破羌愈发担心起美罗德来，此时的他隐隐感觉到了美罗德在自己心中的分量。

拓跋焘看到是一座空城，他让步兵守城，自己跟破羌、崔浩率领轻骑兵去追击柔然人。他们昼夜兼程追赶，可是就是没有看到半个柔然人的影子。他们在一座山丘上休息，这时柔然骑兵突然冒出，他们将魏军一圈一圈地包围了起来，站在高处可以数出包围他们的柔然士兵足足有五十重之多。拓跋焘命人率军冲杀，可是柔然人毫不退缩，柔然铁骑马头挨着马头，在于陟斤的率领下齐头并进，就像一堵钢铁造的墙，不断地向魏军逼来，在前面冲杀的魏军都被迫退了回来，被包围的魏国骑兵都非常恐惧，拓跋焘却让人摆好桌子，跟群臣悠闲地饮酒，军心这才稳定下来。柔然人看到拓跋焘如此镇定，害怕有诈，都不敢贸然攻击。

此时的拓跋焘却是在低声跟群臣商议对策。拓跋焘说：“我们被柔然兵重重包围，怕是插翅难逃了，你们可还有什么好计策？”崔浩遥指着远处往来督战的于陟斤说：“敌人之所以嚣张，都是因为有于陟斤这个人，只要能除掉这个人，敌人的阵脚必然大乱，以我们骑兵的力量，完全可以突出重围。”拓跋焘说：“于陟斤是柔然第一勇士，我们已经领教了他的厉害，魏军最勇猛的独孤忠都被他捅死，军中还有谁会是他的对手？”破羌说：“只要在百步之内，我保证一箭取他首级！”拓跋焘叹道：“于陟斤现在的距离少说也有三百步。”保周说：“我可以去迎战于陟斤，然后假装败落而逃！”拓跋焘听完豁然开朗。虽然这样算计于陟斤，不是那么光明正大，但是当务之急是解围而去，顾不得那么多了，他们开始分头行动。

保周策马上前大喊："于陟斤！你不是柔然第一勇士吗？有种就站出来跟我保周比试比试，我看你是真勇士还是烂脓包！"于陟斤听到哈哈大笑："又一个来送死的！送上门的，多一个不多，少一个不少！"于陟斤打马而出，保周也打马上前，二人在太阳下大战，保周虽然力量不如于陟斤，但是他总能够巧妙化解于陟斤的招数，二人战了几个回合后，保周卖了个破绽开始往自己的阵营逃跑，于陟斤大笑着在后面追赶，保周快马加鞭跑回了自己的阵营，于陟斤不觉间已经靠近魏军不足百步，眼看追不上保周，于陟斤一怒之下将手中的长刀掷向保周后，赶忙勒住缰绳大叫："今天算你这个胆小鬼走运！"

于陟斤的长刀没有掷中保周，拓跋焘的马却被惊到了。于陟斤正准备返回，只见拓跋焘的马居然径直向他奔来。于陟斤回身大喊："我以为魏王是个怎样的人物，原来只是个乳臭未干的小子！"于陟斤抽出长剑，挥舞着向拓跋焘劈来，拓跋焘慌忙拔出自己的佩剑应招，虽然拓跋焘勇武，但在臂力上却逊于陟斤一筹，只有拼力招架。破羌怕此时射箭误伤拓跋焘，眼看拓跋焘逐渐不敌，他赶紧策马朝着于陟斤奔去。于陟斤看到破羌朝他打马而来，轻蔑道："又来一个送死的！"破羌和拓跋焘合力跟于陟斤大战，可是依然敌不过于陟斤。

崔浩在远处看到，担心拓跋焘的安危，命魏军冲杀救主，柔然大军也开始合围过来，把魏军分割成几部分包围，拓跋焘和破羌被一队柔然骑兵包围起来。此时于陟斤就像戏耍两只被困的野兽一样，拓跋焘几次差点落马，周围发出一阵阵的起哄声。于陟斤又朝着拓跋焘砍去，被拓跋焘翻身刺中胳膊，这让于陟斤恼羞成怒。于陟斤大吼道："竟敢刺我！爷爷我玩够了，就让我送你去见你老子！"于陟斤举起大刀朝着拓跋焘砍去，拓跋焘看着于陟斤的大刀逐渐向自己逼近，心想此次必死无疑，他戴正自己的头盔，准备尊严地死去。哪知破羌突然挥舞着长枪策马挡在了拓跋焘面前，于陟斤的力道太大了，破羌虽然用长枪挡住了大刀，可是自己坐骑的四足却发软跪地，破羌摔在了地上。于陟斤回马挥舞长刀冲过去，准备砍掉破羌的脑袋，破羌临危不惧，迅速从后背取下弓箭，朝着于陟斤连射三箭，于陟斤眉心中箭，一下子坠马毙命。

这一幕把柔然大军都镇住了，在他们心中，于陟斤是天下无敌的勇士，现在统帅阵亡，众人都不知如何是好。破羌趁机跳上于陟斤的战马，护送一旁的拓跋焘杀出重围，跟保周率领的魏军会合。柔然大军因失去统帅于陟斤而大乱，拓跋焘和破羌、保周趁机率军朝着敌人最薄弱的地方冲杀，魏军为了逃命冲出重围，人人以一当十，最终冲出了重围，一路回到盛乐城中。柔然骑兵四散逃亡，柔然可汗大檀好不容易才率军稳住阵脚，不过经此一败，柔然士气低落，大檀只好率兵赶着在盛乐城中掳掠来的百姓和牛羊匆匆撤去。

在盛乐城中，拓跋焘聚集文臣武将，他当着文臣武将的面，对破羌说道："这次朕险些丧命在于陟斤刀下，当时朕都觉得生无可望，若不是你拼死射杀于陟斤，救朕于乱军之中，朕恐怕早已命丧黄泉。你护驾有功，朕封你为西平伯！保周也有功，封为张掖伯！我们拓跋和秃发本是一家人，到了先祖拓跋诘汾的两个儿子匹孤和力微才分的家，与卿同源，因事分姓，这次你们立了大功，所以朕赐你兄弟姓'源'！"兄弟二人领旨谢恩，源氏从此得姓，破羌和保周分别更名为源破羌、源保周。

拓跋焘又封赏其他功臣。最后拓跋焘说："盛乐已经收回，柔然已经退走，明日即返回平城！"文武百官都山呼万岁，唯独破羌站出反对："百姓才是国家的根本，现在全城百姓都没了，收复一座空城又有何意义！现在柔然失去大将，给我三千精兵，我一定能击溃他们！"拓跋焘理解破羌的心情，但他和文武百官一样，害怕再次陷入险地，柔然大军虽然已经败走，但是依然非常强大，他思虑再三，命大军按兵不动。

太武赐姓

破羌回到营帐，许多人向他祝贺升爵赐姓，可是他总高兴不起来。他之所以要追击柔然，还有一个原因是美罗德也被柔然掳走了，他想起跟美罗德在一起的时光，无法想象她被敌人蹂躏的样子。破羌召集自己的部下，对众人说道：“柔然人掳掠我们的百姓，里面有我们的亲朋好友，大丈夫怎么能看着自己的妻儿在敌人的怀抱而无动于衷！愿意跟我去击破蠕蠕的，就站出来！不愿意的就留下听魏王的命令，这次行动所有的责任，我破羌一个人担当！”破羌披挂整齐，营帐中已经聚集了几千名骑兵，他们打开营门准备出发。

保周得到消息骑马赶到，他一把拉住破羌：“你这是要造反吗？陛下已经命我们原地待命，你不要闯祸！”破羌对保周说：“今天我就抗命不遵了，美罗德和全城的百姓的性命都在那些柔然人手中，我岂能置之不理？我也是为了国家考虑！”破羌推开保周，率军前进，保周却从后面赶来，破羌以为保周又要来劝说自己，对保周说：“你知道我一旦决定的事情，任何人都拦不住！”保周却说：“我虽然不同意你，但是你是我兄弟，我要跟你一起去！”兄弟二人热泪盈眶，紧紧拥抱在了一起。

破羌和保周率领着手下的骑兵，共同向北进发，路上遇到零散的柔然兵，都被他们杀掉了。三天后他们抵达黑山下，看到柔然兵当晚准备在黑山下休整，破羌便让部下在附近的山谷中休息。路上花木兰来月事，由于连日行军，她的经血漏在了马鞍上，还往下滴落。一个骑兵看到，指着花木兰的马鞍，花木兰立刻紧张起来，正准备要坦白自己的身份。那个骑兵却说：“花木兰，你受伤了都不知道啊！赶紧包扎一下！”骑兵掏出一块白布来：“我来给你包扎！”花木兰突然满面涨红，对骑兵说：“我的大腿内侧被马鞍磨破了皮，自己包扎就行了！”骑兵说：“我们都是大男人，你怕什么！”花木兰从他手里抓过白布就往山那边走，骑兵在背后嘀咕道 ：“看起来文文弱弱的，原来这么凶！”花木兰到山坡背后系好卫生带，处理了一下裤子上的血迹，方才走出。花木兰看到骑兵还在那里生气，就递给了他一块自己带的干粮，骑兵立刻高兴起来，告诉她自己叫刘彦鹏，是武乡郡人。刘彦鹏将自己介绍完还滔滔不绝地跟花木兰讲起了故乡的故事。

破羌召集众将士商议 ：“现在敌众我寡，我们只能趁夜袭击，让敌人不知道我们来了多少人，这样才能取胜！”花木兰主动站出来说 ：“我可以男扮女装混入敌人营阵，既可以保护那些女子，又可以摸清可汗的营帐位置，到时候点火为号，一举击破敌人！”刘彦鹏说 :“这主意好，花木兰扮姑娘肯定俊！”众人大笑，花木兰一脚把刘彦鹏踢开，又转而看着刘彦鹏，刘彦鹏赶忙说 :“花木兰，你要干什么？”花木兰说 ：“你倒是挺有丫鬟相的，赶紧换衣服跟我一起去。”刘彦鹏说 ：“我可不行！”破羌说 ：“我看可以！”刘彦鹏只好跟着花木兰到营帐中换上女装。当花木兰走出时，众人都惊为天人，后面则跟着粗糙的刘彦鹏，一看就像个膀大腰粗的乡下丫头，二人形成鲜明对比，大家都取笑起刘彦鹏来。破羌突然一把将花木兰拉到旁边，花木兰以为破羌发现了自己的女儿身，紧张得心都快悬到了嗓子眼，破羌却对他说 ：“你到那里帮我注意一个叫美罗德的波斯女子。”花木兰记在了心上。

当晚，花木兰带着刘彦鹏向黑山脚下走去，花木兰走在前面，刘彦鹏跟在后面提着个大包袱。柔然的哨兵在夜色中看到影影绰绰的两个人影，立刻警觉起来，花木兰和刘彦鹏走近后，他们看到只是一个娇弱美貌的小姐带着自己的丫鬟时，立刻放松了警惕，哨兵把她们也带回到了盛乐百姓中，这些被柔然掳掠来的百姓被男女分开拴在了同一条绳子上，想跑都难。花木兰正要打听美罗德的下落，就有柔然侍卫来挑选美女，姿色上乘的都被解开手，带到大檀的营帐，花木兰和美罗德自然被选了去，刘彦鹏也要跟着去，被柔然侍卫用马鞭抽打了一顿。

柔然人的营帐连绵起伏，花木兰和众美女被柔然侍者领着七绕八绕来到了一座帐篷中，里面铺着地毯，装饰得金碧辉煌，坐在正中的正是可汗大檀，他的左右有两个女子，正在一起饮酒欢笑。大檀命花木兰她们跳舞，有个女子哭哭啼啼，大檀怒目举手，一刀就将她砍死了，其他人再不敢稍有违抗，可是都瑟瑟发抖地跳不好。这些被挑选的女子中，只有一个金发的女子，她就是美罗德，她看到情况不对，主动上前为大檀献舞，她跳了一支波斯的飞旋舞，只见她纤细的腰肢在飞速旋转，裙裾都飞扬起来，看得大檀心花怒放，脸色这才柔和下来。

在歌舞升平中，营帐中的人都喝得东倒西歪的，花木兰趁机溜出去，有卫兵跟上来，正要盘问花木兰，后面有人拔出匕首将卫兵一刀封喉，花木兰回头看是刘彦鹏，他们把卫兵轻轻放倒在一旁，并趁机拿走了他手中的火把，在可汗的帐篷后面点燃，很快可汗的帐篷就燃起了熊熊大火，柔然兵一下子乱了阵脚，都奔走疾呼救火。

可汗大檀跑出来，花木兰和刘彦鹏拔刀上前，准备生擒大檀，大檀大呼："有刺客！有刺客！"侍卫立刻围上来，他们把花木兰和刘彦鹏团团包围，刘彦鹏和花木兰背靠背跟侍卫们搏斗，他们多次击退侍卫，有一个侍卫向花木兰背后刺来，刘彦鹏上前挡了一刀，自己却倒在了地上。

破羌一直在远处观察着黑山脚下的情况，一看到大火烧起，他立刻率军呼喊着向柔然人的营帐中杀去。花木兰趁机高喊："拓跋焘来了！拓跋焘来了！"被俘的百姓也都跟着大喊，看到喊杀声越来越近，箭矢像雨点一样降下，柔然人都以为魏军主力到了，连夜撤退而去，慌乱中踩死了好多人。大檀趁乱找了一匹马骑着逃离，侍卫们也都追随可汗一哄而去。

花木兰俯身看着怀里的刘彦鹏，发现他已经处于弥留之际，他看着花木兰虚弱地说道：“你真的是女扮男装？”花木兰说：“你先不要管我是男是女，你一定要坚持住，军医马上就来了！”刘彦鹏苦笑：“我怕是坚持不住了，多么想在死时看着故乡。”花木兰哭道：“你不会死的！”刘彦鹏：“我刚才无意碰到你的身体，你为什么要女扮男装……可惜我无法听你讲背后的故事了……”花木兰：“我是女扮男装，想不想知道我为什么女扮男装！等你好了，我全都告诉你！”刘彦鹏脸上浮起一丝微笑：“木兰，认识你真好！我死了你一定要把我的骨灰带回武乡郡……”花木兰问：“武乡郡哪里？”可惜刘彦鹏已经断气，无法得知。花木兰流着泪用手为刘彦鹏合上了双眼。

花木兰赶到帐篷中，让那些女子都返回到盛乐百姓中，并让她们躲起来，等待魏军的救援。花木兰找到美罗德，跟她说来救他们的就是破羌的军队，美罗德听后激动不已。

破羌和保周率军赶到，盛乐百姓如同见到救星一样，欢迎他们的到来。破羌继续追杀柔然兵，无意间陷入重围，他的左手和右腿又都中了箭，值此生死关头，只见一员长发的都尉骑马杀来，不顾生死，多处受伤，为他们杀出了一条血路，保周又率军前来，把柔然残余消灭。过后，破羌问那都尉的姓名才知叫何无忌，便让他跟在自己身边。

美罗德见到破羌，激动得哭了起来，破羌安慰了她一番，她才止住哭泣，美罗德看到破羌浑身是伤，很是心疼，劝他好好休息，可破羌哪里顾得上休息，柔然军撤退时留下许多辎重，破羌让百姓们都取走武器，破羌四处寻找花木兰，看到花木兰在焚烧刘彦鹏的尸体收敛骨灰，这才放下心来。因为害怕柔然人追来，破羌带领众人昼夜兼程赶回了盛乐城。

得知破羌带众凯旋，拓跋焘率领文臣武将出城迎接，破羌从马上跳下跪地：“微臣有罪！私自调动军队，请陛下处罚！”这时破羌的部将也都下马请罪。拓跋焘生气地说：“你这是假公济私，根本没有国家大局观念，你以为我们北魏只有柔然一个敌人吗？告诉你，我们同时还在跟刘宋打仗，刘宋大将彦之率军攻打碻磝、滑台、虎牢、洛阳四镇，幸好崔浩早有预防，把宋军赶走，将河南四镇重新夺回。到彦之是不足虑，但这次发现刘宋最厉害的是檀道济，在大局已败的情况下，还能用计全身而退，这个人将来一定是我们最强劲的敌人，一定要想办法除掉才行！”

拓跋焘看到破羌浑身是伤，内心很是怜惜，又看到远处的百姓都为破羌求情，就对破羌说道：“你违抗军令原本有罪，可是又拯救百姓于水火，现在功过相抵，朕就不再追究了！你昨日在万军中救了朕的命，现在又救了百姓的命，勇敢虽然是美德，只是你不能这么不顾惜自己，你以后做事要平和些，你这样的性格，用我们鲜卑话叫贺豆跋，如此你以后就更名为源贺吧！”破羌跪谢，从此更名源贺，因为得到皇帝的赐姓赐名，朝臣对源贺都刮目相看。

拓跋焘表面上对源贺提出了批评，实则也在夸赞他的英勇，从此还把他当成了皇家的人，不久还给了源贺“直勤”的称号，“直勤”是鲜卑语王爷的意思，只有皇室才有直勤的称号，外姓中只有源贺有这样的殊荣，因为皇帝赐名，源贺还得到一个小名，叫贺豆跋。在源贺的举荐下，这次作战立功的花木兰和何无忌都被提拔为副将。事后，花木兰专门派人把刘彦鹏的骨灰送回武乡郡，打听到他的故乡，又辗转把骨灰交给了他的母亲，还给他母亲留下一笔抚恤金。

拓跋焘送给源贺一本《三十六计》，这是魏军在檀道济撤退时捡到的，他要源贺好好研读。源贺早就听说檀道济用兵如神，拿到这本兵书如获至宝，读到第一句话：六六三十六，数中有术，术中有数。阴阳燮理，机在其中。机不可设，设则不中。翻看后面还有详细的三十六计。源贺整日研读此书，明白了用兵之道。

拓跋焘举行盛大的仪式，将自己的父亲明元帝安葬在了金陵，留下司马楚之镇守，自己率军返回平城。美罗德经过这次磨难，对源贺更是爱慕有加，她总是找各种各样的机会暗示源贺："大丈夫一定要有个好妻子！"源贺笑言："我的妻子现在还在枹罕城，只要她活着我就不再娶！"看到破羌用情如此专一，美罗德对他更加欲罢不能。

第七章
挂帅南平匈奴叛军　施计巧救刁蛮公主

这天，拓跋焘正在宫中跟家人用宴，突然接到紧急军情，山胡首领曹仆浑在平阳造反，自称匈奴大单于，手下聚集了几万大军，平阳公主拓跋宝当即表示：“我平时习文练武多年，等的正是这一天，皇兄可以派我前去平叛，那里可是我的封地。”这拓跋宝是拓跋焘的妹妹，二人都是杜皇后所生，所以格外得宠，平日里舞枪弄棒，古灵精怪，恃宠娇蛮，皇宫内外的人都暗中称呼她为刁蛮公主。拓跋焘看了她一眼，说道：“这是军国大事，可不是闹着玩的！”拓跋宝说：“谁跟你说我在闹着玩的，我今天非去不可，不就是山胡嘛，有什么了不起的，你要是敢拦我就死给你看，看你怎么对得起母亲！”北魏有子贵母死制度，拓跋焘被立为太子后，生母杜皇后就被赐了死，养母姚皇后对兄妹二人格外好，可惜前几年也病逝了，姚皇后临终前还叮嘱拓跋焘要照顾好拓跋宝。

拓跋宝缠着拓跋焘不放，拓跋焘只好紧急召见源贺，源贺行礼叩拜。拓跋焘说：“平阳来报，山胡首领曹仆浑在平阳造反，朕要对付柔然和刘宋，朕命你挂帅出征！山胡占据的是我们大魏的心腹地带，过去曾经屡次造反，匈奴的势力很大，你千万不能掉以轻心！”拓跋宝躲在屏风后面，原以为拓跋焘要派她为主帅，不料他却只字未提，一气之下就跑了出来，拓跋宝说：“那我呢？”拓跋焘看着这个顽皮妹妹对她说道：“源贺是主帅，那你就做监军。”拓跋宝说：“那谁大？”拓跋焘说：“这个还很难说，你们是平级的。”拓跋宝一听，立马皱起了眉头，拓跋焘一看拓跋宝脸色不对，赶紧继续解释：“虽然平时打仗主帅做主，但是要是主帅犯了错，监军可以纠正。”拓跋宝听到这才算是满意。拓跋宝自己去准备了，看到拓跋宝走后，拓跋焘低声跟源贺说：“这是我的宝贝妹妹平阳公主，你可一定要保护好她！”源贺说：“臣领旨！陛下，刁蛮公主的名号微臣早就听说了！”听到源贺也称平阳为刁蛮公主，拓跋焘忍不住瞪了他一眼。

源贺当下点兵三万出发，副将花木兰、何无忌也跟着一同前往，平阳公主拓跋宝也带着一千名她平时训练出的女兵，源贺的手下都嘲笑地看着，拓跋宝看到有人嘲笑她的女兵，提着马鞭就上去抽打：“别看不起女人！到时看谁杀的敌人多！”拓跋宝从皇宫出来，好像是鸟儿飞出了笼，带着她的女兵经常超过先锋，根本不服源贺的管束，源贺最担心的就是她的安全，花木兰主动提出要保护公主，源贺便给她拨了一支精兵，让她跟着公主。

前方是太原城，拓跋宝一马当先冲在前面，花木兰跟在她身后，这时匈奴人正在围攻太原，太守闭城不出。等到源贺的大军赶到时，拓跋宝和花木兰已经跟匈奴人打了起来，匈奴人原本正在专心攻城，后面突然冒出来一众女兵，他们便嘻嘻哈哈应战，哪知源贺大军还在后面，源贺率军一鼓作气就把匈奴人击溃了。

太守开城欢迎，拓跋宝还以为是自己的功劳，当天在太原城中休养。这山胡是南匈奴五部的后裔，匈奴本是北方草原上最强大的帝国，后来分成南北匈奴，到曹魏时，曹操把南匈奴单于栾提呼厨泉安置到邺城，南匈奴也分为东西南北中五部安置在太原周围，栾提本来是匈奴王姓，因为同汉朝公主和亲改姓刘，首先发难攻破洛阳、长安的刘渊就是匈奴单于之后，左贤王名叫刘卫辰，是赫连勃勃的父亲，右贤王改姓曹，右贤王名叫曹毂，这次造反的曹仆浑就是他的曾孙。这些匈奴人在太原周围的山中繁衍生息，所以被称为“山胡”，而匈奴语名步落稽，所以他们也叫“稽胡”。

匈奴的中心在平阳的匈奴堡，源贺率军赶往平阳，一路上遇到零散的叛军，轻而易举便将他们给击溃了，这让拓跋宝愈发得意忘形，她以为凭借自己训练出的女兵就完全可以平叛,一路都跑在最前面。魏军赶到平阳的匈奴堡，双方在城下激战了一日，依然分不出胜负。源贺想到了用水攻的办法，他让人把汾河水截堵起来，引入匈奴堡胡城池，匈奴堡顿时成了一片汪洋泽国。

曹仆浑带人撤离匈奴堡，源贺率军一路追赶，一直追到一条河谷前。山两边突然冲下来两拨人，这些人都穿着乱七八糟的衣服，源贺赶紧率军迎战，天黑前总算把这些人都赶走了。源贺清点人数才发现平阳公主拓跋宝不见了，他赶忙传唤花木兰：“公主呢？”花木兰惊道：“糟了！和匈奴人厮杀的时候，我看到公主追逐一个逃跑的渠帅跑进了山里！”源贺急道：“看来公主是被他们给抓走了！现在我们还没有征服山胡，就把公主丢了，就算是得胜归朝仍然会被降罪！这应该是曹仆浑的计策，我们必须攻进他的老巢，救出公主！”

源贺当天安营扎寨，何无忌抓来一个俘虏，源贺问到曹仆浑的老巢就在前面的左国城，那可是当年首先对晋朝发难的刘渊称帝的地方，左国城城池坚固，易守难攻，源贺感觉到了棘手，好在他们魏军的装备精良，他开始精心准备攻城方案。让源贺没想到的是，这名俘虏还道破了曹仆浑的渊源，曹仆浑的曾祖是匈奴右贤王曹毂，曾经跟右贤王刘卫辰一同反抗后秦苻坚，被苻坚打败，曹毂的弟弟曹活被杀，曹毂死后两个儿子曹玺和曹寅分别统帅部众。曹寅的儿子曹弘曾经被匈奴人在平阳匈奴堡推举为大单于，后来被后秦击败。曹玺的儿子曹龙被张外在蒲子拥立为大单于，后来投降北魏。这曹仆浑就是曹龙的儿子，前不久因为北魏强制征兵而造反，他背后还有胡夏的皇帝赫连勃勃支持，赫连勃勃派自己的儿子酒泉公赫连伦给他做参谋。

天亮后魏军沿着河流往北走，源贺看到前方雾气中有一座若隐若现的城池，背靠东山，面朝河流，北面和南面的城墙都靠着山修筑，东面的城墙更是修筑在山脊上，西面面对着河流，有小船可以出入。原来这就是南匈奴曾经的首都左国城，刘渊在攻下长安和洛阳后曾经把很多东西都运到了这里，就算后来迁都平阳，这里仍然是他们的老巢，而他们现在安营扎寨的地方正是当年刘渊称帝时修筑的祭坛。

源贺命人把这里包围起来，让何无忌率军到北面，花木兰率军到河对面，自己率中军在南面。源贺率军到大门前，曹仆浑也带着部众到城头。源贺大喊："当今圣上以仁义平天下，你的父亲曹龙被张外蛊惑造反，后来弃暗投明投降朝廷，朝廷对匈奴妥善安置，为什么你如今又造反？"仆浑在城头大笑："什么仁义平天下？我们匈奴帝国征伐天下的时候鲜卑人还不知在哪呢？晋朝残暴，我们的天王刘渊首倡义举，攻陷洛阳和长安，囚禁两个皇帝到平阳，你们才得以建立小代国。前面我父亲看拓跋嗣宽厚，才率众投靠，当时约定好的，匈奴的事我们自己处理，可是拓跋焘一上任就撕毁约定，强征我们匈奴人做挡箭牌，让我们这些天之骄子做你们这些鲜卑野人的奴仆，你们做梦吧！"

曹仆浑旁边的赫连伦大叫："把平阳公主给我押上来！"赫连伦的话音刚

落，五花大绑的拓跋宝就被两个匈奴兵押了上来，拓跋宝在城头上大喊大叫。赫连伦说：“你们魏军还是赶紧撤去吧！我们都要成一家人了，再几天她就成我们匈奴大单于的阏氏了！”说完曹仆浑和臣僚们都笑了起来，拓跋宝向曹仆浑唾了一口：“呸！死叛贼！做梦吧！光看你一眼我都嫌眼睛污浊，休想让我嫁给你！”曹仆浑让人把她的嘴堵了起来。曹仆浑一声令下，打开城门，匈奴将军刘跃平一马当先掩杀过来，源贺也派大将上前迎战，双方打了个平手，黄昏各自鸣金收兵。

双方连战几天，都不见胜负。这天，何无忌跟刘跃平大战，他假意战败而逃，近日双方大战，刘跃平根本没把魏军放眼里，拍马前去追赶，一直追到树林中，其实源贺早已让魏军在此地埋伏好，魏军一拉绊马索，刘跃平立刻人仰马翻，魏军上前把他摁倒绑起，源贺命人先将他关押起来，想着将来可以用来交换公主。

自从刘跃平被捉，曹仆浑就坚守不出，源贺开始想办法攻城。源贺看到匈奴人在河里取水，就命人在上游把河水堵截起来，可是匈奴人一点也不受影响，原来这里是河槽，城里的井非常多，只是取水费事一点。源贺让人在城南挖地道，曹仆浑就让人在城里挖了一圈深沟，派人守在那里，只要魏军一出现便立刻砍死，然后把柴草放进魏军的地道中点燃，魏兵被烧死了很多。源贺让人在城北堆土，因为那里紧挨着山冈，这样就可以率兵冲进去了，曹仆浑看到后便命人在城北的城墙上加筑城墙，魏军的土堆多高，他的城墙就加多高，魏军根本别想攻进来。

源贺没想到曹仆浑非常擅长守城，感觉遇到了对手，这激起了他的斗志。源贺命人建造战车，战车所到之处无坚不摧，左国城外的几个据点都被摧毁了。曹仆浑让人连夜缝制巨大的布幔挂在城外，魏军的战车遇到布幔，力量就减缓了下来，再也没有攻击力。源贺命人用长竿捆绑火把，把布幔都烧掉，又要烧城楼，曹仆浑命人在长竿上捆绑上刀，在很远的地方就把魏军的长竿砍断。

源贺用尽了办法，可是曹仆浑都挡了回去，这让源贺急得团团转，他召集部将商议对策。何无忌说："刘跃平是匈奴大将，又是曹仆浑的岳父，他若不投降我们就杀刘跃平。"源贺呵斥何无忌："我们的公主呢！我们杀刘跃平，曹仆浑必然杀公主！"花木兰说："想要攻下这座坚固的城，不妨先攻破人心，现在曹仆浑的兵力不足我们一半，他之所以能够从容应对，是因为有赫连勃勃在背后支持，我们要用反间计，让他们之间产生裂痕，左国城自然不攻自破。"

源贺感觉有理，他就写了劝降书给曹仆浑，劝降书中说："匈奴和拓跋本是一家，可惜受到别有用心的赫连勃勃挑拨，赫连勃勃的父亲刘卫辰本来是拓跋部的臣属，现在却据城自立，他现在是支持你，将来的目的是吞并你，而魏军迟早会荡平胡夏。你的父亲曹龙素来跟拓跋部友好，希望我们能重修从前的兄弟关系。"

源贺用弓箭把劝降书射入城中，曹仆浑看到劝降书后，写了一份回信："我曹仆浑的祖先曹毅和赫连勃勃的父亲刘卫辰本是兄弟，分别是匈奴大单于的右贤王和左贤王，还曾经一起反抗苻坚。你们不要跟我谈什么兄弟关系，魏国从来没把我们当人看，现在我们要一起反抗残暴的魏国！"曹仆浑同样派人将信射到了源贺大营，源贺看信后突然感觉无计可施。

这天，源贺正在想破敌良策，有人来报，说路上遇到一个胡夏兵，可是已经被魏军乱箭射死，他们在胡夏兵身上搜到赫连勃勃写给赫连伦的信，信中说胡夏准备从统万城发援兵从碛口古渡口渡河，到左国城跟北魏作战，源贺如获至宝。

源贺一面派人到碛口渡口埋伏，等待胡夏援军到来，一面让人伪造信件，信中命令赫连伦伺机杀掉曹仆浑自立。源贺让人假扮胡夏信使到左国城下，又假意派人前去拦截，这时曹仆浑派人出城营救，他们趁机扔下胡夏信使的尸体，伪造的信就在他衣兜中。曹仆浑把信使的尸体抢回去，在衣兜里发现一封赫连勃勃的信，曹仆浑看后大惊，他本对赫连伦一直有猜疑，现在终于证实了，他赶忙派人前去杀赫连伦，哪知赫连伦提前得到消息，从城门逃走。

胡夏军如约出现在黄河西岸，准备从碛口渡河，等到夏军渡河渡到一半的时候，魏军突然杀出，夏军一时大乱，有的被杀死，有的被淹死，剩下的仓皇逃回了夏国。赫连伦也单枪匹马狼狈逃回统万城。

没有了后援，左国城成为一座孤城，粮食在一天天变少，源贺又派人游说，曹仆浑自称被胡夏人所蛊惑，把剩下的胡夏使者都杀掉后，向拓跋焘上表称臣，拓跋焘封曹仆浑为左国公，统辖匈奴部众，这次的山胡反叛总算是平息了下来。

源贺带刘跃平进城，左国城有外城和内城，布局宛若王城。当天源贺便把刘跃平放了，然后带人去接拓跋宝，拓跋宝被软禁在一个房间里，当源贺出现在门口时，她激动得热泪盈眶，自此在心中暗自喜欢上了源贺。

源贺让人驻守左国城，然后率兵回去，在源贺的建议下，拓跋焘迁曹仆浑为武乡公，让他离开自己的老巢。拓跋焘封赏源贺为西平侯，加龙骧将军，赐钱粮无数，更把源贺当成心腹。

拓跋宝一回到京城，就要拓跋焘赐婚，非要嫁给源贺为妻。拓跋焘就召源贺进宫，拓跋宝藏在屏风后面。拓跋焘对源贺说："你功名利禄都有了，就是缺少一个妻子，这让朕不放心。"源贺说："臣在秦国已有妻子乞伏缦卿，走的时候她已身怀六甲。"拓跋焘说："男人有个三妻四妾也是正常的事，平阳公主对你可是爱慕有加，你觉得她如何？"源贺跪下说："平阳公主是金枝

太武赐婚

玉叶，承蒙错爱，臣实在不敢当。”拓跋焘说:“平阳公主是我同父同母的妹妹，这天下的人难得有她看上的，你就不要推辞了。”源贺低头说:“臣谢陛下美意，只是臣的结发之妻尚在人世，还望陛下收回成命！”

这时拓跋宝从屏风后面冲出来：“谁叫你从千军万马中救了我呢！我这辈子就要跟你在一起。”源贺说：“我是为皇上平定叛乱，再说救你也是我分内的事！”拓跋宝大叫：“你就是专门为了救我的！英雄救美的事情谁让你做了！”拓跋焘看源贺对自己的原配妻子一往情深，坚决不肯接下这门亲事，只好说：“现在你的妻子在秦国生死不明，那我们这样约定，假如乞伏缦卿不在人世了，你就跟公主成婚。”源贺无以应答，拓跋焘说就这样了，平阳公主这才算罢手，但是从此以后，平阳公主每天都会到源贺的府邸闲逛。源贺日夜思念乞伏缦卿，开始派人到西秦打听消息。

第八章
统万坚城一夕攻破　大夏龙泉几度寻找

赫连勃勃希望稳住魏国，向拓跋焘求联姻，拓跋焘也想麻痹夏国，便把自己的妹妹始平公主嫁给赫连勃勃的儿子赫连昌。赫连勃勃也把自己一个庶出的女儿嫁给拓跋焘的侄子常山王拓跋素，两国表面上和好了，其实暗中都在想着消灭对方。

拓跋焘找崔浩和源贺到太极殿商谈灭夏的事，拓跋焘说："现在柔然和刘宋都新败，凉国和燕国都称臣，倒是胡夏成了我们的心腹大患。"源贺说："陛下不必忧虑，只要你下令，臣定当竭尽全力为大魏征服胡夏！"崔浩说："下一步就可以图谋胡夏了！现在胡夏国发生内乱，赫连勃勃当初趁刘宋撤退，夺取秦国的都城长安，让太子赫连璝镇守，可惜后来他在赫连伦的蛊惑下，准备废太子为秦王，让赫连伦来继承皇位。赫连璝自认为自己占据着千年古都长安，起兵攻打统万城，赫连勃勃派赫连伦去阻挡，结果赫连伦被杀，这时赫连勃勃的三儿子赫连昌出兵，把赫连璝杀死，赫连勃勃就让赫连昌做了太子。骨肉相残是败亡的征兆，我听说赫连勃勃的身体也不行了，我们单等赫连勃勃一死，就举兵讨伐！让铁弗部跟独孤部一样回到我们拓跋部。"

拓跋焘听后非常高兴，让源贺日夜练兵，准备奇袭胡夏。胡夏是赫连勃勃建立的，赫连勃勃也是一代雄主，属于匈奴铁弗部，跟汉赵开国皇帝刘渊是同族，本来名叫刘勃勃，因为自认为云赫连天，改姓为赫连。赫连勃勃的父亲是刘卫辰，在魏国的前身代国被苻坚灭亡后，分别让拓跋部的两个女婿铁弗部首领刘卫辰和独孤部首领刘库仁统领代国百姓，河西归刘卫辰，河东归刘库仁，后来都被拓跋珪打败，并入拓跋部。此后刘库仁被北魏打败，宗族也都被杀，只有赫连勃勃逃走，最后在统万城建立了胡夏。

正是腊月，天上飘着雪花，从胡夏传来赫连勃勃的死讯，拓跋焘大喜："走，我们狩猎去！"拓跋焘集结大军准备袭击胡夏，当时太史令王亮说："冬天万物萧条，转运粮草不便，也不能从敌人处获得补充，不如春天再去讨伐！"崔浩说："这也正是赫连昌的想法，我们应该出其不意，攻其不备！"拓跋焘连说有理，他挑选三万骑兵，让军营只带了三天粮草随他出征。

拓跋焘让太子拓跋晃监国，让乐平王拓跋丕辅佐，自己则带领谋臣崔浩和武将源贺、保周、拓跋齐、刘尼、陆丽、长孙渴侯，率轻骑兵三万，从结冰的黄河渡过。此时正值隆冬，刚刚继位的赫连昌大宴群臣，压根想不到北魏会这时候出兵，直到魏军离统万城只剩三十里的时候才得到消息，赫连昌慌忙调拨军队前去抵抗。

双方在城外短兵相接，魏军个个人强马壮，夏军却仓促迎战，所以夏军一经接触就溃不成军，赫连昌一马当先跑回城，士兵也丢盔弃甲只顾逃命，连外城的城门都没来得及关。拓跋焘率军进入统万城，他没想到这么容易就攻入外城。赫连昌急忙让人关闭两个内城的城门，拓跋焘命士兵猛攻。崔浩说："现在夏国勤王的部队正从四面八方赶来，内城我们一时攻不下，不如劫掠外城而去。"

拓跋焘就命士兵把外城的一万户百姓和几十万头牛羊劫掠而去，命刘尼和陆丽在前方开路，源贺和保周殿后，自己跟崔浩、拓跋齐、长孙渴侯率领中军在中间。直到黄河边，赫连昌的弟弟平原公赫连定率军追来，源贺和保周从山谷中冲出，赫连定被击溃，他只能眼睁睁看着魏军离去。

回到平城，拓跋焘大宴群臣，同时开始准备下一步的灭夏计划。秋天的时候，他命太子拓跋晃监国，拓跋丕在平城辅佐，又派奚斤从南面进攻胡夏的长安，自己率军进攻北面的统万城。拓跋焘率领大军抵达统万城下，赫连昌率众到城头。拓跋焘大喊："快点下来投降！否则让你像你祖父一样做奴隶，跟着你父亲去见他！"赫连昌哈哈大笑："追溯起来，我们是匈奴单于的后人，刘渊跟我父亲刘卫辰是兄弟，你们鲜卑人才是我们匈奴的奴隶！我们赫连家是云赫连天，我们大夏国是华夏后裔，我们统万城要统领万国，我们大夏龙雀天下无敌！"说着，赫连昌在太阳下挥舞手中的大夏龙雀，刀首的环飒飒作响，好像云雀飞过一般。拓跋焘大喊："你们赫连姐妹也会进我平城宫殿！"拓跋焘对着众将士说："听说得到大夏龙雀就能得到天下，你们谁若能够为朕取得，朕就重赏谁！"

说完拓跋焘一声令下，北魏的弓箭手万箭齐发，统万城头仿佛下了箭雨，许多士兵被射伤，赫连昌急忙退下。弓箭雨后，拓跋焘又命投石机投掷巨石，巨石打在城墙上，石头爆裂开来，城墙却连一个坑都没有。拓跋焘在那里又想起跟源贺当年一起在城中穿女人衣服逃亡的情景，他知道当年胡夏人是如何修筑统万城的：监工整天拿着锥子，只要锥子能刺进去一寸，就把工匠夯筑进城墙里，所以这些城墙特别坚固。

源贺和保周开始率军强攻，士兵们都扛着云梯冲上去，夏军站在城头朝他们射箭，许多魏军倒下，等到魏军把云梯搭好，夏军又往下扔巨石、泼滚油，许多魏军被砸死烧死，有魏军侥幸爬上云梯，也被夏军给砍死了，当天魏军损失惨重。

晚上拓跋焘聚集众将商议对策，拓跋焘："难道统万城真的攻不破吗？"源贺说："我们可以用反间计。"拓跋焘说："现在魏军如临大敌，这时一定团结一致，恐怕无法离间。"崔浩说："臣有一计，保管叫统万城破……"拓跋焘听后连声叫好。

拓跋焘接连两日假意败给夏军，赫连昌觉得自己天下无敌。拓跋焘假意撤退，赫连昌集结城内的三万大军准备倾巢出动，梁皇太后赶紧亲自出面阻止他："拓跋焘诡计多端，他怎么可能轻易撤退，定是有诈！"这时候的赫连昌哪里听得下别人的劝阻，赫连昌狂笑道："这可是消灭魏国千载难逢的机会，我要活捉拓跋焘，打到平城去！"赫连昌亲率大军出城追逐拓跋焘。

拓跋焘走到五里外的时候，赫连昌率军赶到，拓跋焘早有准备，他和拓跋齐率领中军亲自冲杀，刘尼和陆丽在两翼，魏军以雁阵冲杀，夏军此时正锐气十足，双方开始大战。拓跋焘和赫连昌相对，赫连昌的大夏龙雀确实锋利，居然把拓跋焘的大刀生生砍断，接着又把拓跋焘的战马齐脖子砍下，拓跋焘摔倒在地，赫连昌开始狞笑着追杀拓跋焘，拓跋焘骑上拓跋齐送来的战马，捡起地上的一把刀后退，拓跋齐跟赫连昌打了起来，谁知自己的兵器也被大夏龙雀斩断，他也开始后退。拓跋焘已经走远，赫连昌弯弓搭箭射去，拓跋焘一偏头，虽然头躲过了一箭，自己的手掌却被射穿，拓跋焘把箭折断，拿起旁边的一把长枪，调转马头再战。长孙渴侯提着偃月刀赶来，跟拓跋焘一起打赫连昌，赫连昌虽有宝刀，但以一敌二体力渐渐不支。这时候，陆丽和刘尼也把他的副将斩杀了，魏军开始掩杀，赫连昌一看情势不对，赶忙撤军，夏军被打得抱头鼠窜。

在拓跋焘和赫连昌大战的时候，埋伏在城外的源贺和保周出动了，赫连昌太过大意，居然没有关城门，魏军直接杀进外城，由于赫连昌已经把主力带走，城中只剩一些老弱病残，外城很快被魏军占领。等到赫连昌战败返回时，才发现统万城的城头早已插满了魏国的旗帜，他只能带领残兵败将弃城逃跑。

源贺率军攻击宫城西城，保周率军攻击商城东城。此时宫城中只剩赫连宗族，赫连昌的皇后始平公主带着宫里的人守城，源贺对始平公主说："公主殿下，虽然你现在是夏国的皇后，要为夏国而战，不过赫连昌已经败走，外城全部被我们的军队占领，现在投降的话还可以保全赫连皇族，假如攻入城中我可不敢保证我的这些手下不会伤及你们的性命！"始平公主说："你能保证赫连皇族不受屠戮？"源贺说："我以人头担保！"于是始平公主跟梁皇太后率领赫连皇族出城投降。

拓跋焘率军入城，接受胡夏的投降，他对胡夏宗族说："我们原本是一家人，我已经在平城为你们修好新的府邸，你们可以带上自己的财产和牛羊搬到新府邸。"拓跋焘早就听说赫连三姐妹是绝代佳人，百闻不如一见，果然是国色天香，尤其是赫连慧，虽然是亡国公主，仍然不失雍容华贵。拓跋焘向梁太后请求联姻，梁太后此时哪有说"不"的资格，拓跋焘最后竟然把三位公主都接到了自己的营帐。

拓跋焘命源贺镇守统万城，跟南方的奚斤一起联手剿灭赫连昌，行前他跟源贺说："赫连姐妹和大夏龙雀并称二宝，你一定要给朕找到大夏龙雀，朕已经在战场上见识了这把宝刀，果真名不虚传！"说完拓跋焘带着胡夏宗族回到平城，他把赫连三姐妹都娶进宫，由于北魏子贵母死的制度，就是儿子做太子后，母亲就要被赐死，防止外戚专权，贺皇后在拓跋晃成为太子后便被赐死，皇后的位置一直空着，不久赫连慧就通过铸造金人的仪式，成为北魏的皇后，她的妹妹赫连佳和赫连婷也都成了贵人。

源贺带人到大夏龙雀作坊，那里的工匠早已逃得一个都不剩，在作坊里面有一座用骷髅垒起来的高台，源贺问夏军降将，降将说："那是骷髅台，大夏龙雀是刀中之刀，赫连勃勃把炼刀的人分成十二队，炼成后互相砍，哪队的刀有凹痕，就把哪队的人全部杀了，那些被杀的队员的骷髅就都堆积在了这里。"源贺早就听说赫连勃勃残忍，但他仍然没想到赫连勃勃会残忍至此。

源贺问降将的名字，降将说他叫冉勇，源贺听后问："冉勇？跟冉闵可有关系？"冉勇不再言语，源贺说："你不必害怕，都是前朝往事了，他也算是一代枭雄。"冉勇说："实不相瞒，冉闵正是我的祖父，我的父亲是冉操，国破后，冉氏皇族大都被燕国慕容儁所杀，只有我父亲冉操幸免于难。我们冉家本来属于乞活军，我们重新回到军中任职，在一次失败中，我投降了赫连勃勃，他让我带领乞活军给他锻造兵器，在这里我们叫龙雀军。"源贺问："那龙雀军呢？"冉勇说："大概逃到山中了，我正要去找他们。"源贺说："朝廷现在正是用人的时候，皇上也是难得的一代明君，不知道你是否愿意为朝廷效力？"冉勇当然愿意，源贺让他去召集龙雀军，何无忌赶忙阻止："他一个胡夏降将，你就这么放他走，万一……"源贺打断了何无忌的话："用人不疑，让他去吧！"源贺当着众将士的面，将冉勇放出了统万城。

源贺把统万城周围的夏军都清剿干净，然后跟花木兰和何无忌带领军队到上邽城，此时大将奚斤已经在那里安营扎寨。这里是夏国的大后方，赫连昌和赫连定兄弟在这里如鱼得水，魏军则缺少粮草。源贺和奚斤在相对的两座山下安营扎寨，这样可以互相照应。

赫连昌在上邽城经常率兵前来侵扰魏军，奚斤派大将丘堆去乡下征粮，结果被赫连定打了个大败而归。奚斤开始坚守不出，他也要源贺照他的话做，源贺没有奚斤官高，只能先听他调遣，奚斤派人到平城求救兵。

奚斤的大营中有两员猛将，尉眷和安颉，尉眷满脸络腮胡，安颉则是丰神俊朗，二人对源贺很是钦敬，私下跟源贺饮酒。尉眷说："主帅老是要等待援军，他当年打刘宋是立了赫赫战功，可那都是从前。"安颉说："赫连昌太狂妄了，整天到我们营前叫阵，好像咱们都不存在。"源贺说："主帅不就是认为我们没有骑兵吗？我可以把我军中所有将军的战马集中起来，加上你们部队的战马，也有几百匹，足可以生擒那赫连昌。"二人连说好，背着奚斤，他们就搜罗了两百匹战马，加上源贺营中的一百匹战马，总共有三百匹，让训练有素的骑兵在营中待命。

这天，赫连昌又带着一队骑兵来到阵前，把阵前的两个堡垒攻下来，然后让人把桌子摆在山前，在桌上拿着一壶酒斟上，让人对着大营大喊："奚斤老贼，缩头乌龟！"赫连昌以为奚斤仍然不敢应战，自顾自唱着歌喝起酒来。

这时尉眷和安颉突然打开营门，率领三百骑兵冲出去，赫连昌看到，惊讶得一时不知如何是好，他慌忙扔掉酒杯，跨上自己的战马应战。大概是老天相助，正好有一阵大风朝夏军刮去，尘土飞扬中赫连昌根本看不清对方有多少人，以为是援军到了，所以匆忙打了几个回合就撤军了，魏军狂追不舍，赫连昌摔下马，安颉一下就把他手中的大夏龙雀给打飞了，安颉把赫连昌活捉，尉眷则捡回了大夏龙雀。

安颉和尉眷押解着赫连昌回到营地，奚斤看到部下拔得头功，自己的老脸也放不下，大声呵斥二人："你们虽然立了功，但是却违反了军法！为了以儆效尤，我要把你们就地正法！”源贺赶忙出列说：“他们虽然违反命令，不过也算擒贼有功，功过相抵，还请奚帅手下留情！”众将也都求情，奚斤只好作罢。源贺说：“我们可以乘胜追击，一举攻下上邽城，彻底消灭胡夏。”其实奚斤何尝不想立功，他开始调兵遣将，率军出寨攻打上邽。

由于擒获了夏国皇帝，魏军士气高昂，夏军士气低落，奚斤也是魏国一员猛将，在他的督战下，夏军节节败退，赫连昌的弟弟赫连定率军撤退到平凉城，这样北魏占领了上邽。赫连定在平凉搜罗胡夏残兵败将，很快聚集了几万人，自己继位为胡夏皇帝。奚斤继续进攻平凉，赫连定也不是等闲之辈，以平凉为守城，击溃了奚斤的部队，双方陷入僵持。

奚斤召集诸将说：“我们只是侥幸擒得贼首，敌人的主力还没有受挫，要继续消灭赫连定的军队。陛下专门派源贺将军来擒赫连昌，现在赫连昌已擒获，就由源将军押解回京。”这样，源贺就带领亲兵押解赫连昌回去，当然还有那把大夏龙雀，源贺看那宝刀，只见刀身缠龙，刀柄是鸟形，刀背有环，在挥舞的时候飒飒作响，果真是一把难得的宝刀。源贺仔细一看，发现刀身上竟还刻着一行小篆：“古之利器，吴楚湛卢，大夏龙雀，名冠神都。可以怀远，可以柔逋；如风靡草，威服九区。世世珍之。”

源贺押送赫连昌出发，几天后到达一座前不着村、后不着店的山岭，名叫四庙岭，大概是因为这座山岭上从前有四座庙，所以被称为四庙岭，现在徒剩下断壁残垣，好在此处有一座简陋的庙岭客栈，当天他们就留宿在那里。源贺安排好岗哨，让花木兰在外面负责安保，他跟赫连昌、何无忌在里面吃饭，老板娘是个风韵犹存的女人，哄得过往的客人非常开心，客人们都叫她胭脂。源贺一路上没有遇到什么事，也就没有提高警惕，饭吃到一半的时候，源贺突然感觉晕晕乎乎的，眼前的人物渐渐模糊了影像，当他感觉自己中计时为时已晚。

源贺听到争吵的声音，渐渐醒了过来，他和他的手下都被捆绑了起来。大夏龙雀抓在胭脂手中，她把刀放在赫连昌的脖子上，大夏龙雀的刀刃刚一碰到赫连昌的头发，他的头发便纷纷落下，吓得赫连昌出了一身冷汗。胭脂对着一个男人诉说："父债子偿，我非要了这小子的命！当年赫连屈孑像一条狗一样流浪，是我父亲破多罗没奕干收留了他，还把我姐姐嫁给他，可是他却恩将仇报，把我父亲杀死，吞并我们破多罗部，我今天非要为父亲报仇不可！"旁边的男人说："我们拿走大夏龙雀就好，赫连昌好歹也是我们的外甥，反正他到了魏国迟早是死，你何必非得亲自杀了他呢！"源贺忍不住开口对胭脂说道："我刚才听你们争论了许久，赫连昌是朝廷的重犯，自有朝廷来审判，你们今天若是杀了他，你们也就成了朝廷钦犯，到时候被朝廷通缉可不是闹着玩的！再说赫连昌还是你的外甥，亲手杀你父亲的又不是他。"二人听到源贺的话开始犹豫，源贺继续劝解，赫连昌也在那里求饶。源贺看到捆绑的人中没有花木兰，知道她一定会来救他们，就尽量想着法拖延时间。

果真不出源贺所料，胭脂准备带着大夏龙雀离开时，花木兰从地洞中钻出，后面还带着士兵，胭脂上前跟花木兰打斗，她哪里是花木兰的对手，不一会儿就被打趴在地上，旁边的男人也提着刀上前，同样也被打倒在地。花木兰把源贺等人的绳子割断，何无忌要杀二人，被源贺阻止了。源贺经过盘问，才知道二人是破多罗部首领没奕干的女儿和女婿，赫连勃勃杀没奕干吞并破多罗部后，把自己的妻子破多罗花朵废掉，破多罗家族有的投靠赫连勃勃，有的逃跑到北魏，破多罗胭脂也逃到深山，在那里遇到了现在的丈夫，一直想着要报仇雪恨，可惜赫连勃勃的力量越来越强大，他们根本没机会下手，在私下人们都把叫赫连勃勃叫赫连屈孑，即低三下四的意思，前面她听说夏国灭亡，打听到赫连昌失败被擒，她就想着要报仇。

源贺又问花木兰，原来胭脂把他们麻翻后，就从地道把他们运到后山，花木兰感觉不对，进屋发现一个人也没有，她便让士兵在屋里四处搜寻，结果在厨房发现了这条地道，就循着地道找过来，正好听到他们在争吵，便借机冲出来将二人制服。

源贺可怜破多罗胭脂的身世，让属下把她夫妻二人放走。胭脂在离开的时候说："你们一路上一定要小心，赫连勃勃当年残暴不仁，杀了几万人，江湖上听说胡夏国灭亡，都想来找他的后人报仇！"说完他们便离开了，源贺开始警觉起来。

源贺押送赫连昌继续前进，这天，他们要经过一个长长的山谷，北面的山叫北征，南面的山叫南洞，山上都是茂密的森林。走到一个地方，只听得敲锣声不断，然后就跑出来一队人马，只有骑马的三人衣着讲究，小喽啰们都穿得褴褛不堪。为首的人出来说："留下赫连昌，你们走你们的路！"源贺说："赫连昌是朝廷重犯，我源贺必须要将他押解到京城，让皇上来处置。"那人又说："我们朝廷，什么皇帝，我们的朝廷是秦国，我们也是皇帝王子，赶紧留下人走人，否则让你们葬身此地！"源贺问："你们究竟是什么人？"那人说："行不更名、坐不改姓，本人是姚思政，大秦天王姚兴的孙子，天水公姚逵的儿子，当年赫连屈孑不过是我大秦臣子，后来却造反，杀了我许多大将，最不能饶恕的是他杀了我父亲姚逵，我父亲已经投降，他却活埋我亲友两万人，我今天要为两万冤魂报仇！"源贺说："秦国已经灭亡，夏国也灭亡了，现在是魏国的天下，就要按照魏国的王法来！"

源贺拔出宝剑，他的部下也都取出兵器。姚思政说："那就别怪我不客气了！”姚思政一声大叫，拿着各种兵器的羌人从四面八方冲了下来，把源贺的队伍包围起来。源贺拔剑跟姚思政打在一起，魏军虽然训练有素，可抵不过土匪人多，包围圈越来越小。

正在危急关头，从山谷那头杀来一队黑色的骑兵，这些土匪只要一接触，就被他们打飞，那骑兵直接硬生生冲进来，所过之处土匪全部被清除。土匪们以为是神兵天降，姚思政带着众人慌忙逃走。这黑骑兵不是别人，正是冉勇带领的龙雀军，当初源贺让冉勇去收集残兵的时候，许多人还反对，认为冉勇会一去不返，现在看来，还是源贺当初的决断明智。

他们合兵一处，急行军通过山谷，在一个地方安营扎寨。源贺将冉勇叫到自己的营帐，源贺跟冉勇讲起自己亡国后逃到北魏的经历，冉勇也讲了自己的经历："我这些兄弟都是原来并州的乞活军，当年永嘉之乱的时候没有活路，就结伴到冀州乞活，跟当时的匪寇作战。当时冀州最大的势力是石勒的羯族军，石勒后来在襄国建立赵国，我的高祖父冉瞻率军跟石勒大战，不幸被石勒俘虏，石勒看到我高祖父英勇，就让其弟弟石虎收为养子，改姓为石。石虎是千古以来最残暴的君主，他杀了自己的侄子石弘自立，后来又残忍杀害自己的太子，太子死后各个儿子开始争位。我的高祖父当年是迫不得已才做了石虎养子，因为羯胡人残暴，他们把汉人的女子像羊群一样赶着行军，每到一个地方奸淫后便煮熟当军粮吃，我的祖父冉闵就找机会政变，杀了后赵皇帝石鉴，建立魏国，他为了报复，下了杀胡令，把羯胡人都杀了，可惜还是被燕国的慕容儁打败，当时冉氏家族大多被杀，我父亲冉操逃走，又回到乞活军。乞活军的籍贯大多在并州，我们也希望返回故乡。"源贺很是同情冉勇，他对冉勇说："回去后我定向朝廷请求，把你们安置到太原。"

有龙雀军的护卫，他们一路剿杀各路土匪，收编的队伍也不断壮大，到平城时竟有万人。源贺押送赫连昌到平城，拓跋焘让赫连昌跟自己的妻子始平公主住到一起，只不过是让人将他软禁了起来。源贺给拓跋焘取回了大夏龙雀，拓跋焘非常高兴，封源贺为西平公，并赏赐了大片良田。在源贺的请求下，拓跋焘封冉勇为龙骧将军，把乞活军家属都安置到太原，冉勇的乞活军则归于源贺麾下。

第九章

灭国者秦终被灭国　失妻者抱得美人归

源贺被封为西平公后，便从原先的将军府搬进了另一座更为豪华的宅邸，一起在朝为官的许多同僚都很是羡慕。源贺刚搬完新家就专门去了一趟波斯商铺找美罗德，美罗德正在楼上发呆，看到源贺到来，她赶忙跑下楼迎接。这次源贺出门攻灭胡夏，一去就是大半年，让美罗德牵肠挂肚的，看到源贺平安归来，美罗德总算是舒了一口气。源贺将一匹绸缎递给美罗德："这是上次攻下洛阳的时候，我特地给你买的，结果回到平城，你却去了盛乐城，所以我就一直放在家里。今天搬新家的时候，我突然将它翻了出来，我怕我又忘了，这就赶紧给你送了过来，希望你喜欢！"美罗德开心地将源贺手中的绸缎抱入自己怀中："这是你送我的第一份礼物，我怎能不喜欢！"看到美罗德脸上洋溢的笑容，源贺突然觉得心里甜滋滋的。知道源贺搬了新宅子，美罗德兴奋地就要去参观。

源贺带着美罗德正有说有笑地准备跨进他的新宅，冷不防平阳公主拓跋宝出现在了门口，拓跋宝叉着腰酸溜溜地说："我说你刚搬了新家，怎么就不见人影了，原来是出门跟这个黄毛狐狸精幽会去了，你还口口声声说对你那个秦国的妻子牵肠挂肚！原来都是假的！”源贺赶忙解释：“公主不要误会，美罗德是我最好的朋友，还是我的救命恩人，我回平城去看她也是应该的。”拓跋宝盯着源贺反问:“真只是这样？”没等源贺回答,美罗德就在一旁插话道:“他不仅去看了我，还给我送了礼物！”拓跋宝听后非常生气：“到底送的什么礼物？我命令你不许收下！”美罗德说：“我就不，他愿意送我，你管得着吗？”拓跋宝愈发生气：“你这个黄毛狐狸精，竟敢顶撞本公主！”美罗德鼻子一哼：“公主也要讲道理啊，没见过你这样的公主！”

眼看两个女人就要打起来了，源贺急中生智喊道：“对了！我在夏国残兵败将手中缴获了一件稀世珍宝！”拓跋宝和美罗德异口同声问：“什么稀世珍宝？”源贺到屋里拿出两颗夜明珠，拓跋宝说：“这就是你说的稀世珍宝？这样的夜明珠,皇宫里多的是！”源贺胡诌道:“它们可不一般,据夏国的将领说,这两颗夜明珠有辟邪的功效，它们还可以帮主人抵挡灾难，总之非常神奇！”美罗德听了忍不住惊叹：“那也太厉害了！”源贺将两颗夜明珠分别放到拓跋宝和美罗德的手中：“这两颗夜明珠世上绝无仅有，我只送给你们两个，一人一颗！希望你们喜欢！”拓跋宝和美罗德的注意力都集中到了夜明珠上。突然，拓跋宝一把抓过美罗德手里的那颗夜明珠跟她手里的比大小，看到一般大小才转怒为喜，将美罗德的夜明珠还给了她。看到拓跋宝和美罗德拿着各自的夜明珠喜笑颜开，源贺长长地舒了一口气。

源贺带着拓跋宝和美罗德参观自己的新宅，他们来到后院，后院里都是盛开的桃花，闻着桃花香，三人在亭子里喝起茶来。美罗德问：“你那位秦国的妻子现在还好吗？我倒是很想见见她呢！”拓跋宝说:“不要这么虚伪好吗？我只想知道她现在究竟还在不在。”源贺说:“我曾派人去西秦打听缦卿的情况，可却没有任何音讯。这次消灭胡夏后，大魏势必要攻打秦国，到时候我一定会把她解救出来。”

他们正在亭子里谈论，就有太监来召见源贺，这太监名叫宗爱，最近在皇宫里深得圣宠。宗爱告诉源贺，拓跋焘召他速到太极殿觐见。源贺跟着宗爱进宫，来到太极殿，见到拓跋焘，崔浩也在太极殿中。拓跋焘对源贺说：“今天秦国派来使者，你不是正要打听妻子的下落吗？我估计使者最清楚。”

拓跋焘召使者觐见，使者王恺是来报丧的，原来乞伏炽磐已经去世，太子乞伏暮末正在朝中继位。王恺先是颂扬魏国的强大和魏皇的英明，接着就说：“现在秦国主乞伏暮末仁慈，周围被虎狼之国包围，凉国的沮渠蒙逊，夏国的赫连定，仇池的杨难当，吐谷浑的慕容慕璝轮番攻打我秦国，现在秦国主愿意向魏国称臣，希望陛下能够保全秦国。”拓跋焘把王恺安慰了一番，让他先在馆驿住下。源贺又问王恺：“不知秦国公主乞伏缦卿现在怎么样？”王恺说：“乞伏缦卿起初嫁给破羌，谁知破羌反叛逃走，至今下落不明。无奈她一直牵挂破羌，还为他生下一个儿子叫秃发延，先皇多次要她改嫁，她以死来拒绝，后来先皇也就只好由着她了！”源贺听说后非常高兴，但他此时不便表明身份，当下先让王恺到驿馆休息。

使者王恺离开后，拓跋焘问：“对秦国向我大魏称臣这件事，两位爱卿有何看法？”崔浩说：“我看事情没这么简单，我怀疑秦国马上就要灭亡，他们定是迫不得已才找到我们大魏！”源贺还沉浸在刚才的喜悦中，拓跋焘问了他几次，他才醒过神来，源贺说：“既然秦国愿意献土纳降，这是再好不过了，不用一兵一卒就得到一个国家。不过想让秦国真正投降，那就要他离开老巢，迁移到平城，否则情形一好，他们只会继续称王。”拓跋焘点头，当即派人快马加鞭，去探听秦国的虚实。

退朝后，源贺就到馆驿去找西秦王恺，向他表明自己就是破羌，问他乞伏缦卿和儿子的详细情况。王恺听后非常高兴，要他帮忙在拓跋焘面前美言，希望西秦能得到北魏的庇护，源贺在表面上答应了。虽然王恺不说，但是源贺也已经感觉到了，西秦恐怕就快支持不住了。事后，源贺向拓跋焘谏言:“秦国乃是四战之地，处在几个国家的中心，可以利用这次机会歼灭群雄。”这正是拓跋焘的想法，两人不谋而合，他们一面等待真实消息，一面开始筹划西征。

从西秦探听消息的人回来了，拓跋焘赶忙问详细情况，原来西秦自从乞伏炽磐死后，就被周围的列强盯上了，由于乞伏暮末残暴不仁，人心浮动，凉国的沮渠蒙逊，夏国的赫连定，仇池的杨难当，吐谷浑的慕容慕璝便借机先后攻打西秦，西秦的许多地方已经被这些国家给占领，现在只剩下枹罕城和周围的几座城池。

探子还打听到西秦最近几年一直内斗不断，左夫人秃发娑玛告发秃发皇族叛乱后，原本以为乞伏炽磐会封她为皇后，哪知炽磐宁可空缺后位，也没有加封后位于她或右夫人越质苏洛，娑玛心生不满，随着炽磐年老体迈，娑玛渐渐跟炽磐的儿子乞伏轲殊罗勾搭成奸，炽磐在世时两人还稍有避讳，炽磐一死两人就肆无忌惮起来，这事让乞伏暮末知道了，轲殊罗是暮末的弟弟，暮末把轲殊罗痛批了一顿，最后还把他王爷的爵位给废了。

轲殊罗害怕暮末杀自己，就联合一直不被重用的叔叔乞伏什寅，准备一起刺杀暮末，然后跟被俘的北凉国太子沮渠兴国一起逃奔北凉。暮末为了防止人刺杀，他寝宫的门在他入睡时都是锁起来的，轲殊罗派娑玛去偷钥匙，暮末在里面睡觉，她在偷钥匙时太过紧张，结果把暮末给惊醒了，暮末让人拷打娑玛，娑玛哪里受过大刑，很快就把轲殊罗和什寅的计划和盘托出。

暮末听后大怒，让人把轲殊罗和什寅都抓了起来，什寅对暮末大骂，暮末就让人把什寅的肚子剖开，把他的内脏挖出来喂狗，再把他的尸体扔到黄河里。什寅的两个弟弟乞伏白养、乞伏去列，他们跟乞伏炽磐都是乞伏乾归的儿子，只是不同的母亲所生，这次并没有参与叛乱，暮末为了不留下隐患，也将他们残忍杀害。暮末还让人把娑玛勒死，他将轲殊罗痛骂一顿后，看到轲殊罗有悔过之意，又念在小时候的情分才饶恕了他。在这次轲殊罗主导的叛变中，暮末诛杀了很多王族，导致他离心离德，接着又引发羌人叛乱，现在西秦可谓岌岌可危。

探子前脚离去，后脚就有人来报坏消息，奚斤大败，被赫连定擒获。听到消息，气得拓跋焘暴跳如雷："奚斤大败，还被生擒？究竟怎么回事？"看到拓跋焘如此愤怒，来禀报军情的士兵吓得面如土色，源贺让他慢慢讲。原来由于上次赫连昌被生擒不是自己的功劳，奚斤感觉非常丢脸，就丢下辎重，只带三天粮草，率兵前去追击赫连定，一直追到平凉城。他的副将娥清和刘拔建议他要找有水源的地方安营扎寨，他把娥清痛斥一顿，还让人用皮鞭惩罚一个行军慢的裨将，然后率军截住赫连定的去路。赫连定正在想突围计策，被惩罚的裨将叛逃到他的军营，跟赫连定说奚斤现在只有三天粮草，安营扎寨的地方也没有水，赫连定听后大喜，集中自己所有的军队，把奚斤包围起来，魏军饥渴难耐，赫连定率军猛攻，虽然奚斤奋力抵抗，但是最后还是被俘虏了。

拓跋焘听后，问崔浩、源贺有什么计策可以打败赫连定，平定秦州，崔浩说："陛下可以册封乞伏暮末为平凉公，平凉现在赫连定手中，邀他一起夹击赫连定，让他们鹬蚌相争，我们渔翁得利，不管谁胜，我们收拾剩下的人，秦州不就平定了吗？"源贺赞同道："这不愧是条妙计！秦国是我们秃发家的仇人，也是我妻子的国家，臣请求统兵前去！"拓跋焘说："朕正有此意，不过这次事关重大，朕要御驾亲征，你可以随朕出征！"源贺和崔浩出宫后，拓跋焘便下了道诏书给乞伏暮末，封他为平凉公，约定一起夹击赫连定，并让使者王恺将诏书速速带回秦国。

拓跋焘让拓跋晃监国，拓跋丕镇守平城，自己率崔浩、源贺等文臣武将出征，这次拓跋焘特意带上了赫连昌，准备让他劝降赫连定。魏军很快抵达统万城，拓跋焘让众将士们先在统万城里养精蓄锐，他每天则到城郊打猎，舒展筋骨。只有崔浩和源贺知道，拓跋焘是在等乞伏暮末的消息。

乞伏暮末接到北魏的诏书，当然知道拓跋焘的用意，眼看北凉又开始越过黄河进攻枹罕，而且这次沮渠蒙逊来势汹汹，乞伏暮末发现自己已经没了退路，不仅是北凉，西南的吐谷浑，东南的仇池国，他们也在虎视眈眈地望着西秦，他现在只能听拓跋焘的了。乞伏暮末决定弃城逃亡，他祭拜完先祖后，便带领乞伏贵族和两万部众赶着牛羊出了城，然后把枹罕城一把火烧掉，乞伏缦卿母子也在这支逃亡的队伍中。

走到南安城，大臣郭恒就跟党羽谋划救走北凉太子沮渠兴国投靠沮渠蒙逊，这事被乞伏暮末知道了，他一怒之下把参与叛乱的人全部处死。暮末打听到赫连定就在前方的平凉城里，想到胡夏人的强悍，暮末有些后悔了，他想返回枹罕去，可是他们前脚走，后脚枹罕就已经被吐谷浑占领了。乞伏暮末进退两难，他现在只能在南安城停驻，然后派兵去攻打赫连定。

拓跋焘得到消息，乞伏暮末焚烧枹罕城，率众进发到了南安城。他便率兵向平凉进发，此时守城的是赫连定的弟弟赫连社干，原来为了防止西秦的进攻，赫连定去了安定城。拓跋焘先把赫连昌押赴阵前，让他对胡夏劝降。赫连昌只得骑马到阵前："夏国的将士们，魏国强大，魏主仁厚，你们念在君臣份上，速速向魏皇投降！"赫连社干大声喝止："我敬重你是我的哥哥，又是我们的皇上，你当初失去国家，就是赫连家族的罪人，你不以死谢罪，还好意思回来！”

赫连昌听后面红耳赤，他曾经也是一国之君，没想到今天受到这样的羞辱。他当即打马向平凉城中奔跑，两边的士兵都啸叫起来，拓跋焘早有防备，他让源贺拉弓搭箭，就在赫连昌快跑到城门下时，源贺一箭射出，赫连昌当场毙命。拓跋焘命士兵猛攻城门，赫连社干只能拼命死守，然后派人去向赫连定搬救兵。

平凉城坚固，一时攻不下来，拓跋焘就让人将整座城池团团包围起来，他采纳崔浩的建议，派大将古弼去安定截击赫连定。赫连定收到赫连社干的求救信后，果真率领两万大军准备来解平凉城之围。路上正遇到古弼的大军，古弼按照崔浩的计策，跟赫连定打了几下就速速撤军，赫连定以为魏军害怕自己，志得意满率军猛追，这时源贺率领的高车兵赶到，古弼和源贺合军一处，痛打赫连定的夏军，一下子便斩首了几千人。

赫连定大败，率军撤退，退到鹑觚原时，又被赶来的魏军团团包围，这鹑觚原虽然易守难攻，可是上面没水没粮，夏军在上面饥渴难耐。赫连定知道在这里就是等死，可是山下都是魏军，半夜赫连定派出一小队人马从东面冲下山，自己则率领主力从西面撤退。这都在崔浩的预料中，鹑觚原西面早已埋伏好魏将丘眷的兵，丘眷率军猛攻赫连定的主力，夏军全军覆没，赫连定也受了伤，只身骑马而去，夏国的贵族大多被俘虏。而此时拓跋焘则乘机率军攻下了安定城。

现在夏国只剩下平凉城，守城的赫连社干看大势已去，在赫连贵族的劝说下，出城投降。魏军进入平凉城，解救了被俘的大将奚斤，奚斤去向拓跋焘请罪，拓跋焘罚他做尚食官，即专门为皇上提供酒食的小官，拓跋焘要奚斤每天给他端饭菜以自我反省。

赫连定被魏军击败后，单枪匹马逃出重围，一路上搜罗旧部，退到了上邽。上邽是夏国的最后一座城池，赫连定知道上邽城迟早要被攻下，走投无路的他把目光投向了西秦国。他率军突袭西秦的大将姚献，现在夏军个个都成了亡命之徒，为了活命，只能拼死厮杀，秦军哪里是他们的对手，姚献很快就败了。赫连定又趁机率军围攻南安城，南安城是乞伏暮末的临时首都，城中本就缺少粮草，现在又被夏军围困，城里的人饿得人吃人，暮末又极度残暴，不得人心，每天叛逃的秦国将领屡禁不止，暮末只能派人去向拓跋焘求救。

此时最关心秦国的是源贺，他担心乞伏缦卿母子在混乱中出事。拓跋焘就命源贺率军前去救秦国。源贺跟花木兰、何无忌、冉勇连夜率军赶往南安城，他迫不及待想知道自己妻儿的下落，他盼望着跟他们相会。

黎明时，源贺终于率军赶到了南安城，然而他还是晚来了一步，南安城里的场景让他震惊，只见全城冒着黑烟，城里都是横七竖八的尸体。源贺来到郊外的祭台，在那里看到了大片的尸体，那些人都穿着锦衣，源贺认出了暮末，他死在了一个棺材旁，源贺又陆续认出好些个自己认识的西秦贵族，他们早已没了气息，而祭台旁边的大坑里，则堆满了许多烧焦的尸体。源贺在四处寻找乞伏缦卿，他感觉她凶多吉少，忍不住跪在地上痛哭流涕。

何无忌在荒野中的尸体堆里找到了一个还活着的西秦士兵，看他受了重伤，他赶忙让人抬着去见源贺。源贺急切地问他究竟发生了什么。原来南安城中的人饿得人吃人，秦军又有人谋划反叛，夏军又每天不停地攻城，乞伏暮末等不到魏军的到来，就打开城门投降了。他已做好了死的准备，出城的时候，还专门让人在身后抬了一口棺材。赫连定见到他果然非常生气，数落他跟魏国联合袭击他，然后就拔刀把乞伏暮末给砍死了，西秦皇室有五百人，吓得妇孺都哭叫起来。赫连定还把乞伏贵族都集中了起来，让人全部杀死、烧死。

源贺急忙问道："永昌公主呢？就是乞伏缦卿？她是不是也被杀死了？"士兵说："我不知道。"源贺问："你们出发的时候她在不在。"士兵说："所有的人都在，永昌公主也在，在路上我们还看到的。"源贺问："那她现在在哪里？"士兵摇头，源贺大吼："是不是被赫连定杀了？你说啊！"源贺使劲摇晃着士兵，士兵身上的伤口开始流血，花木兰赶忙上前拉开："将军，他只是一个士兵，西秦皇族人又那么多，他可能没有注意到。"源贺又问："那你告诉我，是不是所有的乞伏贵族都被杀了！"士兵点头："赫连定下命令的时候我们都听到了，他说要让乞伏家族绝后！"

源贺站起来，走到那些尸体中，在能辨别出的人中他并没有找到乞伏缦卿，但是看到坑里那些已经被烧得面目全非的尸体，他现在相信乞伏缦卿是死在其中了。他留下一些人在这里收集尸体，自己组织一万轻骑兵，带着三天的口粮，准备追击赫连定。冉勇说："陛下马上就要到了，我们要不要等他到了看他怎么吩咐！"源贺大喊一声："赫连定残暴不仁，屠杀无辜妇孺，残杀我的妻儿，将在外，君命有所不受，我今天要除掉这个暴徒！"冉勇不再说话。源贺率领轻骑兵朝着赫连定逃跑的方向追去。

他们一路发现落在后面的老弱病残，后来又发现成千上万的百姓，他们拖儿带女艰难行进。这些百姓都是胡夏人和西秦人，被赫连定挟持向西逃亡，赫连定发现魏军从后面追来后，把他们全都抛下，自己率领部队先逃跑了。源贺让花木兰留下组织这些百姓回原籍，自己带人继续追击赫连定。

源贺率领大军赶到黄河边上，他们站在山崖上看到赫连定的人马正在渡河。源贺正准备率军前去杀敌，这时，从河边却抢先杀出黑压压的一群骑兵，源贺一看，发现是吐谷浑人。这些吐谷浑骑兵在首领的率领下，趁赫连定渡河渡了一半出来围攻堵截，夏军要么被杀死，要么被淹死，剩下的都被吐谷浑的骑兵给俘虏了。

源贺看准时机，率兵赶到河岸，吐谷浑人立刻列阵迎战。

源贺打马上前，让何无忌向对方喊话："我们是魏国西平侯源贺率领的魏军，夏国已经被我们灭亡了，源贺将军率领我们追击赫连定到了这里，幸好你们把他俘虏了，现在请交给我们带回去问罪。"慕容慕璝也让一个将军上前回话："赫连定是我们抓获的，我们也要审问他，我们同是魏皇的臣子，你们想从我们手中提走赫连定，那就请先问问魏皇。"

双方僵持不下，只好先相对安营扎寨。双方表面上看似友军，实则暗中都在准备进攻。吐谷浑部原本跟慕容部是同一家人，就像秃发部和拓跋部的关系，分开后慕容部建立燕国，吐谷浑到黄河上游建立汗国，因为魏国强大，吐谷浑表面上向魏国称臣，实际上却是完全独立的国家。这时吐谷浑有三万骑兵，源贺的兵力不足一万，源贺赶紧派人向拓跋焘求救。

拓跋焘驻军在南安城，接到拓跋焘的求救信，他当即写下圣旨，封慕容慕璝为西秦王，命他把赫连定交给源贺，并派快马先行送给源贺，随后又让丘眷和古弼赶紧率军前去接应。源贺收到圣旨，让使者将圣旨送到慕璝营中，慕璝接旨后跟自己的部下商议，想到赫连定谁杀都一样，魏国他们可是得罪不起，慕璝便和使者约定，他明天就送赫连定过去给魏军。

这时，黄河对面又出现了一拨军队，原来北凉沮渠牧犍的军队也赶来了，他们是来救被俘的沮渠兴国的。沮渠兴国先前被西秦俘虏，乞伏暮末撤退的时候把兴国也带上了，暮末死后，兴国又落到了赫连定手上，赫连定押着兴国行军，准备以他为要挟，让沮渠蒙逊割让土地与他，现在没想他半途就被吐谷浑俘虏，在两军厮杀的时候，兴国也受了重伤。

慕容慕璝看到北凉沮渠牧犍的军队的也来了，心中甚是恐慌。第二天黎明，慕容慕璝就把赫连定及重伤的沮渠兴国交给源贺，自己赶紧率领大军速速撤离。何无忌说："沮渠兴国我们该如何处理？" 源贺说："他是我们救的，把人交给牧犍带走，是死是活跟我们无关。现在牧犍是太子，若是兴国回去，恐怕他这太子的位置就得还给他哥哥兴国，我猜他根本不想要一个活的兴国。"源贺让人带信给对岸的牧犍，要牧犍来接他哥哥，牧犍派人将兴国接走，果不出源贺所料，当天晚上兴国就死在了河对岸。

源贺押着赫连定撤军，在路上遇到丘眷和古弼的军队，他们合军一处往回返。部队到达南安城，拓跋焘嘉奖源贺的功劳，源贺说："秦国已经归降我们魏国，而赫连定却屠杀无辜秦国王公五百人，臣请求用赫连定的首级祭奠他们，以求秦国民心安定。"拓跋焘允许了。

南安城郊建起了西秦王陵，墓碑上刻着秦国死去的王公贵族的名字，其中就有乞伏缦卿和秃发延，源贺上前祭拜完后，开始宣读赫连定的罪状，赫连定倒也算是一条汉子，临死前依然泰然自若。源贺让人把赫连定的头砍掉，祭祀完西秦王陵才率领大军返回平城。

拓跋焘一到平城，就封赏了群臣，唯独奚斤还在受着惩罚。拓跋焘让奚斤做了一段时间管理厨师的小官，让他整天带着太监侍女给宫廷呈菜，后来虽然又让他做回了将军，但是从此没有再重用，拓跋焘转而倚重起拓跋丕。

源贺回到平城就为乞伏缦卿和源延在家中设立了灵位，并请来几位高僧日夜念经为他们超度。拓跋焘专门传唤了源贺，源贺叩拜后，拓跋焘说："你这次带兵立了大功，先是跟朕攻破了夏国，又将穷寇赫连定给朕从黄河边上追回来了，朕要敕封你为西平王！”源贺要下跪谢恩，却被拓跋焘一把扶起：“你我亲如兄弟，这里又没有外人，就不必拘礼了。”源贺说：“这是敕封，不是平日的闲聊，所以我一定要按照君臣的礼节叩拜。”拓跋焘只好由了源贺。源贺叩拜后，拓跋焘带源贺到御花园中闲逛。

现在正是盛夏，御花园中百花盛开，群蜂蝶舞。他们边走边闲聊，拓跋焘说：“你现在成了王爷，这次你秦国的妻子乞伏缦卿遇难，我也为你深感哀伤，我们上次有约，若是你秦国的妻子不在了，你就娶平阳公主拓跋宝为妻，你可还记得。”源贺说：“记得！”

这时只听一阵笑声，花丛中沙沙作响，拓跋宝从假山后面钻了出来。拓跋宝说：“记得就好！今天正好我皇帝哥哥也在，咱俩就先定下婚约如何？”源贺赶忙说：“现在万万不可！我的妻子刚刚亡故，她曾为了我拒绝改嫁，我作为她的丈夫，怎能在她的丧期谈婚嫁呢！”拓跋宝撅起嘴对拓跋焘说道：“哥哥你看，源贺要赖。”拓跋焘说：“这也是人之常情，他这么有情有义，说明你要嫁的人值得。我听说亡魂要超度七七四十九天，那么等七七四十九天后，你们就把婚事给办了吧！”拓跋宝立马喜笑颜开拍手说道：“好！那就这么说定了。我最近就让人先给我准备嫁衣！这次可是有皇帝在这里作证，源贺你若是敢反悔，就是犯了欺君之罪。”源贺说：“我源贺既然答应了，就不会反悔。”拓跋焘对源贺赞赏有加，当天还让他留在皇宫里一起享用了午宴。

源贺回到府邸，他最近一直在跟崔浩学习古代典籍，从这些典籍中他领悟到了许多为官和做人的道理，时间一晃四十九天就过了。这天美罗德坐着一辆马车来到源贺府邸，侍卫通报后，源贺赶忙迎出来。美罗德：“赶紧叫人来帮忙搬东西！”源贺问：“你给我带了什么好东西？”美罗德说：“等搬进去你就知道了。”源贺让人把美罗德马车上的东西搬了进去，打开一看竟是一种红色的酒。美罗德说：“这是上等的葡萄酒，是我从西域进过来的，我特地带了一桶过来给你尝尝！”源贺说：“这酒真能喝吗？”美罗德说：“能不能喝，等你喝了就知道了！白酒太烈了，红酒温柔醇香。”源贺说：“那我先吩咐厨房做菜了。”美罗德说：“这葡萄酒要配相应的菜才有味道，你这里的厨师不会做的，配菜我早已经做好了。”

美罗德说着让人把菜也搬了进来，在凉亭的桌子上铺上白布，这才让人把菜都摆上去。源贺看到只是些煮熟的牛肉，还有各种冷菜，美罗德取出两个透明的杯子：“这是夜光杯，是用玉石做的，这样倒上红酒，就能看到它的颜色。”美罗德把酒倒进夜光杯中，葡萄酒在杯中摇曳，她先是端起酒杯长长地闻了闻，源贺也跟着闻了一下，美罗德轻轻抿了一口，源贺则猛地喝了一大口。美罗德赶忙制止：“这葡萄酒要细细地品！”源贺说：“我每天喝的白酒，又烈又辣，都是一大口干掉，你这葡萄酒简直是糖酒，有什么好怕的。”源贺每次都要一大口干掉，美罗德不得不提醒他：“别把葡萄酒不当酒，照你这种喝法，你很快会醉的！”源贺笑着说：“那么烈的酒我都喝过，还怕这甜酒！”看源贺不以为然的样子，美罗德暗暗笑了起来。

他们在凉亭上觥筹交错，起初源贺还没什么感觉，一连喝了十来杯，渐渐地就感觉到对面的美罗德开始变得模糊起来，后来他好像看到乞伏缦卿坐在了对面，他伸手抓住美罗德的手，美罗德得意地看着他问：“你不是很能喝吗？怎么已经开始晕了。”醉眼迷离的源贺叫着缦卿，美罗德伤心道：“原来你还在想着缦卿，我可不是什么缦卿。”美罗德生气地挣脱开源贺的手，哪知源贺顺势就倒下了。

美罗德赶紧扶着烂醉如泥的源贺回到卧室，源贺突然抓着美罗德进入罗帐，源贺喊着缦卿，美罗德这时也有点喝多了，她也不管源贺把她当谁了，她原本以为缦卿不在了，源贺会娶自己，哪知却听说源贺准备娶公主，所以她才特意安排了这个葡萄酒宴。源贺平日把自己压抑得太久，酒后他的内心完全释放，二人一番云雨后沉沉睡去。

次日，他们还赤身裸体睡在罗帐中，平阳公主突然造访，她不顾门外侍卫的阻拦，直接带人闯了进来，口中扬言："源贺马上就是我的驸马了，来他家不就是去自己家吗？还要什么通报。"拓跋宝径直走进源贺卧室，蹑手蹑脚走到罗帐边，她原本只是想要吓吓源贺的，可掀开罗帐，眼前的景象却把她惊呆了，只见源贺赤身裸体躺在床上，一个同样赤裸的金发碧眼的波斯女子把手搭在他胸口。

这可把拓跋宝气得不得了，她到门外取来一盆冷水，掀开帘帐浇了下去，源贺和美罗德猛然醒来。拓跋宝边撕扯罗帐边大叫："难得本公主看上你，主动要嫁给你，你却一直推三阻四的，原来是跟这个黄毛狐狸精好上了！"美罗德却不慌不忙穿衣服："我是源贺的恋人，别忘了你现在还不是他老婆，我们爱怎么做就怎么做！"拓跋宝要过来撕扯美罗德的衣服，美罗德也不是好惹的，二人厮打起来，源贺赶紧穿好衣服，然后强行把二人拉开。

拓跋宝气得离开，她去找拓跋焘告状去了。面对美罗德，源贺显得很歉疚："对不起，是我昨天喝多了。"美罗德说："不能全怪你，我们昨天都喝多了，你把人家拉到床上，还说一直在心中爱着人家。"美罗德假装害羞地低下头，内心却在窃笑自己编出的谎言。源贺惊道："昨天我真那么对你的说了？现在如何是好？我跟公主有婚约，当时还是皇帝做的证。"美罗德哀怨地说："你去找平阳公主吧！反正我只是你生命的过客，我准备回波斯永远不再来中土。"源贺急道："你不能走，男子汉大丈夫，做了就要担当，既然我昨晚说爱你，我就要娶你为妻。”美罗德说：“那你不怕得罪了平阳公主？她可有皇帝给她撑腰。”源贺说：“陛下不是那种不讲理的人，那桩婚事本就不是我的意思。”

源贺还在劝慰美罗德，拓跋焘就已经带人跟着平阳公主来到了源贺的府上，平阳公主在一旁不停地哭诉，拓跋焘也假作生气：“源贺，你怎么能这样！你都要成驸马了，还要在外面拈花惹草，不斩你又无法解公主心头之恨，斩了你又难以服文武百官。”平阳公主说：“我要杀了美罗德那个狐狸精！”源贺说：“美罗德一直是我的红颜知己，昨晚是我喝多了才做了对不起平阳公主的事，跟美罗德无关，是我辜负了陛下和平阳公主，请陛下只赐我一个人的罪！”拓跋焘要斩源贺，平阳公主又不同意，拓跋焘要饶恕源贺，平阳公主也不同意，最后拓跋焘说：“源贺本就是西平王，他当然可以有妃子，还可以有左夫人右夫人，王爷有个三妻四妾也很正常，你们都嫁给他不就行了。”拓跋宝说：“那我要做正妃，她只能做夫人。”美罗德则说：“我跟源贺认识在先，而且和他先有的约定，所以应该我是正妃。”拓跋宝急道：“不行！我是公主，我才是正妃！”二人争来争去，急得源贺不知如何是好，真是清官难断家务事，拓跋焘只得说：“你们且都做夫人，拓跋宝是左夫人，美罗德是右夫人，经过考察，谁更有德，谁更贤惠，最后谁就做源贺的正妃。”

拓跋焘转过身来低声对源贺说道：“你虽然在战场上所向披靡、杀敌万千，可处理起这家事来却不够利落！儒家说了，持家治国平天下，你若想继续跟朕平天下，你可得把家管好喽！”源贺听罢只好点头称是。三天后，源贺如期举行了婚礼，他把拓跋宝和美罗德都娶了过来，平城的王公百姓们都将他的婚事传为美谈，说他失去了一个妻子，却得到了两个妻子。

第十章
仇池国王左顾右盼　源贺奇遇贤妻虎子

源贺正在为拓跋宝和美罗德的不和而苦恼，拓跋焘突然将他宣进宫。大殿上文臣武将分两列叩拜。这时有两个人主动上前跪地："我是仇池国前国王杨宝宗，这是我的弟弟杨宝显，本来父亲杨玄已将仇池国的王位传于我，可是却被我叔叔杨难当篡夺了，他一直把我囚禁到现在，前不久才将我放出，现在我要弃暗投明，为魏国效劳。"拓跋焘说："天下诸侯在我大魏面前都望风而归，仇池国一个蕞尔小国却夜郎自大，你归顺大魏是明智之举，朕封你为都督陇西诸军事、征西大将军、开府仪同三司、秦州牧、武都王，封杨宝显为镇西将军、晋受公。你们可以到上邽镇守，伺机征讨杨难当，让仇池国人感受皇恩。"二人谢恩。

为了笼络杨宝宗，拓跋焘还把宫中的一位公主下嫁给他，杨宝宗也对拓跋焘誓死效忠，带着自己的部众进入上邽城，准备进攻杨难当。可是没多久，杨宝宗就把上邽城丢了。杨难当也是一代名将，他把上邽城攻下，准备继续进攻北魏，边镇告急。

拓跋焘又召集群臣商议，崔浩说："仇池国本来是蕞尔小国，地方不过百顷，在我大魏和刘宋之间，向魏称臣的时候就攻打宋，向宋称臣的时候又攻打魏，叛降反复无常，前面攻打宋朝梁州，被宋军打了个大败，现在又想攻打大魏秦州，真是蚍蜉撼大树，我们不妨联合宋朝将他灭了。”拓跋焘认为有理，就让使者去跟宋朝联络，双方约定好一起攻打仇池国，战后平分仇池国土。宋文帝派大将裴方明从南面攻仇池，拓跋焘派遣拓跋齐和源贺去跟杨宝宗会合，一起攻打杨难当。

这仇池国可谓是十六国时期的奇葩，虽然不在十六个大国之列，但却是建国时间最长的国家。仇池跟许多诸侯国一样，在永嘉之乱后乘乱建国，建国者是氐族酋长杨茂搜，但往前可以追溯到杨腾，杨腾曾经跟马超一起对抗曹操。仇池国传了几代后，被前秦苻坚征服，苻坚淝水之战失败后，他们又返回复国，目前的仇池王是杨难当。仇池国的核心在仇池山，仇池山四周都是峭壁悬崖，只有中间是百顷的平川，所以任凭周围的郡县不断变化，仇池国王族居住的仇池山却一直没有陷落过，加上这里处于北方和南方之间，对于南北的大国而言，仇池国都属于边疆，这就是仇池国一直存在的原因。

拓跋齐和源贺率军抵达上邽城外与杨宝宗会合，上邽城中是杨难当的儿子杨文德在守城。这杨文德是杨难当几个儿子中最厉害的，所以杨宝宗虽然在军队数量上比杨文德略胜几筹，但却一直无法夺回上邽城，当然还有另一个原因，杨文德和杨宝宗同样属于仇池王族，他们从来没有血战过。魏军抵达后，杨宝宗、拓跋齐、源贺三军呈掎角之势包围上邽城。

源贺在帐中聚集花木兰、何无忌、冉勇诸将商议攻打上邽城的计策，花木兰说：“上邽城外的天爷梁是最高点，上邽城之所以无法攻破，都是因为天爷梁上的仇池军救援，我们集中兵力攻下天爷梁，上邽城就不攻自破了。”何无忌说："杨宝宗难道不比我们更懂得这个道理吗？他在这退守了那么久，为何一直不攻打天爷梁？"冉勇说："你们还看不出来吗？杨宝宗跟我们根本不是一条心，他根本就不想攻打杨文德，所以我们还是不要轻举妄动，免得杨宝宗在背后攻击我们，我们就会腹背受敌。"源贺说："你们都说得很对，我们要攻下上邽城就要攻下天爷梁，但是现在，杨文德经常派使者前来劝降杨宝宗，杨宝宗极有可能会谋反，我们不得不防。"

源贺当即找到拓跋齐："杨宝宗一直跟杨文德在这里对峙，却从来没有发生过大战,你难道不觉得可疑吗？"拓跋齐本是一个直性子的人,他大叫说:"杨宝宗要是敢投敌我就把他的狗头砍了送回平城！"源贺说："你先别急，明天我派人攻打天爷梁的时候，你先在这里按兵不动，务必防止杨宝宗反叛，也要防止杨文德袭击。"拓跋齐当即答应。

天爷梁就像一座小的仇池山，山上平坦，四周陡峭，只有一条小路可以通上山顶。当天源贺率军前去攻打天爷梁，天爷梁的寨门一打开，源贺看到领兵的竟是一个十几岁的孩子，那孩子一身英气，手持方天画戟，摆出一副随时迎敌的架势，源贺身边的将士们看到他，忍不住大笑起来："仇池国究竟是小国，连个像样的将军都没有，竟然派出这么一个小破孩！"源贺问左右将士："这名小将谁能给我拿下！"话音刚落，副将穆明便主动从阵仗中走出，穆明在源贺军中武艺算是中等的，源贺心想先试试这小将的深浅再说。

穆明当即出阵，对方的小将也出战，哪知刚刚打了一个回合，小将就将穆明一戟捅下了马，幸好穆明的盔甲够坚硬，只是摔在马下，小将当即让人将他抓了起来。穆明在对方手中一副灰头土脸的样子，非常滑稽。小将在马上哈哈大笑："别看本将年龄小，你们这些人，根本不是我的对手！"魏军看到这个结果，才开始认真应对。源贺接着又派了两名将军上前过招，居然都被小将生擒。

源贺内心不免震惊，向对方喊："对方小将，报上名来？"那小将也朝源贺大喊："对方老将，先把名报。"源贺喊："在下行不改名坐不改姓，源贺！"小将喊："本将军也行不改名坐不改姓，秃发延！"源贺心中一怔，暗暗吃惊道："这仇池国怎么会有姓秃发的，而且竟然还跟自己的儿子同名，这分明不可能，当时赫连定明明把西秦宗族全都给杀光了。"何无忌在旁边说："看这小破孩伶牙俐齿的，让我一箭把他射下。"源贺说："先不要杀他，我方的三个将军他都没有下死手，我看可以把他生擒。"花木兰说："我看他的身手极好，我军中似乎没人是他的对手。"冉勇说："自从投靠源将军，我还没有立过什么功劳，且让我出马生擒了他。"源贺点头。

冉勇拍马出战，秃发延也迎上来，他们二人可谓棋逢对手，二人打了几十回合也不分胜负，后来秃发延渐渐支持不住，开始拖着方天画戟，拼命往自己的营寨跑，方天画戟挑起的尘土在二人四周飞扬，冉勇在后面穷追不舍，冷不防秃发延一个回马枪，把冉勇打下了马，立刻有人骑马过来把冉勇给绑走了。

源贺再也无法冷静，命大军冲锋，希望抢回冉勇，秃发延也命仇池军冲杀，双方短兵相接，开始拼杀，一直打到日落西山，各自鸣金收兵，对方折兵不少，魏军更是损失惨重。

源贺当日聚集众将商议对策，花木兰说："今天仇池大胜，那秃发延年轻气盛，必定会来劫我大营，我们可以留一座空的大营，在周围埋伏重兵。"何无忌也说："那秃发延一定会亲自率兵前来，到时不愁活捉不到他，等活捉了秃发延，最起码可以换出冉勇！"源贺点头，当天晚上就把营寨空出，让士兵全都埋伏在周围。

晚上月朗星稀，到了半夜不见人来劫营，源贺正在诧异，就听到窸窸窣窣的声音，只见仇池军黑压压地正飞速靠近他们的营地。仇池秃发延把营帐门口的岗哨射倒，率军进入大营，“给我冲啊！”随着他一声大喝，仇池军闯入灯火通明的大营，只见里面空空如也，秃发延惊觉上当，赶忙率军突围。这时为时已晚，魏军打着火把从四面八方将他们团团围住。秃发延一人大战十来人，杀出一条血路，从一条小路突围了出去，他一溜烟儿逃走，哪知没走多远马腿前倾，就落入了魏军设计的陷阱中，一群魏兵上去，把秃发延五花大绑押了回来。

中军大帐中灯火通明，源贺坐在中间，魏将要秃发延下跪，秃发延说：“我秃发延上跪天、下跪地，只跪父母，要杀要剐悉听尊便！”魏将要打秃发延的腿强行命他下跪，却被源贺制止了。源贺问：“你说你叫秃发延，你倒是说说你这姓氏是从哪里来的？”秃发延说：“你这老将可笑，不止不会打仗，连着基本的常识都不知道，谁的姓不是从父亲那里得来的。”源贺说：“你可知道灭亡的南凉国？他们的国姓就是秃发。”秃发延一听，脸色大变，但很快又恢复了过来。

源贺看到他的表情，让部下全部退下，只留下何无忌和花木兰。源贺端详秃发延的样子，愈发觉得他的模样跟自己年少时有几分相似。源贺对秃发延说：“我曾有个妻子，她是秦国的公主乞伏缦卿，我和她有一个遗腹子也叫秃发延，秦国灭亡后，秦国的王族宗室全部被夏国的赫连定给杀死了，要是我的儿子没有死，算来也有你这么大了。”秃发延说：“你这人太好笑了，我父亲早已经死了，他可是凉国的王子，是凉国的大英雄。”

源贺听后站起来：“你父亲是不是叫秃发破羌？这么说你真是我的儿子？你的母亲呢？”源贺走近秃发延，秃发延鼻子里一哼：“你姓源，我姓秃发，你别在这里套近乎了。”源贺说:“我就是秃发破羌,后来到了魏国,皇帝赐姓源,因为魏国皇帝拓跋氏跟我们秃发家同源。你快跟我说,我以为你们已经死了!快跟我说说你们是怎么逃出来的,快带我去见你母亲!”秃发延诧异地看着源贺:“你不是骗我的吧?你倒是跟我说怎么让我相信你。”源贺取出随身携带的那把短刀上前把秃发延的绳子割断,然后交给秃发延:“你母亲认得这把短刀,我现在就放你回去,不会让仇池人知道,你一定要带你母亲回来。”秃发延简直不敢相信眼前这位魏国的将军竟会是自己的父亲,他将信将疑接过短刀,源贺带着他到了后山,给了他一匹马,让他骑马离去。

第二天,两军对阵,秃发延一马当先杀来,源贺赶忙让何无忌抵挡,并叮嘱何无忌不许他伤到秃发延半毫。何无忌和秃发延在大战,源贺还在想秃发延究竟是要干什么,哪知秃发延突然拍马回去,何无忌没有在后面追赶,秃发延挥舞方天画戟把仇池监军斩下马率军冲向山寨,并冲大军高呼:“现在魏国正在统一天下,我们要投靠魏国,顺从的跟我,反抗的杀头!”大军立刻分成两拨,跟随秃发延的多,他们开始厮杀,哪里是秃发延的对手,残兵败将逃往上邽城,天爷梁已经被秃发延他们所占领。

源贺看出端倪,立即率军前去接应,秃发延迎接源贺进入天爷梁。源贺刚走进天爷梁,就看到了正从远处朝他走来的缦卿,源贺从马上跳下,过去紧紧握着缦卿的手,一对失散的恋人在十几年后总算相遇。缦卿将短刀还给源贺,忍不住流下眼泪。秃发延赶紧让父母回到营帐中,他们互相讲述了自己的经历。源贺问:“秦国皇族不是在南安城中全被屠杀了吗?我四处寻找你们母子,根本没有你们的踪影,我以为你们都被烧死了。”缦卿说:“当时秦军行走到南安城,羌人起兵叛乱,我的皇兄暮末就向仇池国主杨难当求救,

破镜重圆

杨难当率兵前来平叛。暮末要杀光南安城里所有的羌人，延儿因为要保护一家羌人，向暮末求情，暮末不允许，我们母子就带着这些羌人连夜逃跑，暮末派兵在后面追赶，后来我们被杨难当救下，就跟着杨难当的军队到了仇池国。”

乞伏缦卿说：“我们母子一直没有你的消息，也一直以为你死了。”源贺说：“我哪有那么容易死，我和保周跟着驼队逃出沮渠蒙逊的追杀，到平城投靠魏国，魏国跟我们是同姓，所以皇帝赐姓为源，赐名为贺。现在我要接你们回去享福，我现在已经是魏国的西平王了。”说到这里源贺又想起自己已经又娶了亲，他不知如何是好，只能先不提及此事。源贺一家三口终于得以团聚，秃发延也改名为源延。

源贺占领天爷梁，可以居高临下对上邽城进攻，攻下上邽城已是指日可待，这下守城的杨文德着急了，他赶忙送信给杨宝宗，杨宝宗此时依然在犹豫不决。拓跋齐忍不住想要试探杨宝宗，跟杨宝宗约定进攻上邽城，当拓跋齐率军赶过去攻打上邽城的时候，杨宝宗突然跟杨文德夹击起拓跋齐来，幸好源贺从侧面及时赶来，拓跋齐的军队才没有太大损失。

拓跋齐终于看清杨宝宗，他写了一封秘奏给皇帝拓跋焘，然后到杨宝宗的大营，他大声说：“圣旨到！”杨宝宗赶忙出来跪拜，哪知拓跋齐宣布：“杨宝宗里通叛敌，押解回京！”两边的卫士很快上前控制了杨宝宗，把他绑到快马上，当即让人押解回京斩首。杨宝宗的部众登时大乱，有的投降拓跋齐，有的则投靠了杨文德。

仇池国真是祸不单行，北方还在对抗魏国，南方已经被宋国大将裴方明攻破，国王杨难当带着残兵败将来到上邽城。杨难当率少量部众投降魏国，却让杨文德带着主力转战武都，伺机恢复仇池国。

这时仇池国大部分地区已被宋国占领，宋国的大将是裴方明，裴方明是几乎可以跟檀道济相比的一代名将，他平定蜀地，收复汉中，攻灭仇池，可谓是权倾一时。起初拓跋齐还想从他手中收回仇池国，可是几战下来，他只能固守上邽城。

源贺则退守在了天爷梁，他们正不知如何是好，源贺突然想起一件事来，杨难当投降魏国的时候，曾说过他从仇池国逃亡，最念念不忘的不是自己的国家，而是他的爱马龙驹。源贺敬杨难当也是一员猛将，且还曾经救过自己的妻儿，为此特地派了一名投降的羌人返回仇池国故地，想着将杨难当的爱马龙驹给偷偷带出来，哪知那名羌人跟仇池国原来的丞相杨万寿联络上，从那里得知裴方明的上司刘真道进入仇池国后，私自占了仇池国历代积压的无数珍宝，而刘真道知道裴方明爱好马，就把龙驹送给了裴方明。当时看到那名羌人无功而返，他还为此遗憾了好几天，现在看来这个情报正好是除掉裴方明和刘真道的关键。

源贺赶紧派人到南京城中，四处宣传裴方明和刘真道贪污，准备在仇池国起兵造反，事情越传越神乎，宋文帝刘义隆听说后起了疑心，宋文帝本就对朝野权臣不放心，他的疑心使他把一代名将檀道济都给诛杀了，当时檀道济说他："你这是自毁长城！"他一意孤行，杀了檀道济，宋国从此不再是魏国的对手。这次宋文帝又要自毁长城，他查到仇池国宝物都被刘真道和裴方明贪污了，跟传言中说得一模一样，为了防止他们造反，他当即让人把他们抓回，投下大狱，可惜裴方明一代名将，最后就这么让人在监狱里活活折磨而死。

裴方明一死，拓跋齐和源贺便率军向南进攻，很快就击败了宋军主力，仇池国故地终于落入了魏国手中，拓跋齐不得不佩服源贺使的这一出妙计。拓跋齐和源贺留下军队镇守仇池国故地，便率军返回了平城。

源贺带着乞伏缦卿和源延回平城，他一路上又开心又忧虑，开心的是缦卿和源延还活着，忧虑的是家里已娶了两位妻子，到时候该怎么和缦卿解释才好。越靠近平城，源贺心事越重，到了平城后，他只好先把缦卿和源延安顿在外面的一所院子，自己去太极殿面见拓跋焘，告诉拓跋焘缦卿和源延还活着的消息。拓跋焘封拓跋齐为河间公，然后对源贺说："我每次要封赏你的时候，你总会出现这样的事，不过这事也不怪你，你别担心，让我来帮你解决。"

拓跋焘当即移步源贺府邸，拓跋宝和美罗德都在家中，她们都很好奇今天皇帝怎么会突然大驾光临。拓跋焘跟她们寒暄了几句，就讲到了正题："当初源贺是不是跟你们约定，假如发妻乞伏缦卿不在人世了，他就娶你们为夫人？"拓跋宝和美罗德点头，拓跋焘接着说："可是现在乞伏缦卿没有死，还带着她跟源贺的儿子回来了。"拓跋宝和美罗德都很惊讶，拓跋宝果然首先发难："可是秦国灭亡的时候，不是说她死了吗？怎么现在又活过来了！就算活过来了，她也只能排在我们后面！"美罗德在一旁默默不语。拓跋焘说："人家源贺可是先娶的乞伏缦卿，你们看现在怎么办吧？"

这里正在闹得不可开交，就有人来报："乞伏夫人带着少爷源延不告而别了。"源贺赶忙去追，源贺在城外追上乞伏缦卿母子。源贺说："想必你们已经知道了，当初我找不到你们母子，才娶了拓跋宝为妻。"源延说："那美罗德呢？美罗德又是怎么一回事！"源贺说："她是我的救命恩人。"缦卿说："我完全明白，所以我要带着儿子离开，不想让你为难。"源贺急忙抓住缦卿的手："你是我的结发妻子，是我心中永远的夫人，你跟我回去，若是皇上不答应，大不了这个王爷我不做了。”

源贺带着乞伏缦卿母子回去，只见府中的下人们正在布置祭坛，拓跋焘跟崔浩、拓跋丕和太子拓跋晃则在伞下悠闲地喝茶。拓跋焘看到源贺，就招手叫他过去，又传唤拓跋宝、美罗德和乞伏缦卿。拓跋焘说：“乞伏缦卿是原配夫人，不过拓跋宝和美罗德也是明媒正娶的，你们三人谁做正妃，我要按照我们魏国的传统来为源贺选妃，你们三人都要到祭坛上手铸金人，铸成金人的就是正妃，剩下的就是左右夫人。”三人无话可说，等到祭坛布好，三人上前手铸金人。

众人都在台下看着，最后由拓跋焘上前查看，乞伏缦卿手铸金人成功，他当即宣布：“这是天意，我们都要遵从，乞伏缦卿为正妃，拓跋宝为左夫人，美罗德为右夫人！”拓跋焘向源贺道喜后，率领群臣离去。源贺不得不佩服起拓跋焘处理后宫家事的机智。而乞伏缦卿也确实有正妃之德，她可以跟拓跋宝和美罗德融洽关系，让源贺也佩服不已。后来拓跋宝为源贺生下儿子源怀，美罗德生下儿子源奂，乞伏缦卿又为源贺生下女儿钦文姬辰，源贺唯独为女儿取了个鲜卑语的名字，他对这个女儿的喜爱可见一斑。

第十一章

冯氏兄弟投奔北魏　东征龙城消灭北燕

柔然可汗大檀趁北魏平定中原之机，经常派兵骚扰北魏边境，这次他又率军出现在长城上，拓跋焘率崔浩和源贺前去攻打柔然，把柔然打得大败而归。在北魏攻打柔然的时候，北燕却应柔然的要求袭击了北魏的幽州，因为两国过去是亲戚，北燕皇帝冯跋的昭仪是柔然原可汗斛律的女儿，斛律的妃子则是冯跋的女儿乐浪公主，当然斛律也在成婚的时候失去了他的王位，他被自己的侄子赶到北燕，最后死在了北燕。

北燕的举动惹怒了拓跋焘，他正想着如何消灭北燕，现在北燕袭击幽州，倒是送来了个好借口。拓跋焘赶走柔然人后转而攻打北燕，可是北燕早有防备，拓跋焘只好暂缓发兵。恰在此时，北燕皇帝冯跋驾崩，太子冯翼还没来得及继位，就被冯跋的弟弟冯弘逼迫自尽，冯弘还把冯跋的一百多个儿子全部杀死，自己登上了皇位，北燕君臣大多对其心怀不满。

拓跋焘终于等到好机会，他让太子拓跋晃留守平城，又派大将分别防守北面的柔然和南面的宋国，至于北凉他并不担心，因为两国是和亲关系。拓跋焘亲率崔浩、源贺和号称“魏国五虎将”的河间公拓跋齐、乐平王拓跋丕、昌黎公拓跋丘、永昌王拓跋健、平东将军贺多罗，带领大军浩浩荡荡奔赴幽州，又从那里向北燕首都龙城前进。

大军走到石城郡的时候，郡守李崇痛恨冯弘的倒行逆施，打开城门欢迎魏军，又率领龙城周围十多个郡的郡守全部投降，魏军兵不血刃就把北燕的大半国土攻占了。北魏大军势如破竹，五虎将军四处出击，先后攻下龙城周围的营丘、辽东、成周、乐浪、带方、玄菟六郡，最后又率领三万大军把龙城包围了起来。

北燕尚书高绍率领几万人出城跟魏军大战，被魏军打了个大败，高绍在回城的时候也被斩杀。冯弘开始固守城池，等着冬天的到来，只要冬天一到，缺少冬衣的魏军必然不战自退。拓跋焘深知时间紧迫，他命大军强攻，无奈龙城城池坚固，一时无法攻下。

拓跋焘聚集群臣商议对策，崔浩献策道：“如今冯弘只剩半壁江山，假如派人去劝降原太子冯崇，那么另一半江山也归我大魏了。”奚斤反对说：“李崇投降我们是因为对冯弘不满，让皇族也归降我们谈何容易！”崔浩说：“冯弘刚刚篡位，就迫不及待废掉王皇后，改立自己的情妇慕容锦为皇后，他认为燕国皇族后裔的慕容锦血统高贵，他还废掉了王皇后的长子冯崇，把他派到辽西肥如镇守边关，改立慕容锦的小儿子冯王仁为太子，废长立幼必然会引起内乱。”拓跋焘问：“派何人前往合适？”这时李崇主动请缨，前去劝降，拓跋焘恩准。

当天，李崇带着两个北燕部将抵达肥如城下，冯崇闭门不开，在城墙上边饮酒边质问李崇：“李太守，你把我们大燕的石城郡生生交给了魏国，怎么还有脸到这里来？”李崇笑着说：“俗话说，鸟择良木而栖，人择明君而臣！

现在魏军集中全国的大军，攻打我们燕国这弹丸之地，燕国迟早无法支撑，况且燕王不仁，废长立幼。”冯崇大喝：“这是我们的家事，关你屁事！”李崇说：“我们肥如过去是孤竹国故地，孤竹国王有长子伯夷和三子叔齐，伯夷是长子，叔齐却贤惠，他们都能互相谦让王位，为此还都从孤竹国逃走，你看现在冯王仁……”冯崇突然站起来吼道：“你给我闭嘴，你也知道这里是孤竹国的故地，你可知道伯夷、叔齐到死都不食周粟，在首阳山上饿死了，你却迎接敌人进入自己的国家！”冯崇当即命人放箭，李崇赶紧带人逃回。

拓跋焘正准备放弃这次劝降，源贺却请求前往。拓跋焘说：“李崇是燕国的臣子都没能劝得动冯崇，凭什么你就可以？”源贺说：“据微臣所知，太子冯崇素来崇尚忠义，他认为李崇是叛臣，他一个崇尚忠义之人，怎会听一个叛臣的劝降，陛下只管交给微臣。”

源贺得到拓跋焘的同意后，只带了何无忌和花木兰前去，他们没有直接到肥如城，而是来到肥如城附近的阳乐城。源贺知道冯崇的弟弟冯朗在阳乐城里，而这个冯朗是个公子哥，喜欢带着自己的爱妃四处打猎。源贺他们赶到阳乐城外，在城外的树林中遇到了一群人，为首的年轻人在围猎，后面还有人驾着马车，一位美女从马车左边的窗帘探出头来叫好，一个小男孩则从右边的窗帘中探出头来呼喊。这时，冷不防一头熊蹿了出来，朝着马车狂奔而来，马惊了，女人从窗子跌出，那头熊朝着女子走去，要伸爪抓女子的脸，值此危难时刻，源贺拉弓搭箭，连发三箭，三箭全都射中了那头熊的要害部位，熊沉重地倒在了一旁。一波未平一波又起，小男孩还在车上，车子在山坡上开始自行滚动，眼看前方就是悬崖，源贺赶紧策马扬鞭前去追赶，就在马车快要滚入山崖下的时候，源贺让小男孩伸出手来，小男孩临危不惧，从窗口伸出手，源贺上前一把将他拉到马上，从马车中救了出来。

源贺带着小男孩回去，女子正在那里跟一个男人叙说刚才那惊险一幕，男子上前拜谢，原来此人正是冯朗，那个女子是他的妃子苻茬，那个小男孩是他的儿子冯熙，源贺说自己只是过往的游侠。旁边的熊尸体还在冒着热气，苻茬已经吓得魂不附体，冯熙看了却安然自若，源贺看他小小年纪却胆识过人，忍不住夸赞说他以后必成大器，冯朗听了很是开心，邀请源贺到府上做客，并邀其一同打猎。他们接连三天都在城外打猎，冯朗发现源贺的弓箭百发百中，二人打猎好不痛快，说起话来也情投意合，就结拜为兄弟。

这天他们在一起饮酒，源贺说："你贵为王子，将来可有何打算？"冯朗抱怨道："现在我只能这样快活一天算一天，我有心要平治天下，无奈父王对我不信任，我父王心狠手辣，他亲手杀死了自己的一百多个亲侄子，现在又被慕容锦蛊惑，我们迟早要死在他手上。"冯朗指着远处一个官员说："你看那个人，他其实是个太监，我们兄弟三人身边都跟着这样一个太监，父王派他们来监视我们，他对我们谁都不信任。"源贺说："现在魏军压境，燕国迟早要灭亡，听说魏王拓跋焘爱惜人才，选贤任能，你们不如去投靠他。"冯朗说："普通人但凡有些贤才，投靠魏王还可以享受荣华富贵，可我们是王室中人，哪怕才能再好，只怕投靠魏王未必会善终！"源贺说："我有一个兄弟在魏王帐下供职，他可以保你们平安。"

冯朗表面上打猎会友，不闻朝政，私底下却一直在思考家族的出路，他听源贺这么一说，当即同意跟源贺一起去见一见他的这位兄弟。源贺将冯朗带到了拓跋焘的营帐，拓跋焘亲自到营帐门口迎接，冯朗这时候才知道，自己结拜的这位兄弟，原来竟是魏王麾下赫赫有名的源贺将军，不禁对源贺又多出了几分敬意。在宴席上拓跋焘对冯朗说："朕一直想要一统天下，让天下的百姓过上太平生活，冯弘残暴不仁，你们兄弟仁义，这幽州、平州应该由你们来统领才是。”冯朗听罢，立即主动提出自己愿意前去劝降哥哥冯崇和弟弟冯邈。拓跋焘当即书写符节，封冯崇为辽西王，后面还有一大串官名假节、侍中、都督幽、平二州东夷诸军事、车骑大将军、领护东夷校尉、幽、平二州牧。拓跋焘又写符节，封冯朗为广平王，封冯邈为乐陵王。

源贺率军护送冯朗前去肥如，路上正好遇到冯邈，他也是来跟冯崇商议前途的。他们进城后，冯朗和冯邈劝说冯崇一起投靠魏王，冯崇拒不接受，准备把他们赶走。这时冯弘派出的太监回报，说他的三个儿子跟魏军有秘密往来，冯弘赶紧派遣大将封羽带着毒酒前去试探。封羽派太监前去肥如城送毒酒，当时源贺和冯朗、冯邈就藏在屏风后，冯朗暗示冯崇不要喝，冯崇还是过去接下酒壶，冯邈突然冲出，把酒壶夺下，当即给太监灌了下去，太监很快就口吐鲜血而死。

冯崇醒悟过来，接受了拓跋焘的官爵，封羽听说了此事，立刻率军攻打肥如城，肥如城眼看要被攻破，拓跋焘派的援军赶到，他早已料到会有这么一出。永昌王拓跋健率领一万大军赶来，将封羽的军队击溃，封羽退到附近的凡城。拓跋健的大军把凡城团团包围，冯崇的军队也集结起来，最后封羽献城投降，因为凡城靠近龙城，在魏军攻打龙城之前，城里的三千百姓都被封羽迁移到了龙城里。

现如今北燕只剩下了靠近高句丽国的几座城，冯弘却依然在宫里悠然自得，慕容皇后有什么需要，他都要人冒死去取。散骑常侍刘广忍不住劝谏：“陛下，从前慕容熙宠幸苻娀娥、苻训英，她们要什么给什么，还经常带着她们四处云游，将士苦不堪言，最后亡国了！陛下应当振作起来，带领将士们击退魏军才是啊！”冯弘听后大怒：“慕容皇后是一国之母，你让她省吃俭用，不吃不喝，就能救国？”当即把刘广推出去斩首，朝臣们无人敢再谏言。

双方在龙城僵持，都在想着制敌良策，散骑常侍刘训对冯弘说：“项城公主已经成年，陛下可以跟凉国一样，让公主和亲，等魏军撤军，我们再聚集军民，国家就可以长盛不衰了。”冯弘听后大怒，刘训吓得跪在地上，冯弘又突然若有所思：“我想到一个妙计，我们燕国横扫天下的时候，魏国还在漠北放牛呢！拓跋焘好色，我们可以在送亲队伍中暗藏女杀手，把拓跋焘杀掉！擒贼先擒王，只要魏王一死，魏军作鸟兽散，不怕解不了龙城之围！”群臣不敢说反对意见。

拓跋焘正准备撤军，这时冯弘却派遣使者提出和亲，说要把自己的小女儿项城公主冯霖嫁给他，拓跋焘心想这样正好，等到合适的时机再灭燕国也不迟，当即答应了。双方开始和谈，燕国提出魏军退后一百里扎营，拓跋焘也答应迎娶项城公主后就撤军，双方永结同好。拓跋焘派出使者，带着礼物去迎亲。

三天后，装扮一新的冯霖由常山公冯丕护送到了北魏的营寨，冯弘在冯霖身边安插的八个侍女，个个都是武功绝世的高手，并叮嘱她们找机会杀掉拓跋焘。此次暗杀计划送亲队伍中原本只有冯丕知道，但冯霖本有自己亲近的侍女，可是父亲非要她换上这八个侍女，天资聪慧的她早已看出这其中的玄机。

拓跋焘早就听说冯弘的小女儿冯霖长得极为可人，见到后果然国色天香，冯霖也喜欢拓跋焘的英雄气概。当晚拓跋焘就要入洞房，冯霖却在门口阻拦：“陛下，按照我们汉人的礼节，我们现在还不能圆房，必须等回到家后方才可以。”冯霖陷入了两难之中，她既不想让那些杀手杀死拓跋焘，又不敢出卖自己的父亲。

拓跋焘赏赐了送亲的队伍，冯丕返回龙城复命。拓跋焘如约撤军，大军行到幽州，这里有拓跋焘的行宫，他让冯霖住进行宫里。这天晚上，拓跋焘喝退左右，独自来到冯霖的房门外，冯霖还是在推辞，拓跋焘说：“爱妃，为什么一直在拒绝我？”冯霖不知说什么好，拓跋焘猛然推门而入，这时埋伏的女杀手从梁上跳下，她们果然身手了得，两三个这样的女杀手拓跋焘还可以抵挡，可是八个女杀手同时向他进攻，他怎能招架得住。拓跋焘一步步被逼到了角落里，眼看就要被刺杀，这时源贺带着侍卫赶到。

平时拓跋焘不让左右靠近，所以行宫中根本没有侍卫，要不是冯霖悄悄跑出去喊人，根本就没人知道拓跋焘正被刺杀。源贺带着侍卫跟这些女刺客打斗，拓跋焘的侍卫个个武功了得，八个女刺客无法抵挡，四个先后被杀，两个被俘，只有两个侥幸跳出大殿，翻过院墙逃走了。

拓跋焘的手臂受伤，冯霖赶忙跪地请罪："这都是臣妾的错，请陛下不要降罪到我的国家，今后臣妾一定会好好服侍陛下。"拓跋焘说："我早已调查清楚，这是冯弘的主意，你今天救朕有功，朕封你为左昭仪。你和你的三个哥哥都是朕的人，有罪的是冯弘。"

拓跋焘将冯霖扶起，就带着源贺和侍卫离开了。拓跋焘将文臣武将召集到营帐："朕原本还想让燕国做我们东北的藩篱，可冯弘这老贼却算计朕，你们跟朕回去攻灭燕国。"拓跋焘在幽州补足粮草，再次出征燕国。

冯弘自以为刺杀行动万无一失，却没想到得到刺杀失败的消息。当他得知拓跋焘已率大军前来进攻时，开始慌了手脚。冯弘接连收到噩兆，说是守城的将士晚上看到狼群一直绕着龙城嗷叫，赶走了不久又匍匐而回。还有许多老鼠集中在龙城周围好几里，这些老鼠一只咬着一只的尾巴，连成长链，最前面的老鼠咬着马粪，就这样从护城河渡过。最让人感觉恐怖的是，城里到处散发着霉味，许多东西都生出了白毛，那些白毛据说有一尺二寸高。本来冯弘还自认为是天子，有上天的护佑，现在他愈发地恐慌，他感觉这些异象都是燕国要亡的征兆。

冯弘再次派人前去求和，拓跋焘本想拒绝，但他思虑再三还是让使者带话："为了表示求和的诚意，让太子冯王仁到平城做人质。"使者回报，冯弘反对，这时散骑常侍刘训说："我们前面已经得罪魏国，假如不派遣太子入朝侍奉，魏朝大举进攻，我们根本无法抵挡！蜀汉的刘禅凭借秦岭蜀山作为屏障，最终落得衔璧投降，东吴的孙皓倚仗长江天堑抗拒，最终还是归顺晋朝，现在魏国的力量比晋国还要强大，我们燕国的力量又弱于吴蜀，燕国唯一的出路是派太子入朝，奉行大国的召令。然后再远小人而亲君子，收集离散的军民，对他们施以恩泽，分仓廪中的粮食接济百姓，大力劝导百姓从事农桑，这样国家才能转危为安，社稷才能得以保存。"冯弘听后勃然大怒，他怎舍得将太子冯王仁送到平城做人质，他让人把刘训推出皇宫斩首示众。

魏军已经逐渐靠近龙城，先锋部队乐平王拓跋丕已经来到城下，燕军拼命抵抗才勉强击退了拓跋丕。看到拓跋丕后面的援军，冯弘感觉无法抵挡，太常阳岷冒死建议派太子做人质，冯弘悲伤地说："朕不忍心让朕的儿子去做囚徒，高句丽是我们的属国，我们可以到高句丽去躲避，过后我们再打回来。"阳岷说："高句丽是蛮夷小国，向来不讲信义，我们燕国面临亡国之灾，高句丽刚开始兴许会接收我们，可到了后面势必会变脸，陛下还是早下决断为妙！"

冯弘一意孤行决定到高句丽躲避，高句丽王也派人来接应，这些高句丽人连像样的军服都没有，一来到龙城就换上燕国的精良铠甲。冯弘率领龙城百姓前往高句丽，离开的时候，他命人一把火将龙城给烧掉了，大火烧了一个多月才熄灭。

拓跋焘率军赶来时，龙城已经变成一片火海，源贺问要不要继续追击，拓跋焘说："穷寇莫追，高句丽不久一定会将冯弘的首级进献我大魏。"当时的高句丽国地处荒蛮之地，所以拓跋焘没有进军攻袭，他命大军先把燕国全境占领。

第十二章
沮渠家族羞辱公主　西征武威荡平北凉

拓跋焘班师回京，这次占领燕国后，他自认为已经扫平天下，在朝堂上大宴群臣并说道：“从永嘉之乱以来，中原出现的国家何止十六个，算上那些各自为政的小国，差不多就有二十四个之多，现在朕终于荡平天下，只有北方的柔然和南方的宋朝还在苟延残喘，下一步朕就要率领众卿征服宋朝，让刘义隆来给朕牵马。”群臣闻言举杯庆贺。

宴席间，拓跋焘收到从武威传来的消息，他顿时龙颜大怒，原来北凉王沮渠牧犍伙同情妇李敬情给武威公主拓跋珏下毒，由于李敬情紧张，下毒时许多毒药被撒在了外面，所以拓跋珏才侥幸捡回了一条命。听说拓跋珏醒过来时，因为体内还残留着少许毒素，脸色蜡黄，咳嗽不止，拓跋焘赶忙派出最好的大夫前去医治。他对文臣武将说道：“我原以为跟沮渠牧犍已经是一家人了，可是他居然毒害大魏公主，这分明就是蔑视我大魏！什么荡平中原，看来只有先把凉国荡平才算完成这一大业！”宴席结束后，拓跋焘当即让众将领准备讨伐北凉。

拓跋焘确实曾经把凉国当成了自己的藩国，这要从沮渠蒙逊去世的时候说起。沮渠蒙逊是凉国的支柱，拓跋焘想等他死后再攻灭凉国，哪知沮渠蒙逊临死前把沮渠牧犍叫到床前叮嘱："我们凉国不是魏国的对手，你也不是拓跋焘的对手，有句话你一定要听，把你的妹妹沮渠丽芳嫁给拓跋焘，跟他结为亲家，才能保全凉国。"牧犍答应，蒙逊去世。

过后牧犍依照蒙逊的吩咐，把妹妹兴平公主沮渠丽芳嫁给了拓跋焘，两国联姻，结为亲家，沮渠丽芳还被拓跋焘封为了右昭仪。起初，牧犍对拓跋焘言听计从，按照拓跋焘的要求还把自己的太子沮渠封坛送到平城服侍拓跋焘，为此拓跋焘放弃了攻灭凉国的计划。为了笼络牧犍，拓跋焘便把自己的妹妹拓跋珏嫁给了他。牧犍其实早有王妃，就是西凉国的公主李敬爱，北凉灭亡西凉后，西凉国的两个公主李敬情和李敬爱姐妹俩都做了俘虏，沮渠蒙逊的两个儿子政德和牧犍都对这两姐妹着迷，政德娶了李敬情，牧犍娶了李敬爱，牧犍继位后李敬爱成为王后，拓跋焘要把拓跋珏嫁给他，他不敢违抗拓跋焘的命令，就让李敬爱到酒泉去居住，封拓跋珏为王后。

牧犍起初对拓跋珏这个大国的公主非常敬重，二人还生了一个可爱的女儿取名沮渠无双。凉国地处丝绸之路要冲，牧犍渐渐觉得自己很强大，开始对拓跋焘的命令阳奉阴违，他开始积极发展自己的势力，对西域的小国都说："现在我凉国才是中原第一大国，魏国只是表面上强大，实则并不及凉国的实力。"他一面向宋朝上表称臣，接受宋朝的封赏，一面又跟柔然结为同盟，希望对抗北魏。牧犍可以说是脚踩四条船，自以为在各种力量的中心。

政德是蒙逊的第一位太子，后来在柔然打仗时战死，李敬情就成了寡妇。牧犍其实是第四位太子，等到他即位后就开始跟李敬情偷情。李敬情可谓是个万人迷、滥情种，她跟牧犍的三个兄弟都通过奸，拓跋珏刚嫁过来时，牧犍还有所收敛，可日子久了就又开始跟李敬情偷情，有一次被拓跋珏撞到了，拓跋珏把二人数落了一番。李敬情知道拓跋珏不会就此罢休，就从牧犍那里拿了毒药,二人商量着要把拓跋珏毒死。李敬情拿着毒药在拓跋珏的饭中下药，由于太过紧张，许多药粉都被她撒在了外面，所以拓跋珏中毒后只是昏迷了过去，事后就被救醒了。拓跋珏的侍女回忆起她曾经撞到过李敬情，知道是李敬情下的毒，就派人快马加鞭从驿站到平城将此消息报告给拓跋焘。

虽然拓跋焘知道这件事后气愤难当，但是他还是准备给牧犍一个机会，他派大将贺多罗前去斥责牧犍，让他把李敬情押送到平城受死。哪知李敬情自知闯祸，向牧犍苦苦哀求，牧犍心软，秘密把李敬情送到酒泉，跟她的妹妹李敬爱在一起。贺多罗这次还肩负着一个重要使命，那就是借机观察凉国的虚实，试探牧犍的忠诚。贺多罗见牧犍不交出李敬情，就借口带武威公主回去治病，带着公主一行回到了魏国。

拓跋焘问贺多罗："牧犍可还算忠诚？"贺多罗说："牧犍表面上恭敬，实则却存反叛之心。"拓跋焘又问："凉国国情如何？"贺多罗说："凉国表面上富足，实际上却暗藏祸端。"拓跋焘见牧犍抗旨不遵，便召集文武百官，列举牧犍的十二大罪状，让太子拓跋晃监国，自己率领崔浩、源贺、保周、拓跋丕御驾亲征，命贺多罗为先锋，河间公拓跋齐和新兴王拓跋俊分领左右军，浩浩荡荡向凉州进发。

平西将军贺多罗自恃对凉国了解，率领先锋骑兵先行进攻，牧犍听说魏军到来非常吃惊，召集群臣商议对策，丞相姚定国说："强龙不压地头蛇，虽然魏国强大，但是这里是凉国的地盘，我们可以一面利用坚固的城池死守，一面派人向柔然求救兵。"牧犍点头，他先派自己的弟弟沮渠董来前去迎战。

双方的大军在城南大战，起初贺多罗占上风，他率军掩杀董来的军队，等追到城下，两边突然冒出大批骑兵，把贺多罗的军队一直赶到了几十里外。贺多罗感觉不是对方的对手，只好等待拓跋焘的主力到来。在这期间，他派人四处打探军情，才知道凉州城周围都是秃发部的人，当年南凉被西秦所灭，南凉国的许多王公将士就投靠了北凉，现在北凉国的许多将军都是南凉国的王公后人。

三天后，拓跋焘的大军赶到，看到贺多罗龟缩在一座小城里，拓跋焘就质问他为何如此胆怯狼狈，贺多罗赶忙说："本来我们已经把董来的军队打败了，可是半路突然杀出三万骑兵，这才落败的。"拓跋焘问："凉国不是总共才三万骑兵吗？怎么半路就杀出三万来？"贺多罗说："经我多方打听得知，那些骑兵都是秃发部的旧人，当年南凉亡国，因为南凉和西秦、北凉都有和亲关系，所以秃发傉檀让一半的王公将领跟随他投靠了乞伏炽磐，而让另一半的王公将领投靠了沮渠蒙逊。"

拓跋焘起初还很是忧心，听完贺多罗的解释后就展露了笑颜，他马上召集源贺和保周："你们本是秃发部的人，武威城周围都是秃发部的骑兵，贺多罗被你们那些秃发部的旧人给打败了，现在就看你们兄弟的了。"源贺说："这武威城周围都是祖父秃发思复鞬的旧部，凉国的文臣武将有许多是我的兄弟叔伯，他们当年本来就是迫不得已投靠蒙逊，我们只要劝降他们，凉国便可以不战而灭。"保周说："养兵千日用兵一时，我今天不灭牧犍，就提头来见。"

拓跋焘听后非常高兴，当即钦点精兵让他们跟随源贺、保周前去劝降。源贺和保周率军来到廉川堡，这里可是南凉国兴起的地方，秃发乌孤在这里首先称王，最后才建的南凉国。兄弟二人看着山上的古堡想起往事。保周说："当年若是父亲不投降乞伏炽磐，我们以一个廉川堡都能重建凉国，当时我们何止有十个廉川堡！"源贺说："父亲毕竟仁慈，我们全部被秦国俘虏，他要是不顾我们的死活，也许还能东山再起，可是若是那样，恐怕你我现如今也不可能再站在这里了。”保周说：“虽然我当时也被俘虏了，但是内心还是希望他那样做，何况只要凉国足够强大，秦国是不会杀我们的。要是我们凉国能够复国，你说这天下会不会是我们凉国的？”源贺拍了拍保周的肩膀，说道：“我们凉国偏居一隅，天下那么多诸侯，谁都要称王称霸就会天下大乱，黎民百姓只会跟着遭殃，现在魏国是我们的宗室，辅佐拓跋焘平定天下，只要天下太平了，这不也是天下人的大幸吗？”保周听罢，不再言语。

兄弟二人当天在廉川堡附近安营扎寨，晚上保周问源贺：“我们现在又回到了廉川堡，你当真不想恢复凉国？这可是千载难逢的机会。”源贺呵斥道：“你居然有这样的想法？你赶紧给我打消你的念头，这只会给秃发部带来灭顶之灾。再说，拓跋焘对你我兄弟二人如此信任，我们可不能做那忘恩负义的小人，让人唾骂！”保周说：“我只是随便说说，就算想起兵造反，我们也还不是拓跋焘的对手。”源贺说：“为了我们的子孙后代，为了天下的万千百姓，你以后也不能再有丝毫的叛乱之心。”保周说：“我就说说而已，你何必当真，我要睡觉了。”

他们正要睡去，突然听到喊杀声四起。源贺和保周赶紧披挂铠甲提刀出门，早有侍卫牵来二人的战马，兄弟二人跨上马背，率兵迎击。他们看到西面的火把多，就骑马率兵朝那边攻打，原来举着火把突袭他们的是一群衣衫不整的牧民，源贺知道这是秃发部的人，刚要对他们喊话，保周已经率兵拍马冲了过去，哪知稍一接触，这些牧民就都纷纷退去，保周笑他们是乌合之众。保周正要率兵回营寨，那些牧民又跑回来呐喊，气得他调转马头前去追击。源贺在他身后喊道：“保周，当心有诈！”保周在马上挥舞着战刀说道：“你回去坚守营寨，我把这些贼寇杀退就回来跟你会合！”源贺大声喊：“他们是我们秃发部的人，要记得我们的使命！”保周转过山头，消失在夜色中。源贺只好先返回营寨，让人在附近加强巡逻。

源贺在大营中穿着铠甲入睡，早上猛然醒来，他赶忙传唤侍卫：“保周昨夜有没有回来？”侍卫说：“保周将军一夜未归！”源贺惊觉不妙，赶紧起来，率军向西而去。前方就是乐都城，源贺率军抵达城下，看到城头上的将领非常熟悉，就大声喊：“乐都守将报上名来。”对方大声说：“秃发樊尼。”源贺说：“我是秃发破羌，昨夜你们抓的是秃发保周，阿哥你们可好！”秃发樊尼说：“虽然我们是兄弟，如今各为其主，你若是退兵，我就把保周放了。”源贺说：“当今魏主文治武功天下无敌，拓跋部跟我们秃发部原本是一家，他也待我和保周如同兄弟一般。”秃发樊尼说：“你就是说出花来，我也不会听你的，赶紧打道回府吧！”

源贺当即跳下马徒步向前：“既然你们把保周抓了，那也把我一起俘虏了吧！”城上有人要放箭，被樊尼按下了。源贺一直走到城门口，樊尼命人打开城门，把源贺捆绑起来，并投到了监狱中。保周已经在监狱里，保周说：“你怎么也被抓进来了？我后悔没听你的话，果然是诱敌之计，昨夜我跑到一个山谷中，就中了他们的埋伏。”源贺说：“我是故意让他们抓进来的。保周你先别急，秃发部是自己人，这只是一时的误会。”当天中午樊尼带着监军到狱中看过源贺和保周后，就先率众离开了。

晚上源贺和保周兄弟二人被人带出，他们问侍卫要带他们去哪，侍卫并未搭理二人的询问。源贺和保周都以为是要带他们去法场，后来才发现是到樊尼府邸。樊尼让左右退下后，突然满含泪水过来给源贺和保周解开绳索，和他们紧紧抱在一起：“兄弟，我们终于见面了。”源贺疑惑地看着樊尼：“这——这，究竟是怎么回事？”樊尼让屏风后面的一员小将出来，樊尼说：“赶紧拜过你的叔叔！这就是当年带你一起逃走的保周和破羌！”原来这员小将不是别人，正是虎台的儿子秃发副周。

一家人诉说分别后的经历，那次源贺和保周带着副周逃过河岸，哪知遇到秦兵围攻，战乱中副周失踪，源贺和保周都以为副周死了，原来副周是被樊尼给悄悄救走了。虎台被杀后，虎台的王妃胡掖紫楼就被软禁了起来，后来樊尼派人接应，带着胡掖紫楼和她的孩子副周、无天、少天、长天、怀瑶逃到北凉，但是胡掖紫楼不愿意在武威生活，就带着孩子们住在了西平。源贺问：“现在他们在哪里？”副周说：“还在西平城。”樊尼补充说：“当时沮渠蒙逊也没说什么，所以胡掖紫楼他们就一直住在了那里。”源贺又问樊尼：“你在城下的举动让我好奇怪。”樊尼说：“军中安插有沮渠牧犍的监军，就是担心我们秃发部脱离他们，我听说你和保周来这里劝降，才想到了这个计策。”保周说：“我们何不联手杀了武威的监军起事。”樊尼说：“我们秃发部的许多人还在武威城中为官，我们要是起事，他们都会被杀。我们的兄弟安周、染干、他儿、覆龙、承钵，还有叔父俱延、文支，羌奴的儿子承钵，我们的旧部纥勃、洛肱，他们都还在武威城中。白天我只是演戏，先委屈你们回到监狱，明天我就派人把你们送到武威城，在那里我们跟城里的兄弟们里应外合，再一起攻下武威城。”源贺暗自叫好，他和樊尼、保周又一起详细商议了一下对策，三人决定按计划行事。

源贺和保周又被投回监狱，第二天，樊尼和监军便派人把二人押送到武威发落，这时东面已经被魏军占领，只能从西面绕张掖过去，负责押送的是秃发副周。一出城，副周就给他们松了绑。副周带着他们一路抵达西平城，当天就在驿站中休息。晚上，副周悄悄带着他们来到城西麒麟河畔的一座宅子里，他们一进去就看到了两鬓已经花白的胡掖紫楼，无天、少天、长天也都已经长大成人，怀瑶也出落成了亭亭少女。看到源贺和保周，胡掖紫楼几乎不敢相信自己的眼睛，她将孩子们叫到跟前，让他们和两位叔叔相认，接着他们趁着夜色抵达虎台祭坛，全家人在那里祭天。接着在副周的带领下，源贺和保周还见了当地的秃发部酋长，他们平时都听樊尼的号令，这次只要一声令下，他们也会跟着揭竿而起。

第二天，源贺和保周兄弟继续跟着副周赶路，他们翻过祁连山，抵达张掖城中，一路上他们都在密会当地的秃发部首领，这些旧人都很思念老首领秃发思复鞬，约定共同攻击武威城。他们又从张掖赶到武威城，牧犍听说樊尼抓到了魏国大将源贺和保周，并已由副周押送到了武威城，他便赶紧派人来接走，命人将他二人投入监牢，让自己的侄子沮渠越城看守。

牧犍觉得形势大好，先是有人来报源贺和保周已被樊尼将军擒获，现在又有人报告柔然大军正在围攻北魏的盛乐城，他赶忙派人四处宣扬：“魏国大将被擒，柔然大军压境，魏军必败！”拓跋焘还不知道实情，真的以为自己的爱将被抓，正准备派军强攻，就收到了秃发樊尼的密报，樊尼将他们计划在信中向拓跋焘详述了一遍，拓跋焘内心暗自叫好。原来源贺他们已经跟武威周围的秃发部约好，到时里应外合，一起攻打武威城。没过多久，拓跋焘又收到城里源贺发出的密信，他已经跟秃发家族的将领联络上了，还成功劝降了沮渠越城。

原来源贺和保周被关押起来后，副周便秘密联系上了秃发安周、染干、他儿、羌奴、俱延、文支、覆龙、承钵，他们现在虽然被人监视，但是私底下仍然有一支属于他们的军队。源贺在监牢中见到沮渠越城，便跟他说：“现在魏国已经统一全天下，以全天下的士兵来攻打地处一隅的凉国，凉国势必会灭亡，牧犍视你如眼中钉，我劝你还是弃暗投明。”越城原本就跟牧犍有矛盾，越城的父亲本是太子，现在王位却传给了牧犍，越城哪里咽得下这口气，牧犍对他们也时时处处防着，他早已在考虑投诚之事。越城说：“我倒是有心弃暗投明，只是我手上毫无寸功，拿什么给魏王做见面礼？”源贺说：“明天牧犍派董来进攻魏军时，我们一起从后面袭击董来，你看怎样？”越城点头应允。

果不出源贺所料，牧犍再次派董来进攻魏军，拓跋焘派贺多罗前去迎战，双方在城南大战，董来逐步占上风，他正准备率军掩杀，这时突然从武威杀出一队人马来，这些人马都是越城的部众和秃发部的部众，原来是源贺、保周和越城率军冲出。牧犍在城头看到越城带着部队叛变，气得捶胸顿足，他赶忙派出沮渠万年前去追击，这时候武威城两边又冲出秃发部的骑兵，领头的正是秃发樊尼。秃发樊尼和沮渠万年的军队打了起来，看到樊尼也叛变，牧犍开始变得惊慌失措，他赶忙返回朝中，召集群臣商议对策。

武威周围战马嘶鸣、尘土飞扬，魏国的军队也前来助阵，最后源贺、保周、越城和贺多罗、拓跋齐、拓跋俊一起消灭了董来的军队，董来也战死沙场。樊尼的部队把沮渠万年的部队击败，万年也被俘虏了，后来也投降了魏军。

拓跋焘在营帐中大宴功臣，武威成了一座孤城。牧犍让武威五城坚守，现在柔然的救兵成了他唯一的希望。而让他始料未及的是，拓跋焘早已派拓跋丕到盛乐城，把柔然大军击退了。这消息牧犍很快就知道了，他感到非常绝望，可是又害怕拓跋焘杀他，所以迟迟不肯投降。拓跋焘派人给他送来劝降书，要他赶紧出城见他，只要他投降，依然可以做他的妹夫。

牧犍征求文臣武将的意见，无一人有抵抗的想法，最后他哀伤地宣布出城投降。牧犍向拓跋焘上表投降书，接着将自己和大臣们都捆绑起来，然后才打开城门，出城请罪。拓跋焘率领自己的大军志得意满，他走到城门下，亲自下马给牧犍松绑，又让人为文武百官松绑，然后跟牧犍一起骑马进入武威五城中的大城，一直进入到紫禁城中。

他们直接进入谦光殿，拓跋焘说：“很早之前，我听说过武威的威武，今天才真正感受到，我以为除长安、洛阳外就邺城、平城两座城池可以称为大城，现在我发现，武威之雄壮、大美，是完全可以跟他们并称的。”拓跋焘指着四面的大殿问牧犍，牧犍说：“东面的叫宜阳青殿，南面的叫朱阳赤殿，西面的叫政刑白殿，北面的叫玄武黑殿，可以分别在春夏秋冬四季居住。”

当下拓跋焘跟文武百官进入谦光殿，凉臣在左，魏将在右，拓跋焘封赏群臣，首先封牧犍为河西王，接着封赏魏国将领贺多罗、拓跋齐、拓跋俊，然后才特别封赏了秃发皇族的人：“秃发部和拓跋氏本就是一家人，现在真正成为一家人，以后你们跟所有拓跋家的人一样，全部有直勤的称号，源贺和保周是头功，源贺已经是西平王，拜殿中尚书，封保周为张掖王，拜散骑常侍，封副周为永平公、覆龙为酒泉公、承钵为昌松公。”拓跋焘要封樊尼为王，樊尼却说：“陛下封赏本该领恩，可是我的志向不在做官，只希望在草原上游牧为生。”樊尼原想辞官游牧，拓跋焘却坚持封他为赐支王，其余安周、染干、他儿、俱延、文支、羌奴都是公。最后拓跋焘也按功绩、位份敕封了凉国的旧臣。

拓跋焘命人把沮渠部的三万人马从武威城迁到平城，他在郊区已经为他们找好地方，牧犍听说后赶紧去恳求拓跋焘，希望能将他们留在武威，拓跋焘沉着脸说：“你还想再造反吗？”牧犍哑口无言。就这样，凉国作为最后一个割据的王国，从此彻底灭亡了。拓跋焘命乐平王拓跋丕镇守凉州，保周镇守张掖，秃发族王公也大多留镇河西，自己率领群臣返回平城。

事后，源贺和保周特地请了几天假，他们来到西平，跟胡掖紫楼、副周、无天、少天、常天、怀瑶赶往黄河北岸的左南城，将秃发傉檀、折掘琬儿、秃发虎台的尸骨挖出，移葬到了西平的虎台祭坛下面。源贺祷告祖先："我们鲜卑跟汉人一样是黄帝后裔，秃发部又在拓跋诘汾时跟拓跋部分家，现在我们秃发家重新跟拓跋家合二为一。天下自从八王之乱以来就没有平静过，幸有明主拓跋焘，在他的领导下，天下即将重归太平，如今融入大统才是时势，请列祖列宗原谅我们不能复国。我们在此立誓，今后定会尽心辅佐明主，让天下早日太平，让我秃发部后人都能享受皇恩。"源贺想把胡掖紫楼及虎台的几个孩子接到平城去，将来可以方便照顾，胡掖紫楼婉言谢绝了，她说她和孩子们还是习惯住在西平，源贺上奏请求魏王把虎台祭坛周围的土地都赐给了胡掖紫楼一家，从此胡掖紫楼带着孩子们就在那里安居乐业，保周赴张掖上任，源贺则带着副周一起回平城。

第十三章
长驱直入击败柔然　婉婳将军荣归故里

前面魏国出征凉国，柔然便乘机攻袭盛乐，让拓跋焘恼怒不已，这次一回到平城，拓跋焘就发出征兵令，让人四处去征兵，他准备一举击灭柔然。各地的新兵陆续抵达平城，拓跋焘没想到，此次征得的新兵足足有十万之众。这时有人举报，散骑侍郎受斤暗中跟柔然单于大檀通信，报告朝廷的一举一动。拓跋焘听后大怒，派源贺前去抓捕，哪知受斤事先得到消息，带着部众向北逃走，源贺赶紧率军前去追击。

受斤在经过盛乐时，被巡逻的安北将军尉眷遇到，尉眷不知道受斤已经叛敌，上前问："受侍郎这是要到何处去？"受斤正色说："我奉陛下的命令出使柔然！"尉眷跟受斤本就认识，就将他放了过去，受斤带人进入柔然境内。

不久源贺带着花木兰、何无忌、冉勇、源延赶到，源贺问尉眷："尉将军，你有没有看到受斤通关？"尉眷说："我刚放他过去，他说奉命出使柔然，手中也有度牒文书。"源贺说："大事不好！受斤一直为柔然通风报信，陛下正是让我来抓捕他的。"尉眷听后气得咬牙切齿，他调转马头就去追逐，源贺也带着自己的骑兵跟了上去。

他们越过魏国的边境，径直进入柔然地界，一直追到晚上也没有追上受斤和他的部众。晚上他们就在草原上宿营，周围都是狼叫声。源贺跟尉眷说："我们现在孤军深入，事先没有准备，还是先退回去的好，要是遇到大队的柔然人，我们这些人马肯定应付不过来。"尉眷斩钉截铁地说："不行！人是我放走的，我就要追回！什么柔然，蠕蠕而已。你们要是害怕就回去吧！"源贺强忍住怒火，为了顾全大局，他还是决定跟尉眷一起追击。

早上他们再次出发，一直跑到一个岔路口，看到一队人马在此处分成两队向两个不同的方向行进，源贺和尉眷分开行动，源贺向左面去追，尉眷到右面去追。源贺他们一路追击，一直追到一座山梁前，源贺率众登上山梁，他们才一冒头，就看到山梁背面黑压压的柔然人，源贺赶忙让众人停下。源贺只带着几百人，对方少说也有几千人，源贺跳下马察看，他发现这不过是柔然的一支运输队，在炎炎烈日下，有人赶着高大的车前进，两边都被柔然骑兵所监视，那些柔然骑兵往来巡逻，感觉车队慢了，就举起鞭子抽打负责赶车和搬运的劳工，那些车夫和劳工的待遇，就好比最下等的奴隶，源贺认出这些车夫和劳工都是敕勒人。

源延忍不住说道："这些柔然人就会欺负老百姓，让我去把这些柔然人杀了！"源贺赶忙阻止："万万不可！他们的人数是我们的十几倍，我们不能贸然出击，等会儿跟着他们，待他们休息的时候再出其不意袭击，这样我们才有取胜的可能。"源延点头。柔然人的运输队在前进，源贺率领大家在山梁背后悄悄跟着前行。

果然到了中午的时候，柔然军队停下吃饭，源贺带着众人躲在一旁观察着，大家都在等待合适的时机。突然柔然的运输队中传来吵闹声，柔然骑兵队伍中间一下子围了许多人，只听到有人在大骂："这是你一个小兵待的地方吗？我打死你个敕勒人！”原来是一个柔然军官拿鞭子抽打一个赤膊的敕勒人，那个敕勒人站在那里，虽然眼里满是怒火，但却是一脸的正气，他一把抓住了军官的鞭子，军官大怒：“咳！还敢抢我的鞭子。”军官拔出刀子就要朝那个敕勒人砍去，源贺赶紧弯弓搭箭，把那把刀射落。

源贺乘机率军冲出，他们见到柔然人就砍，敕勒人起初还分不清敌我，看到源贺的军队在帮他们，就一起抄着扁担棍棒跟源贺他们与柔然人打了起来。柔然骑兵虽然厉害，但是架不住敕勒人多，许多柔然官兵被拉下马砍死，柔然骑兵看到状况不妙，纷纷丢下这些粮草，逃命而去。刚才被救的敕勒人过来向源贺道谢，只见他黄发碧眼，他的周围围着一群敕勒人，看来他应该是他们的一个小头领。

源贺问：“你叫什么名字？”那人说：“翟帅！我的父亲叫翟钊，先世是丁零人，在黎阳建立过魏国，后来被慕容垂所败，我父亲投奔慕容永被杀，我带着一些部众逃回漠南，不想在这里跟我的敕勒部众一起被柔然人所捉，今天要不是英雄相救，恐怕不知道什么时候才能自由。”源贺笑道：“这回自由了，你和你的部众未来有何打算？”翟帅摇头，显然对自己的前途一片茫然，源贺问：“我是魏国西平王源贺，不知道你是否愿意在我帐下，跟我一起扫平柔然！”翟帅听完欣喜道：“柔然人一直奴役我们敕勒人，我早想把他们赶走，我愿意前去说服高车王阿伏至罗，跟你们一起进攻柔然。”

源贺听后大喜，当即封翟帅为副将，并把翟帅手下的这些人编为敕勒兵。源贺让翟帅他们先赶着这些高车往盛乐走，他想把这些粮草先运回盛乐。敕勒人也称呼这些运输车为“高车”，就因为它们的车轮很高。敕勒人也被称作丁零，翟帅的祖父翟辽就是丁零首领，他还建立了魏国，他们是金发碧眼的白种人。

路上他们遇到尉眷被大队柔然人追逐，源贺赶忙派人拦截，柔然人败走后，柔然人暂时被击退。他们看到那些柔然人跑走后，他们即向盛乐赶去。源贺看到尉眷的马头上挂着一个人头，一看正是受斤的。尉眷喘着气说：“差一点就追不上这个叛贼，前面就是接应他的柔然人，我就把他的马射倒，过去把他的头砍下来，带着人跑了回来。”

因为害怕柔然人追来，他们加快了速度，没想到大队的柔然人在大檀的儿子吴提率领下又追来，一直追到盛乐城下。源贺他们一进入盛乐城中，柔然人就把盛乐城包围了起来。盛乐的守军有限，这时六镇沃野、怀朔、武川、抚冥、柔玄、怀荒的驻军也只能自保。源贺和尉眷一面率军死守，一面派人前去求救。

柔然人开始对盛乐城发起猛攻，有几次都把北门攻破了，又被魏军给打了回去。城里只剩三天的粮草，将士们誓死与盛乐城同存亡。到第三天的时候，柔然人又开始猛烈进攻，他们正在死命抵抗，眼看一个城门被攻破，柔然人涌入城中，这时突然从背后杀出大队魏军，源贺看到是河间公拓跋齐、乐平王拓跋丕、昌黎公拓跋丘、永昌王拓跋健率兵杀来，赶紧率领花木兰、何无忌、冉勇、翟帅杀出，里应外合，把柔然人击退，吴提带着在盛乐城劫掠的几十万头牛羊离去。

拓跋焘带着五虎将来得很是及时，一下子解了盛乐城之围。晚上拓跋焘在行宫中召集将领商议对策。崔浩说：“柔然经常骚扰我们的边镇，是我们最大的祸患，他们之所以能够这样，都因为进退灵活，失败了就撤退，得胜了就抢劫，草原上茫茫一片，我们根本无法追踪。而柔然的王庭设在漠北的鄂尔浑上，我们要解决柔然祸患，一劳永逸，就得直捣他们的王庭。”拓跋焘听后，让人加紧调拨军队，还约保周和冯崇分别从凉州和幽州出发，自己率大军从盛乐出发御驾亲征。

拓跋焘率军出发，行军到阴山下，追上吴提的军队，敕勒人在这一带游牧，敕勒是柔然的附属，吴提在这里胁迫敕勒人跟魏军作战，两军在山下对垒。源贺跟拓跋焘说：“敕勒人一直被柔然人压榨，他们一直心怀怨恨，我军中有敕勒首领的后人翟帅，不妨让他去说服敕勒王阿伏至罗在战场上反叛。”拓跋焘龙颜大悦，当即封翟帅为将军。翟帅夜里绕到敕勒人中，阿伏至罗原本跟翟魏皇族有姻亲关系，翟帅一说他就同意了，约好第二天共同对付柔然。

第二天，魏军和柔然对阵，吴提把敕勒人排在中间，驱赶他们前去迎敌，魏军也在五虎将的率领下冲上去，阿伏至罗突然调转马头，把身旁的柔然监军砍下马，敕勒人开始疯狂进攻柔然人。吴提没想到敕勒人会倒戈，军阵一时大乱，柔然人四散逃跑，许多人被踩踏而死。柔然大军被击溃，吴提只带着少数随从逃走。

这一仗打下来，敕勒三十万人归降了魏国，魏国控制了整个漠南草原。拓跋焘看着一望无际、连绵起伏的草原，听到敕勒牧人在唱歌，他问旁边的阿伏至罗：“歌声如此辽旷，牧人们在唱些什么？”阿伏至罗说：“敕勒川，阴山下。天似穹庐，笼盖四野。天苍苍，野茫茫，风吹草低见牛羊。”拓跋焘封阿伏至罗为高车王，统领漠南的部众，阿伏至罗俯首谢恩，并立誓自己会让敕勒人在漠南安居乐业，让敕勒成为魏国永远的藩国。崔浩提醒道：“虽然柔然被打败，但是他们的主力还没有消灭，老巢还没有打倒，我们应该乘胜追击。”

拓跋焘重整队伍，继续率军越过戈壁，向漠北的鄂尔浑进发。面前就是茫茫的大草原，看不到柔然人的踪迹，也不知道走哪个方向才能追击到那些柔然人。在崔浩的建议下，拓跋焘把军队分成五路，他自己统帅中军，源贺和尉眷的部众跟随，又分别让拓跋齐、拓跋丕、拓跋丘、拓跋健统领四路，朝着柔然的王庭包抄，约好最后在燕然山会合。

拓跋焘率领的中军一路上都没有找到敌人，他们最先抵达燕然山，在山上看到汉朝大将军窦宪勒石记功的石头，上面的铭文还清晰可见，拓跋焘问崔浩这记功石背后的历史，崔浩说："匈奴一直是汉朝的边患，虽然卫青和霍去病曾经多次击败过匈奴，不过因为北匈奴一直在漠北，边患并没有完全解除，直到窦宪率军在燕然山击败了匈奴，匈奴才逃向西方，边患才算是真正解决了，所以窦宪才会在这里勒石记功。"拓跋焘说："柔然一直是我们的祸患，朕都征伐不下十次了，这次我们务必也要将他们解决了！"

他们在这里安营扎寨，等待其他四路军队的到来，源贺派花木兰带领先锋部队再去侦查柔然军队的行踪。一天后，他们等到了拓跋齐和拓跋丕，花木兰回来报告，柔然大军聚集在鄂尔浑河两边的王庭。看到拓跋丘和拓跋健率领的部队还没有抵达燕然山，有人建议再等等，拓跋焘说："不知道他们现在到了何处，现在可是攻打柔然大军的最好时机，机不可失！今天就给我一举攻破柔然！"

拓跋焘率军靠近大檀王庭的时候，大檀还在歌舞升平，他根本想不到魏军会找到这里。魏军突然出现，仿佛是神兵天降，大檀霎时慌了手脚，只能匆忙披挂应战，因为事先毫无准备，所以他们根本无法抵挡魏军的进攻。在激战中，花木兰认准前面骑黑鬃马的正是大檀，花木兰穷追不舍，搭弓射箭，大檀身上中箭，他只能先率领少数随从逃走，柔然王庭许多的贵族和马牛羊都落入了拓跋焘的手中，光马牛羊就大概有几百万头。拓跋焘命众人驱赶着这些战利品，浩浩荡荡返回了平城。

柔然经过这次大败一蹶不振，大檀可汗一路逃向贝加尔湖，他还没有受过这样的奇耻大辱，气得吐血，倒地昏迷不醒。大檀的儿子虽然尽力收集部众,但是苦苦收集来的部众还不足原来的四分之一。吴提听说大檀在贝加尔湖，他率领部众前去迎接，大檀得知部众损失惨重，再次大口吐血，当天就气绝身亡。吴提召集部众，登上可汗的位子，号称敕连可汗，意为神圣的王。吴提决定重整旗鼓，重振柔然，为自己的父亲报仇雪恨。

拓跋焘带着大军浩浩荡荡回到平城，这时魏国的国力达到了顶峰，拓跋焘封赏群臣，唯独斥责了保周和冯崇，因为张掖王保周和辽西王冯崇没有按期抵达燕然山，只是分别派遣覆龙和冯朗前去应战，虽然拓跋焘没有当即处罚他们，但是内心已经开始准备解决他们。

拓跋焘按照记录封赏源贺后，开始封赏他的部将，拓跋焘说：“我看花木兰的功劳最大，你要什么，朕都满足你。”花木兰没有说话。拓跋焘说：“赏你黄金千两，可以买个田庄。”花木兰还是不语。拓跋焘说：“赏你美女百名，可以每天都欣赏歌舞。”花木兰还是摇头。拓跋焘又说：“朕封你为殿中尚书，掌管京中禁卫军，这你总归满意了吧！”

花木兰却突然流下泪来，跪地说:“臣不想要金银美女，也不想要高官厚禄，只想回到故乡！臣一直随军出征在外，已经十二年没有见到家中父母，不知道他们现在是否还活着！”文武百官都被花木兰的思乡之情所感动，拓跋焘当即同意，赏赐花木兰金银和宝马，并恩准其卸甲归乡魏郡。

拓跋焘赏赐过后，源贺回来对自己的部众说道：“花木兰今天在朝堂上的那番话，让我深有感触。现在国家基本上已经平定四方，你们也可以像花木兰一样，回家看看自己的家人！”众人听罢，欢呼雀跃。想到从此以后，军中再也见不到花木兰，众人一致提出各自返乡探亲之前，先送花木兰回到她的故乡。花木兰此时已经收拾好了行装，她带着自己一路积攒下的东西，想到很快就要见到自己的亲人，内心别提有多高兴。

源贺带着花木兰和众位将士一路赶往邺城，邺城里车水马龙，熙熙攘攘，好不热闹。看到邺城这座东方大都市在太平盛世下如此繁盛，源贺内心倍感欣慰。他们沿着漳河一直抵达漳河畔一座靠山面水的村庄，绿色的麦穗在田间摇曳，农民们都在田间锄草，妇女们在河边洗衣，田间、河边、山头四处传出悦耳的歌声。源贺感叹："这里真是风光秀美，将来等我告老还乡了，也要来这里买个田庄安度晚年。"源延笑着说:"父亲,你什么时候才告老还乡啊?我现在就已经很喜欢这里，我相信我娘也会喜欢的！"冉勇说道："将来你们来了，可别忘了叫上我，我跟你们做邻居。"

大家嘻嘻哈哈一起往前走，一进村口，村民们竟然全都围了过来，大家都在纷纷议论哪里来的这么多官兵。由于花木兰穿着一身铠甲，村民们根本没有认出她来，包括她心爱的王郎。花木兰沿着熟悉的小路，带着源贺他们来到了自己家院门口。

这时一对白发苍苍的老人正从门中走出，他们看到眼前英姿飒爽的将军，先是愣了一下，然后认出是自己的女儿，赶忙上前，激动地握着她的手进了家门。花木兰看着院里的一切，许多地方已经变了。花木兰的父亲花弧从前也当过兵，知道源贺的身份高贵，赶忙带他到客厅休息。花木兰的妹妹花木莲听到花木兰回来，赶忙在屋里换了件红色的新衣服，出来迎接。花木兰的弟弟花雄看到姐姐回来，赶忙张罗着杀猪宰羊，为姐姐接风。

源贺跟何无忌、冉勇、源延等闲来无事，就到院子里四处溜达，花木兰却回到自己的阁楼上，把自己的战袍脱掉，换上自己的女装，她在镜子前梳理了云鬓，又在额头上贴上花黄。一切打扮好了，花木兰款款从阁楼走下。这时的源贺还正跟着冉勇他们在院里摘果子吃，他猛然回头，看到一个花枝招展的女子，众人都以为是花木兰的妹妹，可是花木莲此时正在别处纺纱织布。

源贺惊呼：“花木兰？”花木兰婀娜多姿地行礼点头。何无忌挠着头说：“你是个女的啊？怎么我们一起行军打仗十二年，我都没发现你是个女的！”冉勇说：“我早就有点怀疑她是个女的！平时见她说话娘娘腔，但是想想军中怎么可能有女的，就又打消了猜忌！再说她打起仗来比男人还猛，我现在真是不敢相信自己的眼睛！”源延嬉皮笑脸地对花木兰说道：“木兰哥，你是不是化装成女人逗我们的？你赶紧换回去。”花木兰笑着说：“我们民间养兔子怎么分雌雄？雄的兔子扑朔走，雌的兔子眼迷离，可假如雄兔雌兔全都在地上跑，谁能分辨出雌雄？我花木兰确实是个女儿家，当年征兵名册上有父亲的名字，而我父亲年老，弟弟妹妹又还小，我只好代父从军了，再说我看女子也不比男子差！”源贺赞叹道：“好一个巾帼英雄，居然是个娩婳将军，女子确实不比男子差！有你这样的女子，真是国之大幸！我要上表朝廷，表彰你的忠义行为！”

花弧太高兴了，他把乡亲们都叫来，在院门口摆了长长的宴席，宴请远方来的村民将士。木兰代父从军的事，一时间在整个村子传为了美谈。花木兰的旧情人王郎就住在她家对面，花木兰的事他早在院墙那边听到了，他异常紧张，如今的花木兰是将军，不知道她现在变了没有。看到乡亲们都来贺喜，王郎也跟了过来，花木兰看到日思夜想的王郎，主动上前跟他打了个招呼。经过交谈，她得知王郎顶住家人的催促，一直没有成婚，他也在心心念念地等待花木兰归来。源贺得知此事，当即出面做媒人，三天后，花木兰和王郎在众人的见证下成婚了。

花木兰女扮男装代父从军的事，很快就在十里八乡传开了，后来有人编唱《木兰辞》，传遍了北魏王朝各地。甚至连军队中的士兵整天都在哼唱。

源贺刚为花木兰主持完婚礼，就接到平城的急报，太武帝拓跋焘要他迅速回京，商议南征刘宋的事情。源贺临行前跟花木兰话别："看到你有个好的归宿，我真心为你感到高兴，可想到军中少了你这样一位能干的将军，我又忍不住心痛，要是你还能够跟我们一起行军打仗那该多好！这次我们又要出兵北宋，不知何日再见，请照顾好你的父母，我们就此别过了！"源贺跨上马背，正准备离去，花木兰突然在身后喊道："将军等一等！当初我替父从军是迫不得已,却没想到会收获将军如此厚爱。我现在只想在乡下过安静的生活，过女子应该过的生活！可将军对我恩重如山，我要推荐一个人给你，那就是我的堂弟花太平，这次攻打刘宋，就让他助将军一臂之力，我想他将来一定比我更能打仗。"花木兰当即让花太平从院门内出来，原来她早已计划好了。花太平在众人面前展示了自己的武艺，果真身怀绝技，冉勇忍不住上前跟他切磋了一番，二人不相上下，源贺看花太平长得一表人才，武艺了得，当即决定让他代花木兰做副将。源贺告别花木兰，率领众人急忙赶回了平城。

第十四章
佛狸率军直逼建康　一十六国一统归魏

拓跋焘紧急召集将军们回朝，他在大殿上勃然大怒："这个刘义隆真是自不量力，朕不征讨他倒罢了，他倒是主动来讨打。"他随即指着朝堂上刘义隆派来的殿中将军田齐说："你给朕把刘义隆的书信拿出来念念，让朕的文武百官们都听听！"田齐只好读出。刘义隆在这封书信里居然直呼拓跋焘的小名佛狸，他在信中告诉拓跋焘，他正派出三路大军攻打北魏，说刘宋只是要取回黄河以南的四镇。

拓跋焘厉声说："刘义隆竟敢直呼朕的小名，他根本就没把朕放在眼里！刘义隆小名叫什么车儿？你们说说朕该怎么办？朕倒要看看是他这车厉害，还是我这头狼厉害！"拓跋晃说："父王，孩儿听了都咽不下这口气！如今我们已经剪灭群雄，正是兵强马壮的时候，何不借机顺势把刘宋灭了！"崔浩说："陛下，以前刘宋的长城是檀道济，如今檀道济已经被他们给杀了，没了檀道济的天机神算，刘宋不过是只纸老虎，正是我们挥军南下的大好时候！"拓跋焘说："说起檀道济，朕倒是想起了他的那本《三十六计》，朕还将此书送给了源贺，檀道济确实是一位不可多得的谋士，我们大魏不知在他手中吃了多少败仗！”拓跋焘接着对源贺说道：“檀道济死了，你现在可以用那三十六计去攻打刘宋了。但朕一直不知他是怎么死的？”源贺说：“檀道济为南朝屡立战功，当年被称为是阻挡我朝大军的长城，在他手下有一支非常厉害的檀家军。刘义隆是通过政变而取代宋少帝刘义符的,他害怕自己死后檀家军闹事，太子无法掌控整个朝局,就在自己重病的时候将檀道济招回,硬说他意图谋反，然后让太尉刘义恭把檀道济和檀家军将领全都杀掉。檀道济死的时候大呼:“你们这是自毁长城！”

拓跋焘听后哈哈大笑：“既然这刘车儿把自己的长城都拆了，如今怎么还能抵挡得住我大魏雄师！”拓跋焘当即命人将田齐拖出去斩首,开始调兵遣将,准备等待通天河结冰之时御驾亲征。

刘义隆是刘裕的儿子，他想继承刘裕的勃勃雄心，收复黄河以南的失地，大臣们都说现在北魏已经灭掉诸侯军队，正是国力强盛的时候，不要往北魏的锋芒上碰。唯独纸上谈兵的宁朔将军王玄谟说：“当年匈奴多么强大，把汉高祖都围困在了白登山，霍去病都能将他们一直打到漠北的狼居胥山，还在山上勒石记功！鲜卑本是胡虏，现在却占据我们华夏大地，微臣愿意率军把鲜卑逐出中原，到时陛下定是可以跟汉武帝相比的伟大帝王！”

刘义隆听后非常高兴，一直在默念封狼居胥。他决定调集全国的军队，分成三路北伐。东路军以辅国将军萧斌为主帅，下面统率宁朔将军王玄谟和武陵王刘骏等，负责进攻碻磝、滑台；中路以豫州刺史刘铄为主帅，下面统率建武将军刘祖康和右军参军梁坦等，负责进攻许昌、洛阳；西路以雍州刺史刘诞为主帅，下面统率中兵参军柳元景和振威将军尹显祖等，负责进攻陕城和潼关。为保险起见，刘义隆还派太尉、江夏王刘义恭进驻彭城，统一调度三路大军。

刘宋三路大军浩浩荡荡开始了北征，一路上几乎所向披靡，不是北魏军队弱，而是魏军正在围攻柔然残余，所以三路大军很快就攻下了魏国的大片土地。中路军主帅刘铄长驱直入，攻下长社城，北魏豫州刺史拓跋仆兰一退再退，最后退守在了虎牢城，刘铄率军合围虎牢。西路军主帅刘诞攻占弘农城，接着攻破陕城，斩杀北魏洛州刺史，接着又攻破关中门户潼关，关中的义军纷纷响应。

东路军是主力，主帅萧斌以王玄谟为先锋，率领一万水军从淮河进入黄河，用水军猛攻碻磝城，北魏冀州刺史王德无法抵挡，弃城而逃。萧斌又命王玄谟沿着黄河攻打上游的滑台，王玄谟兵多将广、器械精良，开始猛攻滑台，滑台城眼看就要被攻破。

拓跋焘先派遣司马楚之去死守滑台，王玄谟的锐气被挫。王玄谟率领的军队是刘宋最精锐的部队，可是围攻滑台几十天还没有攻下。有将士建议采用火箭，先将燃烧的箭矢射进城中，造成滑台城混乱，再趁机猛攻。王玄谟却说："攻打滑台城不过是瓮中捉鳖，大火烧了城，我们还怎么抢掠，你们务必要保持城池完好，待我们攻进去后，再让你们屠城三天！"眼看冬天就要到了，只要河水结冰，魏军就能如履平地渡河。将士们催促王玄谟强攻，王玄谟却说："滑台城中的粮草已经不足，到时不攻自破，用不着让将士们平白去送死！"在王玄谟的坚持下，宋军将滑台城足足围守了三个月，还没有攻下。

宋军原本势如破竹，可惜却被这个纸上谈兵的王玄谟坏了事，把大好的战机都给贻误了。这时冬天已经到来，拓跋焘让拓跋晃监国，自己调集五路大军出发，这五路大军号称百万雄师，他们悄然抵达黄河北岸的枋头城，对岸就是滑台城，拓跋焘要先教训教训这刘宋的东路主力军，魏军虎视眈眈等着黄河结冰。拓跋焘除了自己亲自统率的主力，还有崔浩、高允、源贺、刘尼、陆丽、陆真等跟随，其他四路大军分别是永昌王拓跋仁、殿中尚书长孙真、楚王拓跋建、高凉王拓跋那率领的众部。

冬至这天异常寒冷，整条黄河都结冰了，放眼望去，冻结的河面宛若一条白练，拓跋焘听报大喜，他赶紧聚集文臣武将，准备对宋军进行反击。崔浩说："可以先派一个人到滑台城中去，一方面可以抚慰将士，一方面可以探探敌军虚实。"源贺说："王玄谟空有其表，我们肯定能够将其一举击破，可以派一员猛将在宋军退路上埋伏。"大家你一言我一语，最后商定进军方案，拓跋焘随即开始调兵遣将。他派机警的关内侯陆真在夜里潜入滑台城，安抚守城的将士们，守城将士大受鼓舞，司马楚之陪着陆真观察宋军的虚实，天亮前又潜出城去报告拓跋焘。同时拓跋焘又派出了勇猛的殿中尚书长孙真率领五千人马偷偷渡过黄河，切断宋军退路，防止王玄谟逃跑。

拓跋焘知道了宋军的布防情况，黎明时杀羊宰牛款待将士，天一亮就亲自率领百万大军从冰上渡河，向宋军扑去，天地间顿时擂鼓轰鸣，喊声震天，仿佛天降神兵，宋军早已被魏军的气势吓倒，王玄谟还在营帐里吃肉，听到擂鼓声出来观望，他哪里见过这个阵势，立刻变得惊慌失措，赶忙骑着一匹马逃跑了。宋军失去主帅，阵脚大乱，哪里还能应战，全都丢盔弃甲逃跑。早已埋伏在路上的长孙真突然杀出，跟主力军一道砍杀宋军，好比砍瓜切菜一般，过后统计，这次魏军在战场上共斩首宋军一万多人，缴获的各种物资器械无数，拓跋焘让众人将这些物资器械都带上，到南方攻城略地正好用得上。

王玄谟自己骑马逃回碻磝城，主帅萧斌大怒，下令斩首王玄谟，老将沈庆之为他求了半天情，说是让他将功折罪，才保了他一条小命。东路军已经大败，萧斌先率军南撤，独留王玄谟把守碻磝城，他想借机教训王玄谟，让他留在城中日夜担惊受怕，幸好后来总统帅刘义恭认为碻磝是孤城，让王玄谟撤军，王玄谟才得以离开。王玄谟前脚刚走，魏军后脚就占领了碻磝。

宋军东路军的败退，直接导致了刘宋整个北伐的失败，刘义隆害怕西路军全军覆没，命令西路军主帅刘诞率军后撤，这样陕城、潼关也重新被魏军占领了。宋军中路军主帅刘铄也率军撤退，虎牢、洛阳的包围随即解除，北魏援军进入城中。宋军前面的战果全都付诸东流。

拓跋焘率军进驻东平城，他对五路大军的将军们说："刘义隆的军队简直不堪一击！我们才拔出刀，他们就吓得屁滚尿流跑掉了，你们为朕一举打到长江边！"他随即开始调兵遣将，命拓跋仁和长孙真进军西面的洛阳，从那里向南攻打寿阳，命拓跋建和拓跋那进军青州，从那里向南攻打彭城，自己率一路军进攻邹山城，最后约好在彭城会合。拓跋焘率军把邹山城团团包围，当时守城的是兼任鲁阳、阳平二郡的太守崔邪利，他早已被吓破了胆，赶忙率众投降，拓跋焘带军入城休整。

拓跋建先行抵达彭城，自己占领彭城门户萧城，派将军步尼公驻守另一门户留城。这里是刘宋本次北伐军的总指挥部，由总指挥太尉、江夏王刘义恭把守，他得知魏军已经占领萧城，赶紧派出将军马文恭和嵇玄敬分别前去察看，结果二人正好跟魏军遭遇，拓跋建把马文恭打得大败，嵇玄敬在老百姓的帮助下获胜，后被赶来增援的拓跋建赶回了城。此时的彭城，刘宋守军虽多，但粮草却不多，萧城到彭城只有十里，刘义恭想弃城逃跑，武陵王刘骏说："彭城是我们北伐的根据地，地理位置重要，一旦放弃，就兵败如山倒，长江以北的领土就只能跟着丢失！"这刘骏就是后来的宋孝武帝，刘骏当王且是后话。沛郡太守张畅也说："现在城里缺粮，百姓早想逃走，假如我们一走，全城的百姓就会被敌人掳走。虽然现在军粮不足，不过量入为出，还是可以支持，假如弃城逃走，那就是把安身之所丢给了敌人。”刘义恭听了他们的建议，这才决定坚守彭城，拓跋建多次攻城都没有攻下。

拓跋仁率领八万骑兵从洛阳出发，接连攻破悬瓠、项城，直抵寿阳城下，镇守寿阳的是豫州刺史刘铄。寿阳是刘宋豫州刺史治所，是刘宋淮水畔的重镇，著名的淝水之战就发生在寿阳城附近的淝水，淝水之战让不可一世的前秦苻坚失败，此后南北朝基本上以此为分界线。刘义隆看到情况危急，赶忙调集建武将军刘祖康从虎牢返回寿阳，在寿阳北面十里的地方，刘祖康的大军被拓跋仁大军追上。魏军是宋军的十倍，刘祖康的部下建议绕道山路进入寿阳城，刘祖康听后大怒：“这些魏军数量再多，也不过是送入虎口的犬羊，我们装备精良，背靠寿阳城，随时可以得到增援，他们哪里敢攻打！”刘祖康让将士们把战车连起来，结成了一个大营寨，静候魏军的到来。拓跋仁自恃人多，率兵从四面进攻，刘祖康率军奋战一天一夜，他这用战车连成的营寨竟生生杀掉了魏军一万多人。拓跋仁感觉这样强攻伤亡太重，正好天上刮起了西北风，拓跋仁让人顺着风放火，把刘祖康的车营烧掉，没有了车营的保护，刘祖康的八千宋军全部战死在了拓跋仁的魏军手中，刘祖康也身中数箭而亡。拓跋仁接着派兵骚扰寿阳附近的马头、钟离二城，刘铄命士兵把寿阳周围的庐舍都烧掉，坚壁清野，寿阳城一时无法攻破。

拓跋焘率军抵达彭城，他问：“守城的是谁？”崔浩说：“太尉刘义恭。”源贺说：“就是那个杀掉一代名将檀道济的人。”拓跋焘说：“这样的人还留着何用！”他命人用缴获的攻城器械猛攻，许多士兵阵亡，城下堆了一层尸体，还是没能攻下彭城。虽然这次攻城，当炮灰的都是那些俘虏的氐人、羌人、羯人、匈奴兵，但还是让拓跋焘觉得损失巨大。

现在五路大军都已经到淮水一线，彭城和寿阳都太坚固，没能攻下，拓跋焘说："这些不过是些孤城，等我们荡平建康城，到时他们自然投降。"他命少量部队留下监守，自己则继续率领五路大军渡过淮河南征。

魏军没有带太多的军粮，他们准备在沿途抢掠粮草，可是宋军坚壁清野，魏军的粮草一时成为问题。拓跋焘听说盱眙城储备有丰富的粮食，便率军猛攻盱眙。守城的盱眙太守沈璞有弃城的打算，辅国将军臧质说："沈太守，你可知盱眙是什么意思？"沈璞说："张目为盱，直视为眙，意思是张目远视。"臧质说："那我们就张目远视，魏军不善于攻城，我们坚守，他们自然绕道。"

拓跋焘攻不下盱眙，果然绕道而去，其他城池的守将可没这么坚强，纷纷弃城而逃，拓跋焘率领大军从黄河一直打到长江，刘宋的青、冀、兖、徐、豫、扬六州望风披靡，拓跋焘在这些地方收获了丰富的粮草。

魏军一直打到瓜步山，拓跋焘率领文臣武将骑马登上山巅，看到浩渺的长江，对面就是刘宋的首都建康城，此时的建康正笼罩在白雾中，宛若矗立在仙境中的一座城池。拓跋焘下令："给朕在这山上修筑一座宫殿，朕要在这里看着江南，让刘车儿心惊胆战。"拓跋焘命关内侯陆真修筑宫殿，又命司马楚之到江边去造船，让源贺训练水军，开始做渡江的准备。

源贺和司马楚之到长江边的码头，命人运来木头和芦苇，让人造船，训练水兵。司马楚之在江边的一个河湾，把一片水域用木栅栏围起，并在四面各留了一个门，他率领工匠在里面开始造船。北方的士兵习惯骑马，不像南方水军可以驾船，有些士兵一乘船就会头晕呕吐，源贺为了克服北方士兵晕船的弱点，他就在大树间绑上木板，让士兵们在木板中行走，习惯木板上的摇晃。

对岸的宋军看到如临大敌，刘义隆知道后亲自来到江边察看，一回去就让建康城内外戒严，并发出告示征集首都区丹阳尹下辖八县的全部壮丁为兵，丹阳尹就是京畿，就好比汉朝的三辅京兆尹、左冯翊、右扶风。他又命令领军将军刘遵等率领大军分兵把守港口，太子刘劭率领水军镇守石头城，丹阳尹徐湛之镇守仓城，吏部尚书江湛总统水军，长江上六七百里都是他们的战船，他还让水军日夜沿江巡逻。

这天晚上，源贺带着一队士兵在瓜步山周围巡逻，路过一口井的时候，他感觉附近的树林中有人，可是过去查看又看不到任何人影。他就假意带人离开，然后带着亲信花太平、何无忌、冉勇、源延等又绕了回来，居然看到几个黑衣人把大包的东西往井里倒，源贺向手下示意，花太平他们一哄而上，跟黑衣人打了起来，黑衣人毕竟人少，很快就被花太平他们制服了。源贺让人把这几个黑衣人押到自己的营地审问。

源贺让人把他们脸上的蒙面撕掉，厉声问："你们究竟是些什么人，往井里倒了些什么？"看他们都默不作声，源贺指着其中一个黑衣人问："你说！你们往井里都倒了些什么？若是说出来，我就饶了你。若是不说，我就砍你的头。"黑衣人不说，源贺转身对旁边的人说："把他拖出去斩了！"那黑一人一听，突然就叩头说："我们只是宋朝的普通卫兵，我们往井里倒的那些都是毒药。"源贺指着第二个黑衣人问："到你了！你们这次具体执行的什么任务？"那黑衣人知道已经瞒不住，干脆也招供了出来："我们负责给江北每个村子里的井都投毒。"源贺赶忙让何无忌和花太平带人前去各个村子保护水井。

源贺又指着第三个黑衣人说："他们两个已经立功了，不但不用死，我还要重用他们。你可有什么要跟我讲的？"第三个黑衣人说："朝廷正在召集敢死队，谁要是斩杀佛狸，不，是取得魏皇的首级，就封八千户开国郡公，赏布绢各万匹，金银各百斤。”源贺问：“还有呢？”那人接着说：“凡是斩杀魏军将军首级的，就是魏国五大军统帅拓跋仁、长孙真、拓跋建、拓跋那和魏皇亲信崔浩、高允、源贺、陆真、司马楚之，都封开国县侯，赏布绢各八千匹，金银各八十斤，其他将军依次递减。”

源贺听后大吃一惊，赶忙问：“你们宋朝召集的那些敢死队，他们的任务你可知道？”一个黑衣人说道:“他们今夜就会通过投降的士兵混入魏国大营。”源贺赶忙让冉勇去江边通知司马楚之,凡是有投降的南方将士,全部接收下来,然后投入监牢。源贺让人把这几个黑衣人先关起来，自己带源延到瓜步山上见陆真。

他们骑马赶到瓜步山上，修建宫殿的人一天三班倒，晚上都在赶工。路过陆真的帐篷，源贺闯进去，陆真正在帐篷内打盹，源贺突然造访把他一下子给惊醒了。陆真问源贺：“源将军来此，是否有要事？”源贺说：“你赶紧调集禁卫军保护陛下,今晚有南方大批刺客渡江,要刺杀陛下,包括各部将军。”陆真笑着说：“我们这阵势，宋军早就吓破胆了，谁还敢来我们军营行刺？”源贺说：“军中无戏言，我在巡逻时截获了刘宋派来的几个投毒的士兵，这些情报是从他们口中招供的。”

陆真听后，看着源贺紧张的神情，这才感觉事情的严重，他们赶忙去调集禁卫军，让侍卫在拓跋焘的营帐周围禁戒。把这些安排妥当，源贺才去觐见拓跋焘，拓跋焘正在营帐中跟崔浩下棋，拓跋焘问他：“源贺，这么晚来找朕可有要事？”源贺说：“臣刚得到一个情报，今晚刘义隆会派敢死队来刺杀陛下，虽然陛下洪福齐天，可臣建议陛下还是回避以防万一。”拓跋焘说：“真的吗？朕倒要看看这些敢死队有多厉害！”源贺说：“臣抓到的那几个俘虏说，凡是取得陛下首级的，就封为开国郡公，还赏赐布绢各万匹，金银各百斤。”

拓跋焘说："我的首级就值那么一点赏赐？要是朕派人刺杀刘车儿，就会封他为王，朕正在跟崔司徒下棋，有你为朕做侍卫，朕不担心。"

源贺从拓跋焘营帐退出，他把源延送到西面的路口，让他负责盘查，临走时对他说："不论遇到什么事，你都不要离开，你的唯一任务是不要让刺客闯进去！"源延点头。源贺到东面的路口去把守，一直到后半夜，源贺正准备去找司马楚之，看那里的情况如何，就在这时他看到后山上火光冲天，众人都说山腰上的庙宇着火了，许多人要冲下去救火。看到这个情景，源贺惊觉不妙。他感觉这是在调虎离山，赶紧对周围的侍卫下死命令："你们的职责是保护皇上，不是去救火！谁要是敢离开半步，立刻以军法处置！"侍卫们这才安稳下来。这时陆真骑马来向源贺求救："源将军，山腰上着火了，快派人去救火！"源贺说："不要中了敌人的圈套，这是调虎离山之计，我会派人去救火，你先在这里死守。"听源贺这么一说，陆真如梦初醒，他开始派人加紧巡防。

源贺派了一小队人马先去山腰上救火，自己骑马赶到源延把守的路口，到了那里，他发现只有寥寥数人，源贺问："源延呢？"一个侍卫说："源将军带人去救火了！"源贺大叫不好。这时殿中尚书刘尼和陆丽带着一队人马路过，源贺赶忙阻挡下来："二位尚书，我已经派人去救火了！"陆丽说："源将军你误会了！我们知道你已经派人去救火了，我们是来约你一起喝酒的！我今天弄了几坛好酒，想请你一起尝尝！"源贺说："二位尚书，这酒源某今晚不能跟你们一起享用，你们可能有所不知，我刚获得情报，南朝的敢死队今晚会来刺杀皇上，我得保护皇上的安危，二位尚书也要小心才好！"刘尼说："有这么多人保护皇上，我量他们没那个胆！"

源贺和刘尼、陆丽还在说话，这时有一个将军带着一队骑兵径直朝他们走来。源贺问："你们干什么去？"那人说："我们去救火！"源贺还未开口，陆丽就对他们说道："那赶紧去吧！早点把火扑灭，可别让那火烧到了营帐！"刘尼已经忍不住，在马上饮起酒来，他和陆丽准备留下来跟源贺一起守卫路口。源贺发现那个将军带着士兵离开，并没有朝着后山走去，而是冲向了拓跋焘的营帐，源贺大叫："糟了！刺客！保护皇上！"源贺拉弓搭箭，朝着刚才的骑兵射出，几个人应声落马，但是其他人还在朝着拓跋焘的帐篷奔跑，陆丽已经拔刀拍马前去，刘尼的酒也醒了过来。

源贺和刘尼、陆丽拍马前去追赶，其他士兵早已听到源贺的喊声，都朝着拓跋焘的营帐赶。陆真先骑马赶到，跟南朝骑兵拼杀，源贺和刘尼、陆丽也赶了来，四人跟刺客大战。这些刺客不愧是敢死队员，个个武功高强。有一名刺客径直骑马朝着拓跋焘的营帐冲去，源贺打马前去追击，就在那名刺客冲入帐篷的瞬间，源贺拉弓搭箭一箭射穿了他的脑袋，刺客从营帐门口跌入了营帐内。源贺赶忙进入营帐中，居然看到拓跋焘还在悠然地下棋，他回头对源贺说："这小小蟊贼，你们赶紧解决掉！明天朕再犒赏你们！"

源贺赶忙退出，陆真他们在外面已经把闯入的几十个刺客都杀掉了。源贺让刘尼、陆丽和陆真留在拓跋焘的营帐外把守，自己骑马去山下的水城察看那边的情况，司马楚之和冉勇正在那里捆绑俘虏，他们果然从这些人身上搜到大批精良的武器。

整整折腾了一晚上，到黎明的时候，魏军才把南方渗透进来的敢死队肃清。当晚源贺和刘尼、陆丽、陆真阻挡了闯入的敢死队，司马楚之和冉勇抓到大批俘虏。源贺见到源延，他押着几个放火的刺客来向源贺请功，源贺怒道："你还觉得你有功？你可知违抗军令擅离职守该当何罪？我下令你死守路口，你却擅自行动，让刺客闯入陛下帐篷，我要斩了你！"众人一听赶紧替源延下跪求情，司马楚之说：“源延虽然擅离职守，不过却捉拿了放火的刺客，也算将功折罪，你就饶了他吧！”源贺这才让源延退下反省。

源贺在等待花太平和何无忌的归来，可是等了半天，仍然没有看到他们的人影，便率军前去接应，路上遇到了丢盔弃甲的花太平和何无忌。原来当晚二人分头去村子里抓投毒的人，无奈那些村子里住的都是宋人，花太平和何无忌率领魏军经过的时候，那些村民都躲了起来，等他们过去将那些投毒的宋兵抓住之后，那些村民突然从山上下来，手里拿着各种农具，还将他们团团围住，那些村民人多势众，又熟悉村里的地形，花太平和何无忌的人马损失过半，现在好不容易才突破重围跑了回来。花太平和何无忌虽然损失了大半人马，但好歹也算勉强完成了任务，源贺没有再追究他们的责任。

拓跋焘聚集本部的文臣武将，表彰源贺、司马楚之、陆真、刘尼、陆丽等，然后问他们应对之策。崔浩说：“陛下，虽然我军神勇，势如破竹攻到了长江边上，但是现在，前有长江天堑，后有六州坚城把守，尤其是彭城、寿阳、盱眙，南方的起义军遍地，恐怕时间一长，会陷我军于不利之地。”源贺说：“我军没有水军，士兵们临时操练，恐怕还是无法跟刘宋对抗。”大家各抒己见，大多认为不能继续南征。拓跋焘最后说：“这些难道朕不知道吗？我们能够兵临建康城，已经是最大的胜利。我佛狸要给刘车儿一点颜色，你们一切照旧，该建宫殿的建宫殿，该修船的修船，该练兵的练兵，要做出攻打建康的样子。马上就要过年了，陆真，你年前可得给朕将宫殿修好！”文臣武将各自领命。

过后陆真日夜赶工，终于在过小年的前一天把宫殿建好了，陆真让人把里面布置一新。巨大的宫殿在山巅上矗立，正对浩浩汤汤的长江，在宫殿上可以俯瞰对面的建康城。拓跋焘率众搬入宫中，同时在琢磨给这座新的宫殿取什么名字好，文臣武将说的他都不满意，最后他笑着说道：“就叫佛狸宫！佛狸就是狼，朕要在这佛狸宫里看着刘宋，朕迟早要率军把他们统统给吃掉！”他对陆真说：“你再费心筹办一个盛大的年夜饭，朕要在这里大宴群臣！”

除夕到了，佛狸宫中张灯结彩，夜幕降临的时候，整个瓜步山被宫中的灯火照得如同白昼，鸟群都误以为是白天，围绕着宫殿的四周不停地飞翔。长江上宋军的巡逻船也都亮起灯火，好像水上的一条长龙。拓跋焘说：“宋军为我们点灯呢！”拓跋焘率领南征的文臣武将出席，美酒佳肴很快传了上来，拓跋焘坐在中间的宝座上，两边是他的文臣武将。

拓跋焘在宝座上君临天下，他站起来举着酒杯说：“晋朝天下大乱，先是八王之乱，进而有永嘉之乱，从匈奴刘渊在左国城称帝开始，到朕攻灭燕、凉为止，称王建国的有几十人，朕掐指一算，大国都不止十六个，而是有二十四个之多。匈奴刘渊在左国城建立前赵，羯人石勒接着在邺城建立后赵，当时西北有汉人张轨在凉州建的前凉，东北有鲜卑慕容皝在龙城建的前燕，我的祖上拓跋猗卢在盛乐建的代国，蜀地有巴氐人李特在成都建立的成汉。”

“汉人冉闵推翻后赵在邺城建立魏国，被燕国慕容儁攻灭，氐人苻健在长安建立前秦，到苻坚手上一统诸侯，可惜苻坚在淝水败给东晋，错过了结束天下大乱的最好机会，前面被灭的诸侯国纷纷复国，建立了更多的诸侯国。代替前秦的是羌人姚苌在长安建立的后秦。前凉后有四凉，氐人吕光在凉州建立的后凉，鲜卑秃发乌孤在乐都建立的南凉，汉人李暠在酒泉建立的西凉，匈奴沮渠蒙逊在凉州建立的北凉。前燕后有四燕，他们大都是鲜卑慕容皇族，慕容垂在中山建立后燕，慕容泓在长子建立西燕，慕容德在广固建立南燕，汉人冯弘在龙城建立北燕。西面有鲜卑乞伏国仁在枹罕建立的秦国，东面有丁零翟辽在黎阳建立的魏国，还有赫连勃勃在统万城建立的夏国，氐人杨茂搜家族在仇池建立的仇池国，汉人谯纵在成都建立的蜀国。还有慕容氏在西面建立的吐谷浑国，高氏在东面建立的高句丽国。”

“这些大国都有二十四个，更别说那些称王称霸的小国，名噪一时的就能有四十个：宕昌、邓至、丘沈、胡亢、杜曾、虚除权渠、司马保、句渠知、陈安、慕容仁、侯子光、范贲、黄韬、段龛、刘显、刘芒荡、张琚、段勤、王午、苏林、吕护、刘康、李弘、张育、鲜于乞、康宁、刘黎、魏揭飞、法长、窦冲、张超、苻广、张翘、王始、曹龙、司马顺宰、白亚栗斯、刘虎、曹弘、彭利和。”

“在这一百多年中，贵族都无法安生，更不要说百姓，朕现在一统天下。柔然赶跑了，刘宋也屈服了！朕虽然是鲜卑人，但是和天下人一样都是黄帝后裔。朕的祖上居住在鲜卑山，后来迁徙到阴山，传位到拓跋诘汾时，匹孤和力微分家，匹孤西迁，后人建立南凉，力微东迁，正是朕的祖上，拓跋猗卢曾经建立代国，无奈为苻坚所吞并，鲜卑大部有七，拓跋、秃发、慕容、吐谷浑、宇文、段部、乞伏，现在朕不分胡汉，不管鲜卑、汉人、匈奴、羌人、氐人、羯人、丁零，一律视为子民。”

拓跋焘讲完，群臣山呼万岁。拓跋焘跟群臣连饮三杯，就开始分封历次征战的功臣，拓跋仁、长孙真、拓跋建、拓跋那、崔浩、高允、源贺、司马楚之、陆真挨个封赏，后面的将军谋士全都提升了官衔，这次真可谓称得上是“大宴群臣”，一次就封赏了二百多人，文臣武将都异常高兴。

最后拓跋焘对众人说：“这一路征伐辛苦，今天我们君臣都要好好过个年，朕估计江对面的刘车儿还在提心吊胆，担心我们趁过节渡江呢！”魏国文臣武将听后都笑起来。在这除夕之夜，魏国君臣觥筹交错，先是歌姬柔媚的舞蹈，接着是壮士刚劲的剑舞。拓跋焘和大臣们都饮多了，拓跋焘挨个点名起来唱歌跳舞，最后自己也唱了一首鲜卑语歌，一直闹到后半夜。拓跋焘起身离开，

佛狸庆功

文臣武将也都散去。

次日，拓跋焘睡到中午，起来后便召集文臣武将撤军，大军依然分五路向北撤退，他们把沿途的庐舍全部烧掉，还把这次掳掠的五万户百姓一起带走。魏军经过盱眙城的时候，拓跋焘在马上对城头的宋朝辅国将军臧质说："我听说盱眙的酒很好，现在将士们口渴了，你送些美酒来，我们就放过你们！"臧质在城头说："美酒是给朋友的，对你们这些狼群只能以刀枪相对，但是你既然要喝酒，就等我给你送来。"不久臧质果然让人用箩筐从城上放下一大坛酒，拓跋焘笑着吩咐手下过去抬来，然后让人打开坛子，一股尿骚味袭来，臧质和宋军将领在城头大笑起来，拓跋焘恼羞成怒："朕本打算放过你们，现在竟敢羞辱朕，将士们听令！给朕攻破盱眙城，城里一个活人都不许留！"

魏军当即把盱眙城团团包围，然后四面用冲车攻城，宋军早有准备，他们从城上投下火把，把冲车都烧掉。由于有拓跋焘督战，魏军人人奋勇前冲，无一后退。苦于盱眙城易守难攻，许多魏国士兵都死在了城下，到天黑时尸体堆了一丈高，拓跋焘看到都有点于心不忍，但是现在箭在弦上不得不发，他已没有后路可退。

魏军连续攻城二十多天，士兵的尸体堆得都跟城墙齐平了，还是没能攻下盱眙城，这次攻城损失了上万人。不久，魏军中发生了传染病，许多士兵陆续在这场传染病中死去。接着魏军又截获刘宋文书，刘义隆命彭城的军队出击，要断了拓跋焘的后路。拓跋焘现在需要找个退军的理由，他借机宣布去攻打彭城，带着军队连夜撤退。

魏军渡过淮河，直抵彭城，驻军在彭城附近的安王坡。拓跋焘知道彭城攻不下来，但他还是率领众人摆开攻城的阵势，守城的江夏王刘义恭命大军坚守城池。武陵王刘骏说："现在魏军人困马乏，可以一举击溃！"其他将领也都来请命，刘义恭却全部断然拒绝。他私下对人说："魏军现在看来还很强大，万一攻打失败，我们可就要被朝廷问罪，若是这样死守，虽没什么功劳但也不至于犯错，还是放魏军过去吧！"拓跋焘趁机率军连夜撤走，哪知道这时候宋文帝刘义隆发来诏书，命刘义恭追击拓跋焘的军队，刘义恭只好领命前去追击。

拓跋焘害怕宋军追上，跟左右的将军说："这次南征我们掳掠五万民户，可是有一万妇孺行动迟缓，现在成了累赘，万一让宋军追上，可就惨了，全部杀掉！"众人都说好，只有源贺出列反对："陛下，百姓是国家的基础，既然这些民户归顺陛下，就是陛下的百姓，微臣希望陛下把他们留下，放他们一条生路，否则今后谁还敢归顺陛下！"拓跋焘看着后面的追兵冲源贺大喊："贺豆跋！你不要妇人之仁！这些民户都是我大魏的奴隶！现在是行军打仗的时候，留下他们就是资助敌人！听我号令，全部杀掉！有谁再说话，就军法处置！"源贺还想力争，司马楚之在后面拉他的衣襟，源贺只好忍住没有再开口，不过他的内心极其难受。

拓跋焘命人把走得慢的一万多人全部杀掉，率军迅速回到洛阳城，全军算是平安撤回。他让永昌王拓跋仁留守洛阳，自己继续率军回到平城。这一战，魏军消灭了许多刘宋军队，从那之后刘宋再也没有力量大规模北伐，魏国获得了淮河以北的大片领土，从此两国以淮河为界，各安居所。因为元嘉是宋文帝的年号，所以这次战争被称为元嘉北伐，到南宋的时候，被改为寺庙的佛狸宫殿依然还在，辛弃疾在附近的京口北固亭怀古，痛心疾首地写道："元嘉草草，封狼居胥，赢得仓皇北顾。四十三年，望中犹记，烽火扬州路。可堪回首，佛狸祠下，一片神鸦社鼓。"

这一战让魏国的威名远扬，拓跋焘刚回到平城，就接到柔然新任可汗吴提派来的使者，拓跋焘当即宣上殿，原来吴提主动提出结亲，要将自己的妹妹郁久闾公主嫁给拓跋焘，同时向拓跋焘求联姻，过后拓跋焘把女儿西海公主嫁给了柔然，从此柔然和北魏保持了多年的和平。接着吐谷浑可汗慕利延从沙州，高句丽国王高巨连从平壤，分别上表称臣，拓跋焘封慕利延为西平王，封高巨连为高句丽王。拓跋焘志得意满，正准备积蓄力量一举灭亡刘宋，然而魏国的内乱却接踵而至。

第十五章

保周起兵血溅河西　源贺劝降保存根脉

保周被封为张掖王后，当即请命镇守西陲，拓跋焘就派他镇守张掖，虽然没能如愿镇守凉州，但是保周还是非常高兴，他率领自己的大军向张掖出发，酒泉公覆龙和昌松公承钵也跟随他一起前往赴任。秃发皇族安周、染干、他儿、俱延、文支、羌奴一路收罗秃发旧部，等他们跟保周到张掖的时候，已经收罗了十万之众。张掖也是河西重镇，还曾经是北凉首都，张掖城中有北凉留下的宏伟皇宫，保周让人修葺一新，自己住了进去，他把秃发皇族都安插到重要职位，一心筹划复国。

保周想起当年跟源贺在胭脂山逃亡的日子，原来那里属于删丹县，删丹县有两大宝物，胭脂山的胭脂和冷龙岭的良马。保周当即率众抵达删丹，让人在胭脂镇和冷龙岭分别设立堡寨，他还命人在删丹修筑了一座豪华的宅院，作为自己的行宫。

保周聚集众人谋划："这里本是我们秃发家的牧场，是我们南凉国的疆土，我无时无刻不在想着恢复故土，如今天赐良机，让我镇守西陲。我知道你们跟我一样，都想恢复祖宗基业，光复大凉，只可惜这些疆土还在魏王手中，诸位有何良策？”覆龙上前说：“我们所住的张掖虽然处在河西要冲，但是西有沮渠凉残余沮渠无讳，东有拓跋魏悍将拓跋丕，南有祁连山，北有大沙漠，如果不突破，恐怕难有大作为。”承钵站起来说道：“你说得对！不过我们南面是冷龙岭，北面是龙首山，正是龙兴之地，只要设计除掉拓跋丕，取得凉州城，我们东征中原不是指日可待了吗？”保周点头：“源贺现在是西平王，我了解我这个弟弟，他向来愚忠，要是让他知道我们准备起兵造反，光复大凉，不知会是什么态度！倘若他能跟我们一起起兵，那就胜券在握了。”众人沉默。

源贺一直在平城，自从他率军击破柔然后，天下基本上已经尽归魏国，拓跋焘派他去镇守西平。源贺就带着永平公副周和部将花太平、何无忌、冉勇、源延前去上任。他们在凉州受到了拓跋丕的盛情款待，酒酣耳热之际，拓跋丕对源贺说道：“当今圣上对我们不薄，我们可要为圣上分忧，也要为我们子孙着想，历史上因为造反被株连九族的，又不是没有！”源贺知道他话里有话：“大将军所言极是，当今圣上英明绝代，才有了如今的太平盛世，我们做臣子的还有什么可求的，不过是要为他守好江山。”拓跋丕说：“你自然是没的说，可张掖王就不同了，我听说他修筑的宫殿比沮渠蒙逊当年的皇宫还要大。”

源贺听出了拓跋丕的话外之音，他知道拓跋丕这是有意在提醒自己，当即改变路线，没有继续沿着湟水河到西平，而是绕道去了张掖。源贺来到张掖，保周率领部众前来迎接，并在北凉旧宫中为源贺专门设立了盛大的欢迎晚宴，源贺看着保周的仪仗，心想拓跋丕说得果然不假。酒过三巡，保周对源贺说：“我正想要见弟弟，没想到弟弟就来了，看来是兄弟心灵相通啊！”源贺笑着说：“假如为国效忠，我们自然相通，若是心怀二意，那就不相通了。”

保周听后脸上现出不悦，他一连干下三杯酒，借着酒力说道：“我不妨把话说明白，这凉州本来就是我们秃发家的，现在必须回到我们秃发家手里。”

源贺正色道：“我们是为魏皇守卫边疆而来的，哥哥不要乱说话，现在已经有人起疑心了！”保周站起来气呼呼地说：“谁敢动我！我就一不做二不休，起兵造反，恢复我们南凉王国！”源贺也站起来说道：“魏皇手中握有百万雄兵，你怎么可能是他的对手？再说拓跋焘从没有亏待过你我兄弟二人，你要起兵造反，不要说是为秃发家，你这是为一己私利！你有没有考虑过副周、安周、染干他们，株连九族不是闹着玩的！”众人看到兄弟二人吵了起来，赶忙过来劝解，副周将源贺拉去了驿馆，覆龙将保周拉回了寝室。

兄弟二人不欢而散，源贺带自己的人马向西平出发，保周没有出来相送。源贺率众路过删丹，看到冷龙岭的良马和胭脂镇的繁盛，想起当年自己和保周一路逃亡的岁月，心中五味杂陈。他们路过保周的行宫，源贺愈发担忧起保周。他们从扁都口穿过祁连山，经过大草原的时候，看到成群的牛羊，源贺内心才稍稍安定下来，他让部众安营扎寨，在此地稍作休息。

源贺派人前去跟当地的酋长买些牛羊，起初酋长非常热情，后来听说是魏国的西平王源贺到来，酋长当即召集部众披甲上马围了过来，源贺也赶紧率众披挂上马，源贺和酋长在草原上四目相对，他们都认出了对方，那酋长不是别人，正是乙弗匹知，乙弗匹知后面还跟着他的三个儿子乙弗瑰、乙弗拔、乙弗浑。乙弗匹知对源贺喊道：“你对我有杀父之仇，又对我有救命之恩，恩仇对消，我们早已形同陌路，你赶紧给我离开这里！当年你们秃发部杀我部众无数，我怕你走得晚了，我和我的部众会后悔。”源贺说：“那是父辈的事，现在我只不过是魏国的一名臣子。魏国已经统一天下，天下正走向太平，你何必再提那些陈年旧事！”

乙弗匹知的三个儿子要拔刀动手，乙弗匹知阻挡：“源贺，我已经说得很清楚，我们彼此不认识，若不是念及你是我妹夫拓跋健的同僚，我定会任由我的部众处置你。”副周看到乙弗匹知的那些部众黑压压的正从远处赶来，赶忙劝源贺离开。源贺率部离开，赶往西平城。

到了西平城后，源贺派人打听拓跋健的妻室，原来拓跋健的前妻病故，后面的妻子是由夫人扶正的，而这位妻子正是乙弗艳华，就是当年他所救下的小姑娘，源贺想着改日再去拜访她。自从知道保周有意要谋反，源贺就整日忧心忡忡，一方面他知道保周造反必然失败，一方面他又不能去把哥哥告发。

保周也不是等闲之辈，他一直在寻找机会复辟南凉，他知道阻挡他起义最大的障碍不是源贺，而是镇守凉州的拓跋丕，只要有拓跋丕在凉州，他就别想走出河西走廊。他派人在朝中打听拓跋丕，果然有拓跋丕的流言蜚语。

这要从当朝尚书令刘洁说起，他一心想要排挤司徒崔浩，上次柔然来犯，拓跋焘召集群臣商议对策，刘洁认为要休养生息，崔浩却认为要一举击破。拓跋焘听从崔浩的建议，派大军前去征讨，并跟列位大将约定在鹿浑谷会师，刘洁觉得崔浩在皇上面前抢了自己的风头，心中很是嫉恨，为了陷害崔浩，他居然敢矫诏，把会师日期暗中篡改，所以等到会师之日，却没有一个大将到来，等列位大将陆续到来的时候，柔然已经掳掠牛羊而去。拓跋焘命大军追击，可惜柔然已经回到漠北，大军后撤的时候，驻屯在沙漠中，由于粮草用尽，当时饿死了许多士兵。刘洁趁机上奏拓跋焘：“当初臣认为不能讨伐，崔浩却执意要出兵，现在让我魏军损兵折将，崔浩的罪责难逃！”拓跋焘说：“这次是将军们没有如期到达，崔浩何罪之有？”崔浩也趁机揭发刘洁矫诏，拓跋焘大怒，准备灭刘洁九族。这件事在朝中闹得沸沸扬扬的。

保周一心想把拓跋丕也牵扯到这件案子里，他打听到刘洁的一句话，当初拓跋焘去抗击柔然的时候，刘洁曾经联合南康公狄邻和右丞张嵩等人说：

“假如魏皇无法回来，我们就立乐平王拓跋丕为帝。”刘洁还让张嵩替自己占卜，看自己是否有帝王之命，张嵩占卜后说在未来帝王中只有刘氏的姓，但是没有刘洁的名，这卦象结果后来验证是南方的刘宋。保周如获至宝，让朝中大臣上表举报了这件事，拓跋焘大怒，下令让人灭刘洁、狄邻、张嵩的三族，拓跋丕也被牵连其中，被拓跋焘从凉州召回朝廷问责。拓跋丕推说这件事自己并不知情，虽然拓跋焘最后并没有问拓跋丕的罪，但是从此之后，拓跋丕就失去了宠幸，几年后就郁郁而终，死后拓跋焘赐谥号戾王。

拓跋丕被拓跋焘从凉州召回平城的时候，保周认为千载难逢的时机就要到来，他正准备率兵起事，哪知螳螂捕蝉，黄雀在后，他背后的沮渠无讳率先起事。沮渠无讳是北凉皇帝沮渠牧犍的弟弟，北凉被灭亡后他逃往敦煌，表面上归顺北魏，现在看到凉州空虚，便率军攻打酒泉，还活捉了北魏守将元絜，接着又向东进攻张掖。这让保周气得暴跳如雷，可是无奈沮渠无讳来势汹汹，他只能在删丹城固守。

沮渠无讳率兵攻打凉州和张掖的消息传到平城，拓跋焘当即派新兴王拓跋俊和河间公拓跋齐前去讨伐。拓跋俊非常擅长骑射，可是他有两样嗜好经常让他坏事，那就是酒色，他一天都不能没有酒色，所以这次出征打仗，他还带了两辆大车，一辆拉美酒，一辆拉美女。拓跋齐倒是个聪慧冷峻之人，他屡次劝诫拓跋俊，可是拓跋俊说：“没有酒色，这人世还有什么活头！”拓跋俊的爵位比拓跋齐高，拓跋齐根本就奈何不了他。

拓跋俊和拓跋齐赶到凉州，两人先率军去解张掖之围，保周派人去跟拓跋俊约好，到时里应外合一起痛击沮渠无讳。当天沮渠无讳还在攻城，拓跋俊和拓跋齐突然率军从他们后面杀来，沮渠无讳被打退到张掖西面。

拓跋齐率军在张掖的东门外驻扎，沮渠无讳大军在张掖西门外驻扎，双方准备大战。保周在张掖城内按兵不动，现在他只想坐山观虎斗，让拓跋俊和沮渠无讳厮杀，自己好坐收渔翁之利。

拓跋俊喜好酒色，只要军中有好酒美女，他打起仗来可是非常英勇。当天，拓跋俊跟沮渠无讳在城南大战，沮渠无讳不敌，被拓跋俊一路追杀到了酒泉，最后固守酒泉城不出，看到拓跋俊又准备攻城，沮渠无讳无法，只好再次上表称臣，拓跋焘虽然知道这不过是他的缓兵之计，但还是先答应了下来。为了永绝后患，拓跋焘秘密调集拓跋健的大军前去西征。

拓跋俊率军返回张掖，保周拒绝拓跋俊进城，拓跋俊在城下大喊："普天之下莫非王土，赶紧打开城门，难道你想造反！"保周在城头笑着说："现在沮渠余孽四处流窜，贸然打开城门当心被敌人混入，还是小心为上！"

拓跋俊气不打一处来，当即命大军攻打张掖，保周早有准备，拓跋俊损失惨重，拓跋齐和手下的几位将领劝拓跋俊先退回凉州，等拓跋健的大军到了，再一起攻打保周。拓跋俊灌了几口酒怒道："谁要是敢再说个退字，我就把谁的人头砍下！"

拓跋俊转而率军前去攻打删丹，删丹守军稍作抵抗就弃城而去。在入城的时候拓跋齐拉住拓跋俊说："删丹城是保周精心修筑的，这里的守军必定是秃发部精锐，怎么可能一触即溃，这里面肯定有诈！"拓跋俊不以为然："就算这里的守军是秃发部精锐，可删丹不过是个小县城，守军数量肯定不及我们一二，他们看到我们率领着这么多人马进城，还不吓得屁滚尿流！"拓跋俊率军进入，占据了保周修筑的行宫，里面竟然有一群波斯美女，拓跋俊非常高兴，当即把这里封锁起来，还让亲信守住大门，不让其他人进入。

拓跋俊在删丹行宫左拥右抱，他一边饮酒作乐，一边看波斯美女跳舞。拓跋齐感觉这删丹城里面有诈，自己率军驻扎在了城外。半夜，拓跋俊依旧醉眼迷离地跟波斯美女们鬼混，隐藏在城里的保周军队突然出现，魏军措手不及，还没披挂整齐就已经身首异处了。副将前去报告拓跋俊，却被拓跋俊的侍卫挡在门外，直到保周的军队杀到行宫门口，侍卫才连滚带爬进去报告拓跋俊。拓跋俊此时连衣服都顾不上穿，胡乱撕扯了一个舞女的衣服裹在身上就趁乱逃了出去。

删丹城内厮杀的时候，保周又率军把删丹城外面全都包围了起来，他这招瓮中捉鳖可谓厉害，一有魏军从城门跑出，他们就在门外截杀，一个不留。虽然拓跋齐驻扎在城外，但是他手中只有少量士兵，根本不是保周的对手。由于保周的军队熟悉城里的地形，魏军哪里是打仗，根本就是被屠杀，天亮后一清点，城内的大半魏军不是被杀就是被俘，保周大获全胜，当即在张掖城正式打起反抗北魏的旗帜，重新建立了凉国，自封为凉王，还分封了手底下的人。保周踌躇满志，准备进攻凉州。

在这场大战中，魏军几乎全军覆没，穿着女人衣服的拓跋俊，被拓跋齐拼死救了出来。他们骑着快马一路逃往凉州城，在凉州城下正遇到率军前来的永昌王拓跋健，拓跋俊的这身打扮被士兵们看到，笑得前仰后合，拓跋俊恨不得一死了之，拓跋齐赶紧找了套军服让他换上。

拓跋健接替拓跋俊镇守凉州，拓跋俊和拓跋齐回平城请罪，拓跋俊的王爵被降为公爵，他为此整天对拓跋焘骂骂咧咧，拓跋焘知道后，赐了他一杯毒酒。拓跋齐则被免了职，但是后来他又在边关立了功，拓跋焘又让他恢复了原来的爵位。

拓跋健知道删丹城一战，保周刚刚取得胜利，正是锐不可当的时候，他决定先挫挫他的锐气。保周派安周率军前来攻打凉州，拓跋健在路上埋伏好，安周攻不下凉州，只好向西撤军，这时候伏军突然出现，拦住了他们的去路，拓跋健又率军从后面追来，凉军腹背受敌，安周拼尽全力才带得一小队人马突围出来，损失相当惨重。

拓跋健邀约沮渠无讳共同攻击保周，张掖的郡县不断丢失，最终保周只剩下张掖城和删丹城。这两座城池易守难攻，拓跋健联合沮渠无讳一起攻打张掖城，有了沮渠无讳的加入，魏军威力大增，很快就攻下了张掖，保周则率军突围到了删丹。保周弃城的时候，同时打开了张掖城的四座城门，拓跋健和沮渠无讳的人争相从这四座城门中涌入城内，洗劫张掖城的财物，后来双方抢红了眼，开始大战，虽然最终沮渠无讳退回了酒泉，但是拓跋健的部队在这次争抢中却损失惨重。

拓跋健现在跟保周可谓势均力敌，双方在张掖和删丹打过几仗，互有胜负。他们都在寻找新的力量打败对方。拓跋焘命源贺从南面攻击保周，源贺率军到了扁都口就一直停步不前，他陷入了进退两难之境，他若是攻打自己的兄弟，那就是不义，他若是攻打朝廷的军队，那就是不忠，源贺只好上书拓跋焘请求削去他的官爵，拓跋焘虽然生气，但是也拿他没办法。源贺被削去官爵后，源贺的部将花太平、何无忌、冉勇、源延也都纷纷辞官。

源贺的部众跟随源贺出生入死多年，手下的士兵也都只听令于源贺，拓跋健根本调不动，万般无奈之下，拓跋健想到了自己的亲家乙弗匹知，赶紧派人去向乙弗部求助。乙弗匹知一听说拓跋健在攻打秃发保周，当即动员五万部众前去支援，他们越过祁连山，占领了胭脂镇和冷龙堡，从南面包围删丹城，拓跋健也趁机从北面包围。保周被困在了删丹城内，这是他最后的阵地，他早已做好了决一死战的准备。魏军攻了几次都攻不下来，乙弗匹知率军强攻，哪知被保周一箭射中，当天抬回去不治身亡，乙弗瑰、乙弗拔、乙弗浑兄弟看到父亲被杀，开始疯狂进攻，最终还是被保周击退了，双方陷入僵局。

眼看冬天已经到来，双方都已疲乏，保周在城内无法逃走，魏军在城外也攻不进去。拓跋健和保周隔着城头对话，双方决定最后决一死战，值此生死存亡关头，一名身披铠甲的男子突然骑着白色的战马来到阵前，众人一看，竟是源贺。源贺在阵前说：“永嘉之乱以来，出现的国家就有二十四个之众，各国征杀伐戮，天下生灵涂炭，好不容易遇到一个明主——魏皇统一中原，百姓才得以安生，这是天下之大福；魏皇举贤任能，我们得以报效国家，这是我们做臣子的幸福。保周是我的兄弟，他只是一时糊涂才起兵造反，他的部下也都是我秃发部众，秃发部也是魏国的子民，我愿意进城劝降，假如劝降不成，我项上的人头也不要了。”

拓跋健听后说：“源将军，我只等到明天日出，若是日出之时保周他们没有投降，我就要率兵攻城。”源贺说：“保周若是投降，也请保全我秃发部众性命。”拓跋健说：“源将军放心！皇上有命，只惩首恶！”。源贺拍马朝着删丹城走去，有人要拉弓射箭，被保周制止，刚才他在城头也听得清清楚楚。保周让人把城门打开，源贺刚骑马走进城内，城门又被重新关上。保周从城楼上下来，二人骑马回到保周的行宫。

二人坐定，保周让人上酒菜，胡掖紫楼和安周、染干他们这些皇室后裔都陪在一旁。源贺说：“刚才的话你也都听到，我劝哥哥听弟弟一言，投降魏皇，为秃发家留下一条血脉。”保周说：“你忘了当年父亲咽气时说的话了吗？恢复凉国是他的心愿！”源贺说：“我怎会忘记！可你也知道，永嘉之乱以来，天下英雄有二十四支，假如每家都要称王称霸，这天下岂不是大乱。虎台和娑媚为此都搭上了自己的性命，难道还不够吗？”保周说：“所以虎台和娑媚的血不能白流！”源贺说：“当年我跟虎台大哥朝夕相处，他一直希望能够结束战乱，统一天下，他知道自己无力完成，但也希望天下太平。拓跋焘是难得的当世英雄，他有能力结束各国纷争，还天下太平，我们更应该助他一臂之力，跟他一道治理天下。你起兵造反，你觉得你能够做得比他更好吗？”

保周给源贺倒上酒说：“今天我放你进来，不过是要跟你道个别，我既然已经起兵，就没有回头路，否则对不起这些兄弟。”源贺说：“正是为了这些兄弟，我劝你还是归降拓跋焘，我们是本家，他一定会宽宏大量。”保周说：“我起兵造反，拓跋焘怎么可能会放过我！”源贺说：“你就是不为自己想，也要为我们秃发家着想，我们的祖先绝不会希望我们秃发家断子绝孙！”

源贺讲起跟保周一起逃亡时的事：“那次我们在祁连山中逃命，已经几天没有吃的，后来好不容易打到一只野羊，那时想着活着就好。现在我们多好，兄弟们都是王公，你为什么非要造反？”保周听后潸然泪下。

听了源贺的话，保周很是后悔：“开弓没有回头箭，拓跋焘一定不会放过我们兄弟。现在我有一计，你拿着我的人头去投降，这样拓跋焘就不会怀疑你的忠心，我的宝押错了，还有你的宝，我们秃发家的血脉和兄弟们的性命也都能保住！”源贺大叫：“哥哥万万不要有这样的想法，功名利禄都是浮云，最重要的是兄弟们要在一起，你跟我回平城，我们一起向拓跋焘请罪，大不了官不做了，我们一起回草原上放羊！”覆龙、副周、安周、染干、他儿、俱延、文支、羌奴听了，都忍不住流下眼泪。

眼看就要天亮了，保周起身对众人说道：“我保周从小就听父兄教诲，要做一个顶天立地的英雄，让我们凉国一统天下，如今四面楚歌，我不忍心看着兄弟们跟我一起受死，也不愿意向敌人低头。源贺是我们秃发家最后的支柱，你们以后都要听他的！”保周转过头来，对源贺说道：“我刚才说过的话弟弟要记好，哥哥押错了宝，就靠弟弟了，不要让哥哥白死。”

说罢，保周突然拔刀，用力朝自己的脖子抹去，力气之大，速度之快，众人还来不及反应，保周已经人头落地，他项上的鲜血喷到了屋顶。保周的人头落到了地上，可身体还站着走了几步，最后才倒在地上。在场的所有秃发皇室后裔无不痛哭流涕，源贺抱起保周的尸首号啕大哭。

天微微亮，源贺起身让人拿来一个木匣，他把保周的头放了进去，他抹干眼泪，对着秃发皇族后裔说：“保周为了保全族人而自杀，不能让他白死，我这就到城外向拓跋健复命，大家不要轻举妄动，我就是拼了命，也要保全你们的性命！”众人连连点头，并起身前去向城中将士传话。

源贺提着木匣出门，骑上自己的白马，朝着城门外奔去。此时他的衣服上沾满了鲜血，清晨的冷风拂过他的面颊，他一路上都在回想跟保周过去的点点滴滴，岁月静好，故人已去，他眼中的泪水又忍不住夺眶而出。大门打开，拓跋健的大军早已等在城外，源贺直接骑马跑到拓跋健马前，把木匣递给了拓跋健。拓跋健看到保周人头，又看看源贺，源贺说：“保周叛逆，临终悔悟，自刎而死，希望将军放过不明事理的将士们！”拓跋健命人写出战报，派人将战报和保周的人头先传送回京城，自己率众接受保周部众的投诚。源贺则在原地待命，等待拓跋焘最后的旨意。

拓跋焘在京城接到战报，看到源贺劝降、保周自刎一章，也不禁动容，想起保周和源贺兄弟二人曾经为魏国做出的贡献，他下令恢复源贺爵位，还准许将保周的尸身安葬，对秃发皇族的罪行也不予追究，让他们回乡放牧。而乙弗匹知死后，乙弗瑰、乙弗拔、乙弗浑兄弟投奔了姐夫拓跋健。拓跋健率军继续攻打酒泉，沮渠无讳派遣沮渠天周守城，酒泉城内粮食吃完了，城

保周自刎

内一万多人饿死，天周为了激励将士，狠心杀了自己的妻子，将妻子的肉分给将士们吃，但是最终魏军太过强大，酒泉城还是被攻了下来。其后，沮渠无讳率军攻下高昌，在高昌立国，后又被柔然灭亡。乙弗兄弟被拓跋焘征召到平城做校尉，赐他们姓乙，名字变成乙瑰、乙拔、乙浑。

源贺带着保周的尸身回到西平，跟虎台安葬在了一起，源贺在他们的坟头大哭一场，训诫秃发后人，一定要忠君爱国。源贺将秃发皇族安顿在西平乡下，自己率领部众返回平城，他开始琢磨怎样教育子孙后代，才能让家族繁荣昌盛。

第十六章

冯朗被陷反叛抄家　源贺救下冯氏孤儿

南凉皇族的反叛平定后，就有人借机告发投降的北凉皇帝沮渠牧犍，说他跟高昌的北凉后裔沮渠无讳暗中联络，准备率众西逃谋反，拓跋焘大怒，命人赐死沮渠牧犍。沮渠牧犍的妻子武威公主过后才知道，同时赐死的还有右昭仪沮渠丽芳，而牧犍的两个女儿沮渠可以、沮渠可人因为深得拓跋焘喜欢，所以并没有受到牵连。

南凉、北凉皇族接连谋反，拓跋焘召集太子拓跋晃和司徒崔浩到寝宫，现在他们二人成了拓跋焘最信任的人。拓跋焘问他们："为什么朕对保周那么好，让他从一个一无所有的人变成张掖王，他还要反叛？为什么朕把心爱的女儿武威公主嫁给牧犍，还封他为河西王，衣食住行一如王者，他还想谋反？"拓跋晃说："人心不足蛇吞象，他们的力量强盛，为了获得更大的权利，才会想着谋反。所以儿臣以为，必须削弱他们的力量，让他们无力反叛，父皇才可高枕无忧。"崔浩说："五凉故地河西基本上平定了，更危险的是五燕故地幽州。冯氏家族几乎掌控了我大魏的命脉，辽西王冯崇占据十个郡，乐陵王冯邈掌握禁军，广平王冯朗镇守秦州，冯霖又是左昭仪。冯氏家族假如造反，那么整个魏国的命运堪忧啊！”拓跋焘说：“爱卿若是不说，朕还没想到，现在想来，朕都感觉脊背发凉，这简直是朕的心腹大患，爱卿可有何良策为朕解除这心腹大患？”崔浩说：“臣倒是有三条计策，但在计划实施之前，我们切不可打草惊蛇。”当天崔浩为拓跋焘定下了三条计策，分别用于消灭冯崇、冯邈、冯朗。

柔然再次叩击边关，拓跋焘在大殿中问何人有退敌良策，许多将领争相请命出战，拓跋焘都没有接话，直到殿中尚书冯邈出列：“末将愿率军前往征讨柔然。”拓跋焘问：“你有何良策？”冯邈说：“为什么我大魏一直以来无法消灭柔然，原因就是柔然人居无定所，能够进退自如，我听说他们的王庭在鄂尔浑河上，我军中有一个投降的柔然将军名叫庵罗辰，他熟悉柔然内情，可以带我们深入王庭。”拓跋焘当即派遣冯邈率军出征。

冯邈率领一万大军向北越过六镇，朝着柔然进军，哪知柔然人像是长了天眼，魏驻扎到哪，都能被他们给迅速发现。冯邈的大军后来被围困在一座山上，大军饥渴难耐，冯邈把自己的战马杀了让战士们吃，庵罗辰深受感动，向冯邈说：“冯将军，你不感觉到奇怪吗？我们一路见不到柔然大军，可是只要驻扎下来，柔然人就会出来袭击！”冯邈疑惑地看着庵罗辰：“此话怎讲？”庵罗辰接着说道：“柔然人哪有这么厉害，从一开始就知道我们的行踪，这次定是魏皇跟可汗勾结好的，目的就是要除掉你。”冯邈说：“可是我对魏国忠心耿耿，魏皇为何要如此对我？”庵罗辰说：“都怪你们冯家太厉害了！”冯邈终于醒悟过来，在庵罗辰的劝说下，最后冯邈率部投降柔然。

在冯邈出征柔然的时候，拓跋焘派遣平东王贺多罗前去幽州犒赏冯崇。当天他们住在幽州城中，半夜贺多罗的手下就抓到一个高句丽奸细，第二天贺多罗就跟冯崇一起审问，起初那名奸细什么也不说，贺多罗找来五匹马，声色俱厉地说道："你若不从实招来，我就把你的双脚双手和头分别拴在这些马尾巴上，只要我一声令下，你很快就会被分成五份。"奸细吓得从棉衣中取出一封信，贺多罗命人读出信的内容：

冯崇吾儿：今父王在高句丽被封为辽东王，已准备好兵马十万，你现在被魏封为辽西王，也有十万兵马，我们明年春天在和龙城相会，到时我们合兵一处，杀入平城也不是难事。落款为父王冯弘。

冯崇听到这话，吓得直打哆嗦，赶忙否认："这是万万没有的事，一定是有人诬陷，高句丽总共也不过十万兵马，怎么会让我父亲做辽东王，一定是有人诬陷！"贺多罗却厉声说："你说你被人诬陷，现在我也不知道是真是假，只能劳辽西王大驾，到平城去向皇上申辩。"贺多罗当即夺取了冯崇印信，派人把冯崇府邸包围，押送冯崇一家老小上京城。辽西王冯崇起初还掌握着实权，但是自从拓跋焘派来的郡守开始包揽下所有的政务后，冯崇手中的权力慢慢地就转移到了郡守手中，冯崇只是把十郡的租税当食邑，过着锦衣玉食的生活，现如今被人诬陷，可怜冯崇毫无反抗之力。

时值隆冬，冯崇一家老小一路饥寒交迫被贺多罗押往京城，他们刚走出幽州地界，贺多罗就接到拓跋焘的密令，命他就地处决冯崇一家，拓跋焘派来的使者还送来了一坛毒酒。贺多罗宣布冯崇谋反，念在冯崇当年对朝廷有功，所以皇上赐了坛毒酒给他。冯崇这时候才知道，诬陷他的不是别人，而是当今的皇上拓跋焘，知道无法逃脱，他恳求贺多罗不要告诉几个孩子，冯崇让厨师把毒酒拌在饭菜中，一家老小吃过午饭后全部中毒身亡。贺多罗按密令，厚葬了冯崇一家。

冯朗本在秦州刺史任上，他在上邽城安抚当地的氐人、羌人，还获得了氐人、羌人的爱戴，现在朝廷却突然要将他调往雍州。雍州刺史驻扎在长安，冯朗是三兄弟中最杰出的，平日尚义任侠，结交了一批好汉，他的部将也对他忠心耿耿，这恰是拓跋焘最担心的，所以冯朗这次被调往雍州任职，不过是拓跋焘的调虎离山之计。

源贺被拓跋焘调回平城任职，路上突然接到拓跋焘手令，手令中说冯朗准备起兵造反，要他星夜赶往雍州，把叛乱扼杀在萌芽。源贺知道这是拓跋焘在最后试探他的忠诚、检验他的忠心，他不得不调头朝长安出发。

源贺和冯朗在长安城外的扶风郡相遇，两人本就要好，当年源贺就是通过劝降冯朗，把冯氏三兄弟争取过来帮助魏国，才使得拓跋焘轻易消灭了北燕。两个好友就这样不期而遇，冯朗显得特别高兴，冯朗告诉源贺，他的妻子苻茗又怀孕了，这次他希望是个女儿，而冯朗的长子冯熙已经长成了一个英俊的少年，听冯熙亲切地喊自己源贺叔叔，想到皇上的手令，源贺的内心痛苦不已。冯朗看到源贺脸上痛苦的神色，以为源贺还没有从失去兄长的痛苦中走出，他专门煮了新鲜的羊肉，置办了上好的秦酒，邀请源贺在扶风城的馆驿中一起喝酒。

冯朗说："我们身处乱世之中，没有哪个家族能够是完整的，你我现在还能够好好地坐在这里享受美食美酒，就已经是人生的大幸了。"源贺说："圣上还是英明的，虽然保周是我兄弟，但是因为我没有参与反叛，他最后还是重用了我，只杀了保周一个人。"冯朗说："我们兄弟三个若是在燕国，早被我那后母给害了，幸好遇到你才得以投靠魏国，现在我在魏国跟在燕国一样还是王公，在魏国当个王公比在燕国好多了，还不用整天提防我那个后母。"冯朗说完，笑了起来。源贺在跟冯朗的闲聊中，愈发怀疑拓跋焘所说的冯朗要起兵造反一事，他忍不住问冯朗：“你最近可有什么打算？”冯朗说：“我能有什么打算，我现在为圣上治理天下，老了就回幽州颐养天年，最近我还经常想起小时候的事。”听冯朗这么一说，源贺愈加痛苦，冯朗不可能起兵造反，这只不过是拓跋焘想杀冯朗的一个理由，源贺醒悟过来，他对冯朗说：“你不如现在就归隐江湖。”冯朗看了源贺一眼说：“这可不像你说的话，你可是满脑子的齐家治国平天下，今天怎么突然劝我归隐？”源贺为了证实自己的推测，又问了一次冯朗：“我最后再问你一次，你最近有没有什么事，咱哥俩一起干？”冯朗想了想说：“你这么一说，我倒真想起了一件大事，明天咱俩就一起干！”源贺紧张道:“快说，什么大事？”冯朗说:“那就是到周原去打鹿啊！好久没跟你一起打猎了，明天我可得过把瘾！”源贺一听，心里的石头落了地，他知道冯朗并没有起兵造反之意，他寻思着找个合适的时机，将拓跋焘的密令告知冯朗，好让他有个应对的计策。眼看夜已经深了，源贺怀着心事，告辞冯朗起身回去休息。

第二天，天刚蒙蒙亮，冯朗和源贺就已经起床了，他们出城去，向长安出发，沿路到周原去打猎。现在正是隆冬时节，旷野上一片荒凉，他们在蒿草间打马寻找猎物。冯朗发现一头公鹿，弯弓搭箭射下，他们继续寻找，果然发现还有一头母鹿，源贺正准备拉开弓箭将母鹿射下，冯朗突然一把将他拦了下来，源贺不解地看着他，冯朗指着不远处的草丛让源贺看，源贺看到一只蹦蹦跳跳的小鹿。冯朗说：“打死这只母鹿，那只小鹿也活不成了。”源贺想不到冯朗竟如此善良。

他们就这样一边赶路一边打猎，没几天就抵达了长安城外，那天正好是腊八，冯朗在城外的一家饭馆招待源贺喝腊八粥，他们又一起畅谈到深夜，他们都是亡国的王子，有许多共同话题。这天夜里，源贺对冯朗说：“你赶紧带着妻儿老小逃跑吧，皇上准备要杀你！”冯朗诧异道：“我冯朗自认对皇上忠心耿耿，我不信他会杀我！拓跋焘应该不是那样的人，保周造反他都没杀你。”源贺说：“飞鸟尽良弓藏，狡兔死走狗烹。当年他在打江山，现在江山打下了，他就已经不是当年的那个佛狸了，你还是赶紧逃跑吧，到长安城后就跑不掉了。”冯朗说：“我冯朗堂堂正正，他凭什么杀我？”源贺说：“皇帝是天子，他随便找个理由就能够把你给杀掉！兄弟你听我一句劝，千万别进长安城！”

天亮后，冯朗没听源贺的劝告，独自率领亲信进入了长安城。刚进长安城，冯朗就见到了跟随冯崇多年的老管家冯忠，他知道冯崇一定是出事了，果然，冯忠哭着告诉冯朗，冯崇因谋反被满门抄斩，冯邈因为战败投降柔然，冯朗听后差点从马上摔下来。冯朗大喊：“苍天为鉴，我冯氏三兄弟当初以为遇到了明主，才投奔的拓跋焘，现如今他却杀我哥哥，害我兄弟！这是逼我造反！”冯朗随即召集自己的几百部众占据长安城旁边的堡垒造反。

源贺立刻命人到长安城调军，把冯朗所在的堡垒团团包围，冯朗的人虽然少，但都是精锐，只要魏军靠近，就被强弓劲弩射退。源贺知道冯朗根本就没办法逃走，他并不想伤害冯朗，便命大军围而不攻。这天半夜，只见天光一闪而过，堡垒中传来一声婴儿的啼哭，原来荇茗生了，果然是个女儿，冯朗没想到女儿一出生全家就要遭受灾难，他准备把她丢弃，在荇茗的苦苦哀求下才作罢，冯朗为她取名冯淑仪，谁能想到这个女婴会成为后来的冯太后。

源贺把冯朗所在的堡垒围困了三天，堡垒中的粮食吃完了，部下眼看就要饿死，冯朗再也看不下去，半夜约源贺商谈。他们在堡垒外的一座农舍会面，冯朗带着冯熙，一见源贺就跪下，源贺赶忙将父子二人扶起：“我也是接了拓跋焘的密令，身不由己。”冯朗说：“我知道你只是在执行公务，我不会怪你！

我现在已经走投无路，念在我们一场交情，希望你把我儿子放了，给我们冯家留个后。”源贺说：“这个你可以放心。”冯朗把自己曾经收养的一个羌人孤儿冯义叫到跟前，他把身上的金银都给了他，要他把冯熙带到氐人、羌人中去躲避灾祸，冯熙拉着冯朗的衣襟不愿意走，冯朗让冯义强行带走。源贺让花太平给冯义和冯熙换了一身魏兵的衣服，将他们领出包围圈，悄悄将他们给放走。

冯朗回到堡垒中，他让部众散去，部众都哭着不愿离开，冯朗劝说了半天，他们才放下武器。冯朗的部众源贺全都放了，他只把冯氏一家拘押，一路上又好吃好喝地照顾着，一直押赴到平城。拓跋焘宣布冯朗造反，本来要满门抄斩，在源贺的求情下，拓跋焘宣布只斩首冯朗，把冯朗的家人全都充为奴仆。在源贺的照应下，冯淑仪被带到宫里，跟着她的姑姑左昭仪冯霖长大。苻茗起初在一个鲜卑贵族家做奴仆，因为不堪忍受被人奴役，不久便抑郁而死。

冯弘此时仍在高句丽，但是拓跋焘是不会放过他的。当年冯弘率众逃到高句丽，高句丽长寿王高巨连从平壤派使者前来迎接，高巨连为了躲避拓跋焘的进攻已经把首都从国内城迁到平壤城。高巨连派来的使者第一句话就是：“龙城王冯君一路辛苦。”这是高巨连事先教好的，他知道冯弘听后必定恼羞成怒，果不其然，冯弘听完便气冲冲地对使者说：“什么龙城王冯君？我是大燕国的皇帝！大燕国皇帝驾临，快让高句丽王来迎接！”使者按照高句丽王的安排，让冯弘在平壤城外的平郭小城停驻，冯弘的人有几十万之众，无法安置下来，高巨连趁机把这些人分散到各地。冯弘向来轻视高句丽，认为高句丽不过是自己的属国，在高句丽的政令都跟在燕国一样，高巨连担心冯弘会夺走自己的国家，找了个借口把冯弘迁移到北丰小城，自己先下手夺走冯弘的侍从，还把冯王仁扣为人质。冯弘十分气愤，派人到宋朝求助，准备率众投奔宋朝，这时拓跋焘向高句丽索要冯弘，高句丽王就把冯弘一家全部杀死，向北魏称臣。在这场灾难中，只有冯弘的小儿子冯业逃了出来，他连夜率领三百部众逃往海边，乘坐小船逃到了宋朝。

第十七章

盖吴起义暗藏杀机　源贺演练十二阵图

自从高句丽王向魏国上表称臣之后，拓跋焘变得空前的自傲，他在朝堂上说：“自朕即位以来，先灭胡夏，东扫五燕，西平五凉，北击柔然，可谓将我大魏推向了鼎盛，现在只有偏居南方的刘宋还没有臣服于朕，朕要你们为朕征兵，为朕击破建康，活捉刘义隆。”崔浩一听赶紧上前劝谏：“陛下，我们是收服了夏国、凉国、燕国，但是长年征兵打仗，当地的百姓流离失所，收复的百姓还在适应我大魏的法度礼制，臣以为现在还不是征兵的时候，不妨先让百姓们休养生息，明年再征兵攻打刘宋。”朝堂上几位大臣也都点头附和，拓跋焘脸色一变：“现在那些百姓已经成了我大魏的子民，作为大魏的子民，替朕攻打刘宋不是应该的吗？何须让朕等到明年！”崔浩说：“王猛去世时曾经留下遗言，要苻坚一定不要进攻晋朝，苻坚不听，结果大败，所有归附他的人也都反叛了。”拓跋焘大喝：“住口！你以为朕是苻坚吗？你再阻拦，朕就杀了你！”崔浩只好闭嘴，朝堂上下顿时鸦雀无声。文武百官看到拓跋焘大怒，谁都不敢再多说半个字，拓跋焘开始点派将领，让他们分别到四十州和十六镇去征兵。

北魏的州和镇是分开的，州是地方区划，镇是军事重镇，军民分开。北魏四十州分别是:并州、肆州、建州、恒州、朔州、汾州、司州、豫州、荆州、洛州、东荆州、东豫州、南兖州、相州、冀州、幽州、平州、瀛州、安州、定州、营州、雍州、豳州、夏州、华州、泰州、东泰州、泾州、岐州、兖州、青州、齐州、徐州、南青州、济州、河州、秦州、凉州。北魏十六军镇分别是:沃野镇、怀朔镇、武川镇、抚冥镇、柔玄镇、怀荒镇、御夷镇、离石镇、吐京镇、枹罕镇、郭煌镇、高平镇、鄯善镇、统万镇、薄骨律镇、长安镇。

征兵令分发到各地，朝廷要求每家每户都要有人参军。征兵文书发到长安镇的时候，副将拓跋纥到周边征兵。这拓跋纥贪婪成性，虽然朝廷规定每家都要有人参军，但是他在私底下却接受贿赂，许多大户都交银免去兵役，拓跋纥便强征贫苦人家的子弟去代替。

在杏城县，卢水胡人盖吴，他祖上本是匈奴贵族，到他这一代已经成为平民，家里除了一副铠甲，再无其他东西。这次征兵，盖吴知道家里没钱，已经计划好自己去当兵，让弟弟留在家里照顾父母，哪知拓跋纥收了他们当地大户的银子，为了达到征兵数额，他非要盖吴的弟弟也当兵，盖吴的弟弟出面理论，双方争执起来，结果盖吴的弟弟被拓跋纥的部下给杀了，盖吴听闻,怒不可遏,当即召集杏城的亲朋好友前去找拓跋纥算账。这盖吴虽然贫穷，但是平时急公好义，周围聚集了一群好汉。

这些人一听盖吴的弟弟被官兵杀了，都拿着刀枪棍棒聚集到县衙，拓跋纥看到不但不安抚，反而命骑兵镇压。这些人都是匈奴后裔，平时本就喜欢舞刀弄枪，个个身怀武艺。盖吴率众假意退入巷子，骑兵进入巷子，有的被拉下马，有的被砍断马腿，拓跋纥带的一队骑兵全被砍杀。盖吴率领大家攻下县衙，最后把藏在茅厕的拓跋纥拉了出来，在县衙门口砍了头。

盖吴让人把县衙门口的杏树砍倒，说到砍伐杏树揭竿而起，这里面有个典故当地人都知道，当年韩信也是在这里砍伐了一棵杏树，发誓抵抗北狄，最后果真把狄人都赶走了，所以这地方叫杏城。盖吴砍倒杏树，就是要誓死抵抗北魏。盖吴把拓跋纥的人头放在弟弟的墓上祭奠，然后率众抵达桥山的黄帝陵，对着众人慷慨激昂地发表了一番演说："我们卢水人本是匈奴单于的后裔，匈奴人是夏朝的后裔，我们跟汉人、鲜卑人一样都是黄帝的后人，凭什么让鲜卑人压榨我们！现在拓跋焘残暴，不顾百姓死活，强征壮丁，我们当活靶子，他们却坐江山！我盖吴今天就反了，愿意反对暴魏的人就跟我一起去杀官兵！"

桥山周围聚集的人越来越多，有匈奴、汉人、鲜卑、氐人、羌人，几天时间就聚集了十万之众。盖吴从杏城开始攻城略地，很快周围的郡县都被他们给攻下了，盖吴自封为天台王，还在众人中分封了文武百官。

盖吴的举动搅动了周围的并州、雍州、秦州，后来又有两人起义，一个是河东的蜀族人薛永宗，一个是河西的汉人白广平。薛永宗和薛安都抢得官兵三千马匹，建立起一支三千人的骑兵。白广平和路那罗也袭击县衙，聚集起几千人的义军。他们都听说了盖吴的影响，分别派人去向盖吴称臣，盖吴都分封了他们。盖吴让薛永宗先在汾曲修筑堡垒，让白广平率众去跟他会合。

盖吴准备率军攻下长安在那里称帝。拓跋焘听说非常震惊，赶忙命大将叔孙拔统一指挥秦州、雍州、并州三州的军队，陈兵十万守在渭水北岸，防止盖吴渡过渭水。盖吴兵分三路，他让白广平、路那罗向西进攻秦州，让薛永宗、薛安进攻并州，自己率军进攻长安。盖吴没有领兵打仗的经验，一路上只是凭着人多势众进攻，结果在渭水畔被叔孙拔击溃，一下子损失了三万人。白广平倒是进军顺利，沿途许多民众加入他们的队伍，他率领的那些民众一路攻城略地，直逼秦州城。薛永宗也击败魏军的进攻，周围许多郡县都已归附。

盖吴回到杏城老巢，重新聚集起人来，又亲自入山请出桥山高人曹化蝶。这曹化蝶熟悉兵书，擅长布阵，他让盖吴的军队练“八卦阵图”，最终击退了叔孙拔的大军。

拓跋焘看到盖吴起义愈演愈烈，赶忙调集周围几个州的军队前去镇压，为防止盖吴打到平城，他命人在平城周围修筑了一圈要塞，绵延上千里。他命殿中尚书乙拔去攻打盖吴，命殿中尚书拓跋处直去攻打薛永宗，命西平公寇提去攻打白广平。

拓跋焘让这些将军先稳住盖吴，等大年一过，他便亲自率领大军前去镇压，崔浩、源贺跟随在中军，永昌王拓跋仁在左军，高凉王拓跋那在右军，他们沿着汾水谷地向南进军。平城由太子拓跋晃监国，拓跋晃还派自己信任的给事中仇尼道盛跟随拓跋焘前去镇压起义军。

拓跋焘率领大军星夜兼程，一直抵达东雍州的首府新绛，跟拓跋处直的军队会合，一到新绛，他立即派军队把汾曲堡团团包围。薛永宗根本不知道拓跋焘亲自率军来攻，以为还是拓跋处直的军队，而拓跋处直已经多次被他打败，所以他并未把魏军的这次包围放在眼里。现在仍是寒冬，当天狂风大作，天气异常寒冷，薛永宗和薛安都分别从两面出击，试图击溃魏军，哪知这次是魏军的精锐部队，兄弟二人大败，薛永宗被逼退回汾曲堡，薛安都则撤到包围圈外。拓跋焘亲自率军冲锋，汾曲堡被团团包围，虽然薛永宗率军死拼，但是堡垒还是被魏军攻破了。汾曲堡正好面临汾河，薛永宗不愿自己的家人受辱，率领一家老小跳河自尽。薛安都听说起义失败，率领残余部队绕到江南，投降刘义隆，后来成为一代名将。

击败薛永宗，拓跋焘大喜，率军渡过黄河，一路上像打猎一样，遇到跟盖吴通谋的人，他一律杀掉。这样一路杀到长安，关中地区的起义军基本上被肃清。拓跋焘又派拓跋仁去安定城攻打白广平，拓跋仁跟寇提会合，攻下安定城。白广平退到新平城，跟路那罗会合，拓跋仁率军包围新平城，经过一个月的围攻，终于攻入城里，把起义军全部消灭，拓跋仁将白广平和路那罗的人头割下，送到长安城。

现在就剩下盖吴，拓跋焘调集周围各州的军队，把杏城周围的区域围起来，好像围猎一般，防止盖吴逃走。殿中尚书乙拔知道拓跋焘来督战，也听说薛永宗和白广平都已经被平，急于要在皇帝面前表现，当即率军攻打杏城。乙拔很容易就攻入杏城，盖吴大军后撤，乙拔因为中了一箭，让军医包扎伤口，让副将率军前去追击。等到乙拔赶到时，只见自己的军队已经陷入一个奇怪的阵法中，士兵们好像中了邪一样，他的三万大军眨眼间就被对方斩杀殆尽，盖吴和曹化蝶在远处观战。乙拔不知这个奇怪的阵法正是曹化蝶教给盖吴的“八卦阵图”。

乙拔赶忙率领亲信退军，回到长安城中跪地向拓跋焘认罪，拓跋焘问：“你可看清，那究竟是什么阵法？”乙拔描述半天也不知道是什么阵法，站在一旁的源贺说道：“那是八卦阵法，乾为天，坤为地，震为雷，巽为风，坎为水，艮为山，离为火，兑为泽，分别对应休，生，伤，杜，景，死，惊，开八门，传说这个阵法是诸葛亮创制的。但你说的，我看是经过演变了的八八六十四卦兵阵，要不然你那三万大军不可能全军覆没。”乙拔在旁边连连说是。

拓跋焘对源贺刮目相看：“没想到这么高深的阵法都能被你看出，看来当初朕是小看你了！”源贺谦虚道：“陛下过奖，微臣从小喜读兵书，后来得到崔司徒的点拨，才对这些阵法有所研究，都是崔司徒的功劳。”拓跋焘点头，笑着说道："崔司徒有功，你也有功，这次就看你的了。怎么破这八卦阵？"源贺说："我倒是研究出'十二阵图'，原本还可以应对八卦阵，不过从乙拔的描述来看，这应该是复八卦阵，我必须要到嵩山拜访仙人成公兴，跟他的'十天干阵'相合为'甲子阵'，才能破这复八卦阵。"

拓跋焘说："普天之下莫非王土，这终南山也是朕的国土，直接让人把他请来不就行了。"源贺说："陛下有所不知，这成公兴早年入山，秦国皇帝姚兴就曾经派人去请他出山，这成公兴不肯出山，只送给姚兴一幅画，画上画的是山中的两匹马，一匹在河边自由吃草，一匹戴着金笼头被人抽打，姚兴钦佩他的选择，过后还派人送去许多金银，让这成公兴在山上修道观。"拓跋焘听罢当即派源贺带着金银前去嵩山拜访这位仙人。

源贺带着花太平和何无忌及侍卫从长安出发，他们星夜赶往嵩山，传说成公兴住在太室山石室，外面还修有一座道观，可是他们找遍太室山也不见有一座道观。他们正在焦急中，突然电闪雷鸣下起雨来，他们赶紧找地方避雨，这时源贺看到远处一人骑马经过崖边，马蹄一滑就要落下崖去，源贺顾不上多想，赶紧打马上前救人，源贺刚把他拉到自己的马上，哪知自己的马也滑了下去。

二人连人带马落入崖下，源贺心想这次完了，临死前忍不住叹息说："陛下，源贺这次帮不了您了！"源贺本以为自己会坠崖而亡，没想到自己和马轻轻地落在了一片神秘的山谷里，哪里有什么雷雨，头顶有块五彩的云朵，眼前是一座宫观。源贺疑惑地看着眼前的一切，刚才他救的那个人也早已落在地上，源贺仔细一看，竟是一个英姿飒爽的年轻人。年轻人手握拂尘，示意源贺跟他走。

源贺跳下马来，跟着年轻人进入山门，里面的大殿供奉着玉清元始天尊、上清灵宝天尊、太清道德天尊，绕过大殿，一直到后山，直达一座石洞前面。源贺问："这是哪里？"年轻人说："你要去哪里？"源贺说："我是来拜访天师成公兴的。"年轻人笑着说："那就跟我进去吧！"

源贺跟着年轻人进去，里面别有洞天，年轻人上前直接坐在一个宝座上。源贺问："你可知成公兴在哪？"年轻人说："远在天边近在眼前。"源贺疑惑地问："你？怎么可能是你？"年轻人狡黠地说："谁说天师就一定是白胡子白眉毛的！"源贺刚要开口,成公兴就说:"你是魏皇派来的？"源贺点头说:"天师一定已经知道我此行的目的。"成公兴说："你要学十天干阵，跟你的十二阵图相合,对付盖吴的复八卦阵。"源贺连忙说:"果然是天师,真是料事如神！"成公兴说："本来我是不帮人打仗的，可是谁叫对方是曹化蝶，我们两个可是势不两立，你一定要为我打败他。"源贺心想，这成公兴跟曹化蝶一定有恩怨，但是不管怎么说，只要他肯将十天干阵教给自己，管他谁跟谁的恩怨，源贺心中暗自高兴。

成公兴让源贺斋戒三天，然后才将十天干阵传授于他。源贺学成后，成公兴将源贺送到道观山门，源贺把马上的金银送给成公兴，成公兴收下了，源贺跳上马，成公兴把一包东西递给源贺："把这个带给我的师傅——国师寇谦之。"源贺正要问他这包裹里是什么，只见成公兴挥舞拂尘，天空立刻电闪雷鸣，一道闪电在源贺面前劈过。

源贺睁开眼睛,发现自己在山中,身上湿漉漉的,可是马上的金银不见了，手上多了一个布袋，源贺回想刚才的经历，难道自己是在做梦，可自己明明学会了十天干阵，源贺还在回想，就听到花太平和何无忌的喊声，源贺答应了一声，二人率众骑马赶来，他们说刚才明明看到他落到山崖下，可是骑马下来找了半天都找不到他。源贺说自己刚才拜访成公兴了，已经学到他的十天干阵法，众人不相信，源贺将自己的遭遇跟众人说了一遍，众人虽然惊诧不已，但是有那个布袋在，不得不信。源贺带着他们一起骑马下山，昼夜兼程赶回长安。

源贺他们赶到长安，正遇到叔孙拔率领残军败将返回长安，原来拓跋焘等不到源贺回来，叔孙拔又不信那个邪，拓跋焘便让叔孙拔率领三万大军去攻打杏城，这次依然是被困复八卦阵，损失惨重。拓跋焘正在训斥叔孙拔，看到源贺归来，喜出望外，赶忙问源贺结果，源贺将自己求访十天干阵法的经历告诉了拓跋焘，虽然拓跋焘也觉得十分诧异，但是已经顾不了那么多了，当务之急是让源贺到校场去训练军队。源贺到校场练兵之前，将身上的布袋交给崔浩，说是成公兴要交给他的师傅寇谦之，拓跋焘一听，这成公兴竟是国师寇谦之的徒弟，他对道教更是深信不疑。

拓跋焘把十万大军交给源贺，源贺把他们分成二十二队，十二队演练飞龙之阵、鱼丽之阵、腾蛇之阵、虎翼之阵、鸟翔之阵、扁箱之阵、骑射之阵、坑穽之阵、钩援之阵、冲乘之阵、钩车之阵、鸟云之阵，十队演练甲木、乙木、丙火、丁火、戊土、己土、庚金、辛金、壬水、癸水阵法，他们融合后变幻出六十种阵形，这六十种阵形，足以破除复八卦阵。

经过一个月的练习，魏军已经完全掌握了阵法，拓跋焘带着源贺和崔浩率领中军又去攻打杏城，左军十二阵法军由拓跋那统帅，右军十天干阵军由乙拔统领，他们一起渡过渭河，直抵杏城下。果然盖吴又故技重演，撤军到城后谷地，拓跋那和乙拔挥军直上。盖吴的军队从四面八方的山谷冲出，把魏军团团包围，盖吴在山顶上哈哈大笑。源贺在远处以放炮为号，拓跋那和乙拔的军队立刻摆出十二阵图和十天干阵。盖吴在山上看到大为吃惊，立刻命部队变形，化为六十四卦，源贺也命左右军混合，形成六十甲子阵。盖吴的阵法顷刻间被破，魏军反把叛军包围，一阵厮杀后，叛军几乎全军覆没。

拓跋焘顺势命大军掩杀，盖吴军大败，盖吴也中了一箭，他慌乱中仅带了几位随从逃入山中，曹化蝶也不知所踪。过后清点俘虏，拓跋那抓住了盖吴的叔父盖茫。盖吴起义后，起初还听盖茫的建议，随着曹化蝶的到来，盖吴对曹化蝶言听计从，盖茫被冷落，前不久盖吴还因为小事责罚了他，所以盖茫内心对盖吴有怨气。大家都不知盖吴去向，拓跋焘对盖茫大大封赏，盖茫禁不住诱惑，主动提出带领魏军去捉拿盖吴。原来盖吴在山中有暗道，只有最亲近的人知道，那里直通千佛寺，拓跋焘带领魏军把千佛寺团团包围。

盖吴知道无法逃脱，从千佛寺中走出来，拓跋焘命人把盖吴就地正法，后来把盖茫也杀了，因为他最痛恨叛徒走狗。拓跋焘对佛教本就没有什么好感，但在随从仇尼道盛的劝说下，还是带领文臣武将进入庙里。他们刚进入一个石窟，突然后面的石门落下，从里面跳出一群蒙面人，提刀向拓跋焘刺去，幸好陪同的都是大内高手，把里面的蒙面人全都杀了。

众人赶忙护送拓跋焘走出寺庙，拓跋焘当即命人搜查千佛寺，居然在千佛寺里搜到大量的武器。拓跋焘大怒：“都说寺庙是佛家圣地，现在储存这么多武器干什么？”拓跋焘当即命人把千佛寺里的和尚全部杀死。拓跋焘本来还要杀仇尼道盛，看在他是太子的宠臣，并且他也不知道里面的情况，就没有追究他的责任。崔浩趁机说：“佛教本就不是我中土的信仰，现在又参与叛乱，想要谋害陛下，他们百害而无一利，应该在全国禁毁！”拓跋焘以为有理，一场灭佛行动在魏国拉开了帷幕。

第十八章
宰相太子你死我活　螳螂捕蝉宗爱在后

拓跋焘将长安的和尚全部诛杀，回到平城，开始在全国灭佛。太武帝为什么要灭佛，这要回溯佛教和道教的斗争。最初北魏佛教和道教并存，后来佛道相争，背后是太子拓跋晃和司徒崔浩在角力。如今朝中最有势力的是太子拓跋晃和司徒崔浩，拓跋晃是北魏王储，鲜卑贵族的代表，崔浩则是三朝元老，汉人士族的领袖，他们分别在朝中形成两个党派，拓跋晃的太子党和崔浩的士族党整天互相排挤。

拓跋晃从小信奉佛教，他将罽宾国僧人引荐给拓跋焘，拓跋焘任命罽宾国高僧师贤为道人统，即负责统领全国所有的宗教徒。朝廷下令在城北扩建永宁寺作为皇家寺庙，许多王公大臣都是这座寺庙的香客。师贤住在京郊的永宁寺，所收的徒弟都是昙字辈，最有修为的就是昙曜。

崔浩则深信道教，知道嵩山中有天师寇谦之，就上书拓跋焘请寇谦之来平城。这寇谦之生于官宦之家，但从小一心向道，他们家来了个帮工名叫成公兴，起初他并没有注意到这名小小的帮工，直到有一天他正在为计算七曜运行的规程而苦恼，成公兴却轻而易举地给他算了出来，他这才发现成公兴是个奇人，当即要拜成公兴为师，成公兴却要拜寇谦之为师，这让寇谦之丈二和尚摸不着头，成公兴就告诉他，自己本是天上神仙的弟子，因为火烧仙宫犯了错，所以被罚下人间干七年活，他在人间是不可以乱收徒弟的，寇谦之听了才决定不在这称谓上计较。后来他跟成公兴到嵩山修行，三十年后修成正果，玉皇大帝封他为天师，老子后人还授予他天书《录图真经》。拓跋焘把寇谦之迎接到平城后，寇谦之每天在宫中辟谷不食，精神奕奕；扶乩请神，天相多多；画符镇灾，希冀太平；讲经论道，施术弘教，这让拓跋焘很是欣慰。

当年大夏王赫连勃勃病死，赫连昌继位之时，拓跋焘问群臣能否征讨大夏，有的大臣主战，有的大臣主和，最后拓跋焘问身旁的道人统师贤和天师寇谦之的意见。二人分别陈述理由，师贤认为大冬天劳师远征，很难取胜，寇谦之觉得大夏国想不到魏军会进攻，出战必胜。最后拓跋焘决定率领骑兵讨伐，寇谦之在宫中做法事为此次出征祈祷，拓跋焘出发的时候，寇谦之说："陛下武应天运，当以武定天下，成为太平真君！"拓跋焘大喜，亲自率领一万八千骑兵西征，大夏想不到魏军会来，所以根本就没有做好迎战的准备，拓跋焘率领魏军轻易就攻入了统万城，还俘虏了几万夏人回去。

后来多次战争都如寇谦之的预测，这让拓跋焘深信不疑，他下令在城南修筑了五层高的道坛，取名玄都坛，专为道教而设，坛内住道士一百二十人，每月举行一次厨会，费用全都由朝廷供给。拓跋焘封寇谦之为国师，比三公还要高，比道人统在现实中的地位更是高出了许多。

拓跋焘开始信仰道教，对佛教徒开始限制。看到朝野上下，佛道两家愈争愈烈，拓跋焘在皇宫专门组织了一次辩论，左边是寇谦之为首的道士，右边是师贤为首的沙门，文武百官也都参加，这也是崔浩和拓跋晃的一次斗争。

寇谦之说："佛道之争事关华夷之辨，佛教是夷狄信仰的，华夏应该信仰道教。”师贤说：“天竺也是大国，他们的文明不亚于华夏，所以不存在华夷之辨。”寇谦之说：“佛道之争有阴阳之别，道教在东方，东为木为阳，佛教自西方，西为金为阴，阳比阴高贵，所以道教优于佛教。”师贤说：“阴阳并没有高下，阴在阳之内，不在阳之对，所以阴阳一样重要。”寇谦之说：“佛教祸乱国家，因为沙门不知君臣父子之义，不纳赋税，不服兵役。”师贤说：“佛教是要让人觉醒，摆脱六道轮回，这样才能让人人得救。”

当辩论到第三条的时候，群臣开始议论纷纷，都认为沙门不对，现在国家正是东征西讨的时候,佛教徒却整天待在寺庙里。当天拓跋焘判定寇谦之胜。拓跋焘亲自到玄都坛受符箓，宣布改年号为太平真君。

那次朝堂辩论之后，拓跋焘虽然改信道教，但是对佛教并没有禁毁，直到太平真君五年，有人报告拓跋焘，永宁寺里藏着女人，那些和尚根本不遵守清规戒律，拓跋焘带人去搜，在寺庙后院果真找出几个女人来，来的时候还遇上寺里的几个和尚在饮酒，拓跋焘当即下令，上自王公，下至庶人，一概禁止私自供养沙门，假如发现有人供养，就满门抄斩。

太平真君七年，征讨盖吴起义，让拓跋焘在寺庙里发现了大量武器，崔浩趁机建议全面禁佛，拓跋焘回到平城就下旨全国禁佛。太子拓跋晃从仇尼道盛口中提前得到消息，赶忙让师贤先带着徒弟藏到附近的武州山中，接着他三次上奏拓跋焘为佛教求情，拓跋焘严厉斥责了他，禁佛的诏书也因此拖延了几天，许多僧侣趁着这几日带着经书藏了起来。师贤只能装作大夫，给人看病，但在家里还是悄悄供奉佛陀。

拓跋焘亲自带领文武百官到城北的永宁寺，把寺庙的牌匾摘掉，改为了一座道观。全国的寺庙全部被砸毁，僧侣全部勒令还俗，而那些佛教经书也全都被下令烧毁。寇谦之其实并不想灭佛，他曾经跟崔浩争执过：“佛老都是道，全是劝人向善，只是方法不同，这样赶尽杀绝，会给自己招来灭门大祸的。”然而崔浩的目的是斗倒拓跋晃，他哪里顾得上这些，也没想把到寇谦之的话当回事。四年之后，果真在自己身上应验了。

这次佛法斗争以道教的全面胜利收场，拓跋晃表面上不再供奉佛教，但也不信仰道教，他时刻想着在暗中斗倒崔浩。

崔浩是清河崔氏的后人，祖辈都是高官，北魏时期盛行门阀士族，只有士族能够出任高官，寒门则只能做低级官员。当时还有所谓的五姓七望，陇西李氏、赵郡李氏、博陵崔氏、清河崔氏、范阳卢氏、荥阳郑氏、太原王氏。崔浩出生在名门望族中，从小又博学聪慧，所以自视甚高，他掌权后就准备仿造曹魏的九品中正制，品定魏国的士族流品，他的表弟范阳卢玄劝他说：“士族寒门都是过去的事，现在掌权的鲜卑人都是从塞外来的，他们就低下，我们就高贵？他们能够同意你做这事才怪。你要三思，不要给自己带来杀身之祸。”崔浩并没有把卢玄的话放在心上，过后还跟人说：“人生来有三六九等，高贵的人劳心，低贱的人劳力，不品断流品国家就乱了。”

崔浩对士族寒门有别的偏执让他得罪了不少鲜卑贵族。太原王氏的王慧龙从刘宋逃亡而来，崔浩一见到王慧龙的齇鼻，也就是红红的酒糟鼻，就说果然是贵种，原来王氏是太原士族，世代遗传齇鼻，被称为齇王，他当即把侄女嫁给王慧龙。当时参加婚礼的除了各姓士族，也有拓跋晃带领的许多鲜卑贵族，崔浩不断在那里夸奖王慧龙，还以旁边的鲜卑人做比较，这让拓跋晃勃然大怒。拓跋晃碍于自己资历尚浅，不好直接出面，他便授意司徒长孙嵩出面反击，长孙嵩看到崔浩当众贬低鲜卑人，其实早已怒火中烧，他跳出来说道：“假如每个人都像你们高贵的士族一样弱不禁风，我们大魏国还怎么打江山，鱦鼻不是高贵，在我们鲜卑看来是有病！”崔浩也被激怒：“不管鲜卑还是汉人，只有士族是高贵的，武夫才去打仗，士族在朝做官！”这话一下子激怒了在场的鲜卑人，拓跋晃带领鲜卑贵族愤而离去。

第二天上朝，长孙嵩就启奏拓跋焘：“陛下，王慧龙不过是一个刘宋逃亡来的士族，崔浩却在那里大加赞赏，还讥讽我们鲜卑人，陛下也是鲜卑人，他这分明不是也在讽刺陛下您吗？陛下怎么能容忍这样的人在我朝为官！”拓跋焘当即让崔浩出列，准备治他的罪，崔浩一看事情严重了，赶忙脱掉帽子跪地，连续数落自己几个时辰，请求拓跋焘的宽恕，拓跋晃在一旁暗自偷笑，感觉总算是出了一口心中的恶气。当时文武百官都在场，过后崔浩再也不敢提品评士族的事。

原本在汉朝时只有十三个州，北魏占据中国北方，却设立了四十个州、十六个镇，所以经常要调整刺史。这次冀、定、相、幽、并五个州的刺史位都空缺，拓跋焘召集文武百官上朝，拓跋晃推荐五州下面的五个郡守为刺史，崔浩却推荐平城的五个士族去继任。拓跋晃说：“这些郡守为国效劳多年，理应受到朝廷的提拔，况且他们治理地方很有经验，应该让他们做刺史。”崔浩却说：“他们出身寒门，就应该做下层人的事，刺史事关国家治理，应该让出身士族的人担任。”双方各执一词，以前还是暗中角力，这次已经开始公开对垒。拓跋焘碍于崔浩是三朝元老，虽然最后用了崔浩推荐的人，但是对崔浩却开始心存不满。过后高允说：“崔公要遭殃了，坚持自己的错误，只为跟太子争个高低，怎么会有好结果！”

自从拓跋焘发布灭佛令后，拓跋晃和崔浩之间的党政斗争愈发的激烈。拓跋晃和崔浩在朝堂上，上到三公九卿的推举，下到刺史太守的任命，每件事都要争执，两人常常都不是从国家利益出发，都是为了维护自己的党羽，今天你赢了，明天我就要赢，弄得朝无宁日。

每当拓跋晃和崔浩在朝堂上争论时，不属于二人党羽的文官武将就会感到无所适从，这其中就包括北部尚书源贺、南部尚书陆丽，殿中尚书长孙渴侯、羽林中郎将刘尼，他们四人闲来经常在一起饮酒，毕竟他们当年都做过骑都尉，在一起共过事，现在又一起在尚书省任职，尚书省是中央最高的政令机构，总共有四个尚书，北部尚书管北部州郡，南部尚书管理南部州郡，还有管理官吏的吏部尚书和管理财物的左民尚书，其中北部尚书和南部尚书有实权，殿中尚书是统领禁卫军的，羽林中郎将统领羽林军。

这次他们在北苑相聚，京郊有三个园囿，西苑、东苑和北苑，而这北苑属于羽林军管辖。酒过三巡，源贺说："崔司徒是国家的栋梁，太子殿下又是国家的储君，可是他们现在天天恶斗，把整个朝野都弄得乌烟瘴气的，万一被我们的敌人柔然和刘宋利用，那可就糟了。"陆丽说："他俩是我们大魏二虎，都得罪不得，还是远离的好。"刘尼说："你们就多到我的园囿中喝酒，少谈那些没用的事。"长孙渴侯却站起来说："要我说，干脆把他们两个全都铲除了，国家就安宁了。"众人知道渴侯性急，赶忙拉他坐下，呵斥他小声点，大家环顾左右没人，才敢继续喝酒。

源贺看到天空飞过一群鸟儿，他赶忙起身，从旁边拿起弓箭，对着天空放出一箭，"嗖"的一声，一只鸟应声落地，大家都拍手叫好。源贺说："反正现在也没我们什么事，不如静观其变。我上次到白登山去，在那里发现了好多鹿，我们不如去那里打猎，几位意下如何？冒顿单于能够围困汉皇刘邦，我们还怕围不住几头野兽？"大家听后都大笑起来。

四位尚书说走就走，他们各自带上自己的侍从，骑马来到了京郊的白登山。源贺跟他们聊起了白登山的故事，当年刘邦分封的韩王信，这个韩信不是大将韩信，而是韩国皇族后裔韩信，韩王信后来联合匈奴反叛，刘邦亲率三十万大军征讨，结果在白登山被匈奴大军包围，在山上断粮断水，眼看刘邦就要被俘，陈平献计送了一件上好的貂皮大衣给匈奴皇后阏氏，阏氏甚是欢喜，然而她又害怕汉朝进献美女夺了自己的阏氏之位，就吹枕边风，跟冒顿说汉朝援军马上就要到了，不如将刘邦他们给放了，冒顿单于于是解除包围，让汉军撤走了。

源贺带着大家登上白登山，他很快就射到了一只鹿。源贺是有名的百步穿杨，这在他们初做骑都尉时，众人就领教过了。他们四人开始在那里支火烤鹿肉，在野外支火烤肉是以前鲜卑人常干的事。鹿肉烤好后，他们围在火堆旁，一边吃着香喷喷的烤肉，一边喝酒闲聊，四人的友谊也愈发深厚。为了躲避拓跋晃和崔浩之间的党派之争，后来他们四人闲暇之余，便经常到这白登山里围猎，还号称是“白登四友”。

拓跋晃和崔浩之间，起初并没有什么嫌隙，走到现在水火不容的局面，主要还是因为一个人的挑拨，他就是宦官中常侍宗爱。宗爱的父亲宗发本是刘宋虎牢守将毛德祖的副将，拓跋焘率领大军攻占虎牢关，毛德祖和部将都被俘，宗爱当时还小，也被押送到平城，他从小胸怀大志，可没想到到了平城后，他却被阉割送进宫里做了太监。看到自己一夜之间成了太监，他羞愤得上吊自杀，结果被同伴发现，及时救下，才活了下来。从此他仿佛变了个人，一心想爬上宦官高位，报复北魏王朝。他非常善于揣摩主子的心思，所以颇受主子们信任，他因此从小黄门一步步成了中常侍。

拓跋焘自从平定诸侯国，扫清边疆后，变得越来越刚愎自用，他对文臣武将都有提防之心，唯独对宦官最是信任，所以他不论去哪都带着宗爱，还赏赐他田宅金银，宗爱一下子成了皇帝身边的大红人。有了拓跋焘的赏赐，宗爱在故乡购置了大片田产，看到昔日心仪的表妹早已嫁人，他内心的恨又加深了，他经常一个人阴鸷地在屋里发脾气，他还在屋里设立了父亲宗发的牌位，早晚礼拜，下决心要为父报仇，颠覆魏国。

宗爱看到北魏朝政基本被拓跋晃和崔浩把持，就想到了一条毒计，他派遣小黄门暗中监视拓跋晃和崔浩，然后把他们的不轨之处添油加醋告诉拓跋焘，让拓跋焘对他们二人产生嫌隙，他接着又在拓跋晃和崔浩两人之间挑拨离间，他要让拓跋晃和崔浩恶斗，然后再将他们一个个除掉，直到除掉皇帝拓跋焘，为他自己和父亲报仇雪恨。现在宗爱的计谋正在魏国宫廷中一步步展开，挑拨拓跋晃和崔浩之间的恶斗，只不过是他复仇的一个开始。

随着年龄的增长，拓跋焘开始幻想长生不老，他命寇谦之在京郊给自己建一座静轮天宫，并要求静轮天宫一定要高到云彩里，直到听不到人间鸡犬之声为止，到时他要跟上天对话，请求上天让他长生不老。寇谦之只能领命，可是修筑了好几年,静轮天宫还是无法修到云彩里。拓跋晃忍不住提醒拓跋焘：“父王，凡人和天神本就殊途，儿臣建议，每年与其徒劳无功地耗费那么多人力物力去接近天神，不如好好享受现世的生活！”

这时候的寇谦之已有八十高龄，他似乎已经预见到了自己的未来，他训诫自己的一百二十个弟子说：“你们不好好学道，别看现在荣华富贵，将来等我死了，你们就什么都没了。”过后，寇谦之还专门去找了崔浩，他对崔浩语重心长地说：“我夜观天象，发现宫中有小人在挑拨你跟太子和皇上之间的关系，我希望你跟太子别再斗下去了，否则必有大祸降临，这祸不止会吞噬你的家族，还会吞噬太子殿下，甚至皇帝陛下！”崔浩觉得寇谦之只沉迷于他的道法，并不了解朝内的党争，所以并没有把寇谦之的这句劝告放在心上。

不久寇谦之在静轮天宫仙逝，享年八十三岁。寇谦之的那些弟子发现，寇谦之死后，他的身体每天都在缩小，从他口中不断有仙气吐出，这些仙气最后全都飞到了天上，七天过后，寇谦之的身体就由最初的八尺三寸缩小为六寸，大家都说寇谦之升天了。拓跋焘看了也很是惊讶，他下令以国师的礼仪安葬寇谦之。

有一日上朝，拓跋焘在大殿上提起修编国史的事情来：“我大魏征伐诸侯，一统天下，现在大魏建立了这么多年，理应有我朝国史，诸位爱卿谁能担此大任。”众人都说非崔司徒莫属，拓跋晃却推荐中书侍郎高允，最后拓跋焘说：“国史修编是秘书省的事，崔浩学问高深，就让他兼任秘书监，中书侍郎高允和散骑侍郎张伟兼秘书郎，辅佐崔浩。你们一定要根据史实编写，垂范子孙后代。”崔浩带着高允、张伟领命，崔浩脸上显出得意之色。

修编大魏国史的时候，崔浩不但查看典籍，还要四处查对，拓跋焘说过鲜卑人起源于大鲜卑山，他四处察访，终于找到大鲜卑山，还在那里找到鲜卑始祖拓跋毛住过的石洞，拓跋焘非常高兴，当即派中书侍郎李敞带人到那里祭祀，在里面刻下祝文。

经过十年的编修，崔浩编写出皇皇巨著《国记》，崔浩呈献给拓跋焘，拓跋焘召集文武百官一起阅览，里面当然包括白登四友。《国记》开篇说的是黄帝以土德王，北俗谓土为托，谓后为跋，故以为氏。拓跋焘大加赞赏。文武百官相继翻看，《国记》从始祖拓跋毛开始叙述，拓跋毛是鲜卑人的部落酋长，统领三十六部落，拓跋焘追尊为成皇帝。传到第五代拓跋推寅时，开始第一次迁徙，迁到水草丰美的呼伦贝尔草原。又经过七世传到拓跋诘汾，开始第二次迁徙，迁到匈奴故地阴山。拓跋诘汾有两个儿子拓跋匹孤和拓跋力微，匹孤迁移到河西，力微则迁移到盛乐。

看到这里，拓跋焘指着源贺说："朕和贺豆跋本是一家，他是匹孤的后代，朕是力微的后代，秃发跟拓跋只是汉语不同，鲜卑语就是同一个词。以后贺豆跋的子孙都是直勤，跟拓跋家是一样的。"源贺叩首谢恩。大家继续往下看。

拓跋力微被慕容部击败，投靠了没鹿回部大人窦宾，窦宾去世后杀了窦宾的儿子，把没鹿回部吞并，拓跋部成为有十万控弦之士的大国，力微开始在盛乐建立首都。百岁的力微听信谗言，把自己的儿子拓跋沙漠汗杀掉，过后又非常后悔。之后几代拓跋部衰微，直到拓跋猗卢出现。拓跋猗卢是拓跋沙漠汗的儿子，他继位后统一三部，同时跟并州刺史刘琨、汉国的刘聪、赵国的石勒相抗衡，最后被晋朝封为代公、大单于，把盛乐定为北都，在平城修筑南都，代国从他开始建立，可惜他后来被自己的儿子拓跋六修所杀。在这个时期形成勋臣八姓"穆、陆、贺、刘、楼、于、嵇、尉"，如今朝中有许多贵族都是这八大家，平城周围设京畿，东至蔚州代郡，西及雁门郡善无县，南极朔州阴馆县，北尽高柳郡参合陂，形成畿内，安置勋臣八姓部落，设立八部大夫。

拓跋焘指着陆丽、刘尼等说："你们是我拓跋家最忠诚的人，拓跋家能有今天你们功不可没，现在京城也要靠你们拱卫，将来选定士族，除了拓跋家和源贺家，这八大家一定是最尊贵的。"众人都叩谢。

经过几代的传承，传到拓跋什翼犍，他在后赵国做人质十年，继位后南征北战，正式建立代国，他娶了后燕国皇帝慕容皝的女儿为皇后。拓跋什翼犍跟匈奴铁弗部首领刘卫辰有许多恩怨，他把女儿嫁给刘卫辰，刘卫辰起初归顺代国，后来又投降前秦苻坚，带领前秦军队灭掉代国。不过拓跋什翼犍并不是被敌人杀死，而是被自己的庶长子拓跋寔君所杀。代国被一分为二，分别由拓跋部的两个女婿铁弗部首领刘卫辰和独孤部首领刘库仁统领，河西归刘卫辰，河东归刘库仁。

前秦国崩溃后，拓跋什翼犍的孙子拓跋珪逃回代国复国，在他母亲的部落贺兰部的支持下正式建立魏国。然后南征北战，向南击败独孤部，向东击败库莫奚部，向西击败铁弗部，向北击败高车部，统一了魏国原来的部落。然而真正让魏国成为大国的是参合陂之战，在这个战役中拓跋珪以少胜多，击败了强大的后燕军队。拓跋珪晚年服用寒食散，不停地猜忌身边的人，只要他身边的人有小错误就会被他所杀，许多大臣因此被他陆续杀死，北部大人贺狄干因为穿的衣服像羌人就被杀了。最后他也因滥杀被二儿子拓跋绍所杀，拓跋绍的母亲贺夫人犯错被关准备处死，她向自己的儿子求救，拓跋绍就把拓跋珪杀了,救了自己的母亲。后来拓跋绍的长子拓跋嗣杀死拓跋绍继位，拓跋嗣就是拓跋焘的父亲明元帝。

到了拓跋焘时代，那就是歌功颂德了，消灭大夏，东平北燕，西荡北凉，北征柔然，南讨刘宋，结束二十四国乱世，最终让魏国统一中原。拓跋焘原本还觉得前面写得太过真实，尤其是那些手足相杀、父子相残的事，看到那些他内心不免有些不快,现在听到这些对他的颂词,心中的不快便已烟消云散，他不禁心花怒放起来，众人也都群情激奋。拓跋焘喜欢，文武百官自然喜欢，拓跋焘命人印上一千部，他要让朝中大臣每家每户都收藏一部。在颂扬声中，崔浩故意当着拓跋焘的面，征询拓跋晃的意见，拓跋晃表面上对《国记》大加赞赏，内心却盘算着如何找茬。

拓跋晃一回到东宫，就招来仇尼道盛和任平城，命他们好好研读《国记》，找出其中的破绽,他不能让崔浩占了这么大的风头。仇尼道盛和任平城研读后，把许多地方用红笔勾画出来，他们告诉拓跋晃："圣上是让崔浩编写国史，不是让他张扬国丑，殿下看这些地方，都是兄弟相残、父子相杀，这些地方都是有违人伦的，父亲的妻子被儿子继承，哥哥的妻子被弟弟抢占，这简直是大逆不道啊！"拓跋晃大喜："太好了！我这就写一封奏折，告崔浩一状，保管让他丢官！"仇尼道盛却说："只是让他丢了官职未免太便宜他了！圣上下的灭佛令都是崔浩的主意,崔浩害得天下的沙门无处可去,他还整天标榜士族，歧视鲜卑贵族,我们要让他落个人头落地的下场！"拓跋晃问:"那你的意思？"仇尼道盛如此这般说了，三人大叫妙计。

崔浩正在书房翻阅自己耗时费工编写的《国记》，脸上现出得意的神色，他准备下一步建议拓跋焘品评士族，这时著作令闵湛和郗标来访，这两人平日最擅长溜须拍马，一见崔浩，就你一句司马迁再世，我一句班固托生，把崔浩都夸到了天上。闵湛说:"如此好的一部史书，我们应该让他不朽才对！"郗标附和说："这么好的史书应该刻在石头上，让更多的人看到，那才是一件幸事！"崔浩觉得二人的主意不错，当下和他们商定在城外天坛旁边专门立一片碑林，把《国记》刊刻上去，同时把他注解的《五经》也刻上去。

崔浩知道这事关重大，他还专门去试探了拓跋晃的意见，他以为拓跋晃一定会阻挡他再次出风头，没想到拓跋晃竟然没有反对，还说这是为拓跋家歌功颂德，是一件极好的事。其实闵湛和郗标只不过是仇尼道盛的一颗棋子，他们建议崔浩将《国记》刻成碑林，这全是仇尼道盛装作无意透露给他们的，他们二人便急着跑到崔浩的府上谄媚阿谀，当然他们二人并不知道这是一条毒计，二人也都以为这是一件非常荣耀的事。

三人商定好后，崔浩上奏拓跋焘，拓跋焘准奏，他们就选定了天坛旁边的一块地，因为那里靠近大道，人来人往的，等石碑刻完后，许多人都能看到。崔浩广招全国石匠，足足招了一万人，耗时三百天，才将这座巨大的国史碑林修好。

崔浩修成碑林的前一夜，他做了个奇怪的梦，他梦到自己拿着火把将高平公李顺的宅邸点燃，将他们一家人活活烧死在了屋内，崔浩带着全家人站在一旁观看。这时李顺的弟媳妇哭着从大火中跑出指着他们说："你们这些人，都是我们家的仇人！"崔浩一急之下，用戈把她刺死，并将她的尸首投到河里。崔浩从梦中惊醒，他记得高平公李顺是在他的建议下被拓跋焘杀死的，当时因为北魏欲征伐北凉，李顺受了沮渠牧犍的贿赂，说那里地瘠民贫不值得用兵，等到拓跋焘到了武威才发现那里水草丰美，于是崔浩上奏拓跋焘说了李顺的不是，李顺当场便被拓跋焘斩首了。崔浩觉得此梦不祥，便问自己的幕僚冯景仁，冯景仁说："这是个凶梦，用火烧人，比直接杀人还残暴，开始作恶，后面报复，定是有人要陷害主公，会不会跟主公刚修的国史碑林有关？"崔浩回想起拓跋晃的态度，虽然心生疑窦，但是又找不出任何缘由。

崔浩整天都在想这件事，既然碑林已经修好，就不能再反悔了，或许也并不一定是这碑林给自己带来的厄运，这么想着，崔浩的心才稍稍放松了些。不久后，碑林揭幕了，在大道上往来的人们都停下来驻足观看，起初人们还啧啧赞叹，接着就都开始掩嘴偷笑，这个说："儿子把自己的母亲娶上了。"那个说："弟弟把自己的嫂子娶上了。"又有人说："原来拓跋家是这样起家的，拓跋力微把自己恩人窦宾的部众抢了。"越看到后面，人们越七嘴八舌："拓跋力微怎么把儿子拓跋沙漠汗给杀了。""拓跋寔君怎么把父亲拓跋什翼犍给杀了。""拓跋绍把父亲拓跋珪杀了。""拓跋嗣把弟弟拓跋绍杀了。"

人们议论纷纷，都在那里嘲笑，这让鲜卑贵族们看到了，贵族们纷纷表达不满，对崔浩更是恨得咬牙切齿。拓跋晃赶忙派仇尼道盛和任平城去向拓跋焘报告碑林建成后的情况，但是他们迟了一步，宗爱已经在那里将所有情况一五一十告诉了拓跋焘，接着鲜卑贵族都来了，包括勋臣八姓的代表，他们都向拓跋焘哭诉，说崔浩刻碑林简直是在暴露国家的丑事，弄得全国百姓，人人皆知。

拓跋焘大怒，把桌上的茶壶都扔到了地上，他让人立刻逮捕崔浩及秘书省的所有官员。崔浩被押上大殿的时候，他还一头雾水，不知道自己究竟犯了什么错，拓跋焘将桌上的砚台直接砸向他，大声斥责他："你可知罪？"崔浩从来没有看到拓跋焘如此生气，他此时早已吓得晕头转向，他赶紧磕头说："微臣知罪。微臣在修史书的时候接受过贿赂，所以有的恶人没有写，有的善人被美化了。"拓跋焘一听，更是怒上加怒："好啊！原来朕命你编写个国史，你竟然还收受他人贿赂！除了受贿，你可还知罪？"崔浩不知道自己还犯了什么罪，平日口若悬河的他，此时居然结结巴巴的。最后拓跋焘说："你竟敢把我拓跋家的丑闻都写出来，还让人刻在石头上，让过往路人嘲笑！你究竟是何居心？你眼里到底还有没有我这个陛下！"崔浩此时方才知晓这是怎么一回事，可惜他有口难辩。

拓跋焘最后下令："夷崔浩九族，诛秘书监全员三族！"崔浩和秘书监的人听了，都吓得昏了过去，这让拓跋晃的人觉得扬眉吐气，他们一得到拓跋焘的口谕，便赶紧出宫去抓捕崔浩的九族，包括清河崔氏一族，父族还有出嫁的姑母一家，出嫁的姐妹一家，出嫁的女儿一家，母族有外祖父一家，外祖母娘家，姨母一家，妻族有岳父一家，岳母娘家，这次国史之狱，让清河崔氏及其姻亲范阳卢氏、太原郭氏、河东柳氏全都被牵连了进来，清河崔氏只有崔浩的族弟崔颐和崔模没有被杀，拓跋焘知道崔浩曾经侮辱这二人，只因他们的门第没有自己好，拓跋焘饶了二人一命。秘书监被拘押的也有几百人，只有高允被拓跋晃救下，因为崔浩带领众人在石头上刊刻《国记》的时候，他正好在家养病。

崔浩被押往城南行刑的时候，拓跋晃让拘押他的那些卫士往他身上撒尿，崔浩从小生长在锦衣玉食的家庭，自己在朝为官又是一人之下万人之上，何曾受过这样的羞辱，但是此时他是何等无奈，只能一路嗷嗷乱叫，发泄心中的不满。这次行刑，全城的人都去观看了，崔浩被俱五刑，刽子手在刑场上，先把他的手砍掉、脚剁掉、耳割掉、眼挖掉，最后才把他的头砍掉，现场惨不忍睹。崔浩的九族也不分男女老幼都被一一斩首，他们临刑前凄惨的叫声全城都能听到。

拓跋晃还亲自到刑场去监斩，看到崔浩和他的九族被斩首后鲜血淋漓的场面，他自己都感觉到心惊肉跳，冷汗直流。拓跋焘虽然有点后悔判了崔浩灭九族的罪，但是想到崔浩刻下的那些石碑，他最终还是狠下心让刽子手行刑。崔浩被灭九族后，拓跋焘希望把这一页翻过，他结束了太平真君的年号，改元为正平，这次因为宗爱告发崔浩有功，拓跋焘封他为秦郡公，对他越发信任。宗爱在内心阴鸷地笑着，他把目光投向拓跋晃，此时的拓跋晃万万不会想到，自己会成为宗爱要扫除的下一个目标。

拓跋焘宣布灭佛后，专门派遣自己信任的宗爱下去查抄寺庙财产，宗爱趁机中饱私囊，他霸占大片田产，建成自己的庄园。拓跋晃其实一直在暗中保护寺庙，他把许多僧人都藏了起来，后来这些僧人将宗爱霸占寺庙田产的事情告诉了拓跋晃，拓跋晃听了愤怒不已，他赶紧派仇尼道盛和任平城去搜集宗爱贪赃枉法的证据。

京郊有个大寺庙叫永乐寺，背山面水，周围还有几百亩的良田，是一处绝好的风水宝地。宗爱带人去查抄的时候，他把佛像捣毁，经书焚烧，把僧人全部赶走，然后让人把寺庙改造成一个庄园，取名永乐庄园。宗爱极度变态，他被阉了却找女人虐待发泄，他让手底下的人将许多民间女子抢来，关到他的永乐庄园专门为他服务。

仇尼道盛和任平城打听到了这些事情，他们骑马前去探察，刚来到河边的一个村庄，就看到小黄门贾周和阎充带着小黄门们正在强抢民女，他们上前喝止："光天化日之下，竟敢强抢民女！"贾周和阎充并没有把仇尼道盛和任平城放在眼里，贾周阴阳怪气地上前说："你们知道这庄园是谁的吗？说出来吓死你们！宗爱大人的庄园你们也敢动？识相的赶紧滚开！"阎充则直接拔刀："我看你们是活得不耐烦了。"仇尼道盛让手下拿下二人，哪知这些小黄门个个训练有素，居然把仇尼道盛的人都打落下马。

仇尼道盛和任平城回到东宫报告拓跋晃，拓跋晃当即面见拓跋焘，跟拓跋焘说:"父王，现在宗爱仗着您的宠幸，四处为非作歹，霸占田产，强抢民女，弄得民怨沸腾。"拓跋焘听后问："朕看宗爱平日行事谨慎，怎么会做这样的事？"拓跋晃说："京城附近有个永乐寺，周围有良田百亩，如今被宗爱占为庄园，整天在里面淫乐。假如父王不信，可以在宗爱不知情的情况下突然造访，一定可以逮个正着。"拓跋焘虽然有些疑惑，但还是答应了。

仇尼道盛让人密切关注宗爱的动向，看到宗爱带着贾周和阎充进入庄园，就向拓跋晃报告，拓跋晃当即带拓跋焘乔装前去。他们穿着普通人的衣服，直接抵达永乐庄园，拓跋焘发现这里果然是个风水绝佳的好地方，河流在山前有个大转弯，河对面的山下刚好是一大片良田，良田的中心修有整齐的房子，这河流滋养了两岸的青山绿树，河上只有一座桥能够容行人通过，桥的对面正好是庄园的大门。

他们来到庄园门口，有卫兵把守在门外，仇尼道盛说就是这里，卫兵在门口阻拦，拓跋晃让大内高手全部拿下，带着拓跋焘闯了进去。庄园里面阡陌相连，他们顺着中间的石子路直达中心的院子。院子门口的卫兵哪里阻拦得住，他们直接骑马闯了进去。

眼前的景象把他们惊呆了，他们没有看到被奴役的女人，而是看到满院子排队的小孩，宗爱正在那里亲自为小孩分饭。看到拓跋焘到来，宗爱赶忙下跪迎驾，拓跋焘指着院子里的那些孩子问这是在干什么。宗爱赶忙说："回禀陛下，微臣正要向您报告此事，他们都是战争中失去父母的孤儿，在查抄佛寺的时候，微臣发现这是个好地方，就想着办一个孤儿院，把这些孩子们养大，为国家做贡献！"

仇尼道盛赶忙说："陛下，那天我明明看到贾周和阎充带人强抢民女，他们一定是把人藏起来了。"拓跋晃内心暗骂，好一只狡猾的狐狸，表面上却佯装失礼，对宗爱说道："既然仇尼道盛坚持说他看到秦郡公的手下强抢民女，为了秦郡公的名声，不妨让我们搜一搜。"宗爱赶忙叩首说："陛下，微臣是一个阉人，抢民女又有何用，这可是天大的冤枉！如果陛下不信，尽可派人搜查。"

拓跋焘挥手，让侍卫去搜索整个庄园，仇尼道盛和任平城也带人去搜查。他们经过一个时辰的搜查，几乎是掘地三尺了，回来的人都禀报什么也没搜到，仇尼道盛最后气喘吁吁地回来，拓跋焘问："可有搜到？"仇尼道盛摇头。拓跋焘生气地带人离开，拓跋晃觉得颜面尽失，也带着人速速离去。

宗爱带人在门口跪地恭送，直到拓跋焘一行远去，他才缓缓站起，他看着拓跋晃的背影狞笑着说："跟我斗？还嫩了点！"贾周和阎充立马上前恭维："郡公真是技高一筹啊！小的们佩服！"宗爱将他们喝止："少给我来这一套！你们以后行事要机密，要不是我提前探听到此事，咱们早已人头落地。"原来宗爱在拓跋焘身边安插有耳目，拓跋晃向拓跋焘告密的时候，小黄门早已听到，把这事暗中告诉了宗爱，宗爱赶忙让人把那些民女给转移了，然后将这些孤儿接了来，故意在那里演戏，单等拓跋焘和拓跋晃前来查看。这件事过后，宗爱对拓跋晃渐生杀心，他当即派人前去调查拓跋晃的事。

拓跋焘下令灭佛的时候，拓跋晃曾经暗中帮助许多僧人逃过了那场劫难，现在崔浩已死，风声没那么紧，拓跋晃便陆续地将一些僧人接到了自己府中供养。这事被贾周和阎充发现，报告给宗爱，宗爱的手下建议立刻举报拓跋晃，却被宗爱给制止了，他对他的手下说："现在还不是时候，现在皇上对禁佛已经没有先前那么上心，上奏后他顶多训斥太子几句，达不到我想要的效果，打蛇要打七寸，不能打草惊蛇。"

宗爱经常在拓跋焘面前说起仇尼道盛和任平城的不法之处，说他们两个依仗自己是太子的心腹，在民间兼并田产，拓跋焘听信了宗爱的谗言，渐渐开始对太子疏远。宗爱喜欢读史书，他在读到《汉书》中汉武帝的巫蛊之祸时，突然想到了对付拓跋晃的办法。巫蛊之祸说的是汉武帝上了年纪后总是疑神疑鬼，总认为有人把他的生辰八字写在木偶人上施了巫术，有人告发是宰相之子公孙敬在用巫蛊之术诅咒他，他就派宠臣江充去搜捕，由于江充跟太子不和，在搜查东宫时他把事先准备的木偶人取出，声称在东宫搜到木偶，还有大逆不道的文书，这让太子刘据非常害怕，被逼率兵反叛，汉武帝最后派兵诛杀了太子刘据。据史书记载，当时被这起祸事牵连而死的就有几十万人之众，事后才查出是江充捣的鬼，就把江充三族全部诛杀祭了亡魂。

宗爱当即找人向拓跋焘告发："禁佛令是陛下所下，现在东宫却养了许多沙门。"拓跋焘当即派宗爱率领禁军前去查抄，当时太子府的属官三师三少（太子太师、太子太傅、太子太保；太子少师、太子少傅、太子少保）正在议事，仇尼道盛和任平城正在整理文案。禁军突然把太子府包围，宗爱带着自己的亲信侍从三十人进去。

仇尼道盛出来阻止："你们这是干什么！你们那东西都被阉了，现在脑袋也不想要了，竟敢擅闯太子府！谁给你们这么大的胆！"宗爱冷笑道："你是什么东西，也敢拦我！我可是有皇上的手令！哦，对了，原来你叫仇尼道盛，你这名字好啊，仇尼，仇视僧尼，道盛，道家大盛！"宗爱突然上前将嘴巴凑到仇尼道盛的耳朵旁说："可惜这些都是假的！你们四处藏匿和尚尼姑，别以为我不知道！"任平城看到宗爱如此欺人太甚，气得拔刀阻挡，宗爱取出太武帝的手令："怎么？你敢抗旨！"任平城只好忍怒退下。

宗爱一声令下，让禁卫军开始搜查太子府，一直搜到太子的房间，太子并不在里面，贾周和阎充从里面拿着事先准备好的黄袍出来，还有太子府属官的劝进表。宗爱拿来当庭读出，劝进表上历数拓跋焘的昏庸，说他们准备发动政变，扶植拓跋晃为王，把拓跋焘尊为太上皇软禁起来。太子府的三师三少立刻否认，说他们是被冤枉的，他们哪里知道这是宗爱的计谋，宗爱怎么可能会听他们的辩解。宗爱让人把太子府中所有的人都抓起来，送到了天牢里。

宗爱带着龙袍和反书到宫中面见拓跋焘，拓跋焘最近还在生太子的气，看到龙袍和反书，更是勃然大怒，他让人好好用刑拷打太子的三师三少和左右詹士，同时派人前去抓捕太子。

此时的拓跋晃还浑然不知自己已经大祸临头，他跟中书侍郎高允在京郊宣布自己的耕牛令：有牛的家庭给无牛的家庭种田二十二亩，无牛家庭给有牛家庭锄田七亩作为报偿。假如家里只有老人和小孩，有牛家庭给无牛家庭种田七亩，老人小孩给有牛家庭锄田两亩作为报偿。因为连年征战，有的人家根本没牛，他让人在每家的地头标出户主的姓名，这样京郊的荒田就都能如期开垦了。

拓跋晃宣布完政令，正跟高允探讨设立的三长制度好坏，他说："五家立一邻长，五邻立一里长，五里立一党长，这样就能控制底层。"高允却说："这样虽然能控制底层，可是也让地方上管得太死。"他们又讨论租调制度，这时突然出现大批宫中侍卫，他们都是前来捉拿拓跋晃的，因为领头的侍卫跟太子熟悉，就跟他讲了事情的原委，高允听后告诉拓跋晃："这事一定是宗爱所为！他想要陷害殿下，殿下一定要一口咬定最近不在东宫，一直在外施行耕田令！切记啊殿下！"

侍卫按照皇上的口谕把拓跋晃也投入了天牢，拓跋焘亲自带人来审理，他取出龙袍和反书递给拓跋晃，拓跋晃说道："父王，京郊的许多田地因为人们没有耕牛而荒芜，孩儿最近一直跟中书侍郎高允在外考察，今日刚发布了耕牛令，孩儿根本不知此事，不信您可以问高允。"高允在旁边说："陛下，殿下所言句句属实，臣可以作证！"拓跋焘说："就算你不知情，可你身边的仇尼道盛和任平城倒是很有名啊！仇尼道盛在太原霸占的田产少吗？任平城在邺城的府邸快要比上皇宫了！你以为朕是瞎子吗？还有你的那些太师、太傅、太保、少师、少傅、少保，平时根本不把朝廷法令放在眼里，你以为朕驾崩了吗？现在证据确凿，全部给我处以极刑！"

拓跋晃苦苦哀求："父皇，孩儿一直对国家忠心耿耿，太子府的这些老臣跟随孩儿多年，为国家也立过不少汗马功劳，孩儿求父皇饶过他们吧！再说孩儿不信他们会造反，一定是有人陷害，这皇位迟早是孩儿的，我们为什么要造反？”这话不说还好，听完后拓跋焘气不打一处来：“皇位！皇位！朕还好好的，你就这么想让朕死吗？今天念在你没有参与，朕就放了你，你给朕回东宫好好反省！但是这些人朕要全部处死，俱五刑！”

拓跋焘让人把太子府的官员押到刑场，带着文武百官前去观看，宗爱自然跟在拓跋焘身边，拓跋晃也被拓跋焘强行带了过去。这些官员都是太子多年的下属，他们在刑场上哭着向拓跋晃求救，拓跋晃几次想要上前求情，都被高允拉住了。俱五刑就是要砍手、剁脚、挖眼、割耳、斩首，贾周和阎充在那里监斩，他们让人先把仇尼道盛给拖出来，先把他的双手砍去，又把双脚剁掉，接着用勺子挖掉双眼，用匕首割掉双耳。听着仇尼道盛撕心裂肺地叫唤，拓跋晃想起当年他们对崔浩行刑时的场景，他感觉心惊肉跳，几乎要晕过去了。东宫的属官大多被这样处死，看到后面，拓跋晃直接晕倒在了地上，太子府的人赶忙把他抬了回去。

自从这个事件后，拓跋晃就被拓跋焘关在东宫软禁了起来，拓跋晃也受到惊吓一病不起，他总是担心自己也会被俱五刑，不久竟然一命呜呼，年仅二十四岁，太子妃闾氏没过多久也去世了。高允知道太子冤枉，又救过自己的命，他痛哭流涕，向太武帝陈述拓跋晃的忠心。太武帝此时才后悔起来，专门派官员去吊唁，追谥拓跋晃为景穆太子，安葬在了盛乐的皇家陵园金陵。

第十九章

宗爱弑杀一代英主　矫诏扶植南安隐王

崔浩是国家柱石，拓跋晃是国家储君，因为互相排挤，最后都死于非命。自从二人死后，宗爱在朝野上一手遮天，整天巧言令色，欺上瞒下，弄得整个朝廷乌烟瘴气，高允等忠臣上表规劝，可惜奏章都被宗爱给截留了，事后宗爱找了个借口，把高允外调到怀州去当了刺史。

宗爱开始卖官鬻爵，拓跋焘南征刘宋，一直打到长江边上。当时在长江边上大宴群臣，宗爱便说："陛下真是前无古人后无来者，千古一帝，一定可以跨过长江，消灭刘宋。"拓跋焘听后非常高兴，一次分封了几百人，这些受封的许多都是宗爱的人。但是最后，由于有长江天险，魏军只能跟刘宋讲和，回到平城。

拓跋焘又率军击败柔然，率领文武百官巡游阴山，当时正是牧草最好的季节，拓跋焘又在当地大宴群臣。喝到酒酣耳热之际，拓跋焘端着酒杯突然流泪，群臣都不知发生了何事。宗爱上前问："陛下是真男儿，不知为何落泪？"拓跋焘说："从前朕出征，经常带着崔浩和太子，如今他们都已离朕而去，不知何时朕也会离开！"群臣都不敢说话，宗爱跪地说："陛下有颗仁慈的心，崔浩暴露国恶，太子图谋不轨，他们都罪有应得，陛下不必自责。”拓跋焘没有理会，迎风倒了三杯酒给亡人。这让宗爱内心忐忑不安。

拓跋焘率领文武百官返回平城，路上遇到一个酋长押着一个奴隶，这时年仅十二岁的拓跋濬上前指着酋长说：“今天遇到我算是他的幸运，你应该把他放了。”酋长知道这是皇孙，当即把奴隶放了。拓跋濬是拓跋晃的儿子，曾是拓跋焘最宠爱的皇孙，只因拓跋晃的事，他已经很久没有见到拓跋濬了，如今看到他一副王者气息，又记起自己当年也是十二岁即位，他突然原谅了拓跋晃，想着回到平城就册封拓跋濬为高阳王。

拓跋焘的大儿子拓跋晃和二儿子拓跋伏罗已经去世，他对自己剩下的四个儿子尤其珍视，改封秦王拓跋翰为东平王、燕王拓跋谭为临淮王、楚王拓跋建为广阳王、吴王拓跋余为南安王，这次回到平城，他正要正式册封拓跋濬为高阳王，宗爱却说：“拓跋濬是嫡长孙，不宜做藩王。”拓跋焘想了想，觉得宗爱说得有理，最后才没有册封拓跋濬。

拓跋焘在朝堂上说:“你们可记得崔浩修的《国记》，里面有写先祖力微的，他把自己的太子沙漠汗误杀后，非常后悔，最后才造成国家的混乱，朕在想吾儿拓跋晃，他怎么可能会背叛朕？应该也是朕误杀了他。”宗爱听得直冒冷汗，不敢应对。

拓跋焘近日非常怀念拓跋晃，想起当年拓跋晃在牢狱中对他说的那些话，拓跋焘开始怀疑宗爱，想到这是宗爱设计好的一场让他们父子相残的阴谋，他不免心惊胆战，他赶紧派人秘密调查宗爱的行踪。一天晚上，宗爱回到自己的房间，就开始对着自己父亲宗发的牌位祷告：“父亲，您的仇孩儿一直没有忘记，反倒随着时间的推移日渐强烈，孩儿现在已经把魏朝的股肱之臣和未来王储给诛杀了，孩儿下一步要把拓跋焘的儿子一个个弄死，让他断子绝孙，我要一步步折磨拓跋焘这个老妖怪，让他受尽折磨而死，这样我们的仇就能报了！”

这话已经被拓跋焘安插的小黄门听到，他当即要回去报告拓跋焘，可是却不小心撞倒了门外的一个花盆，宗爱听到响动出来，小黄门慌慌张张朝着拓跋焘的寝宫永安宫跑去，宗爱知道事情泄露，他赶忙召集贾周和阎充：“我们的事情泄露了，今天是我们跟老贼决一死战的时候，不是你死就是我亡，今天我们若是不杀了他，明天他就会把我们全诛了！想活命的跟我一起走！”

宗爱当即带着贾周、阎充和手下的三十个小黄门赶往永安宫，这三十个人都是宗爱的亲信，他们平日整天训练，所以个个武功高强。来到永安宫，他们果然在门外听到小黄门在语无伦次地向拓跋焘回报：“我听到宗爱亲口承认，司徒和太子都是他设计陷害的，他还在家里设了灵位，拜祭自己的父亲宗发，他说他还要杀掉陛下的每个儿子，最后杀掉陛下，让您断子绝孙。”恰在此时，宗爱提刀推门而入。

拓跋焘愤怒地把水杯砸了过去，宗爱一把挡开。拓跋焘看到宗爱带着三十个小黄门气势汹汹地闯入他的寝宫，大怒：“宗爱，你要反了？”宗爱说：“我就反了！当年你杀了我父亲，杀了我全家，还把我阉了，让我生不如死，今天我终于要报仇了！小黄门说得没错，崔浩和拓跋晃都是我设计杀掉的，怪只怪你这个老糊涂，连自己的老臣和儿子都不相信，今天活该落到这个地步！”

拓跋焘去取自己的刀，宗爱把告密的小黄门一刀砍死，然后向手下使了个眼色，小黄门们蜂拥上前，把拓跋焘的手按住，贾周和阎充用枕头把拓跋焘的嘴和鼻子给捂住，拓跋焘不停地挣扎着，在这茫茫暗夜里，他哪里挣扎得过这些有备而来的狼心贼子。拓跋焘的眼睛一直瞪着宗爱，他的眼神充满了愤怒，但多的是悔恨，他似乎在悔恨自己有眼无珠，才会看错了眼前这个居心叵测的宦臣。没多久，拓跋焘就被贾周和阎充给捂死了，一代英雄就此化为了历史上的一个符号。

拓跋焘死后，宗爱赶紧让人把永安宫收拾好，布置成拓跋焘病死的假象，他还把他杀死的小黄门的尸体藏了起来。他跟手下的小黄门说："今天是我们最关键的日子，每个人都要看我的眼色行事，要么我们被人诛杀，要么就共享荣华富贵。"众人齐声答应。

宗爱秘不发丧，先让手底下的小黄门分别去通知尚书左仆射兰延、殿中将军郎法祐、侍中和疋、侍中薛提等实权人物来到永安宫，说是太武帝病重。等到这些重臣赶到的时候，宗爱早已跪在拓跋焘的床前哭泣，大家立刻明白拓跋焘已经驾崩。这四人跟众人说："国家不能一天没有国君，所以先秘不发丧，等到储君继位，我们再宣布皇上驾崩的消息。"

说到立储君的事，大臣们开始在永安宫外议论纷纷，很快分成以兰延与和疋为首的立拓跋翰派和以薛提、郎法祐为首的立拓跋濬派。兰延说："虽然拓跋濬是长孙，可是年纪太小，现在皇上最年长的皇子是拓跋翰，应该立拓跋翰为帝。"薛提立刻反对："这是破坏礼法，太子薨逝，理应由长孙拓跋濬继位。"双方争论不休，宗爱只是默默地看着，其实这两个人他都不中意，拓跋濬是拓跋晃的儿子，终究会为他父亲报仇雪恨，而拓跋翰又太过聪明，日后恐怕他难以驾驭。

在大臣们争得不可开交的时候，宗爱想到了一个对他而言再好不过的储君人选，那就是南安王拓跋余，因为拓跋焘的这个小儿子跟他关系向来较好，可是怎样才能让这些大臣接受呢？宗爱虽然深得太武帝宠幸，不过在这些重臣眼里，他依然只是一个低贱的太监，他若提出自己的想法，定是没人会理会他。值此生死存亡的关键时刻，他想到了赫连皇后。赫连皇后是个宽厚慈祥的人，他经常为她办事，深得她的欢心。赫连皇后没有生子，平时她把拓跋余当成自己的孩子来抚养，他要借助赫连皇后达到自己的目的。

群臣在灯下争论的时候，宗爱亲自到赫连皇后的后宫，报告了太武帝驾崩的消息。赫连皇后哪里能想到前几天太武帝还好端端的，怎么一夜之间就薨了，她正不知如何是好，这时宗爱跪地说："皇后娘娘您切莫过悲，这也是生死有命！现在群臣正在争论立拓跋翰还是拓跋濬为帝，奴才为皇后计，应该立南安王拓跋余为帝。"赫连皇后说："可是我朝向来反对女人干政，所以哀家的话大臣们恐怕不听，哀家是想立拓跋余也无能为力啊！"宗爱说："只要娘娘点头,奴才可以为您操办好一切！"赫连皇后问:"怎么操办？"宗爱说:"现在大臣们已经在迎接拓跋翰和拓跋濬的路上，奴才已经没有时间跟娘娘细说，请娘娘相信奴才，只要您点头就行！"赫连皇后只好点头。

宗爱得到赫连皇后的支持，就连忙赶回永安宫，那些大臣们仍然在争执。一个小黄门跑来告诉宗爱："兰延已经派人去迎接拓跋翰入宫，准备先下手为强！"宗爱赶紧跟贾周说："我有赫连皇后口令，你带人到宫门口，遇到拓跋翰就拿下，当场处死！"贾周领命而去。宗爱又跟阎充说："你带人埋伏到后宫的走廊，这些大臣只要进来，全部给我捆绑起来！"阎充也带人前去埋伏。宗爱又派一个心腹前去迎接拓跋余即刻入宫，让他从皇宫的后门进来，小黄门赶忙去通知拓跋余。

把一切安排妥当之后，宗爱才回到永安宫，兰延和薛提争得几乎都要打起来。宗爱假装低眉顺眼地说："两位大人说得都有理，赫连皇后命我宣你们到后宫，她要为你们决断王储的事。"听到宗爱说到赫连皇后，这些大臣终于停止了争吵，他们这才注意到宗爱，听说赫连皇后要召见他们，就全都跟在宗爱身后一起前往，路上他们还在不停地争吵。

从前殿到后宫有一段走廊，他们推门而入，哪知一进去就被小黄门们控制了起来，兰延和薛提两拨人全部被捆绑起来，嘴也都被破布堵住，他们面面相觑，不知发生了什么事。宗爱说："我奉太后懿旨，把你们这些乱臣贼子逮捕，全部给我押到大殿，听候新皇发落。"兰延、和疋、薛提、郎法祐等都被押送到大殿上。

这时小黄门早已带着拓跋余从小门进入后宫，先拓跋翰一步抵达，跟赫连皇后见了面。拓跋余跟着赫连皇后来到大殿，他们在等待拓跋翰被杀的消息，果然，很快贾周就带着拓跋翰的人头出现在大殿里。原来拓跋翰急匆匆赶入皇宫，一入大门就被控制了，贾周宣布太后口令，拓跋翰坚持要面见太后，贾周哪里会给他机会，当即把他的头一刀砍下。

赫连皇后宣布："如今先帝驾崩，你们不顾国家安危，争相拥立自己的人，我看拓跋余仁和宽厚，最适合做储君！"兰延和薛提有话要说，宗爱让人把他二人嘴上的布撤掉。兰延说："废长立幼，这才会祸乱国家！"薛提叫："你们这是篡位，绝不会得逞的！"赫连皇后不知如何是好，宗爱带领宦官对着拓跋余下跪山呼万岁，并低声跟拓跋余说："当断不断，必受其乱！"拓跋余也不知如何是好。宗爱高声说："陛下，只要你一声命令，微臣就替你诛杀了这些乱臣贼子！"在宗爱的催促下，拓跋余下令："把这些乱臣贼子全部斩首！"这些大臣开始大骂，宗爱对自己的手下一声令下，他们把这些大臣全部枭首，大殿之上血流成河。

此时天才蒙蒙亮，平城人还不知道宫中发生的大事，宗爱赶忙派人去串联没有出现的大臣，这些大臣许多都是通过他的关系才被提拔的，就算这里面有人怀疑他，也没人敢提出。羽林中郎将刘尼、南部尚书陆丽、北部尚书源贺、殿中尚书长孙渴侯知道后，长孙渴侯暴跳如雷："这一定是宗爱的阴谋，让我带领禁军去杀了这个狗贼！"源贺、陆丽、刘尼赶忙劝阻，源贺说："既然宗爱敢通知文武百官，他一定是已经控制了局面，我们不要轻举妄动，现在反抗只能是以卵击石，留着青山在不怕没柴烧。"他们也只能跟着百官去上朝。

宗爱将一切布置好后，次日文武百官上朝，先是拥戴拓跋余继承皇位，改元永平。拓跋余在朝堂上宣布了兰延、和疋、薛提、郎法祐的十大罪状，然后命人把他们的头颅挂在平城的城门上示众。拓跋余又封宗爱为大司马、大将军、太师、都督中外诸军事，兼任中书令，晋爵冯翊王。尊赫连皇后为皇太后。贾周被任命为内行长，就是皇帝扈从官的首领，阎充被任命为内将军，就是掌管宫中禁卫的，宗爱的三十个小黄门也都提升为常侍。为了安抚人心，当天拓跋余提拔了许多官员，同时打开国库，每个官员都有赏赐。从那天起，拓跋余正式继承了帝位。

第二十章
白登四友诛杀宗爱　贤臣拥立魏文成帝

拓跋余除了喜欢声色犬马，平时不问政事，不喜征伐，许多事情都交给宗爱来替他处理，宗爱想把持朝政的野心路人皆知，现在拓跋余放权给他，他正求之不得，所以拓跋余的要求他都会尽力满足。拓跋余认为作为幼子的自己继位不合法统，为了弥补自己内心的愧疚，他经常赐百官财物丝帛，一个月就把国库掏空了。为了填补国库，宗爱开始在全国加重赋税，还增加律令八十章，满门诛杀的刑罚有十三种，大辟罪三十五种，徒刑罪六十二种。

拓跋余生性好色，他让人在全国选美，供自己在后宫淫乐。他还在城外修筑南苑，取名龙虎苑，龙虎苑专门养着老虎，有一万多人在里面服役，拓跋余后来又在里面修筑逍遥宫，还把武州水引入宫中，挖掘曲光池，平时整天都在龙虎苑中跟嫔妃饮酒作乐。

拓跋余登上皇位后，好色的本性显露无遗，他听说原来的司空奚斤有一对孙女貌美如花，一个叫奚娥皇，一个叫奚女英，她们是姐妹，寻花问柳的他便装作奴仆来到司空奚斤的府上，由于拓跋余一表人才，奚娥皇和奚女英都对他一见钟情。回到宫里，他就立马征召了她们的父亲奚他观入宫，向奚他观提亲，奚他观哪里敢不答应。奚娥皇和奚女英很快就入了宫，拓跋余封她们为左右昭仪，地位仅次于皇后。拓跋余自从得到二女，就整天跟她们在一起，这引起了慕容皇后的不满，慕容皇后多次劝他要雨露均沾，他恼怒之下干脆赐死了慕容皇后，让奚娥皇做了皇后，这姐妹二人喜欢打猎游玩，拓跋余就带着她们在京郊四处打猎。

后来奚娥皇生了一场病，拓跋余请御医给她医治，可怎么都治不好，没过多久奚娥皇就病死了，拓跋余一怒之下把御医杀了。奚娥皇死后，拓跋余又将皇后之位赐给了奚女英，奚女英比她姐姐还爱玩，拓跋余就带她到白登山去围猎。那天白登四友源贺、刘尼、陆丽、长孙渴侯正在山上打猎，拓跋余一来就把四人赶走，让四人非常生气，可是君臣有别，他们也拿拓跋余没有办法，只好先忍气吞声地离开，一路上四人愈发想念当年和拓跋焘一起南征北战的岁月。

这奚女英除了贪玩，口味也很独特，非要吃反季节菜蔬，六月想吃冻鱼肉，十二月想吃生地黄，拓跋余就命下人找到这些食材，找不到就处死。这可难为了采办的人，他不仅要派人快马加鞭到北面的贝加尔湖去打鱼，还要派人火速赶到南方的刘宋去运送生地黄。拓跋余将奚女英宠上了天，往朝的皇帝和皇后都没有他们这般刁难下人的，他们是举国之力在成全自己的浪漫爱情。拓跋余不问朝政、奢侈荒淫也使得朝中的许多大臣对他很是失望。

宗爱觉得拓跋余为奚女英做的这些不过都是些小孩子的游戏，他正想着让拓跋余失去人心，好取而代之。宗爱向拓跋余说："陛下，按照正常的礼法，国家的皇位确实要先由长兄继位，如今临淮王拓跋谭镇守南方，广阳王拓跋建镇守北方，他们都是先皇的皇子，又都是您的兄弟，又都手握重兵，假如他们要是起兵造反，我们根本没有胜算。”拓跋余说：“大将军有何高见？”宗爱说：“一不做二不休，陛下可以赐他们毒酒！”拓跋余起初还心有余悸，在宗爱的再三劝说下，他狠下心来除掉了他的这两个兄长，让人赐毒酒给他们，薨后分别谥为宣王和简王。

宗爱一步步把持朝政，他还到故乡找到自己最亲近的侄子宗康，立为自己的世子。他让贾周和阎充串联官员，劝拓跋余赐自己九锡。什么是九锡，就是九种最高的礼器，一曰车马、二曰衣服、三曰乐悬、四曰朱户、五曰纳陛、六曰虎贲、七曰斧钺、八曰弓矢、九曰秬鬯，能得到这些礼器的人，关键时刻王侯都要听命于他。

宗爱提出赐九锡的事，却遭到了老臣们的反对，琅琊王司马楚之上前说：“这九锡非比寻常，第一件大辂是赐予德可行者，第二件衮冕是赐予能安民者，第三件乐准是要赐予使民和乐者，第四件红门是要赐予民众多者，第五件梯阶是要赐予能进善者，第六件卫兵赐予能退恶者，第七件斧钺是要赐予能诛有罪者，第八件弓箭是要赐予能征不义者，第九件香酒是要赐予孝道备者。”宗爱的人当堂反问：“难道这九种品德冯翼王不具备吗？”

司马楚之说：“这九锡，古来没有几人受得起，受得起的人后来大多都成了乱臣贼子，王莽受九锡篡汉，曹操受九锡建魏，孙权受九锡称帝，司马昭受九锡篡魏，司马伦和司马冏受九锡叛乱，石勒受九锡建赵。这些人没有一个不是背叛前朝，建立新国的。所以微臣以为不是不能授大将军九锡，只怕会影响将军的名节。”

文武百官纷纷点头，宗爱看到文武百官都赞同司马楚之的说法，只好自己找了个台阶说：“老臣只求为国效劳，不为贪图这些虚名，这个九锡微臣受不得。”这场闹剧才就此收场。这件事让宗爱对司马楚之怀恨在心，宗爱的手下都劝宗爱杀掉司马楚之，除掉这个不识相的挡路者，宗爱却说："司马楚之这老贼在朝野尚有几分影响，我们小不忍则乱大谋，再过一段时日，有他好果子吃的！"果真过了不久，司马楚之就被封为扬州刺史，被派到南方前线抗敌去了。

奚女英逐渐不满足于在京郊游玩，这时正好柔然可汗吐贺真掳掠盛乐城，拓跋余当即提出去打柔然，让奚女英也一起行军跟随。到了盛乐，由于魏军强大，柔然人率军离开，拓跋余感觉到了做大国国君的优越，看到奚女英对自己也充满了崇拜，拓跋余非常高兴，他便继续率军越过阴山，准备进攻柔然的木未城。到了木未城下，魏军已经把整座城池团团包围，做出了攻城的准备，拓跋余这时却跟军队说："你们先不要登城，朕要跟皇后坐着辇车进去。"不让官兵登城还怎么攻城，官兵都觉得非常荒唐，可是皇上的话，大家都不敢不听，所以木卫城到了最后根本就攻不下来，这时又下起大雪，他们只好撤军，路上还冻死了许多士兵。

奚女英又想去看江南风光，这时正好刘义隆要趁北魏宫廷政变后的混乱收复黄河南岸的领土，命冀州刺史张永率领三路大军北伐，包围了河南重镇碻磝城。拓跋余当即带领奚女英南征，他们抵达黄河畔，通过碻磝城后面的浮桥进入碻磝。张永率领的三路大军日夜攻城，奚女英有些害怕了，拓跋余也不知怎么办才好，这次幸好源贺、陆丽、刘尼、长孙渴侯随军一起前来镇守碻磝，源贺出主意从城里挖地道出去夜袭宋军。拓跋余按照源贺的计策，夜里派人袭击了张永的部队，张永带领本部兵马仓皇逃走，三路大军并未知晓张永已败逃，等看到魏军掩杀而来，他们才反应过来，可惜为时已晚，许多人在慌乱中被踩踏而死，魏军俘虏了刘宋一万多名士兵。源贺等随军将领都劝拓跋余将这些俘虏收编，为魏国效力，奚女英却想看血流成河的场景，拓跋余不顾众将士的反对，让人把这些俘虏全部押到黄河边斩首，斩首之前，这一万多名俘虏的嘶喊声、痛骂声、求救声、呜咽声让天地都蒙上了一层阴影，源贺痛心疾首，围观的魏国士兵都忍不住落泪，随着拓跋余的一声令下，顷刻之间一万多人的生命就此烟消云散，黄河都变成了红河，源贺、陆丽、刘尼、长孙渴侯愤而离去，奚女英却在一旁津津有味地欣赏，起初看得高兴还拍手称好，到了后面由于当天的太阳过于毒辣，奚女英中暑晕了过去。

奚女英这次归来就一病不起，看到奚女英躺在床上奄奄一息的样子，拓跋余哭得捶胸顿足，如丧考妣，最后竟然哭晕了过去，等到他醒来的时候，奚女英的尸体已经被放进了棺材里。拓跋余爱奚女英爱得发狂，他让人撬开棺材，他躺进棺材中跟奚女英的尸体交欢。他感觉奚女英在阴间太寂寞，想到平日她的两个表妹经常来宫里看她，感觉她们面容姣好，可以在阴间做她的丫鬟，给她陪葬。他正不知找什么理由杀死奚女英的这两个表妹，正好二人前来看望奚女英最后一面，还送来一套衣服，他把衣服剪了几个洞，借口说二人送来一件破洞的衣服羞辱皇后，对皇后大不敬，说完便要赐死这两个表妹。奚他观得知这件事后，前来求情，拓跋余根本不听，坚持把这两个表妹杀了，作为奚女英的陪葬。拓跋余给奚女英修了宏大的陵墓，奚女英出殡的时候，他穿着一袭白衣，披头散发，光着双脚前去送葬。

自从奚女英去世后，拓跋余仿佛变了个人，他时常一个人骑马射箭，还开始过问起朝政。这让宗爱心怀警惕，想到拓跋余一旦掌控朝局，自己在朝中的实权定是不保，他开始想着除掉拓跋余。他先是为宗康请官，宗康在他的帮助下，很快就被封为殿中尚书，虎牢公，宗爱计划将来让宗康继承自己的官位。

看到当朝天子无心治国，宦官专权下朝政一片乌烟瘴气，天下民不聊生，源贺再也坐不住了。这天，源贺又约了刘尼、陆丽、长孙渴侯到白登山打猎，他装作不经意地跟他们聊道：“当今朝政被阉党把持，宗爱这个阉人一手遮天，眼看大魏江山就要葬送了！”陆丽叹息说：“源贺兄说得是，大魏完了，我们也跟着完了。”刘尼说：“不如我们一起合计除掉宗爱这个老贼？”长孙渴侯说：“好！我早就看这怪里怪气的阉人不顺眼！我们直接起兵杀了他！”源贺阻止说：“万万不可鲁莽行事，恐怕我们还没有接近宗爱，就被他的那些手下给除掉了。”陆丽问：“源贺兄可有妙计？”源贺思索了一番，说道：“我确实想到了个办法，宗爱现在最信任的就是他的侄子宗康，还想着将来传位于他，这宗康本是个乡下小子，来到京城后，许多官宦贵族嫌他是乡下人，又因为他跟宗爱的特殊关系，对他都是敬而远之，我们可以通过接近宗康，获得宗爱的信任，到时再寻个机会除掉老贼，拥立拓跋濬继位。”

陆丽、刘尼、长孙渴侯都觉得源贺的这条计策可行，四人准备回京后就去拉拢宗康，哪知刚进到京城，就在街上遇到了宗康。源贺打马上前：“这不是新任尚书宗大人吗？”宗康看是四个贵族，又知是同僚，赶忙上前打招呼，平日他太渴望被贵族接受了，现在四个贵族主动跟他打招呼，他感觉到无上的荣幸。源贺约他明日去白登山打猎，宗康当即就答应了，他趾高气扬地说：“我最爱打猎了。打两种猎，一种是野兽，一种是美女。”说完他自以为妙语连珠，缩着脖子笑了起来，大家虽然感觉粗俗，但还是跟着笑了。

次日，他们到白登山去打猎，这宗康箭法实在太差，半天打不到一只猎物，大家为了让他高兴，就故意把野兽驱赶到角落里，让他在近处射中，他立刻高兴起来。过后他们一起回到平城，源贺等人整天跟宗康一起游乐。宗康正缺少亲信，就把源贺他们当成了自己的亲信，还把他们四个都引荐给宗爱，因为源贺、陆丽、刘尼、长孙渴侯都是当朝尚书，宗爱并没有过多怀疑，当然也没有把他们当成心腹。

这宗康除了打猎，确实喜欢猎艳，他经常假扮太监，到后宫去跟宫女们厮混，这事被拓跋余知道了，他让人把宗康抓了起来，撤掉了他殿中尚书的官职，削去了他的虎台公爵位，拓跋余原本还准备杀了他，知道他是宗爱的亲侄子，最后才饶了他一命，只是在朝堂上让他反省。宗爱以为这是一个信号，担心拓跋余提前下手，到时可就来不及了，他加快步伐，准备除掉拓跋余，改立拓跋余六岁的儿子拓跋库为帝。

眼看皇族到太庙祭祖的日子就要到了，宗爱觉得那天正是他除掉拓跋余的大好时机。太庙在城东，宗爱计划让贾周和阎充带领三百个壮士埋伏在太庙里，让宗康到皇宫中准备迎接拓跋余的儿子拓跋库称帝，他则跟随拓跋余到太庙祭祀，到时以他摔下祭祀用的铜爵为令，贾周和阎充就带兵冲出，把拓跋余砍死。

宗康当源贺、刘尼、陆丽、长孙渴侯为自己人，约四人前去白登山打猎，把宗爱的计划告诉了他们，要他们到时候跟他一起带兵拥立拓跋库称帝。四人知道这件事事关大魏王朝命运，为了不打草惊蛇，他们只好先假装答应了下来。回去的时候，一个农民惊了宗康的马，让宗康受了不小的惊吓，宗康上前用马鞭狠命抽打，把农民的衣服都打烂了还不放过，还要拔刀将他杀了。源贺看那农民吓得面如土灰，忍不住上前说："你现在是大魏的贵族，没必要跟一个农民计较，放了他吧，他应该知错了，我们还有大事呢！"宗康这才收了手。源贺、刘尼、陆丽、长孙渴侯四人经过这件小事，看到了宗康内心的残暴，他们不屑以他为伍，但是为了杀掉宗爱，又不得不假装他的好友和亲信。

回到平城，告别宗康后，源贺、刘尼、陆丽、长孙渴侯就聚集到北苑紧急商议，源贺说："这次事关大魏命运，我们的身家性命也都在这上面，假如做事不周密，那么不止我们，就连我们的三族都要跟着遭殃！大家都想好了吗？"刘尼、陆丽、长孙渴侯三人点头，源贺看着他们，率先拿起刀划破自己的手指，将自己的血滴在了酒里，接着是刘尼、陆丽、长孙渴侯，四人歃血为盟，一饮而尽！他们开始分派任务，到时候，源贺负责带兵到太庙抓捕宗爱、贾周、阎充，长孙渴侯负责带兵抓捕宗爱党羽，刘尼带兵控制平城各处，陆丽带侍卫去迎接拓跋濬，他们还抓紧时间分头跟畿内八部大夫穆、陆、贺、刘、楼、于、嵇、尉八大家族的首领讲好，八大家族平时本来就是一家人，他们都很支持源贺他们的这次行动。

到了祭祖那天，拓跋余带领皇族到太庙祭祀，下午皇族陆续回去，拓跋余则要一直祭祀到半夜才能回宫。夜晚的太庙被烛火照得通明，拓跋余在祖宗灵位前祝祷，只听宗爱把铜爵突然摔在地上，贾周和阎充率领三百壮士冲出，把拓跋余的随从全部斩杀，宗爱也拔刀上前，恶狠狠地对拓跋余说道："你说你一天不好好游乐，偏偏还要问起朝政，当初辅佐你登上大位，不过是要你做我的傀儡，傀儡就要做好傀儡的事，现在怪不得我了！"拓跋余吓得急忙往外跑，宗爱追上前手起刀落，将拓跋余斩杀在了台阶上，拓跋余滚下台阶，台阶上都是血。

这时源贺率领的大军突然把太庙团团包围起来，宗爱出来呵斥道："贺豆跋，你要造反！"源贺说："恐怕造反的是你吧！你这个老贼不死，大魏王朝早晚毁在你手上，你害死多少忠良，现在居然还敢杀皇上！"宗爱急红了眼，跟他身边的那些壮士们说道："我是大司马、大将军、都督中外军事，全国的兵马都归我指挥，给我把这一小撮叛军杀掉！全部封公侯！”这些壮士开始冲杀，源贺早有准备，他让部下取出弓箭，朝这些人射去，只见万箭齐发，不等靠近，许多壮士就都已经纷纷倒地。

源贺拔刀对部众说：“宗爱杀了皇上，他是大魏的叛臣贼子，现在你们立功的时候到了，速将他们全部给我抓起来，新皇帝定会重重赏赐你们！”说完他带人冲上去，这三百壮士虽然勇猛，但已死伤大半，剩下的根本抵不过源贺的大军，很快三百人全都被斩杀。宗爱躲进太庙，源贺带人进去，活捉了宗爱和贾周、阎充，很快就将他们五花大绑，押赴永安宫。

在源贺抓捕宗爱和贾周、阎充时，长孙渴侯早已按照名单前去抓捕宗爱的党羽，赶到龙虎苑，宗康正骑马带着拓跋库出来，看到长孙渴侯赶来，还以为是来迎接他的，他兴高采烈上前，只听长孙渴侯一声令下，宗康就被侍卫拉下马，捆绑了起来。长孙渴侯率领部下把这些宗爱的死党一个个都关押到了天牢里。

刘尼则抵达东宫，把拓跋濬迎接上，由于事情太急，来不及备车马，刘尼直接把拓跋濬驮在自己的马上朝着皇宫疾奔而去。守卫皇宫的是陆丽，他的军队早已把整座平城重要的地方控制起来。刘尼骑着马带着拓跋濬一路到了永安宫，赫连皇太后已经候在那里，源贺把宗爱的诡计都跟赫连皇太后讲了，赫连皇后没想到宗爱一直在欺骗自己，当她得知宗爱杀了自己的养子拓跋余时，悲愤交加，顺势拿起桌上的笔筒就朝宗爱的头上砸去，源贺让人先将宗爱押下去，好不容易才将赫连皇后劝住。

这时候，穆、陆、贺、刘、楼、于、嵇、尉八部大夫早已控制京城周围的畿内地区，一切都已尽在掌握。源贺、陆丽、刘尼、长孙渴侯派人去通知

宗爱被俘

文武百官上朝，宗爱的党羽都已被关押下狱，这次上朝的官员大都是平时就痛恨宗爱的人，其中以长乐王拓跋寿乐最为德高望重，他知道宗爱被捕，所以早已准备好奏章，联名上书拥戴拓跋濬继位。当天就举行了盛大的登基典礼，拓跋濬当朝公布了宗爱的十大罪，其中一条弑杀太武帝，让群臣着实震惊，原来宗爱被抓后，同党贾周和阎充经不住拷打，把一切的罪行都招供了。最后拓跋濬宣布诛杀宗爱、贾周、阎充三族，俱五刑，在这次事件中宗爱的党羽也都被诛杀了。

诛杀宗爱乱党后，拓跋濬大封群臣，追谥自己的父亲拓跋晃为景穆皇帝，追封母亲闾氏为恭皇后，封自己的乳母常纨为保太后，封赫连皇后为太皇太后。拓跋寿乐和源贺、刘尼、陆丽、长孙渴侯都晋升为最尊贵的八公之列，即太宰、太傅、太保、大司马、大将军、太尉、司徒、司空，其中拓跋寿乐为太宰，拓跋子推为太傅，陆馛为太保，封两个老将为大司马、大将军，封源贺为太尉，陆丽为司徒，刘尼为司空，长孙渴侯为尚书令，因为年轻，八公又都有人，就加封开府仪同三司，也就是三公同级，可以开自己的幕府。九卿太常、光禄勋、卫尉、太仆、廷尉、大鸿胪、宗正、大司农、少府也都是勋臣八姓中的人去当值。拓跋濬还将高允和司马楚之从边疆征召了回来。

拓跋濬虽然只有十三岁，但是却表现出了不凡的王者之气，这次众臣平定了内乱，又拥护他为王，为了答谢大家，他随即带着文武百官来到国家府库，让拥立有功的八公任意取自己喜欢的礼物。起初文武百官不敢取，拓跋濬就说："太宰大人老了，朕赐你这辆大辂马车。"拓跋寿乐早就看中这件，他赶忙谢恩，让随从取走。接着到长孙渴侯，他上前拿了自己喜欢的兵器，其他人依次谢恩，去国库中挑选了一件自己喜欢的宝贝。

轮到源贺的时候，源贺却拒绝取东西，他说："现在大魏虽然外统二十四国，内平宗爱之乱，但是柔然还没有征服，刘宋也没有来称臣，国家的府库不能空虚！”拓跋濬听后对文武百官说道："你们看源贺，是所有文臣武将的楷模，假如大家都像他这样先想着国家，后想着自己，何愁不能灭柔然而平刘宋！”文臣武将都交口称赞，拓跋濬又接着说："但是这次说好了，每人挑一件礼物，谁也不能少！下次你们想领，朕也不给！”拓跋濬说着亲自进入府库，取了一张好弓，又让随从牵来一匹汗血宝马，转身对源贺说："朕听说你百发百中，所以这张宝弓赐给你，宝弓还要有宝马，这匹汗血宝马也赐给你，这马名叫火凤凰，你一定要善待它，希望你将来继续为大魏效力，内斩叛臣，外平贼寇！”源贺看到宝弓名马，心中甚是喜欢，看到推辞不掉，只好领旨谢恩，带着弓箭骑马回家，在场的大臣看到了没有人不羡慕的。源贺尤其爱这火凤凰，回去后专门让人精心照顾，到哪都骑着它。

第二十一章

乙浑制定严刑酷法　源贺上奏施行仁政

拓跋濬继位后，大赦天下，他正准备励精图治，陇西就传来急报，屠各胡人王景文聚众十万叛乱，还杀掉了秦州刺史，拓跋濬令距离秦州最近的统万镇将惠受前去征讨，结果被王景文打了个大败，拓跋濬又派永昌王拓跋仁去围攻。拓跋仁的军队虽然能征惯战，但是拓跋仁每攻下一个地方就放纵士兵抢劫，比王景文还要残暴，这激起秦州百姓的强烈反抗。拓跋濬得知情况后，赶紧派出乙家三兄弟乙瑰、乙拔、乙浑前去安抚。拓跋濬派他们去是有缘由的，乙瑰娶了拓跋焘的女儿上谷公主，算起来也是拓跋家的亲戚，拓跋晃去世后，乙家三兄弟一直在暗中保护拓跋濬，现在拓跋濬即位了，一直想找机会提拔他们，这次正好是个机会。

乙家三兄弟果然不负众望，乙家军到了秦州后，不但约束了拓跋仁的军队，还讨平了王景文叛乱，乙家三兄弟率领将士得胜归来后，全都得到了朝廷的提拔。拓跋濬看到乙瑰的儿子乙乾归已经长大，又长得一表人才，便把自己的妹妹安乐公主嫁给了他，将他封为驸马都尉，乙瑰父子都娶了大魏的公主，这是何等的荣耀。这乙家三兄弟里，拓跋濬最喜欢的是乙浑，不仅封他为太原公，还封他为虎贲中郎将，掌握虎贲军的调遣，他的三个儿子乙肆龙、乙肆虎、乙肆豹也都分别封了官，他的女儿乙郦华也准备选入宫中做后妃。

拓跋濬还年幼，他登基后，许多老臣并没有将他放在眼里，常常肆意评论国政。杜元宝是拓跋濬的舅爷，也就是他爷爷拓跋焘的小舅子，平日以国舅爷自居，那天拓跋濬已经封他为京兆王，他依然不满足，觉得拓跋濬应该再多封他几个头衔。太宰拓跋寿乐和尚书令长孙渴侯也都各自以拥立拓跋濬而居功。

这日上朝，拓跋濬问在朝的文臣武将："我尚书省原有四部，南部尚书、北部尚书、左民尚书、吏部尚书，因为许多事务管不过来，现在增设两部，驾部尚书和右士尚书，分别主管车马放牧和司法监察，诸位爱卿有什么好的人选？"

拓跋濬刚说完，杜元宝就上前说道："老臣倒是有两个上好人选，古人说，外举不避仇，内举不避亲，臣的儿子，也就是陛下的舅舅杜世衡适合做驾部尚书，臣的弟弟，也就是陛下的舅爷杜胤宝适合做右士尚书。"

杜元宝话音刚落，拓跋寿乐和长孙渴侯也争相上前推荐起自己的人来。拓跋寿乐和长孙渴侯两人素来有矛盾，最后竟然在朝堂上争执起来。拓跋寿乐说："我可是三朝元老，那日平叛宗爱，可是我联名上书拥戴圣上继位，你现在竟敢当着圣上的面，这么跟我说话！"长孙渴侯说："圣上是我拥戴的，宗爱在的时候也没见你说话，要不是我诛杀宗爱，抓捕了他的党羽，你还能站在这朝堂上？"两人到了后面竟然对骂起来，长孙渴侯骂拓跋寿乐是老匹夫，拓跋寿乐骂长孙渴侯是小流氓。

拓跋寿乐和长孙渴侯只顾争论，似乎忘了自己还在朝堂之上，忘了拓跋濬的存在，这让拓跋濬震怒，他朝二人大声喝道："你们不要再争执了！你们看看源贺、乙浑，为国做了那么多的事，连赏赐都不肯向朕要，你们今天却为了功劳而在朝堂上大闹，你们眼里还有朕吗？谁要是再争，斩立决！”

拓跋寿乐和长孙渴侯起初安静了一会儿，可是不知什么原因，竟然又在朝堂上打了起来。拓跋濬大怒："来人！把拓跋寿乐和长孙渴侯推出宫门斩首！以儆效尤！”拓跋寿乐和长孙渴侯听了，都以为拓跋濬在跟他们说笑，等到侍卫果真进来时，二人方才恐慌，侍卫把二人拖走，他们还自恃拥立有功，求拓跋濬饶恕他们，拓跋濬已经下定决心要整顿朝纲，任凭其他人为二人求情都无用，只听殿外传来两声惨叫，拓跋寿乐和长孙渴侯已被砍了头。当日在朝堂上的人看到这一幕，无不心惊胆战的，拓跋寿乐和长孙渴侯，一个是太宰，一个是尚书令，如此位高权重，居然就这么被杀了，群臣鸦雀无声，没人再敢妄议朝政。最后高允出列说："老臣推荐扬烈将军贾秀任右士尚书，他平日清廉简约，定可以监督官吏。”司马楚之也出列说："老将推荐安南将军陆馛为驾部尚书，他熟悉车马畜牧，也定可以胜任此位。”拓跋濬也知道贾秀和陆馛的为人，当朝便批准了。

拓跋濬还下令，让杜元宝去做长安镇将，杜元宝下朝时脸上阴沉沉的，在他前面已有拓跋寿乐和长孙渴侯的以身试法，他不敢再贸然顶撞。过后乙浑向拓跋濬谏言："陛下，微臣听说上次先帝传唤杜元宝，他的父亲杜遗正好去世，为了获得先帝的恩宠，他竟不顾父亲的丧事入宫，人们都说他这样的人什么事都能干得出来。杜元宝平时多行不轨之事，现在陛下派他到长安，他必然谋反，不如趁早杀掉。”拓跋濬说："可他现在并没有犯事，他又是朕的舅爷，朕若现在杀了他，恐怕无法向家人交代！既然你预见到他会造反，那就及早布置，免得日后棘手。”乙浑事后便安插了两名密探丘穆陵多侯和步六孤威远到杜元宝身边，随时监视他的一举一动。

杜元宝一到长安，就召集他的亲信说："拓跋濬本就是一个黄口小儿，阴差阳错才登上皇位，他居然真把自己当回事，平城不过是拓跋家建的一个院子，长安才是有着王者之气的帝都，这江山迟早要姓杜。"杜元宝开始让人在长安营建府邸，这府邸可是建得宛若皇宫一般，他还暗中招兵买马，准备随时发动政变。

建宁王拓跋崇是拓跋焘的兄弟里面唯一健在的，他早已觊觎皇位多年，他的儿子济南王拓跋丽也对皇位虎视眈眈。杜元宝知道这对父子的野心，就拉拢他们一起造反，还约定一旦造反成功，立即拥戴拓跋崇为皇帝，拓跋崇和拓跋丽听了，当即响应。他们的通信其实早被丘穆陵多侯和步六孤威远获得，二人飞鸽传书给乙浑，乙浑得知杜元宝准备合谋造反的消息后，便暗中调拨了长安附近的军队。

到了杜元宝和拓跋崇父子约定谋反的日期的前一天晚上，乙浑突然率军出现在长安城外，丘穆陵多侯和步六孤威远打开大门，乙浑率军直入，杜元宝还没有反应过来，府邸已经被包围。杜元宝只好从后门逃走，他带领自己的军队在后门跟乙浑大战，可哪里是乙浑的对手，天亮后就战败被杀，乙浑将他的脑袋割下，带回了平城。

拓跋濬在朝堂上宣布杜元宝谋反，乙浑说："杜元宝谋反，理应夷三族！"源贺听了赶忙上前进言："陛下，杜元宝谋反，可杜世衡并没有参与，杜家的人也都没有参与，诛杀他一人就够了。"高允也上前说道："虽然杜元宝谋反，但是杜家人世代忠良，京兆王可以降一等让杜世衡继承祖父杜超职位。"拓跋濬接受了源贺和高允的谏言，这样杜世衡就成了广平公，没有受到杜元宝谋反事件的牵连。乙浑在朝堂上又取出杜元宝跟拓跋崇、拓跋丽父子的通信，文臣武将都说这对父子该杀，拓跋濬就派人给拓跋崇、拓跋丽父子送去了毒酒，最终拓跋崇、拓跋丽父子二人饮下毒酒，中毒身亡。

经过这起事件，拓跋濬没想到朝野中会有这么多人反对自己，他感觉自己的皇位不稳，便命人重新修订了《魏律》。《魏律》里原有二十篇刑名、法例、宫卫、违制、户律、厩牧、擅兴、贼律、盗律、系讯、诈伪、杂律、断狱、毁亡、请赇、告劾、关市、水火、捕亡、斗律，在此基础上，拓跋濬让人增加八十章，满门诛杀的刑罚有十三种，大辟罪三十五种，徒刑罪六十二种，这些刑罚很多都是当年宗爱实行过的。他还让乙浑成立了一个侯官机构，设立内外侯官，分别任命乙浑的两个亲信步六孤威远和丘穆陵多侯担任，下面召集上千耳目，成为一大实权机构，平日主要察看内外官员的言行，这使得朝野上下人人自危。这些侯官他们有特别的官名，以古法叫"凫鸭"和"白鹭"，凫鸭负责传送机密，因为凫鸭飞得快，白鹭负责刺探情报，因为白鹭脖子长，故而对应得名。

侯官机构的建立，使得乙浑的权力大大加强，丘穆陵多侯和步六孤威远每天把探听到的消息报告给乙浑，乙浑又将这些消息报告给拓跋濬，弄得朝野大臣人心惶惶，谁都不敢当面得罪乙浑。侯官很快探听到羽林郎于判和元提准备谋反，拓拔濬抓到证据，当即派人赐死。

乙浑不仅对贵族实行苛刻的律法，对百姓更是以严刑酷法对待。在一日早朝上，乙浑对拓跋濬说："陛下，现在国家太平，逐步富足起来，不论是鲜卑牧民还是汉人农民都有了存粮，微臣发现民间所有的违法诉讼，有一多半是因为醉酒闹事，所以微臣建议全国严禁饮酒，只有红白事可以开禁三天。"源贺上前说道："饮酒本就是人生的娱乐，怎么能够禁止，再说这也没有前例可以参考，这恐怕难以推行，臣望陛下三思！"拓跋濬并没有把源贺的忧虑放在心上，在朝堂上，他不但支持乙浑，还当即颁布了禁酒令，所有人严禁饮酒，凡是酿酒、卖酒、饮酒者都要处以死刑，只有遇到红白事可以开禁。

告示一公布，立刻在民间引起了轩然大波，但是在强权面前，民众们也无可奈何。源贺的夫人美罗德家的波斯商店本来有上好的酒的，现在也只能先暂时储存起来。侯官在民间四处巡查，几天就抓到一批违禁者，全部在闹市斩首，人们不敢再饮酒，民间也怨声四起。

美罗德的波斯商店，掌柜阚福带人去太原进了一批货，其中有一车的醋，他这次选了便宜的山晕作坊。装货之前，阚福还亲自打开了一坛醋，品尝了一下，这醋酸得人都要打寒战，他点了点头，当即命人把坛子封起来。阚福带着商队一路赶回平城，将这车醋分派到了各个店铺。过后突然有差官带人来查，阚福笑着说：“这里面都是醋！”差官说：“你说是醋就是醋啊！”阚福说：“这上面不是醋字吗？”差官说：“监狱里的人也都说自己是好人，光看外表你怎知他是好是坏！”差官让人打开坛子，酒香扑鼻而来，阚福和伙计们看到，当即傻眼了，阚福赶忙说：“明明当时装的是醋，这怎么可能呢？”差官笑着说：“你们私自贩酒怎么就不可能？如果不可能，那你给我尝出醋味来！”阚福急道：“大人行行好，这可是太尉源贺家开的店铺。”差官生气地说：“我管这是谁开的，那官府还是皇帝开的呢！”差官把阚福和店里的伙计全都带走了。

美罗德知道后，赶忙去找源贺，她把店里的情况一五一十告诉了源贺，源贺听后马上警觉起来：“你先不要急，这分明是冲着我们来的，当务之急是找到进货的地方。”源贺马上传唤一起进货的伙计，伙计说：“当时我们在醋厂，装车的时候阚掌柜还尝了一口，他说简直要酸死人了，我们装的肯定是醋不会有错。”美罗德说：“你想想路上有没有被调包？”伙计说：“我们每天都是轮流值班的，根本不可能，再说坛子一般人根本打不开。”源贺当即让大儿子源延去衙门打点，让二儿子源怀跟伙计到太原找那家醋作坊，让三儿子源奂去清点店铺的货物中是否还有酒。

阚福和几个伙计当天就被关入了死牢，差官准备严刑拷打他们，逼他们招供，还好源延及时去拜见了丘穆陵多侯，因为二人私下关系很好，丘穆陵多侯便让手下不要动源家伙计，然后跟源延说："你家肯定得罪人了，有人要在背后整垮你们，你们赶紧想法子去吧。"

源延回去告诉源贺，源贺聚集亲信商量:"这事看似微小，其实罪责大啊！圣上刚下了禁酒令，正要杀一儆百，我们怎么就在这节骨眼上撞上了！"何无忌说："大不了断尾求生，到时我们把所有的罪责全都推到那几个伙计身上，定能自保！"花太平急道："无忌啊无忌！你怎么会想出这样的馊主意，你要是这么做，主公的名声肯定要被你弄坏！"冉勇说："不如我们去找乙浑疏通一下，现在法令不都是他掌管的吗？你们觉得怎样？"源延说："万万不可！他或许正等我爹去找他呢，没准这就是他在背后使的坏！"

源延的这句话无意间惊醒了源贺，源贺立刻说:"延儿的话倒是提醒了我，我们的伙计一向小心，这次怎么会着了别人的道！你们别忘了乙浑本姓乙弗，乙弗家跟我们秃发家本是世仇，当年我父亲带兵灭了乙弗国，乙弗匹知一直耿耿于怀，现在我又在朝堂上阻挡他，乙浑一定是想报仇。"源贺当即派源延和冉勇也到太原去,并命二人务必要找到那家醋坊,这样才有可能洗脱掉冤情。源奂又发现其他店铺的醋坛里掺杂的酒坛，他赶忙让人储藏起来。

源延和冉勇连夜赶往太原，在那里跟源怀会合，源怀说他跟伙计到了那家山晕醋坊，那里早已人去楼空。三人只好在附近四处打听，可是根本就没有人看到过那家醋坊伙计的踪影。他们三人聚在一起研究,正在一筹莫展之际，却听到店老板说太原府的山晕村做的醋远近闻名，于是三人星夜赶往郊外的山晕村。他们一进村口，就看到一个醉酒的人，源怀身旁的伙计突然兴奋地指着那个醉酒的人说：“对！就是他！当时就是他！”那醉酒的人还在那里抱着坛子饮酒，源延过去他也不理，冉勇说:“你知不知道饮酒是死罪？”那人说：“我们这里山高皇帝远的，谁管得着！”源怀当即把他拉起来：“今天我们就拉你去见官。”那人揉了揉眼睛，看到眼前三人的模样都是官兵的样子，吓得酒醒了一半。源延问他叫什么名字，他说他叫小六子，源延当即让人将他押到囚车上，带往平城去。

小六子一路被源延他们几个押赴平城，在路上吓得全都招供了：“当时有人给我十两银子，让我在那里假装开醋坊，其实里面装的都是酒。”源延问：“你可认得那人？”小六子说:“我虽不知道他姓甚名谁，但要是见了准能认得，问题是太原府那么大，你们让我怎么找啊？”

波斯商店私自贩酒事件牵扯到源贺，所以惊动了拓跋濬，拓跋濬也知道源贺不可能知法犯法，但是乙浑的手上人证物证俱全，他不得不去审问。阚福一口咬定自己根本不知情，差官却说就在他眼皮底下搜到的那一坛坛酒。此案一时陷入僵局，这时小六子被带到，他一五一十把他怎样以酒换醋的事交代了出来。他无意间看到乙浑身边的一个随从，立刻指证就是那人，乙浑当即否认:“你这狗贼还敢血口喷人，他一直在我身边，根本没有离开过平城。”拓跋濬看到庭上一片混乱，宣布明天再审。

得知阚福他们是被人陷害的，当天阚福和伙计们就都被放了出来，源贺让阚福他们细细回想当时的经过，阚福突然想起，好像乙浑的随从也在他们住的旅馆出现过。第二天差官去提审小六子，没想到小六子半夜上吊死了，乙浑说小六子是畏罪自杀，现在死无对证，这事只能不了了之。拓跋濬命人重新修订《魏律》，增加刑罚，还发布禁酒令，本意是要劝人行善，可是听说

《魏律》和禁酒令推行后，各地刑讼不降反升，现在还带来更多麻烦，他开始怀疑严刑峻法的效力。

源贺兼任北部尚书，按例到北方六镇沃野、怀朔、武川、抚冥、柔玄、怀荒去巡查，这六镇是抗击柔然的边防重镇。源贺带着手下巡查到抚冥镇的时候，在郊外看到一队官兵带着一群衣衫褴褛的人，这些人脚上都没有鞋，脖子上还带着枷锁，口中呼爹喊娘的名字，让人觉得非常可怜。

源贺当即停下马问官兵："他们犯了什么罪？"官兵说："禀大人，这些人都是逃兵，按照新魏律要送到城里斩首。"源贺问为首的一个囚徒："你叫什么名字？什么地方的人？你们为什么要在战场上逃跑？"那囚徒跪地说："小人名叫石柯琪，冀州武邑人，上有八十岁父母，下有妻子和小儿，我不是不想为国打仗，主要是我们三兄弟全被征了兵，我大哥战死了，二哥也被俘了，我本是军营里的一名小队长，家里没有人照看，我再不回去，我的老父母和妻儿，他们一定会饿死！"源贺挨个询问，那些囚徒大多都是这样的情况。

源贺常年带兵打仗，平日爱兵如子，此时也忍不住落泪。那些人都向源贺哀求："大人，求求你救救我们吧！我们要是死了，家里妻儿老小可怎么活啊！"源贺将他们的话都记在了心上，他骑马进入抚冥城，巡视完城防后，就跟抚冥镇将军说："那些逃兵，先不要斩，我要带他们回平城面见圣上！"镇将军哪敢驳太尉的话，反正出事也怪不到自己，当即就应允了。

源贺命人给那些囚徒每人都换上一件冬天的衣服，还给他们每人发了一双鞋子，才让人押送他们到平城，接着他派人按照籍贯去打听这些囚徒所说的情况，看是否属实，源贺开始了自己的计划。上朝的时候，源贺就跟皇上说："陛下，我们国家现在内乱外寇都已平定，正值太平盛世，在这盛世之下就应有盛世之景，至少要老有所依，幼有所养才是啊！可微臣近日巡查北边六镇，经过抚冥镇时，却遇到一群囚徒，他们昔日都是为国征战的英雄，只是因为家里老小无人照顾，才迫不得已做了逃兵，新魏律规定逃兵一律处斩，他们一旦被处死，他们全家老小就更无人照顾了！”

拓跋濬说：“爱卿所言可有依据？”源贺当即让人把一队囚徒带上庭来，他们见到皇帝都很紧张，拓跋濬对他们说：“你们据实讲，朕会为你们做主。”石柯琪心想，自己本来就已经被定罪杀头，现在皇帝问话，不如据实相告，总之都是一死，他就壮着胆子说：“小人石柯琪，冀州武邑人，祖上几代都当过兵，如今我父母都已八十岁，家里还有妻子和小儿，我们一家兄弟三个，大哥征宋朝战死，尸首都没有找到，二哥征讨柔然被俘，至今不知生死，小人本来是一个小队长，服役期限已经延迟了三次，心里惦记家人，最后打仗跟大军失散，就跟几个弟兄准备逃回家乡，路上就被抓了。”拓跋濬又连续询问了几个押上来的逃兵他们逃跑的缘由，听了这些逃兵们的讲述，许多久居朝堂的大臣都忍不住落泪。

乙浑在旁边说道：“陛下别被他们给蒙骗了！他们总归是逃兵，是懦夫，没准这些都是他们为了保命胡编的借口！”源贺上前说：“陛下，微臣已经派人按照籍贯前去查探，他们所说的，句句都是实话。”拓跋濬对源贺说道：“爱卿有心了！兵是国之根本，他们若是连自己的家都无法照顾，还怎么去保卫国家！今后凡是有八十岁以上老人的家庭，必须要留下一个儿子养老！”他当即为每人发放钱粮，并放了石柯琪等人回乡去赡养老人、照顾妻儿。

源贺说：“自古贤王者都以仁治天下，严刑酷法只可治标，仁义礼智却可治本，道德的力量胜于法律，秦朝使用酷法，江山只传二世，汉朝实行仁政，江山便传了四百年。为魏朝江山社稷，为天下百姓生计，臣请求陛下废除酷法，施行仁政，只有谋反和杀人用死刑，其他全部改用徒刑，一方面可以减轻百姓负担，另一方面可以为国增加劳力。”

源贺的谏言，大部分朝臣都表示支持，尤其是高允和司马楚之，乙浑也众怒难犯，拓跋濬恩准施行。拓跋濬自己都没想到，减轻刑罚之后，魏朝狱讼不但没有增加，反而减少了很多，源贺借机谏言拓跋濬废除禁酒令，拓跋濬当即应允，当时除了乙浑及其党羽，天下人人都在颂扬这件事。

第二十二章

子贵母死李胜适薨　手铸金人冯淑仪贵

拓跋濬刚刚继位，正好达到大婚的年龄，他开始准备建立自己的后宫，依照古制，他要选择一位皇后，跟皇帝相对;左右昭仪，跟丞相相当;三位夫人，跟三公相当；九位嫔妃，跟九卿相当，这九位嫔妃还要分上三嫔和下六嫔；二十七世妇，跟从三品官相当；八十一御女，跟正四品官相当。

赫连太皇太后为了拓跋濬的后宫之事，专门主持选秀，平城谁家有适龄少女都要参加，这其中有三个贵族少女一入宫就是上三嫔，她们便是冯淑仪、乙郦华、李胜适。下六嫔是沮渠可人、于仙姬、李雪妃、曹莲英、悦琳琳、玄筱鱼。源贺本来也要推荐自己的女儿钦文姬辰入宫的，却遭到了夫人乞伏缦卿的反对，她认为与其让女儿入宫和众女共侍一夫，追寻那虚无缥缈的荣华富贵，还不如让女儿嫁给自己的如意郎君，过普通人的生活来得幸福，源贺听了只好作罢。

上三嫔中的冯淑仪就是冯朗的女儿，当年她的父亲被控谋反被斩首后，她就被源贺接到宫里跟着她的姑姑左昭仪冯霖长大，她因为身处复杂的宫中，从小擅长察言观色，自己又生得聪明伶俐，深得拓跋濬的乳母常纨喜欢，魏国子贵母死的制度，让拓跋濬在很小的时候就失去了自己的生母，后来是常纨把他一手带大的，所以拓跋濬一登基，常纨就被封为了保太后，当然冯淑仪被封为嫔，也跟源贺在暗中支持有关。

乙郦华是大将军乙浑的女儿，由于乙家一直跟拓跋晃家关系紧密，拓跋濬跟乙郦华也是从小就认识的，二人可谓是青梅竹马，只不过乙郦华有点刁蛮。

李胜适是顿丘公李峻的妹妹，她的父亲李方叔早已过世，虽然她的背景最小，但是却生得天生丽质，又温柔贤惠，深得拓跋濬喜爱。

六嫔中的沮渠可人是沮渠牧犍和武威公主的女儿，于仙姬是于阗国王尉迟秋仁的女儿，李雪妃、曹莲英、悦琳琳、玄筱鱼也都出生官宦家庭。

皇后、昭仪、夫人的位置暂时空缺，要从这些嫔妃、世妇、御女中选，后宫的位置一如朝廷，要一步步往上升。

刚入宫的时候，她们还都是十来岁的豆蔻少女，虽然冯淑仪伶俐，乙郦华刁蛮，李胜适害羞，总体上还都是天真烂漫的。她们经常在皇宫中一起游玩，根本不知道后宫的险恶。

拓跋濬对这三个嫔妃最是宠爱，所以三人很快就晋升为夫人，他会轮流让她们侍寝。后来拓跋濬慢慢地感觉到，乙郦华只喜欢整天在宫闱中吃喝玩乐，李胜适则喜欢乖乖地做着女人的分内事，只有冯淑仪跟自己心心相印，冯淑仪常常陪伴他批阅奏折，还愿意骑马陪他到郊外去打猎。

库莫奚人给大魏献了一匹有角的马，拓跋濬以为是神马，为了试试这匹马的勇气和速度，他就骑着这匹马跟冯淑仪到虎园去打猎。拓跋濬骑在马上连射了三只老虎，冯淑仪的马却被一只老虎惊吓到了，在园子里狂奔，眼看冯淑仪就要落马，拓跋濬赶忙策马上前，跟她的马并排前进，最后猛然一拉，将冯淑仪拉到了自己的马上，这次总算化险为夷。当冯淑仪从惊吓中平复下来时，才发现自己倒在了拓跋濬的怀里，冯淑仪想要挣脱，却被拓跋濬给紧紧地抱住了，二人同骑在神马上，感觉无比幸福。

事后，拓跋濬取出一对玉钩带，一阴一阳，阳玉钩带上刻着长毋，阴玉钩带上刻着相忘，合起来就是长毋相忘，长相厮守的意思，他把阳的挂在自己腰间，把阴的挂在冯淑仪腰间。冯淑仪说："陛下三宫六院有一百二十个女人，怎么会跟我长毋相忘。"拓跋濬说："朝廷有一百二十个官员，后宫也要有一百二十个女官，这样才阴阳协调。但是大魏只有一个皇帝，必然只有一个皇后。"冯淑仪把玉钩带放在手里端详，憧憬着他们的美好生活。

在其他王朝，谁要是先怀孕就是天大的喜事，可是在北魏却不同，因为这意味着她将会被赐死。北魏的子贵母死制度，从北魏开国皇帝拓跋珪就已经开始实行了。在过去，拓跋部的大权经常被强大的母族所把持，拓跋珪在统一拓跋部的时候，先后通过战争，统一了母族贺兰部、妻族独孤部、祖母族慕容部。拓跋珪立国后，他想起了汉武帝刘彻的做法，在宠妃钩弋夫人的儿子刘弗陵被立为太子后，他就赐死了钩弋夫人，在拓跋嗣被立为太子后，他就赐死了刘皇后，配享到太庙。从此子贵母死的制度就成了北魏的惯例，北魏历代君王拓跋嗣、拓跋焘、拓跋晃都是这样，从小生母被处死，由乳母养大。

在后宫中，李胜适最先怀了孕，她虽然知道子贵母死的制度，但还是以欣喜的姿态迎接自己的孩子。九个月后，孩子降生了，拓跋濬为他取名拓跋弘，大赦天下，改元兴光。李胜适把孩子一天天养大，在拓跋弘三岁的时候，有朝臣提醒拓跋濬说："国家不可一日无储君，应该早立太子。"最后众臣议定立长子拓跋弘为太子。既然要立拓跋弘为太子，就又有朝臣提醒拓跋濬："子贵母死是道武皇帝立的，为的是不让外戚干政。"拓跋濬虽然舍不得李胜适，但是这是祖先传下来的制度，他不敢不从，最后只好咬牙同意。

当召令传到李胜适的宫中，她是悲喜交加，喜的是自己的儿子会是未来的皇帝，悲的是明天她就永远也见不到自己的儿子了。李胜适领死前，几次三番向乳母交代拓跋弘的习惯，她还多次亲吻拓跋弘，一遍一遍地看着他，牙牙学语的拓跋弘还不知道是怎么一回事，他用自己的小手紧紧抓着母亲的头发，迟迟不肯放手。

门外站着执行的太监，他们已经三次催促李胜适，李胜适最后哭着离开了自己的孩子，她在宫殿中带着恨意以白绫上吊而死，当时宫里许多人都为她流下了眼泪。李胜适死后，她的哥哥顿丘公被封为了顿丘王，李胜适被厚葬在了金陵。

乙郦华后来也怀孕了，她生下河间王拓跋若，冯淑仪却选择养育拓跋弘，待他如同自己亲生的儿子。其他嫔妃也陆续怀孕，沮渠可人生下齐郡王拓拔简，李雪妃生下拓跋长乐，曹莲英生下广川王拓跋略，悦琳琳生下安丰王拓跋猛，玄筱鱼生下韩王拓跋安平。

就算冯淑仪没有为皇上诞下龙子龙女，但最早显示出皇后风范的却是她。有一天，众妃嫔都候在赫连太皇太后寝宫外，突然宫殿失火，其他妃嫔都吓得四处奔逃，只有冯淑仪闯入宫中，把熟睡的太皇太后扶了出来，等到救援的人赶来，整个宫殿已经不可挽救，幸好冯淑仪临危不惧，才救了太皇太后一命。这件事让她获得了赫连太皇太后的称赞。

乙郦华对此非常嫉妒，她一直想方设法想要陷害冯淑仪。看到冯淑仪认养拓跋弘，她逢人就说："冯淑仪不知道怎么养太子的，太子经常在半夜哭泣，不知道是不是遭她虐待。"跟她亲近的李雪妃说："那能好吗？又不是亲生的。"

乙郦华说："自己生不出来，也不能拿太子出气啊。"李雪妃说："她还要做出一副母仪天下的样子，我看到就想吐。"

这些话被跟冯淑仪亲近的玄筱鱼听到了，她便将这些话原原本本地告诉了冯淑仪，冯淑仪却笑着说："风言风语总会有的，不要当真。"玄筱鱼说："你可真是大度，要是我，早就过去跟她们对骂了！不过害人之心不可有，防人之心不可无，姐姐可要当心她们在背后使坏。"冯淑仪说："大家都是女人，她们总不至于置我于死地吧！"玄筱鱼说："姐姐，你还别说！上次就因为陛下宠幸了一个御女，乙郦华嫉妒心起，就找了个借口，将那个御女杀了。"

盛夏的一天，屋外的知了在拼命叫着，许多人都在午休。乙郦华带着自己的女儿经过冯淑仪的寝宫，拓跋弘在睡觉，她就上前去假意嬉戏，看到周围没人，伸手就要掐拓跋弘。这时玄筱鱼刚好来找冯淑仪，乙郦华才没有得手，可是却把拓跋弘惊醒了，拓跋弘在摇篮的小床上拼命地哭。乙郦华看到玄筱鱼，缓过脸色，随便跟她闲聊了几句就匆匆离开了。冯淑仪听到拓跋弘的哭声，赶忙从外面回来，冯淑仪说："怎么回事？我刚喂他吃过东西，怎么又哭了。"玄筱鱼说："刚才我看到乙郦华慌慌张张的，我怀疑她是要害太子，你可要小心。"冯淑仪听了不敢再大意，她开始提防起来。

而让冯淑仪没想到的是，悲剧却发生在了玄筱鱼身上。那天，玄筱鱼发现自己的儿子拓跋安平上吐下泻，没等太医过来就已经死了。玄筱鱼问奴婢，有人说见乙郦华来过，乙郦华却坚持说自己没有出过房间，她的奴婢也都为她打掩护。这事闹到了赫连太皇太后那里，因为找不到乙郦华作案的证据，最后这件事也就不了了之了。玄筱鱼的孩子死后，她开始变得神情恍惚，任凭冯淑仪怎么劝都没用，玄筱鱼不久就郁郁而终了。冯淑仪知道是自己连累了玄筱鱼，她暗暗发誓，终有一天她要打败乙郦华，为玄筱鱼和她的孩子报仇。

逢年过节拓跋濬都会给后宫妃嫔们赏赐，给冯淑仪和乙郦华的赏赐尤为丰富，收到皇上的赏赐，乙郦华就会一个人享用，冯淑仪却总是把最好的赏赐分给赫连太皇太后、姑母太昭仪冯霖、保太后常纨，剩下的赏赐分给后宫其他姐妹，这样后宫的许多嫔妃都向着她，除了乙郦华的死党李雪妃。

拓跋濬有段时间都没有宠幸后宫嫔妃了，后来她们发现，原来那段时间拓跋濬都在世妇耿寿姬的房间里，耿寿姬天真无邪，深得拓跋濬喜欢。耿寿姬怀孕了，在太医确诊的当天，就被提升为嫔。这让乙郦华醋意大发，冯淑仪却经常去嘘寒问暖，两个人很快成了好姐妹。乙郦华多次想要加害耿寿姬，都被冯淑仪巧妙地化解了。后来耿寿姬顺利生下了一个女儿，就是西河公主拓跋文君。

拓跋濬对嫔妃们封赏，冯淑仪和乙郦华被提升为左昭仪和右昭仪，沮渠可人、李雪妃、于仙姬被提升为夫人，悦琳琳、曹莲英、耿寿姬提升为上三嫔。

这天，拓跋濬上朝，司马楚之说："古代帝王，分外事五权，内事五枚。地以权民；物以权官；鄙以权庶；刑以权常；食以权爵。皇帝要控制外庭五权，皇后要处理宫中五枚，这样才能天下太平，所以臣恳请陛下早立皇后。"群臣都以为是，乙浑和源贺虽然表面上不说，但是他们的人却早已为这皇后之位开始争执。乙浑的人说："右昭仪乙郦华贤良淑德，可以主持中宫。"源贺的人说："左昭仪冯淑仪高雅大度，团结宫人，品德高尚，可以母仪天下。"乙浑的人说："冯淑仪是叛臣之后，不宜做皇后。"源贺的人说："冯淑仪从小由先帝左昭仪抚育长大，何罪之有？倒是乙郦华做皇后，容易造成外戚专权。"乙浑听了异常生气，他怒视反对乙郦华做皇后的那位大臣，源贺也在一旁看着乙浑，看他如何应对。

就在双方陷入僵持的时候，高允出列说："诸位同僚不要争了，我朝有手铸金人的惯例，皇帝是天之子，后宫谁要是手铸金人成功，那就是上天选定的皇后，我们都要接受！"文武百官都以为是，拓跋濬和众人商定，准备三天后举行手铸金人仪式，选出皇后。

手铸金人是道武帝拓跋珪定下的规矩，道武帝在登基前已经有独孤部的刘氏为妻，生下了明元帝拓跋嗣和华阴公主拓跋璐，道武帝称帝后又娶后燕公主慕容氏为妻，这时就要决定谁做皇后，两派的人争执不下。当时的丞相拓跋仪建议通过古老的手铸金人仪式来确定，后来慕容氏手铸金人成功，成为魏朝皇后。同时被确立的还有子贵母死制度，拓跋嗣被立为太子后，刘氏就被赐死了。

太阳高悬于空，手铸金人的仪式在永安宫前的广场举行，冯淑仪和乙郦华各自带着自己的帮手，冯淑仪在左边，有沮渠可人、曹莲英、悦琳琳帮忙，乙郦华在右边，有李雪妃、于仙姬、耿寿姬帮忙。两边虽然分别有一队工匠，但是冯淑仪和乙郦华要分别亲手做出自己头像的模型，然后把滚烫的铜液倒入模型，最后鎏金。拓跋濬坐在台阶上的华盖下，文武百官站在中间观看。这次活动决定着谁是后宫之主，所以众人都非常谨慎，在祭台前，冯淑仪非常沉着，乙郦华却有点慌乱。

冯淑仪平日宽以待人，所以她们配合默契，她先做好自己的模型，沮渠可人帮忙把铜烧化，冯淑仪把铜液浇注到模型中，等到铜液冷却，把外面的模型敲掉，自己的形象就出现了，曹莲英和悦琳琳早已把金在水银中调好，冯淑仪把金液涂抹在铜像上，随着水银在太阳下蒸发，金光闪闪的形象就出现了。

乙郦华就不同了，平日里她对这些嫔妃都是冷嘲热讽的，所以只有李雪妃在真正用心为她烧铜液。在烧制铜像的过程中，乙郦华使唤于仙姬和耿寿姬就像使唤自己的奴才，于仙姬可是于阗国公主，她哪里受得了，干脆在那里磨蹭，乙郦华怎么催促她都没用，乙郦华后来干脆对耿寿姬发起火来，她对耿寿姬说："快点啊！别毛手毛脚的！要是我铸不成金像，以后你别想有好日子过！"她把耿寿姬指挥得团团转，她自己先是做自己的模型，虽然不怎么像，也算是完成了，到浇注铜液的时候，因为紧张而发抖，许多铜液都浇注在了外面，她只好让李雪妃继续烧制铜液，后面虽然勉强把模型灌满了，可是等到打开，前后的铜液中有许多空隙，所以根本就铸不成完美的铜像，可到了这时候，也顾不得那么多了，她赶紧往铜像上面涂金液，想要把那些缝隙和凹坑给补起来，可是根本无济于事。

比赛结果出来了，太监把两尊金像摆到一起，拓跋濬带着文武百官观看，冯淑仪的金像栩栩如生，乙郦华的金像却歪歪扭扭。拓跋濬说："诸位爱卿看到了，冯淑仪手铸金人成功，现在册封冯淑仪为皇后。"源贺的人欢欣鼓舞，乙浑的人却闷闷不乐。册封大典当即举行，冯淑仪就此成为皇后。

第二十三章
冯后氐羌寻找冯熙　乙浑源贺秦州争锋

冯淑仪被封为皇后，由于她做事公平，把后宫治理得井井有条，上得赫连太皇太后、冯太昭仪、宝太后欢心，下得各位嫔妃称赞。她还经常帮助拓跋濬处理公文，他们几乎天天都在一起。这天他们一起在龙虎苑漫步，拓跋濬又听到冯淑仪叹息，他忍不住问她："爱妃，你现在已经是一国之母，怎么最近总看到你落落寡欢的？有什么事尽管讲出来，就算你要天上的星星和月亮，朕也要命人去摘下来给你。"冯淑仪说："陛下，这事跟奴家的身世有关，不知道该不该说？"拓跋濬问："什么事？你不妨先说与朕听听。"

冯淑仪跪地说："奴家的父亲冯朗，对国家忠心耿耿，却被冤枉造反，一家老小惨遭毒手，只有我一人幸免于难，我年幼就入宫在冯姑姑身边长大，现在奴家当了皇后，愈发思念起父亲，恳请陛下为奴家的父亲平反！"拓跋濬听后，陷入沉思，冯淑仪见状，哭着说道："假如身为皇后，都无力为父亲洗脱冤情，奴家还有何颜面活在这世上！"拓跋濬赶忙将冯淑仪扶起。拓跋濬对冯淑仪说："爱妃，其他事都好说，可你说的这个，可是先帝当年定的案子，要翻案，就要有证据。你先不要急，朕让人翻看当年卷宗，看是否有何纰漏。"

冯淑仪说："这案子，奴家知道当年有一个人经手，他可以证明我父亲的清白，只要他出来翻案，一定可以名正言顺替我父亲平反。"拓跋濬问是谁，冯淑仪说："源贺"。

拓跋濬当即宣源贺觐见，跟源贺说了这件事。源贺早已想为冯朗平反，他跪地说："冯朗确实是臣的世交，当年是臣通过他劝降的冯氏三兄弟，才让燕国速速灭亡，后来各地陆续有叛乱，包括臣的哥哥保周。宗爱趁机蛊惑先帝，先是构陷冯熙、冯邈，最后甚至要逼迫冯朗反叛，先帝派臣前去监督冯朗，可是他一片忠心，到死都想着先帝会像对待臣一样对待他，不会牵连无辜，可惜当时宗爱把持朝政，连太子和崔浩都被他设计害死了，他又怎么会让冯朗逃掉！"拓跋濬听后说道："原来还有这样的事，你赶紧调出卷宗，朕要为冯朗平反。"

源贺听后，知道冯朗能够平反了，他激动不已，赶忙去调出卷宗。他知道当年是拓跋焘要置冯朗于死地，但是现在看来，这笔账只能算到宗爱的头上了，自古皇帝怎么会认为先帝有错。源贺现在只想为冯朗平反，他把一切都做好了，就上奏拓跋濬，拓跋濬在朝堂上当着众朝臣的面说道："宗爱阉党之乱是大魏前所未有的，两位先帝和几位大臣都被他害死，朕已让源贺查明，广平王冯朗为国有功，却无辜被陷害谋逆，朕已派源贺查明真相，即日平反，今后再有人敢说冯朗叛乱的，朕让他人头落地。"乙浑本来还想出面反对，听到拓跋濬后面的话，也不敢多言了。

冯朗平反了，拓跋濬和冯淑仪专门召见源贺，还重重赏赐了他。源贺却突然跪地说："微臣还有一件事要启禀陛下和皇后娘娘，其实冯朗的儿子冯熙还活着。"当时冯淑仪正吃着樱桃，听源贺这么一说，激动得手中的果盘都跌落在了地上,她赶忙追问:“你是说我的哥哥冯熙还活着？”源贺点头说:“娘娘,当年冯朗求臣为他留下血脉，臣不忍心看他如此冤屈，就让他的羌人养子冯义带着冯熙离开，到氐羌人中去生活，算起来如今他应该有十八岁了。”冯淑仪赶忙问:“你可知他现在哪？我现在就想见到他！”源贺说:“臣当时只知道，冯义是你父亲任秦州刺史时收养的，臣想大概在秦州，微臣愿意带人去察访。”拓跋濬当即派他去寻找冯淑仪失散多年的哥哥冯熙。

源贺带着自己的部属花太平、何无忌、冉勇、源延，率领五百精兵向秦州进发。他们抵达秦州治所上邽城，当时乐平王拓跋拔任秦州刺史，他带着另两个刺史杨定国和李重耳到城门口迎接，北魏的制度是，各个州都有三个刺史，其中有一个皇族刺史，另两个是外姓刺史，三个刺史共同管理一个州。晚上拓跋拔在自己府邸宴请源贺，拓跋拔问：“太尉到秦州是为圣上办的什么大事？”源贺说:“不是什么大事，不过为皇后办件私事，如今冯家已经平反，想要寻找失落民间的兄弟冯熙。”拓跋拔说：“这事好办，我明天就张榜找人，不出几天肯定能找到。”源贺说：“这事还是私下办好，大张旗鼓，怕被奸人利用。”

拓跋拔让自己的别驾，也就是副手，带源贺去查对户籍。经过三天的查对，有三个叫冯熙的，源贺后来都将他们一一排除了。源贺聚集部众说：“按道理,冯义应该会带着冯熙回到秦州,我们没理由找不到。”源延朝源贺嘟囔道:“爹爹也不想想，当年他们逃难，肯定很怕被人找到，怎么还会用原来的名字，估计早已隐姓埋名了。”源贺点头，笑着夸源延道：“我们这些人，就数你最聪明了！”源延听了得意道：“那还用说！”冉勇也笑了起来：“源延说得是，冯熙应该是隐姓埋名了，不过一般隐名不隐姓，我们可以派人找冯姓察访。”源贺说：“现在只能如此了。”

他们正准备出发，拓跋拔突然跑来通知说："羌人、氐人造反了！有个叫姚金刚的人，自称是秦国末代太子姚佛念的后代，他聚集了秦州周围的羌人、氐人一起造反，今天已经攻下成纪县，所以太尉最近先不要出城为好！"

源贺感觉蹊跷，暗中让人出去探访，外面根本没有什么大起义，只是乡下有些流民而已。后来花太平和何无忌在城里无意间发现了左右侯官丘穆陵多侯和步六孤威远的身影，赶忙跑回来报告给源贺。源贺大叫不好："这拓跋拔一定是投靠乙浑了，乙浑插手这件事，恐怕同样是为了冯熙，我们得加紧寻找。"

源贺借口到麦积山石窟寺拜佛，此时的禁佛令已经基本上解除，拓跋拔看到源贺要外出，又阻止说："氐人、羌人疯狂，已经杀掉成纪县令，现在出去恐怕不安全。"源贺说："这有什么怕的，我源贺一生南征北战，我这些勇士个个以一当十，还怕几个贼寇不成。"

源贺不顾拓跋拔的阻拦，带着自己的部众强行出城，拓跋拔看自己已经拦不住，他赶忙让别驾带一队士兵跟着，名为保护，实为监督。他们骑马抵达麦积山下，发现崖壁上的石窟还有工匠在雕刻，周围风平浪静，根本不像有叛军的样子。

源贺观摩半天，然后提出要狩猎，别驾哪里能拦得住。源贺率领众人到麦积山后面的小陇山打猎，开始别驾还能跟得上，后来源贺带人七绕八绕，别驾在山里被绕得团团转，最后根本找不到源贺的人，眼看天黑，只能先率军离开。

源贺摆脱了拓跋拔的军队，便带着自己的精兵直接抵达成纪县，发现那里根本没有被叛军占领，路上也没见叛军的影子。花太平说："这个拓跋拔好大的胆子，居然敢撒这样的弥天大谎。"何无忌说："要不是朝里有人支持，他哪里敢干这样的事。”源延说：“乙浑的那两个鹰爪丘穆陵多侯和步六孤威远很快就会找到这里，我们该怎么办？”冉勇说：“天都黑了，他们应该没那么快发现我们的行踪，我们今晚不如先住在城外的伏羲女娲庙里。”源贺忧心道：“不行！我们要尽快入城，既然现在寻找冯熙都已不是秘密，我们不如贴出布告寻找，到时候乙浑自然会出现，我倒要看看乙浑怎么收场！”

源贺当天晚上就率军进入了成纪县城，县令名叫李熙，他对源贺的到来非常意外，他把源贺他们安排到了馆驿中。源贺顾不上休息，当即让他发布告示寻找冯熙，告示刚刚贴出去，听说是皇后寻找哥哥，不少人冒名前来相认，让源贺等人哭笑不得。

成纪县是丝绸之路上的必经之地，所以非常繁华，这天有个叫冯大的伙计前来，说自己认识冯熙，源贺以为也是来冒认亲的，冯大却说：“这冯熙正是我家少爷，我家老爷名叫冯义，我是来城里买东西的，正好看到布告，就过来了。”源贺一听，知道这人说得是真的，因为他在告示中并没有说到冯义，他当即问他冯熙在哪里，冯大说在崆峒山下的冯家寨。

源贺留冯大住下，第二天一大早就率领亲兵跟着冯大前去寻找冯熙。没想到，半路上他们就遇到逃亡的羌人、氐人民众。源贺拦住一个人问：“你们为什么要跑？”那人说：“不跑还不给官兵杀了！明明没人造反，他们却要把我们当山匪！”说完那人就跑了。

他们快马加鞭赶往崆峒山下的冯家寨，正遇到一队官兵赶来，这冯家寨周围都是夯土修筑的墙，好像一座小城一般，周围有家丁防守。官兵正准备攻进去，指挥的人居然是秦州刺史拓跋拔。这时源贺赶到，大声向拓跋拔喊道：“刺史大人，你不在秦州剿匪，来这里扰民？”拓跋拔看到源贺，感觉很是意外，他赶忙回答：“太尉大人，你不是在城外打猎吗？怎么打到这里来，莫不是迷路了？”

源贺冷笑一声后说："这里是冯家寨，皇后的弟弟就在里面，你们赶紧退下！"拓跋拔说："我只知道这里有乱民，烦请太尉退后，我们要攻寨。"源贺说："我看今天谁敢动这冯家寨，别怪我手上的剑不长眼！"源贺拔出剑来，他的部将也都拔出兵器。

正在剑拔弩张之际，远处响起了马蹄声，一队人马赶来。等到近前来，大家方才看清是丘穆陵多侯和步六孤威远，他们为前导，后面是乙浑。乙浑骑马上前："你们这是干什么？难不成一家人打一家人？"源贺说："大将军，你怎么到这里来了？"乙浑说："我是接到秦州刺史急报，这里的氐羌反叛，率军前来平叛。"拓跋拔赶忙说："大将军说得是！秦州氐羌人跟着秦国皇族后人姚金刚造反，漫山遍野都是这些叛匪，他们见官兵就杀，我刚刚把这些叛匪的主力击退了！"源贺说："刺史大人，你倒是跟我说说，这叛匪在何处？你不是说成纪城被叛军攻下了吗？难道县令李熙是匪首？"拓跋拔在那里张口结舌，说不来话来。

乙浑瞪着眼睛大声问："土匪呢？"拓跋拔说："禀将军，土匪藏匿在这山寨里。"乙浑说："那就给我进攻！"源贺大叫："这里面是皇后的弟弟冯熙的堡寨，我看谁敢动手！"乙浑对源贺说道："若是让叛匪逃脱了，太尉你可担待不起！给我攻下！"

正在这时，有人快马加鞭赶来，大呼圣旨到，要冯熙接旨。在场的人都惊呆了，赶忙下马迎接。源贺对冯大说："还不赶紧把你家主人叫出来！皇帝的圣旨到了！让他出来接旨！"冯大赶忙向城墙上的人喊话，立刻有一个手执宝剑的英俊少年跳出，他就是冯熙，冯义也从后面出来，原来他们一直在门缝里观察着外面的一举一动。源贺赶忙让人把冯熙叫过来，冯义首先认出了源贺，赶紧拉着冯熙跑上前来与源贺相认。

宫里来的人宣读圣旨，大家都跪地听着，大意是冯朗已经平反，现在找到了他的儿子，封他为冠军将军，即日赴京上任。冯熙赶忙接旨，他似乎一直在等待这一天的到来，他从容地领旨谢恩。他们匆匆收拾行装上路，冯义把田庄留给了冯大，冯大千恩万谢，他自己都没想到，自己的主子会是皇亲贵族。

源贺当即带着冯熙、冯义赶往京城，其实拓跋濬哪里会知道这里的情况，那道圣旨是源贺临走的时候向拓跋濬要的，拓跋濬早已跟源贺说好，只要见到冯熙就可宣读，源贺原本想着，有了这道圣旨，可以免去许多麻烦，没想到现在却帮了他的大忙，紧急的时候帮他摆脱了乙浑，宣读圣旨的人也是他事先安排好的。源贺带着冯熙连夜赶回京城，乙浑事后才意识到上了源贺的当，找到冯熙的消息怎么可能当天就从纪县传到了京城，可惜悔之晚矣。

返回京城的路上，冯熙和冯义跟源贺讲了他们后来的经历。那天冯朗投降，冯义他们一路上白天睡觉晚上赶路，一直赶到了秦州，后来在崆峒山的山谷用冯朗给的金银买了一个田庄，就开始在当地过起了土财主的生活。冯熙看到源贺。格外高兴，又是给源贺表演武功，又是跟源贺讨论兵法，源贺发现，当年的小冯熙俨然已经长成了文武双全的青年才俊。

他们赶回京城，冯淑仪见到了自己的哥哥，兄妹二人抱在一起痛哭流涕。拓跋濬早已为冯熙修筑了宏大的府邸，得知冯熙还没有娶亲，当即把自己的妹妹博陵公主许配给他，封他为驸马都尉。

拓跋濬问源贺寻找冯熙的过程，源贺趁机参奏："秦州氐羌本来没有反叛，可是乐平王拓跋拔却假造姚金刚造反，借机烧杀抢掠，当地民不聊生。"拓跋濬大怒："这个拓跋拔眼里还有朕吗？"乙浑怕把自己牵扯出来，赶忙说："微臣也是接到秦州急报，才率军前去平叛，没想到都是假的。"拓跋濬说："这分明是叛乱！"当即派人送毒酒到秦州，赐死了拓跋拔。

第二十四章

冯熙携妻回乡祭祖　源贺扫平冀州豪强

冯熙跟博陵公主新婚不久，他就主动向拓跋濬请命，希望拓跋濬能够委以重任，让他一展拳脚，好在年轻时干出一番事业。拓跋濬觉得冯熙缺少资历，需要先磨砺磨砺，就派他先去定州任刺史，而定州下辖的博陵郡又正好是博陵公主的封地。冯熙领旨后，带着妻子博陵公主一起欣喜前往赴任，出发前冯淑仪叮嘱冯熙："哥哥，冀州信都是我们冯家的郡望，我们兄妹二人能有现在，都是托了祖宗的福，你这次去定州任职，记得回乡祭祖。"

冯熙将冯淑仪的话记在心间，他和公主出发没几日就抵达了信都，他们到冯乡的宗祠去祭祖，宗祠里供奉的冯氏远祖是魏国的开国大夫毕万。因为冯乡是毕万的采邑，所以毕万的后人就改姓了冯，冯家在这里世代居住，冯熙的祖父是北燕皇帝冯弘，冯弘的祖父是冯和，当年冀州战乱，冯和就举家迁居到了上党，他曾经在西燕国做过官，西燕灭亡后，冯和的孙子冯跋在龙城建立了北燕。冯乡虽然只是个乡下地方，但是也许是因为冯氏的缘故，这座乡村周围还修筑了坚固的城池。这次冯熙以驸马爷的身份带着公主回乡祭祖，可是惊动了地方，县令穆寇胜亲自陪同他们到冯乡，原本一切顺利，可后来却被闻讯赶来的农民起义军团团包围了。消息传出，以讹传讹，最后竟然变成了冯熙在冀州聚众造反。

乙浑接到消息，如获至宝，让人在京城谣传冯熙在信都起义。他看到时机已经成熟，便进宫禀报拓跋濬，源贺正好在宫里跟皇上谈论兵法。乙浑说："陛下，冀州信都发生叛乱，叛民见官就杀，正准备围攻邺城，听说他们要推举冯熙为王恢复燕国。"源贺说："这怎么可能呢！冯淑仪是一国之母，冯熙刚当上驸马，他怎么会反叛！"拓跋濬此时面露犹疑之色，自从他登基以来，已经有好几个王叛乱，听到这样的消息，他不得不加以警惕。

源贺感觉事出蹊跷，就提出："陛下，在事情没有查明之前，还不能妄下结论，微臣愿带兵前往察看！"拓跋濬当即任命源贺为使持节，也就是钦差大臣，拿着皇帝的旌节可以不经皇帝同意，做主斩杀两千石以下的朝廷命官，刺史的俸禄是两千石，这就意味着，这次源贺远赴冀州查案，刺史以下的官员他都能先斩后奏。

源贺率领自己的部众，花太平、何无忌、冉勇、源延等日夜不停地赶路，终于抵达冀州。冀州号称天下第一州，夏禹将天下先是分为了这九大州：冀州、兖州、青州、徐州、扬州、荆州、豫州、梁州、雍州。到了汉朝时天下分成了十三州，到了魏朝时又分成四十州，此时的冀州虽然只管辖长乐、武邑、渤海三郡，没有当初的地域广博，但是却依然是天下最富庶的地域之一。

他们首先进入邺城，这邺城跟长安、洛阳、平城一样，也是当时的大都市，现任的冀州刺史是濮阳王闾若文，这闾若文本不是皇族，只因是皇上的舅舅，所以才做了这第一刺史，邺城中还有楼续忠、嵇廖智两个刺史。源贺他们抵达邺城，因为是钦差大臣驾到，闾若文便带着楼续忠和嵇廖智亲自到城门口迎接。

闾若文带源贺来到郊外自己的庄园，这庄园的大门高大雄伟，里面亭台楼阁富丽堂皇，绕过院里的湖水，源贺看到院落中间坐落着三座高台，源贺惊讶道：“这不是当年曹操修筑的铜雀台、金虎台、冰井台吗？”闾若文得意地说:“正是！大人真是好眼力！”正值华灯初上,闾若文带着源贺登上铜雀台,命人点燃四周巨大的灯，眨眼之间，闾若文的整座庄园就照得仿佛白昼一般。

闾若文一拍手，一队侍女端上山珍海味，一队歌姬就翩翩起舞入场。闾若文邀请源贺入座品尝美酒，欣赏歌舞。源贺问他：“国舅爷，信都的动乱你可知道？”闾若文说：“这些刁民，经常闹事，我怎会不知！你在这里小住，我明日就派兵去将他们给剿杀了！”源贺说：“先谢过国舅爷的美意了，圣上派我下来，正是为了调查此事的，我不去查明真相就是失职，明天我还是亲自去趟信都城吧！”闾若文听后一惊，赶紧让人给源贺敬酒，源贺一杯接一杯喝了下去。

宴饮进行到半夜，源贺推说酒醉要休息，闾若文立刻叫来两个美女一起扶着他到后面的客房里休息。客房里面的装潢也极尽奢靡，宛若皇宫一般。源贺暗自惊讶，他想不到区区一个地方刺史的居所，竟会如此奢靡，他借着酒劲问：“王爷，你房里这些宝物，该不是搜刮民脂民膏得来的吧？”闾若文一时目瞪口呆。源贺赶忙说笑着说：“你是国舅爷，这些荣华富贵理应享受，我跟你说笑罢了！”闾若文这才笑了起来。源贺一挨到床，倒头就睡，闾若文笑着退了出去。

昨天夜里源贺不过是装醉，那点酒量他还是有的。黎明时分他就起了床，带着侍从离开了闾府，找到花太平他们后，立刻赶往信都城。现在信都城里还有两名县令，于昆山和贺培德，按照北魏的官制，刺史有三人，县令也有三人，其中有一人要是鲜卑人，穆寇胜就是鲜卑县令。于昆山和贺培德得知朝廷派下来的钦差大臣到了信都，赶忙到大门口迎接，他们只是个小小的县令，哪里见过这么大的官，全都战战兢兢的，源贺问他们一句，他们才敢答一句。

他们把源贺迎接到官署，源贺问："驸马和公主在哪里？"于昆山说："在冯乡。"源贺问："你们穆县令呢？"贺培德说："在冯乡。"源贺问："我听说冯乡发生了农民起义，可真有此事？"于昆山说："是真的。"源贺问："那你们怎么不派兵去救驸马和公主，县里的衙役呢？"贺培德说："在县里。"源贺非常生气地说:"你们能不能多说点？"于昆山看源贺脸色不对，马上说:"驸马和公主回乡省亲，穆县令就陪着他们一起到了冯乡，可是那些暴民不知从哪得来了消息，突然就把冯乡包围了，我们从逃回来的衙役口中得知这一情况后，当时就率领了三百士兵前去解围，结果在路上却中了对方的埋伏，贺县令还被俘虏了。"源贺转而问贺培德："你不是被俘虏了吗？又是怎么回来的？"贺培德面红耳赤支支吾吾地说："他们让我回来报信。"源贺问："报什么信？"贺培德支吾了半天也说不清楚。源贺知道这些人，整天只知道捞钱，让他们都下去了。

源贺聚集何无忌、花太平、冉勇、源延一起商议这件事，源贺说："我感觉这两个县令支支吾吾，好像另有隐情，我们明天换上布衣，到乡下去微服私访。"众人都说好。

次日，源贺就跟何无忌他们及几个侍从化装成商人，出城直奔冯乡去。半路上，源贺看到一个白发苍苍的老人正带着一个六七岁的小女孩乞讨，忍不住上前问："老人家，您都一把年纪了，怎么不在家里，还要出来乞讨？"老人哭着说："我们哪里还有家？家里的地全都让那狗县令给占了，我儿子当年为国打仗，全都战死沙场，可为国捐躯又有什么用，到头来国家也不会对我们这些军烈家属有一丝的怜悯，为了活命，我只能带着孙女出来乞讨了！”源贺让花太平给这爷孙施舍了一包银子，才带着众人继续赶路。他们沿路上又看到了许多乞讨的孤儿寡母，也都是家里的地被鲜卑贵族给占了，被逼无奈之下，才出来乞讨的，源贺内心非常难过，命人将这次他们带的银两食物都施舍给了这些流离失所的百姓。

他们赶到冯乡，远远地就看到围城的百姓，这些百姓手持农具，群情激愤，他们在城墙外大声呼喊：“让穆寇胜出来！让他还我们的土地！”有衙役到城头讲话，试图调解，他们看到不是穆寇胜，就用土块把他砸了回去。

源贺和众人混到人群中，只听人们都在议论纷纷：“这些地可是我们祖辈传下来的，怎么能断送在我们手里！”“我们就靠这些地生活，被他们夺走，我们还怎么活！”“这个狗县令，自恃在州里有人，就欺负我们这些老百姓！”源贺向人们打听，才得知是穆寇胜看上了城郊石家庄的地，就强行征用，改为自己的牧场，村民们奋起反抗，附近其他村庄的人之前也都有被他霸占土地的事，于是他们就联合起来包围了冯乡。

源贺听了这才松了口气，冯乡发生暴动哪里像乙浑说的那样是驸马造反。他知道这些农民也是被逼无奈，其实并不想造反，得想个办法将这件事情给解决了。源贺正准备率领众人先返回县城，这时有个人突然骑马赶来，他对围在城外的农民们说：“乡亲们！现在是这些狗官逼得我们没法活了，我们只要求惩治狗官，还了我们的土地，大家千万不要造反，那样会被满门抄斩，要相信朝廷还是有好官的！”源贺感觉此人很面熟，可是一时又想不起来曾经在哪里见过，倒是源延记性好，一下子想起那人就是他们当年在六镇巡视时救下的石柯琪，上次他因为惦记故乡的妻儿老小当了逃兵，要不是源贺带着他们这些囚犯去面见皇上，陈述了他们家里的情况，他们早被斩首了，那次皇上还下令家里有八十岁老人的可以有一个儿子免兵役，许多严刑酷法当时也被取消了。

源贺离开人群，来到不远处的一棵树下休息，他让花太平和何无忌去秘密把石柯琪找来。花太平和何无忌走到石柯琪身边，对他说：“那边树下有个商人要找你。”石柯琪说：“商人找我干吗？我就是个农民，全身上下没有一件值钱的东西，再说我也不做买卖。”何无忌说：“我们不便在这里跟你解释，你过去就知道了！”石柯琪怀着好奇跟着二人来到了人群外的树下。源贺问：“你还认得我吗？”石柯琪说：“看得有点眼熟。”源贺脱掉草帽，石柯琪仔细看了看，突然兴奋地说：“您是源太尉！您怎么会在这里！小人给您磕头了！”

石柯琪当即跪下磕头说：“感谢大人上次救了小人一命，可是小人没想到，回到乡里还是没有活路，大人一定要救我们啊！”源贺让他起来说话。石柯琪说：“小人是城南石家庄人，那次回来后，就跟一家老小团聚了，小人原本想安安稳稳过日子，可是县令穆寇胜却要征地作牧场，全县许多村子的地也被当官的给占了，这次我们听说他到了冯乡，就把这里围了起来，要他还我们的地。”源贺说：“你们的情况我已经知道了！你放心，我一定会让那些贪官将土地还给你们！”源贺当即跟石柯琪约好，明日他会以钦差大臣的身份来冯乡审理此案！

当天晚上源贺回去，他已经想好明日该怎么做了。他正在客房中看兵书，突然听到门外有人来访，侍卫都拦不住，他出去见到是于昆山，于昆山提着一个食盒，见到他就说：“大人，小人准备了冀州特产金银饼给您。”源贺说：“冀州我来过几次，却不知还有这等特产！”于昆山笑着说：“那大人不妨尝尝！”源贺就让于昆山进去了。源贺打开一看，里面竟是满食盒的黄金白银，源贺当即沉下脸来说："这金银饼我咬不动，你还是拿回去吧！"他把食盒丢给于昆山，让侍卫把于昆山带了出去。

源贺刚要继续看书，又听到外面有人来访，还有个女人的声音，他推门出去，看到了贺培德，贺培德领着一个妖艳多姿的年轻女子，他一看到源贺，赶忙拉着女子到源贺跟前说："大人，这是我的侄女郭晓晓，久已仰慕太尉的才思，这次听说大人到了冀州，就非要让我带来见您，说想向您请教诗词。"说着贺培德就将那名年轻女子送进了源贺的屋里，源贺想着孤男寡女的大半夜共处一室，不太妥当，正准备到屋里请出那位女子，哪知一进到屋内，房门就被那女子反锁上了，女子拿着一本楚辞来到源贺身旁，施展媚技想要勾引源贺，源贺将她劝诫了一番，打开门，将她送了出去，源贺对门外一脸尴尬的贺培德说："我已经指教过你的侄女了，你们请回吧！"他让侍卫将他们送出了大门外。

次日，源贺就率领随从，锣鼓开道，仪仗森列，骑马朝着冯乡走去。刚到冯乡城下，石柯琪就率领围城的百姓上前下跪，石柯琪给源贺递上状纸，状告信都县令穆寇胜和于昆山、贺培德圈占农民土地。源贺接过状纸，当即让人将穆寇胜、于昆山、贺培德押来，于昆山和贺培德正在行列当中，当即跪地求饶，何无忌和花太平带人骑马来到冯乡城门口，穆寇胜早在城头看到了此番情景，他知道是朝廷钦差大臣来了，赶忙让人打开城门，何无忌和花太平把穆寇胜也押到了源贺面前。

源贺问穆寇胜："现在民众告你圈占他们的土地，你可知罪？"穆寇胜狡辩说："大人！我是买的，我是买的，没有霸占啊！"源贺问石柯琪："他是买的吗？可有付你银两？"石柯琪说："一个铜板都没有给！"源贺问穆寇胜说："你有多少顷地？"穆寇胜说不出来，源延拿出卷册说："经查，穆寇胜名下有一百五十顷地，于昆山一百三十五顷，贺培德一百七十顷。”源贺说：“按照魏律，地方官吏，刺史十五顷，太守十顷，治中、别驾各八顷，县令、郡丞六顷，你们这些地就算是买的，你们买地的钱又都从何而来？”三人说不出话来，源贺让人将这三人全部押到大牢里等候发落，穆寇胜被拖走的时候呼号道：“大人！我姐夫是濮阳王闾若文，你不看僧面看佛面，饶了小的吧！”源贺怎会怕这闾若文，他当即宣布把三个县令占的土地全部还给民众，民众欢呼雀跃，四处传颂源贺的德政。

源贺率众进入冯乡，冯熙和公主赶忙出来迎接，看到又是源贺来替自己解了围，冯熙激动得落下泪来。源贺说他既然来到了冯乡，那就一定要去给冯熙的父亲冯朗上炷香，冯熙赶忙带着源贺来到冯家祠堂，源贺主持了祭祖仪式，还在祠堂里上了三炷香，他特别拜祭冯朗：“冯兄，现在朝廷已经为你平反，你的女儿冯淑仪已经做了皇后，你的儿子冯熙如今也做了驸马，你在九泉之下也可以安息了。”祭祖结束后，源贺让冯熙和公主赶紧赴定州上任，他准备带着穆寇胜、于昆山、贺培德他们三个回京城去复命。

源贺把三个县令押赴邺城，自己独自住在军营中，谢绝任何人来访。闾若文得知穆寇胜已落入源贺之手，他跟楼续忠和嵇廖智多次试图拜见源贺都被拒绝了，这让他们如坐针毡。

源贺派部下四处察访，发现冀州直管的长乐、武邑、勃海三郡，以及从冀州分出的相州魏郡、阳平、广平、汲郡、顿丘、清河五郡，总共八郡，大半的郡县都有官吏占地的情况，想到这底下的官吏私占百姓田地、贪污腐化成风，若再不加以整治，恐怕迟早要影响到魏朝的统治。他赶忙暗中派人去各郡县调查，把占地情况汇总成册，全都上报了朝廷。

拓跋濬接到源贺的奏章，再看源贺汇总的册子，那上面统计的数据简直触目惊心，冯淑仪也在旁边看着，看到那些底下的官员占了百姓那么多的田地，她也觉得十分愤怒。拓跋濬说："这些人真是太贪了，朕的江山将要毁在他们手里！"冯淑仪说："百姓是国家的根本，百姓有田可种，国家才能够安定，若是让他们无法生活，流离失所，他们当然会造反生事！"在冯淑仪的建议下，拓跋濬下旨，把有牵连的官员全都撤了职，他让源贺同时兼任冀州刺史、相州刺史、邺城镇将，让他先好好治理冀州和相州。

源贺接到拓跋濬的圣旨后，便让冀州八郡的郡守和县令全部集中到邺城，当然还有冀州的三个刺史。源贺对他们说："百姓是国家的根本，田地是百姓的基业，没有他们的耕作，哪有我们的衣食，现在你们却仗着手里的权力，霸占民产民田，敲诈民脂民膏，圣上现在下旨，凡是霸占田产的，从刺史到郡守，再到县令全部罢免其官职。"

源贺宣读被罢免官职的官员名单，从闾若文、楼续忠、嵇廖智三位刺史开始，然后到八郡太守以及县令，居然大半人牵涉其中，源贺当场把这些官员的官职罢免了，并把他们霸占来的田产全都分还给了当地的百姓。源贺宣布上任冀州刺史、邺城镇将，同时举荐清廉的官吏任各级官僚，不久之后，冀州吏治为之一新。

源贺又到各郡县去考察，并将考察结果上表朝廷，拓跋濬根据源贺的上报，颁布了均田令，土地全部收归国有，不能自由买卖，分给天下的百姓，男人分四十亩，女人分二十亩，男人分桑田二十亩、麻田十亩，女人分桑田五亩、麻田五亩，死后收归国家，再重新分配给新人。源贺深知，没有地的农民就会依附豪强，寻衅滋事，他开始全面推广拓跋晃的三长制，五家立一邻长，五邻立一里长，五里立一党长，让百姓属于国家，而不是地主。石柯琪就当选为党长。

源贺在冀州上任三年，专心整治吏治，当地再没有官吏霸占百姓田产的事情发生，这三年里，冀州的农业、经济都呈现出一派繁荣之景，冀州很快就成了天下第一的模范州。拓跋濬很是欣慰，他昭告天下，在全国的四十州也推行源贺的方法，惩治贪官污吏，颁行均田新制。乙浑原本还想看源贺的笑话，没想到现在朝野上下人人都在夸赞他，他气得咬牙切齿，开始在心中谋划着铲除源贺。

第二十五章

奸人石华诬告源贺　媲婳将军危急救主

这天风轻云淡，源贺带着僚属到邺城街头走了走，城里商铺琳琅满目，街上行人摩肩接踵，邺城迎来前所未有的繁荣。源贺来到一家丝绸铺子前，一眼就被铺子里那些质地精良、款式新潮的衣服给吸引了，他刚想进这家铺子给家里的三个妻子乞伏缦卿、拓跋宝、美罗德各挑上一件衣服，哪知就接到了武邑郡发来的急报，源贺打开一看，大吃一惊。

原来源贺掌管冀州后，他大力整顿吏治，许多贪官污吏都受到了应有的处罚，有的还被削去了官职，为了尽快填补空缺，他派了许多部下去郡县任职，冉勇就被他派往武邑郡任太守。没想到贪官虽然已经被撤去，但是豪强却依然横行霸道。当地豪强石华的儿子石斌，看上了绸缎铺掌柜李尔文的老婆钱灵灵，竟然在光天化日之下把钱灵灵抢走，李尔文气不过就去告了官，回来的路上就被石斌抓了起来。石斌将李尔文折磨至死，然后才让人将他的尸首送回他家，李尔文被送回来的尸首眼睛和舌头都被挖了，死相惨不忍睹。冉勇闻听大怒，派衙役前去抓捕石斌，石华竟然发动周围的佃农围攻衙役，他们根本就进不了乡里。

源贺早已察觉到地方豪强是阻碍官府管理地方的一大问题，看到武邑郡发生了这样的事情，他决定借此事好好整顿一下冀州当地的豪强，他当即率领部众赶往武邑郡。到了武邑郡，源贺让源延去寻找李尔文的家人，李尔文是独子，他死后，家里现在就只剩下他的父母，他的父母都上了年纪，而且又是老实巴交的乡下人，根本不敢惹石华，更不敢再去上告。源延对李尔文的父亲说：“现在刺史亲自过问此案，就是要给百姓做主，给你们家做主，你还怕什么？”李尔文的父亲还是摇头，后来听说是源贺来了，源贺整顿官吏的事全冀州的百姓都知道，他这才在源延的陪同下到衙门去告状。

源贺接下这个案子后，专门派了几个侍卫到李尔文的家里去站岗，让他们务必保护好老两口的安全。接着源贺从军营中挑选了一队精兵给冉勇，命他前去捉拿石斌。石家住在社城党，石华也是乡里的党长，周围阡陌纵横，数千顷的地都是他家的，他家里的院落如同堡垒，家丁也都如同士兵，想要闯进他家并不容易。

正在冉勇不知如何是好的时候，恰巧石斌骑马从院子里出来了，后面的家丁还抬着一顶轿子，轿子里坐着被绑了手脚的钱灵灵，石斌要带钱灵灵到附近游玩，以增进她对他的感情。冉勇赶忙带人挡住了石斌的去路，石斌笑着说：“小小一个太守，还敢挡我的道，你一年的俸禄都不及我家管家一个月的佣金，这里可是我家的地盘，到时候打起来还不知道谁吃亏！”冉勇恼羞成怒，让人上前把石斌带走，他身边的两个侍卫飞身上前，一下子就把石斌拉下了马。石斌看到冉勇来真的，赶紧叫自己的保镖和家丁一起上，冉勇一挥手，藏在他身后的精兵全都冲了出来，把石斌和他的保镖、家丁全都包围了起来，那些人哪里见过这阵势，吓得全都交出了手上的武器。冉勇让人带走石斌，钱灵灵的轿子也被一并抬走了。

抓捕了石斌，冉勇命众人速速回城，可还是在走出社城时被石华带人挡住了，石华身后全是拿着各种武器的农民。石华大叫："平白无故来我这里拿人，你难道不知道我是谁？给我把人放了！"冉勇说："什么平白无故？你们父子霸占田宅，强抢民女，杀人放火，无恶不作！我抓捕你儿子，可是奉了刺史之命，你胆敢阻拦，就是跟朝廷作对！"石华大笑："少拿朝廷吓唬我！这里天高皇帝远的，皇帝老儿他想管也管不着！别忘了这武邑郡有一半的地都是我们石家的，每任郡守来了都得拜会我，你还敢来我这里抓人，大家给我上！"冉勇并不想伤害那些农民，赶忙喝道："慢着！你们若是敢对我们动手，那就是袭击朝廷命官，这可是重罪！"石华撇着嘴说："朝廷命官有什么了不起？我祖父还是大赵皇帝呢！当年这整座邺城都是我们大赵的都城！"冉勇一听更是怒不可遏，心想真是冤家路窄，在没有想到突围的办法之前，他只能先强忍下来。

冉勇瞪眼问："噢？你原来还是皇族后裔，那倒是要问问你的祖上是哪个皇帝？"石华笑着说："石虎听说过吧？那是我爷爷！石祗听说过吧？那是我爹爹！"冉勇冷笑着说："石虎不就是那个杀了自己叔叔石勒的儿子石弘，还把自己叔叔的其他几个儿子都杀了，自己当皇帝的冷血狂魔么？石勒倒是个好皇帝，石虎却是个从未有过的暴君，残忍杀了太子石邃，立石宣为太子，可惜石宣又杀了自己的弟弟石韬，石虎又把自己的儿子石宣的全家杀死，那死法太惨了。说到你的父亲石祗，他不过是个窝囊废，在襄国城称帝，却被我爷爷冉闵打了个大败，虽然最终没有被我爷爷手刃，但是也够惨的，被自己人刘显给杀了！你们石家太残忍了，自己毁灭自己，还把女人当军粮，叫作'两脚羊'，天灭你们石家也是在情理之中！"

石华听得大汗淋漓，他几次大叫住口，冉勇都没有理会。石华对周围的人说："他说的不是真的，他信口开河！"冉勇说："这些都是我的父亲冉操告诉我的，我的祖父就是灭你们石家的冉闵，还要不要听你爷爷石虎是怎么杀死自己的儿子石宣的？"石华大喊："别废话了！把人给我留下，否则你们别想走出去！"随着石华的号令，周围涌来无数的农民，他们都是石华家的佃农。

这时只听得马蹄声从远处传来，路上扬起很高的尘土，所有人都朝那边望去，原来是何无忌和花太平带着大军赶来，这些农民赶忙闪开。花太平宣布："李老爹状告石斌，抢夺儿媳妇钱灵灵，杀害儿子李尔文，现在押石斌回去审问，谁若是阻拦，格杀勿论！"

何无忌和花太平正准备把石斌带走，冉勇让他们稍等，他上前抓住石华的领口，边比画边说："我要当着众人的面，给你讲完，因为也许你还不知道你的爷爷有多残忍！当年他用铁环穿透石宣的两个锁骨，将他拉到猪槽里吃食，然后在邺城北面堆上柴草，在柴草上架上横杆，横杆再装上辘轳，然后让人用绳子拴住石宣的头发和舌头，用辘轳将他绞到柴草堆上，让人砍断他的手脚，挖出他的双眼，刺穿他的肠子，石宣像杀猪一样惨叫，周围站着你们赵国的文武百官。他又让人点燃柴草，随着浓烟滚滚，石宣全身是火。接着你爷爷把石宣的妻儿九人残忍杀掉，连自己五岁的小孙子也不放过，那么小的孩子哭着拉着他的腰带，请求他不要杀自己，你爷爷真是够狠的，亲手把自己孙子的腰折断，眼睁睁看着他在自己怀里死去。最后还把石宣的三百亲信，全部车裂肢解，扔到了漳水中。"

冉勇一边讲述，一边在石华身上比画，吓得他心惊肉跳。冉勇走到石斌面前说："你是怎么折磨死李尔文的？你挖了他的双眼，割了他的舌头，你确实是石虎的子孙！苍天有眼，你也会像石宣一样死去！"石斌听完，吓得直冒冷汗。

冉勇说完后，才让人押送石斌离开。当天他们就将石斌押送到邺城，投入了死牢。冉勇带人连夜审问，起初石斌还想抵赖，冉勇让人上酷刑，烧红的烙铁在石斌胸口烫下，石斌哪里受过这样的苦，很快就招供了。他路过李尔文的绸缎铺，看到他的老婆钱灵灵年轻貌美，就带人抢回去强奸，李尔文找他理论，被他抓起来毒打，李尔文说要告官，他就把李尔文的眼睛挖掉、舌头割掉，李尔文惨叫一天后死去，他派人把李尔文的尸体扔到他们家店铺门口，威胁李家人，若是敢告官就让他们全家死绝。石斌对自己的罪状供认不讳，冉勇让他签字画押。

源贺抓捕石斌后，并不急于结案，而是派人暗中调查冀州八郡的所有豪强，他立志彻底整顿当地的豪强。这时候，濮阳王闾若文和楼续忠、嵇廖智为首的贪官也开始了反击，闾若文得知石斌被捕后，他一方面派楼续忠到朝中去向乙浑报告，一方面派嵇廖智到武邑郡去察看情况。他们很快就商议好反击之策，闾若文让人伪造了龙袍和玉玺，用重金买通源贺的部将侯茂，让他将伪造的龙袍和玉玺放到源贺的军帐中，一切布置停当，闾若文开始排兵布阵。

闾若文派楼续忠写了一封秘折上奏朝廷，启奏源贺准备造反，这封奏折自然是先到了乙浑之手，乙浑看到大喜，他赶忙向拓跋濬呈上了这封奏折。拓跋濬看后说：“源贺一向忠心耿耿，要造反早反了，怎么会等到现在，朕不相信他会造反。”乙浑说：“当初京兆王杜元宝还是陛下的舅舅，建宁王拓跋崇和济南王拓跋丽也跟陛下是一家人，还不是造反了？现在臣的侯官已探听到这一消息，臣劝陛下及早做准备为妙！”拓跋濬沉思后，点头说道：“不怕一万就怕万一，朕命你为使持节，到冀州暗中探查此事！”乙浑得令，带着丘穆陵多侯和步六孤威远秘密赶赴冀州。

闾若文上报朝廷的同时，又派嵇廖智到武邑郡找到了石华。石华虽然是豪强地主，但也不过是平民之身，眼看自己的儿子被官府抓走，他正一筹莫展。嵇廖智一见到他，便开门见山道：“你想不想救你儿子！”石华赶忙说：“怎会不想！可是我怎么能斗得过太尉啊！”嵇廖智说：“你是斗不过太尉，可朝里有人斗得过他，你只要按照我说的去做，我们保管你儿子平安无事！”石华问：“我如何相信你？”嵇廖智说：“你想必也知道，源贺一上任，就把冀州的官场搞得鸡犬不宁，现在他可是得罪了很多人。我就是原来的冀州刺史嵇廖智，我跟源贺势不两立，只要你听话，想救你儿子并不难！”石华确认嵇廖智的身份后，立即答应按照嵇廖智说的去做，嵇廖智如此这般跟石华讲了，石华立马喜笑颜开，想到有嵇廖智等人当后台，石华又得意起来，他赶忙让人探视儿子，告诉他庭审时该怎么说。

这些逆流所做的勾当源贺并不知情，他在查清冀州豪强的情况后，命人在繁华的邺城街头设立了公堂，他要公开审理此案，借此案震慑整个冀州的豪强。那天人们把公堂围得水泄不通，许多人还爬上房顶来围观。衙役把石斌押上来，源贺拍响惊堂木，让石斌报上姓名，然后开始审案：“你是怎么强抢钱灵灵又杀害李尔文的，从实招来！”石斌突然跪地说：“小人根本不认识钱灵灵，又怎么会杀害李尔文呢！”周围一片哗然。

源贺闻听，让冉勇把石斌招供的文书取上来：“这可是你亲口招供的，上面还有你的手印，你还想抵赖！”石斌撕开上衣，露出胸口的烙铁印说：“大人，我是被人严刑逼供屈打成招的，是他们拿着我的手在文书上压的手印。”观看的人开始议论纷纷。源贺知道这一定是有人在背后指使石斌翻供的，但是不管怎样，他得当着众人的面继续审下去。

源贺一拍惊堂木，传钱灵灵上堂来，他问钱灵灵：“这人是不是抢夺你的人？你的丈夫是不是他杀的？”钱灵灵哭诉：“就是他，强行侮辱了奴家，还杀了奴家丈夫。”源贺问石斌：“钱灵灵说的你可承认？”石斌说：“大人，这农妇分明是血口喷人，我家里妻妾成群，怎么会抢她呢！小人冤枉啊！”这时石华突然押着一个家丁上堂来，跪地说：“大人，小儿真的是冤枉！我石华祖上也是官宦人家，从小教育石斌要守法向善，可是家丁却打着石家的旗号出去为非作歹，这名家丁才是强抢民女杀害良民的凶手。”

石华说着指着家丁侯胜说：“你从实招来！”家丁侯胜就战战兢兢地说：“小人名叫侯胜，是石家的家丁，那天路过李尔文家的绸缎铺，看到钱灵灵年轻貌美，就动了歪念，冒充我家少爷，把钱灵灵抢回社城囚禁起来，李尔文跟着找来，我害怕事发，就把他抓住失手打死了！”

人们都在议论纷纷，源贺心生一计，他连拍惊堂木：“大胆石华！你说家丁侯胜才是凶手，可事情过了这么久，要不是本官抓了你儿子石斌，你也不会招供出凶手，你这是包庇罪犯，既然这样，那么本官就要连你也一起治罪。”源贺让人给石华上刑。这时人群中传出一个声音：“源大人，办案可要讲求真凭实据！”人群闪开一条路,乙浑带着左右侯官丘穆陵多侯和步六孤威远出现。乙浑上前继续说道：“源大人一向主张仁政，还曾建议陛下修改了许多严刑酷法，怎么现在却在这里严刑逼供！”源贺说：“本官善恶分明，对待恶人，自然不会手软。我说这嫌犯怎会有这么大的胆量当庭翻供，原来是背后有人在为贪官污吏和土豪恶霸撑腰！”乙浑笑着说：“源大人，是贪官污吏土豪恶霸，还是陷害忠良污蔑乡绅，都不要这么早下结论，本官倒要看看你是怎么审案的。”乙浑对石华、石斌说：“现在有本官为你们做主，把实情讲出来，若是作奸犯科本官也帮不了你们，假如是被人冤枉，本官一定代表朝廷，为你们主持公道！”

石华向石斌使了个眼色，石斌就哭着叩首：“源大人，你为什么要置我于死地呢？你的那些事，我原本不准备讲的，现在我要揭发你！”冉勇和源延愤怒地拔刀：“你可别胡说！”源贺把他们压下去，他要看看石斌和乙浑究竟演的什么戏。石斌继续说：“乙大人，你要为小人做主，前一阵子小人在邺城游玩，夜宿邺城最大的青楼冀通花店，跟我的相好雪儿在一起，听到了一件隐秘的事，小人有点不敢讲。”

乙浑说：“有什么讲什么！我看谁敢动你！”石斌说：“那天雪儿跟小人说，当今太尉源贺准备造反，已经做好了龙袍和玉玺！这个消息是源大人的一个手下跟雪儿睡觉时，亲口跟她讲的，源大人的那名手下还对雪儿说，到时他做了王公，就娶她当妃子！”乙浑问：“你不是编造的吧！这冀通花店我知道，来人啊，传雪儿上堂！”

这时有人带着一个风尘女子上来，只见她浓妆艳抹，走路扭扭捏捏。乙浑问：“你可是冀通花店的雪儿？”女子答：“民女正是。”乙浑让她将事情的经过又复述了一遍，问她：“源大人的手下都在现场，你倒是说说是谁跟你讲的？”源贺身边的花太平汗流浃背地低下头，雪儿看了半天终于发现他，指着他说：“这不是花爷吗？”众人都看向花太平，花太平只好出来，他激动地说道：“这女人我确实在冀通花店见过，不过我没有跟她讲过任何话，源大人更是对朝廷忠心耿耿，你们怎么能相信一个风尘女子的话！”

乙浑笑着说：“你都能找风尘女子，我们怎么就不能相信她说的是事实？你说你有理，她说她有理！源大人，要不让我们去查查你的军营如何？”源贺拍案而起：“我有皇帝的旌节，我是奉皇帝的命令来治理冀州的，见旌节如同面见圣上，我看谁敢乱动！”乙浑挥手，让人也把旌节取出来，让众人看清，然后说："我也有皇帝的旌节，我也是奉皇上的命来查源贺造反的，我看谁敢拦着。"

乙浑当即带着自己的随从，朝着源贺的军营走去，他早已让人将源贺的军营包围起来。乙浑带人直接进入源贺的营帐，让人翻找源贺造反的证物，果然在床铺下搜出了龙袍和玉玺。乙浑对周围的人说："源贺要造反！这就是铁证，给我拿下！"何无忌和花太平要拔剑，源贺让他们退下，他说："我源贺行得正坐得端，自始至终对陛下忠心耿耿，最近我都在各郡县查案，根本没在军营住宿，这分明是有人栽赃陷害！"乙浑说："真造反还是假造反，我们自然会查明！"乙浑当即命人将源贺请入大牢。

源贺早已意识到乙浑是有备而来，他一面派人连夜向冯皇后报告，一面让人追查身边出卖自己的人。冯皇后知道后，就跟拓跋濬说："臣妾看这事源贺是冤枉的，他要反早跟保周反了，这么多年来，陛下还不了解他吗？他外为国家抵御柔然，内为朝廷剪除宗爱，我们不如微服私访，看看民间的真实情况，臣妾也想趁此机会到信都去探亲。"拓跋濬深爱冯淑仪，听她说得有理，当即答应了。

拓跋濬让太子拓跋弘监国，自己和皇后带着陆丽和贾秀等大臣化妆成商队赶往冀州。拓跋濬平日忙于军国大事，对民间的疾苦根本不知道，他一路上看到普通百姓的辛苦，看到贪官污吏和豪强地主的嚣张，很是痛心。他们赶往冀州，沿途都听到有百姓在为源贺叫屈，他们都在传说源贺为民请命的事。

这天，他们离开上党郡，从漳河谷地走出太行山，在路上安营扎寨，陆丽看到源贺的部将侯茂正骑马带着家人向山里奔跑，他就上前去打招呼。没想到侯茂看到陆丽，赶着家人的马车，急速朝着山里奔跑。陆丽感觉奇怪，当即派人前去追赶，侯茂夫人坐的马车陷入泥泞，他只得停下来。陆丽上前问道："侯将军，怎么不认识老夫了？"侯茂紧张地说："我急于去送紧急公文，所以没有看清司徒大人，请大人原谅！"陆丽说："哪有带着家人送紧急公文的？"

侯茂突然拔刀要刺陆丽，陆丽从小武艺高强，只轻轻一侧身就躲过了，他把侯茂的刀打落在地，几个回合下来，侯茂已成了他的手下败将。陆丽让部下先将侯茂捆绑起来，他上前掀开马车的围帘，只见马车里面坐着侯茂的夫人和儿子，还有满车的金银。陆丽问："你这是要到哪去？"侯茂不说话，陆丽让手下带着侯茂一家来到皇帝歇脚的大营里。

侯茂没想到皇帝和皇后在这里，立刻跪在地上，陆丽对他说："你从实招来，你不管自己的命，倒是想想妻儿的命，圣上一定会宽大处理的。"侯茂说："末将实在是一时糊涂，被闾若文抓住把柄，他让末将把伪造的龙袍和玉玺藏到源太尉营帐，诬陷太尉谋反。末将自知难逃罪责，所以带着妻儿准备隐居太行山终老。末将自知罪大，还请陛下和皇后饶恕末将的妻儿。"拓跋濬说："朕还想着源贺怎么可能造反，原来是闾若文在捣鬼！你跟朕到邺城去解救源贺，指证闾若文，朕可以免你家人的死罪，你也可以从轻发落。"侯茂当即叩头答应。此地离邺城不远，拓跋濬带领众人急速赶往邺城。

乙浑聚集冀州的官员，在大堂上提审源贺。乙浑拿着龙袍和玉玺说："贺豆跋，你这龙袍是从哪做的？这玉玺又是在哪里做的？你知道这是掉脑袋的事吗？"源贺说："这是栽赃陷害，我相信这件事迟早会水落石出！你站在了人民的对立面，不担心会翻船么？"乙浑说："少给我讲什么道理！你现在说出花来也没用，反而是你，一直在破坏我们大魏的基础，闾若文是国舅，楼续忠和嵇廖智都是贵族，他们的生活过得好好的，你非要让人家不自在，让我也不自在！我今天就要把你斩了！"源贺说："没有陛下的批准，你休想动我。”乙浑得意道：“我已将你造反之事上报陛下，不劳我杀你，相信陛下也会很快赏赐你毒酒，没准这杯酒就正在来的路上！”

乙浑说完哈哈大笑起来，他猛然回头，却看到拓跋濬和冯淑仪正站在身后，众人赶忙下跪，拓跋濬让众人免礼，然后让乙浑把源贺的枷锁取掉，乙浑说：“可是……”拓跋濬说：“可是什么？”乙浑说：“微臣有源贺造反的证据。”拓跋濬说：“那些证据全都是假造的！侯茂，你说！”侯茂马上跪地说：“源大人，都怪属下一时糊涂，被闾若文抓住把柄，他答应我只要把龙袍玉玺放到你的住处，就会给我一辈子都花不完的钱，让我到一个地方隐姓埋名，跟家人过幸福的生活，我就……”乙浑听后，赶忙打断侯茂的话，抢着说道：“陛下，微臣一时失察，才上了闾若文的当！”拓跋濬下旨，命源贺和乙浑去抓捕闾若文。

源贺和乙浑带兵正准备赶往闾若文的庄园，哪知闾若文早已得到消息，他想自己逃也逃不掉，干脆带领部众造反，他在冀州经营多年，有许多门生故旧。闾若文带着自己的部众兵临城下，源贺急忙命人关闭城门，邺城被闾若文他们团团包围起来。闾若文命大军猛攻，源贺、乙浑、贾秀、陆丽分别在一个方向防守，由于此次皇帝皇后微服私访，随行的兵将很少，他们只能尽量防守。闾若文攻城三天，城里有点招架不住了，叛军在外面高呼：“活捉拓跋濬！”还高呼：“清君侧！处死源贺、乙浑！”

源贺聚集自己的部下：“我们附近根本没有朝廷的军队！现在如何是好！”花太平说：“我倒是有个办法，花木兰就在魏郡，她当年有许多部下都解甲归田了，我可以连夜去搬救兵，到时我们里应外合，击破叛军！”源贺觉得这也是如今唯一可以突围的办法，他赶忙命人在半夜的时候，用箩筐把花太平放到城外，让他趁着夜色逃过叛兵的眼线，速速赶往老家。

花太平连夜赶回老家，见到花木兰，没想到花木兰早已听说闾若文反叛

木兰救主

的事，正准备联络旧部，花太平的到来让她下定了决心，他们当即把魏郡十里八乡的旧部召集起来，浩浩荡荡朝着邺城进发。沿途他们遇到一些叛军，本来都是乡里乡亲，花木兰对他们说：“如今朝廷惩治贪官污吏、地主豪强，我们的好日子就要来了，闾若文可是冀州的恶霸，见不得穷人过年，将来要是让他坐了江山，哪还有我们的好日子过！”这些叛军听了纷纷点头，甚至要求加入花木兰的队伍里。沿路的人们都会唱《木兰辞》，这次听说是花木兰领兵到来，也都纷纷加入花木兰的部队。

闾若文还在指挥部下攻城，没想到背后花木兰的军队如潮水般涌来，他赶忙分兵抵抗。源贺在城上看到，命人打开城门，率领城里的军队一起出击。闾若文腹背受敌，楼续忠和嵇廖智相继战死，闾若文兵败如山倒，他带着亲信赶紧趁乱逃走。花木兰率军一直追到漳河边上，闾若文看到已无路可退，自杀而死，花木兰让人割下了他的首级。

邺城的包围被解了，花木兰率军入城，受到邺城人民的热烈欢迎，大家都想看看这位传奇婉婳将军的风采。拓跋濬和冯淑仪坐在高堂上，接见了这位巾帼英雄，封她为魏郡公，做邺城镇将，她的部下也依次受了皇帝的封赏。这次事件，拓跋濬表彰了源贺，批评了乙浑。

拓跋濬和冯淑仪回到信都县冯乡去祭祖，离开冀州时，拓跋濬赐给源贺一把尚方宝剑，让他上斩谗臣，下斩恶霸。源贺重新审理石斌案，石斌俯首认罪后，被拉到闹市斩首示众，石华、侯胜、侯茂、雪儿由于做伪证，被发配边疆。源贺早已调查清楚冀州的恶霸，让人按图索骥，将他们全部依法处置，冀州八郡一片清明。事后，拓跋濬在全国四十州、十六镇推广了源贺的治理方法，魏国境内政通人和，呈现出太平盛景，周围的五十多个小国纷纷派遣使者来朝拜。

第二十六章

孤儿寡母独撑朝政　权臣乙浑妄杀功臣

正当魏国蒸蒸日上的时候，拓跋濬却一病不起。拓跋濬躺在泰华殿中养病，冯淑仪派人四处寻找名医为他医治，可就是不见好转。拓跋濬感觉自己时日无多，他分别派人到邺城和代郡征召自己最亲信的两位臣子源贺和陆丽回来。

冯淑仪每天都陪在拓跋濬身边，她的手里抓着当年拓跋濬送给她的玉佩，拓跋濬也从自己腰间解下他的那块玉佩，两个玉佩合起来就是“长毋相忘”，他们想起青春年少的美好时光。冯淑仪说：“陛下，你可是答应过臣妾，要一起厮守到老，你会好起来的！臣妾一定会找到全天下最好的医生治好你的病！”拓跋濬说：“生死有命，富贵在天，朕感觉这次是挺不过去了，朕最担心的是你们孤儿寡母，朕会安排可靠的大臣，好好照顾你们母子！”

太尉源贺和司徒陆丽一回到平城，就赶忙去泰华殿面见拓跋濬，皇后冯淑仪带着太子拓跋弘一直守在拓跋濬身边，后来车骑大将军乙浑和吏部尚书贾秀也来了。拓跋濬面色惨白，他拉着拓跋弘的手说：“朕的祖父太武帝和朕都是在十二岁时登基的，你今年也十二岁了，要担当起治理这个国家的重任！有事不决的，宫里的事找你母后，朝廷的事找这四个股肱之臣。”他回头看着四人说："乙浑、源贺、陆丽、贾秀，你们是朕最信任的人。当年源贺、陆丽、刘尼、长孙渴侯拥戴朕登上王位，可惜刘尼和渴侯都不在了。乙浑一向忠心耿耿，贾秀一直刚正不阿。朕走后，你们四人要同心协力辅佐太子，四人意见不合时要听乙浑的，希望你们不要辜负朕的信任！"拓跋濬说完就离开了人世，年仅二十六岁。拓跋濬去世后，十二岁的拓跋弘登基。

在拓跋濬刚离开人世的那段时间里，冯淑仪抓着"长毋相忘"的玉佩，每天都在灵堂里哭得死去活来。三天后，按照鲜卑的风俗，拓跋濬生前用过的东西都要焚烧，朝中文武百官和后宫三宫六院都到现场哭泣哀悼。拓跋濬生前用过的东西被点燃后，冯淑仪抓着"长毋相忘"的玉佩，感受着天人永隔的痛楚，拓跋濬的离世，让她感觉天崩地裂，她突然跳入火海中，她的这一举动把大家都惊呆了，众人还没有反应过来，旁边的殿中尚书李弈便已经奋不顾身冲入火海，把冯淑仪抱了出来。

在拓跋濬停灵期间，乙浑仗着自己是四个顾命大臣之首，趁机在朝中安插了自己的人，他的三个儿子都被他任以要职，乙肆龙做了内将军，乙肆虎担任内行长，乙肆豹接任内都大官，分别从军事、行政、司法上掌控平城。拓跋弘和冯淑仪在宫中守孝，源贺、陆丽、贾秀为皇帝守灵，乙浑派人把守宫门，自己处理一切政务，文武百官根本见不到新皇帝拓跋弘。

这天文武百官来到宫门口，乙浑当着众人的面又任命和提拔了许多自己的人，其他官员都很不满。殿中尚书杨保平说："新皇和太后我们都还没见到，每天就由你宣布圣旨，我看圣旨上的意思都是你的主意吧！"平阳公贾爱仁和南阳公张天度也说："我们要见新皇！"乙浑说："先皇临终前，让我和源贺、陆丽、贾秀辅佐太子，当意见不一时，要我来拿主意，现在太子年龄还小，我不过是替先皇决策，谁要是跟我作对，就是跟先皇作对！”杨保平和贾爱仁、张天度都忍不住指责他：“现在皇帝已经十二岁，朝中之事可以自己决策了，太武帝和文成帝当年可都是十二岁继位，太武帝击败柔然，文成帝粉碎宗爱，你凭什么为皇帝决策！”

这话让乙浑大怒，他低声让殿中尚书林金闾把三人拿下，林金闾本就是个火爆脾气，他当即对群臣说：“文成帝尸骨未寒，他们就开始叫嚣了，以后新皇还怎么治理天下！”林金闾当即带侍卫把三人拖到闹市斩首。群臣都被震惊了，他们不敢再议论朝政。过后皇帝和皇太后及源贺、陆丽、贾秀才得知此事，陆丽非常生气：“乙浑这混蛋！我要杀了这国贼！”源贺赶忙将他拦下：“千万不要冲动，现在有先帝遗言，乙浑又掌握军权，我们根本不是他的对手。”贾秀也说：“乙浑现在不可一世，我们要欲擒故纵，让他自我毁灭！”陆丽恨恨地说道：“要不是看在先帝还没有入土，我非斩了这奸臣！”

顺阳公拓跋郁和南平公拓跋目辰兄弟二人都是殿中尚书，他们得知杨保平、贾爱仁、张天度三位朝臣被乙浑滥杀后，拓跋郁当即叫上弟弟拓跋目辰，率领部下抵达宫门外，他们都带着兵器，杀气腾腾的，胆敢盘问的侍卫，都被他们打了一顿。守门侍卫赶忙去报告乙浑，乙浑知道来者不善，带着宫里的侍卫来到大门口的城楼上，他看到拓跋郁站在城门下，旁边是提着刀的拓跋目辰。乙浑在城门上问：“二位尚书这是何意？”拓跋郁大声说：“杨保平、贾爱仁、张天度都是国家重臣，你凭什么把他们都杀了！”乙浑笑着说：“二位尚书是不是误会了？他们三人可都是殿中尚书林金闾所杀，这殿中尚书林金闾的性格你们又不是不知，我劝都劝不住！”拓跋郁和拓跋目辰不走，乙浑就让乙肆虎把林金闾捆绑来任由二人惩处。拓跋郁要杀林金闾，被司空和其奴阻挡了，他对拓跋郁说：“林金闾是一时气愤，才做的蠢事，定州刺史正好缺位，不如降他的职！”过后林金闾就被降职到定州去做了刺史。

拓跋郁继续追问：“自从天子登基以来，文武百官都未见过新君，文武百官对国家都非常担忧，我们一定要见到天子！”乙浑看到拓跋郁身后排列整齐的卫士，一副随时准备攻入宫中的态势，乙浑不禁有些害怕，他赶忙安抚拓跋郁说：“现在是先皇的大丧期，天子处在悲伤中，所以没有接见文武百官，你们也没必要疑惑！”拓跋郁说：“我们见不到天子，是不会回去的，这也是当朝文武百官的意愿！”乙浑只好说：“既然这样，二位尚书可先回去，待我将情况向天子禀明，明天天子一定会上朝，到时文武百官都可以一起朝见！”拓跋郁这才跟拓跋目辰带领军队离开，乙浑出了一身冷汗。

源贺和陆丽、贾秀也知道了这件事，当时乙浑要率军讨伐拓跋郁和拓跋目辰，被源贺劝了下来。源贺说：“现在先皇驾崩，新天子刚继位，正是国家的过渡时期，我们要内抚文武百官，外防柔然刘宋，不宜祸起萧墙。”乙浑这才作罢。看着拓跋郁和拓跋目辰的军队远去，乙浑才渐渐恢复过来，他气得说道：“你们迟早要死在我手上！”

第二天，拓跋弘正式登基，他封冯淑仪为太后，接着封赏了四大托孤大臣，乙浑被封为太原王，源贺改封为陇西王，陆丽依然是平原王，贾秀是武邑公，其他老臣都有封赏。文武百官山呼万岁，看到新天子登基，整个朝局这才算是稳定了下来。过后拓跋濬被安葬在了云中郡的金陵，跟北魏历代的皇帝葬在了一起。

安葬好拓跋濬，文武百官返回平城，朝堂之上拓跋弘为皇帝，冯太后垂帘听政，即便如此，朝廷上的一切事情也都是乙浑说了算。乙浑提任自己的亲信步六孤威远为执金吾，丘穆陵多侯为司卫监，让他们执掌平城禁卫，他把自己的亲信都安插在朝廷，然后让他们推举他为录尚书事，也就是丞相。陆丽内心愤懑道："大将军虽然功高，但是按照前朝惯例，录尚书事可都是太子兼任的，从没有臣子坐过这个职位。"殿中尚书拓跋郁赶忙补了一句："前朝倒是有乱臣贼子坐过这个职位，你们让大将军做录尚书事，不是要置他于一个尴尬的位置吗？"乙浑只好假意拒绝了这一职位。这次朝堂之上陆丽和拓跋郁的阻碍，让乙浑心中愈加忌恨，他下决心要除掉这些眼中钉。

乙浑跟自己的亲信步六孤威远和丘穆陵多侯谋划除掉陆丽和拓跋郁、拓跋目辰，他们刚把一切安排妥当，哪知陆丽却生病了，陆丽到代郡的温泉去疗养，乙浑为了让计谋顺利实施，派丘穆陵多侯去将陆丽骗回平城。丘穆陵多侯只好赶往代郡，他虽然是乙浑亲信，但是他的祖上跟陆丽是旧交，他一路上很是忐忑不安。

陆丽正在泡温泉，丘穆陵多侯赶来见他，陆丽问："我们这些人老了，身体大不如前，泡这温泉，也就能多活个两三天，你不在京城效力，来这里干什么？"丘穆陵多侯神色凝重地说："陆司徒，您是家父的旧交，曾经救过家父，现在我就跟您全都说了，乙浑在平城摆好了鸿门宴，准备除掉您。我是奉命来通知您老人家回去的，可我并不想害您！您还是别回去了，就在这里颐养天年吧！您的儿子们也千万不要踏入京城，否则凶多吉少！"陆丽听说后勃然大怒："乙浑算个什么东西！老夫带兵打仗的时候他还在娘胎里呢！我倒要看看他能把老夫怎样！"

陆丽当即决定返回京城，但是他也知道乙浑的权势，他派人暗中跟拓跋郁联系，准备杀掉乙浑，为国除害。他让丘穆陵多侯先回去复命，自己随后率军赶回京城，因为知道此去凶多吉少，他留了个心，他让自己的大儿子陆定国离开平城，小儿子陆睿留在代郡。

陆丽带着自己的随从回到平城，果然如丘穆陵多侯所说，乙浑在他的府邸已设好宴席，准备请君入瓮，陆丽装作什么也不知道，按期到乙浑府邸赴约。乙浑带陆丽入座，他对陆丽说："我这里有佛菻过来的歌姬，请司徒欣赏。"乙浑一拍手，只见一队金发碧眼的歌姬上场起舞。陆丽见到步六孤威远一直站在乙浑旁边，却没有见到丘穆陵多侯的身影，就问道："丘穆陵多侯怎么没来！"

乙浑跟步六孤威远相视一笑，向他使了个眼色，步六孤就让手下取来一个匣子交给陆丽。陆丽问："这是什么？"乙浑说："司徒打开看看不就知道了！"陆丽打开匣子，一股腥味袭来，原来匣子里装的是丘穆陵多侯的人头，陆丽立即从座位上站起，拔出剑来，带着几个随从就要刺杀乙浑，可很快便被周围埋伏的刀斧手控制住了。乙浑站起来说："我平生最恨叛徒走狗！我待这条狗不薄，他偏偏要出卖我，这是他自个选择的下场，怪不得我！"原来丘穆陵多侯和步六孤威远貌合神离，二人皆想做卫尉，步六孤威远很早以前就已派人暗中跟踪调查丘穆陵多侯，这次他终于抓到了丘穆陵多侯泄密给陆丽的把柄，并将此事报告给了乙浑，乙浑就愤怒地让人把丘穆陵多侯杀了。

乙浑没有当场杀死陆丽，而是让人先将陆丽关押起来，第二天他贴出告示，说陆丽试图刺杀自己，让人在闹市区将他斩首示众。拓跋郁听说，随即跟拓跋目辰带着侍卫前去攻打乙浑，步六孤威远早有准备，他带着禁卫军跟拓跋郁大战，拓跋郁寡不敌众，节节败退，他心口还中了步六孤威远一箭，拓跋目辰要上前跟他们拼命，拓跋郁让他别管自己，先行逃走，将来再为他报仇，拓跋目辰只好听从哥哥拓跋郁的安排，连夜逃亡。

过后源贺和贾秀去面见冯太后，贾秀说："现如今乙浑专横朝政，妄杀忠臣，我们该拿他如何是好？”源贺痛心道：“陆丽都被他杀了，他还有谁不敢杀的？此时他气焰嚣张，朋党依附，我们想除掉他，并非易事啊！”冯淑仪听完，倒是显得很镇定，她跟二人说：“你们是否还记得《左传》中的郑伯克段于鄢？多行不义必自毙，他要什么我们先满足他，等到时机成熟不怕除不掉他。”贾秀恍然大悟：“他想要做丞相，臣只能批准。”源贺也似有领悟：“他还想掌握军权，我这太尉的职位也不要了。”冯太后点头。

这天上朝，卫尉步六孤威远又带头上表请封乙浑为录尚书事，吏部尚书贾秀没反对，朝中更没有人敢反对，贾秀当着众臣的面说道：“这丞相要德者居之，乙将军让我们魏国稳定下来，柔然和刘宋都不敢侵扰，除了乙将军也没有其他人配做，大家说是不是？”众人侧目相看，吏部尚书贾秀同意了，众人不敢再多言。

几日后的一次早朝，源贺就提出辞职：“微臣最近身体不好，不堪公务繁忙，请求辞去太尉一职，希望在家颐养天年。”众人赶忙劝阻，源贺坚持辞官，步六孤威远大喜，赶忙出列说道：“既然源大人执意要辞官，那也得体谅他老人家，只是太尉掌握我国军事，太尉一职不可一日无人！”步六孤威远话音刚落，朝堂上立马有人应和，推荐乙浑的哥哥乙拔做太尉，贾秀当然都同意了。

乙郦华找乙浑说她想做皇太后，冯淑仪虽然是皇太后，但是对乙郦华却是处处忍让，乙浑禁不住乙郦华的软磨硬泡，就想着先试探一下冯淑仪。他在朝堂上说：“定州刺史冯熙，在定州政绩突出，可以调回平城，并应由肥如侯升为肥如王。”看到定州刺史位空缺，内行长乙肆虎当即推荐安乐王拓跋长乐去赴任定州刺史，拓跋长乐整天跟乙肆虎在一起寻欢作乐，乙肆虎把拓跋长乐当成了自己的至交。冯太后垂帘听政，全然没有反对，这样冯熙很快就被从定州刺史任上调回，做了一个没有实权的王爷。乙浑感觉冯淑仪好掌控，但碍于她没有做错事，背后又有源贺、贾秀等老臣支持，一时找不到理由将她废掉，他让乙郦华耐心等待。

源贺自从辞去太尉一职后，就整天跟乞伏缦卿、拓跋宝、美罗德她们在自己家里欣赏歌舞，乙浑派人观察多日，发现源贺日日如此，这才放下心来。贾秀在朝堂上对乙浑也是言听计从，贾秀的存在，就像一枚图章，乙浑提出想法，他批准通过。乙浑感觉源贺、贾秀对他构不成威胁，这才放过了他们。乙浑做起了丞相兼太尉，把持了北魏的朝政，所有的事都是他说了算，上下官员只知道有乙浑，不知道有皇帝。在这段时间里，乙浑还不停地扩大侯官的人数，将他们派遣到全国各地，监视王公大臣的一举一动，魏国各地许多要事都在他的掌握中，这些当初宗爱无法做到的，他都做到了，他为此沾沾自喜。

第二十七章
乙浑长安借刀杀人　源贺洛阳平定叛乱

乙浑在京城自己的宅邸，每天都会收到各地来的密报，一封从长安来的密报上说，镇守长安的东平王拓跋道符在暗中招兵买马准备叛乱。拓跋道符是拓跋翰的儿子，当年拓跋焘被宗爱害死时，许多大臣推举拓跋翰为皇位继承人，没想到拓跋翰却被宗爱派人给杀了。拓跋道符对此一直耿耿于怀，他对自己的心腹说："大魏的江山本应传到我父王手中的，短命的拓跋濬已经离世，皇位是该回到我们家手中了！"

拓跋道符的司马段太阳素来对朝廷忠心，段太阳将这个秘密报告给了平城，乙浑第一个知道了拓跋道符的狼子野心，他聚集自己的人商议对策，乙肆虎说："长安虽然是龙兴之地，可惜拓跋道符不是龙，儿臣愿意领兵前去剿灭！"步六孤威远说："拓跋道符自然好灭，他既然把刀举起来了，我们不妨借刀杀人！"乙浑说："还是威远明白我的心，驸马都尉万古真一直对我心存不满，最近他跟巨鹿公李恢和帕康公鱼玄明整日待在一起，他们估计早在策划着如何杀我，古语有言先下手为强，我可不能坐以待毙！"

乙浑当即通过拓跋弘任命万古真为长安镇副将，任命李恢和鱼玄明为雍州刺史，让他们即日赴任。三人并不知道发生了什么事，但却知道是乙浑在背后捣鬼，他们也不敢公然反抗，此时的雍州治所就在长安城中，三人领命后便一道赶往长安。

段太阳跟拓跋道符说："万古真和李恢、鱼玄明三人来者不善，莫非是朝廷发现了我们造反的证据，派他们来夺我们的兵权的！"拓跋道符说："干脆一不做二不休，把这三人杀了起兵造反，省的夜长梦多！"

三人抵达长安，拓跋道符当即设宴招待，拓跋道符早已在周围埋伏好刀斧手。酒酣耳热之际，拓跋道符突然摔掉杯子，刀斧手蜂拥而上，把万古真三人的随从全都砍杀了。接着拓跋道符把万古真和李恢、鱼玄明三人拉到城门上，全部砍头祭旗，拉起了反叛的大旗。

消息传到平城，乙浑大声叫好，乙肆龙、乙肆虎、乙肆豹三人又要请命去征伐，乙浑把他们喝止："拓跋道符这只老虎才刚打了牙祭，我们要继续给他喂肉！"他当即派陇西王源贺、平昌公和其奴、新兴公拓跋丕前去征讨，可给他们拨的兵员却都是些老弱病残。

源贺他们带兵朝着长安出发，源贺在路上故意拖延时间，和其奴不解地问："兵书都说兵贵神速，将军为何拖延不前？"拓跋丕也急道："我们再不赶过去，等到道符坐大，可就不好征讨了！"源贺对二人说："二位将军难道还看不出来吗？乙浑给我们的都是些老弱病残的士兵，我们的这些士兵如何能跟道符的精兵相比，我们和道符都是他的眼中钉，他这是要借刀杀人。"和其奴和拓跋丕此时方才醒悟过来，二人惊道："那现在该如何是好？"源贺说："我已经有了平叛的计谋，二位将军看我的！"

源贺率军不紧不慢抵达长安附近，他派人给段太阳写了一封信，原来段太阳曾经是源贺的旧部，他最了解段太阳的为人，段太阳本就反对拓跋道符起兵造反，这次得知源贺率兵已抵达城外，段太阳趁机把早已不得人心的拓跋道符斩首，打开城门迎接朝廷大军。这起叛乱就这样兵不血刃被平定了，事后，源贺让段太阳派人先把拓跋道符的首级送到京城，段太阳很快就被升为了长安镇将。经历了这件事，源贺三人率兵回到京城后，和其奴和拓跋丕开始暗中跟源贺走到了一起。

源贺回到平城，把兵权交给乙浑，继续过起自己悠闲自得的日子。没过多久，乙浑又探听到镇守洛阳的永昌王拓跋仁准备起兵造反，他赶紧跟步六孤威远商议对策，步六孤威远说："上次源贺好像已经识破我们的计策，这次恐怕不能奏效！"乙浑笑着说："什么叫兵不厌诈，这拓跋仁可是一代战将，跟拓跋道符那个草包不同，我倒要坐山观虎斗！"

这天退朝后，乙浑将源贺拉到侧殿中，源贺诧异，心想乙浑不至于在皇宫里对自己下手，再看他一副神神秘秘欲言又止的样子，就跟了过去。等到关上门，乙浑故意低声跟源贺说："我现在跟你说一件天大的事。"源贺问："对于乙丞相来说，还有什么事比天大！"乙浑说："永昌王拓跋仁，自恃能征惯战，准备在洛阳造反称帝！"源贺说："那可怎么办？朝廷恐怕没人是他的对手！"乙浑说："要说对手，倒是有一个。"源贺问："那是谁？"乙浑拍着源贺的肩膀说："那就是你源将军啊！"源贺这才放下心来："我还是算了吧！我现在年老体弱，根本无法领兵打仗！"乙浑说："源将军你就别谦虚了，打仗是靠计谋，又不是靠力量，现在只有你去深入虎穴，才能把这拓跋仁给铲除掉！"源贺推脱半天后说："既然事关朝廷安危，我源贺只能拼了这条老命了！洛州刺史正好空缺，治所跟洛阳同城，我可以去做洛州刺史，但是你一定要让我来点兵，当然人数也不用多，免得打草惊蛇。"乙浑说："你的主意好！一切都依你的！”

过后源贺就被任命为洛州刺史，他只挑选了五百精兵做随从，他的副手也都是他精挑细选的，除了何无忌、花太平、冉勇、源延，还有中散大夫源怀和司马金龙，源怀是源贺的二儿子，现在已经长大了，源贺觉得他跟自己最像，所以有意要带他去历练一番，司马金龙是他的好友司马楚之的二儿子，如今司马楚之已经去世，他平日待司马金龙就如同自己的儿子，这司马金龙和源怀也经常在一起，此次带了源怀，顺便就一起带上了司马金龙。临行前，他去向冯太后辞行，跟吏部尚书贾秀、新兴公拓跋丕、肥如王冯熙、平昌公和其奴密会，让他们在平城防着乙浑。

源贺带着源家军向南出发，渡过黄河很快就进入洛州。洛州是当时的一大州，下面管辖二十个郡，北靠邙山，南对洛水，周围有八个坚固的关卡：函谷、伊阙、广成、大谷、轘辕、旋门、孟津、小平津，号称“洛阳八关”，所以拓跋仁在此地，就如同在一个独立的王国里。

源贺带人抵达洛阳北门大夏门，洛阳西北的金墉城正在加固，有大队的民工在搬运砖石。源贺正要进城，就看到一个将领边骂边打一个民工：“走路慢吞吞的，你要是耽误了工期，就把你垒进墙里！”民工头领上前求情道：“将军，他的脚受伤了，可否让其他人先顶上？”，这将领回头大骂：“你一个小工头哪来那么多废话，你再多管闲事，我就把你也垒进墙里！你们不过是些青州杂户，还有脸提要求，有本事到南朝去！”将领抓起鞭子又要继续抽打那名民工，却被这魁梧的工头抓住了，这将领瞪着眼大叫：“哟！谁给你的胆子，还敢抓我皮鞭！”说着就大叫侍卫：“给我把这个东西拉出去斩了！”这时两个侍卫提着刀上前，拉着工头往外走，两边的民工看到，都纷纷涌了过来，将领大声喊：“怎么！你们要造反？全都不想活了！”

源贺看到这一情形，赶忙骑马上前劝那名将领："这位将军，民工也是人，我刚才看到是你不对，我看还是把他放了吧！"这位将领抬头打量源贺："我看你也是个官，可是多乱管闲事！这洛阳谁最大？永昌王！这可是永昌王的差事！"源贺说："普天之下莫非王土，这洛阳虽然大，但是那也是皇帝的天下，不管是谁都要遵守王法！"这将领斜着眼说："我不管什么王法，这里我就是王法，你有本事就去找我们王爷！"将军回头对侍卫说："你们给我把这个齐州小民砍了！"侍卫就要抬起屠刀，源贺使了个眼色，旁边的何无忌和花太平上前把侍卫的刀打落在地。将领看到，当即大喊："兄弟们！给我把这个芝麻官拿下！"周围的侍卫全都围了上来，源贺的人也都拔刀迎战。

正在这个时候，拓跋仁从城里骑马出来，他大声喊道："都给我住手！你们这是在干什么？"他骑马走近，将领立刻上前说："王爷，这里有个芝麻官，非要管闲事！"拓跋仁看过去，发现是源贺，赶忙下马去迎接："原来是陇西王！我还在城里等着接你，可是左等右等不见你的踪影，就出来看看，没想到你在这里！"

旁边的将领摸着头说："刚才这些民工拖延，我要管的时候，有个工头强出头，我要惩罚时，他就来阻挡！"源贺说："这工头没有犯法，他们也全都是大魏子民，你凭什么说斩就斩！"这将领还要说话，拓跋仁赶紧喝止："你知道这是谁吗？他是陇西王，新任洛州刺史，我在朝里都要敬他三分的，你还不赶紧给我退下！"将领领命悻悻退下，拓跋仁笑着对源贺说："这个是我的属下穆登奎，我们经常叫他模糊头，不过也算忠心耿耿，请王爷不要见怪！"

源贺说："这个工头没有犯错，还希望你饶恕了他，正好我缺少一个送信的，就让他跟着我吧。"拓跋仁说："这有何难，只要王爷愿意收留，别说一个民工，就是一百个也无妨！"拓跋仁让那些侍卫松开工头，工头跪地谢恩，源贺问他姓甚名谁哪里人氏，他说姓牛名益，齐州人氏，源贺让他到自己营中报到。

拓跋仁热情地带着源贺从大夏门进入，看着车水马龙的街市，源贺说:“这洛阳果然是天下的中心，比平城要繁华许多。”拓跋仁笑着说：“源刺史，你之所以觉得洛阳繁盛，那是因为长安已经被战乱破坏了，如果长安不被战争损毁，我可以毫不夸张地说，它现在一定是天下第一城。”他们穿过南北中轴线铜驼街，一直到南面的宣阳门，这里面临洛水，是魏国最繁华的码头，客商来自世界各地，商铺应有尽有。拓跋仁继续说：“我带刺史看看这街巷，等会儿带你到我的府邸，我们做武将的，一生南征北战，常年不着家，老年享享儿孙清福也就别无所求了！”

拓跋仁带源贺到他的新府邸，把他安顿好，就又带着源贺和他随行的何无忌、花太平、冉勇、源延、源怀、司马金龙到郊外他自己的庄园。经过长长的青石马路，一直到一座高高的门楼前，打开大门，有成排的奴仆欢迎，里面亭台楼阁，花红柳绿，曲径通幽，仿佛皇家的后花园。他们路过一口井，这口井居然是用玉石砌成的，提水的罐子是金质的，罐子上的绳子都是五彩的丝绸做的，众人忍不住惊叹。

拓跋仁带着源贺来到庄园后面的马圈，马圈里拴着的都是非常好的名马。他特别向源贺介绍一匹叫作追隼雪的马，只见这匹红色的马，身材高大，四肢矫健，它最大的特征是四蹄雪白，马的食槽是银做的，马的饰品都是金做的。拓跋仁说：“陇西王知道这匹追隼雪的来历吗？”源贺摇头，他笑着说：“为了这匹马，我可是花了大价钱，它是我派人特地从波斯国买回的，可以日行千里。怎么样？跟你的火凤凰相比可有逊色？”源贺惊叹：“跟我的火凤凰确实不相上下，果真是一匹好马！”

拓跋仁看到源贺眼中流露出的惊讶神色，显得非常得意。拓跋仁以为源贺在羡慕他，其实源贺只是在惊讶，拓跋仁是如何聚集这么多财富的。拓跋仁带着源贺到后院，那里有一座高大的绿珠楼，源贺问："这难道是石崇当年给绿珠修筑的绿珠楼？这里莫非就是石崇修筑的金谷园？"拓跋仁得意地说："源刺史果真好眼力！这里正是石崇当年修筑的金谷园，石崇王恺斗富算什么，他一个平民都能那么富有，何况我是王爷！"

拓跋仁特意在绿珠楼前安排宴席，自己和源贺坐在中间，左边是源贺的部将，右边是另两个刺史。宴席开始，穿着绫罗绸缎的侍女就端着山珍海味上来，盛放食物的盘子都是金银玉石做的，存放美酒的杯子都是琉璃水晶做的，这些器具都是从海外购买来的，众人都在欣赏这些器具。

这时拓跋仁一拍手，前面的乐队奏起音乐，一大群美女就上前起舞，中间领舞的是一个绝色美女，只见彩带随着她的身体旋转，她好像跟彩带融为了一体，众人看得都忘了吃东西。拓跋仁说："石崇的绿珠是好，可是我有五百个绿珠，中间那个沉鱼落雁、闭月羞花的绝色女子看到了吧？她是上官媚，琴棋书画样样精通，绿珠哪里能比得了。"

拓跋仁让人把酒具摆开，给每人都倒上一大杯酒，然后笑着说："石崇不是劝酒斩美人吗？我们也来个劝酒斩美人！"他当即让部将穆登奎和尉建仓取来一个木砧，上面放了一把锋利的斧头，然后让那些跳舞的美女都排好队。拓跋仁说："在座诸位，只要谁没有喝酒，那就斩一个美人！不要以为我是开玩笑，我有的是美人头！"说着拓跋仁端起一杯酒，欢迎源贺的上任，看到明晃晃的斧头和忧愁的美人，大家都一饮而尽。这样一连喝了三杯酒，众人都喝得晕晕乎乎，拓跋仁才住了手。

歌女继续跳舞，中间上官媚在月下抚琴，优美的琴音让众人情不自禁沉醉其中。等到上官媚弹完一曲，拓跋仁突然让人取来两坛酒，分别摆在自己和源贺面前。拓跋仁说："上官媚可是绝世佳人！现在我们赌酒，谁要是先喝完一坛酒，这个佳人就归谁！"源贺说："王爷是不是喝醉了？"拓跋仁说："我没醉！人生苦短，要及时行乐！放心，你见我什么时候食言过！"二人已经有几分醉意，他们把坛子端起来，往自己的嘴里倒。最后源贺先喝完，拓跋仁放下坛子，喊上官媚过来，上官媚走上前来，他对上官媚说："你以后就跟源大人！"

源贺已经喝得摇摇晃晃，上官媚扶着源贺进了绿珠楼。只见窗户上都是用铜钱做成的图案装饰，屋里极尽奢华，玉石雕成的凤凰嘴中含着铃铛，金子铸成的飞龙嘴里衔着珍珠，巨大的金子做的树枝形灯上有几十个灯盏，把屋里照得通明，里面的用具非金即银。源贺看到灯光在摇晃，上官媚的脸在摇晃，最后倒在床上睡着了。

源贺醒来已经是中午，他坐起来，看到上官媚端着燕窝汤进来。源贺隐约记得昨天的事，自己跟拓跋仁赌赢了上官媚。他抬眼看上官媚，发现她虽然异常妩媚，不过总有一丝忧伤，年龄也还非常小。他就问上官媚："你今年多大？"上官媚说："小女子年方一十六岁。"源贺低吟："正是二八佳人啊！"上官媚要上前给他穿衣服，源贺让她不必拘礼，他说："你跟我的女儿钦文姬辰年龄相仿，我看你举止高雅，好像大户人家的小姐。"上官媚跪地说："大人，小女子命苦，本来是天水郡人，父亲上官蒙邦是上邽县令，后来被奸臣害死，小女子也被抄没为奴。"上官媚后来欲言又止，源贺因为急于去办公，就想着回头再问她。

当天源贺到刺史府邸，召集自己的部属花太平、何无忌、冉勇、源延、源怀、司马金龙商议："昨夜拓跋仁的安排，是要掩饰自己的造反计划，他贪污了那么多，可谓欲盖弥彰。我命你们到各处去明察暗访。"源贺把众人分派到洛州周围的八关二十郡去察看。

晚上源贺回到自己的住处，就看到门口停着一顶轿子，旁边是拓跋仁的部将穆登奎和尉建仓。穆登奎说："我奉主公的命令，把上官媚送来给大人。"尉建仓说："主公说了，愿赌服输，大人这可是人间尤物。"源贺正在为难，上官媚就揭开轿帘说："源大人，想来是不喜欢小女子。"源贺不想让上官媚难堪，赶紧让人将她抬了进去。源贺看牛益忠实可靠，就让牛益做了自己的侍卫，他让牛益专门给上官媚安排了一个房间。

源贺正在书房的灯下写自己的《十二阵图》，门外突然飘进来一股暗香，穿着一袭红衣的上官媚走了进来。上官媚直接走到源贺身边，为源贺整理桌上的书："源大人，还不睡觉？"源贺说："我要写我的兵书，你怎么不睡？"上官媚说："我想看看书。"源贺说："我这里有很多书，那你自便吧！"得到源贺的应允，上官媚从书架上翻出了一本《诗经》。

到了半夜，源贺伸了个懒腰正准备去睡觉，却发现上官媚还在书房里。上官媚过来扶他，源贺有些不好意思，他对上官媚说："你赶紧去睡觉吧，我自己可以！"上官媚说："难道大人不喜欢我？"源贺笑着说："你跟我的女儿一样大，我看你身世可怜，不如就做我的干女儿吧！"上官媚原以为源贺要把她纳为小妾，没想到源贺却是要认她为女儿，她一时不知如何应答，只好先回去睡了。

这几天源贺的部下陆续回来汇报，洛州的各处关卡郡县都查了，一切都正常。源贺想拓跋仁会不会并没有起反心，他开始怀疑是乙浑在背后陷害拓跋仁。源贺偶然经过上官媚的房间，听到里面传来哭泣的声音，他敲门进去，上官媚赶忙抹掉眼泪。源贺问："你为什么要哭泣？"上官媚说："我想我的父亲母亲。"源贺问："那天你说父母被奸人所害，究竟是怎么回事？"上官媚下跪说："大人如果为我父母报仇雪恨，小女子定没齿难忘！"源贺赶忙让她起来说。

上官媚说："家父本是秦州天水上邽的官宦人家，他从小喜欢读书，成年后就做了上邽县令。屠各胡人王景文叛乱，杀了秦州刺史，家父率领民众抵抗，后来朝廷派拓跋仁来征讨，没想到拓跋仁比叛军还残暴，他每攻下一个地方就纵军抢掠，家父据理力争，却被拓跋仁以叛军对待，他把我们上官家男丁杀光，女人都充做奴隶。我过后被拓跋仁选中，他当时屠杀的家族太多了，根本记不得我就是曾经的上邽县令之女，我一想到每天要为仇人跳舞，内心就极为痛苦。"

源贺说："我早听说拓跋仁残暴，没想到他竟然残暴到这种程度。朝廷此次派我来任洛州刺史，就是来查他的，拓跋仁平日有没有什么不法行为？"上官媚说："拓跋仁经常让我给他跳舞，有一次他喝醉酒，我听到他跟下属说什么准备造反，说粮草军械都囤积在金墉城的地宫里。"源贺听后拍着脑袋说道："我早该想到，他一直在加固金镛城的！"

源贺对上官媚说："你装作什么都不知道，我会让你静看那个奸贼的下场，为你父亲和你的家人报仇！"源贺离开上官媚的房间，他聚集自己的部众商议对策，花太平说："我也早该想到，金镛城的把守最是严密，每次过去都被官兵赶走。"何无忌说："我们不妨集中兵力，把金镛城包围起来，只要把粮草军械控制了，拓跋仁肯定无法造反！"源怀急道："此计不符合我们的实际，以我们现在的力量，这是自投罗网，没等攻下金镛城就被拓跋仁给灭了。"司马金龙说："我们最好先想个法子混进去才好。"众人点头，大家正在琢磨如何混进去，这时院子里的牛益经过，源贺指着牛益说："牛益做事忠诚而缜密，他原本是修筑金镛城的工头，一定知道方法。"源延说："可是他可靠吗？"冉勇说："我觉得靠得住。"

源贺就召牛益进来，牛益五大三粗的，看到周围都是领兵打仗的将军，他有点不自在。源贺跟他说："牛益，你觉得拓跋仁这个人怎样？"牛益看着周围的人，不知道该怎么讲，源贺说："这些都不是外人，你就直说。"牛益说："拓跋仁害死我的很多兄弟，我恨不得杀了他。"源贺说："你知不知道你们修的金镛城里面囤放的都是些什么？"牛益摇着头说："这我哪里知道，只知道里面有个大地宫。"源贺说："那里是拓跋仁准备造反的巢穴，等你们修完金镛城，为了保守秘密，他一定会把你们全都杀了灭口。"牛益听后紧张起来，源贺说："你愿不愿意救你的兄弟？"牛益说："只要能救他们出来，从今以后我就是将军的人，这辈子您让我干什么就干什么。"源贺说："这事一定要机密，你认识那些民工，我就派你先去探清楚里面的布置。"牛益说："这些民工都是我的兄弟，别说探明情况，只要振臂一呼，都会跟着我走的。"

牛益随即化装成民工，晚上回到金镛城附近。在那些民工中间，牛益素来有威望，他又为了保护民工而差点被害，所以他一回去大家就都围了上来。牛益悄悄跟他们说："这金镛城是拓跋仁造反的基地，一旦完工，大家就会被杀了灭口，现在朝廷已经派源大人下来查清此事，大家要拖延工期，等待时机报效国家。"众民工恍然大悟，都答应跟着牛益拼死一搏，牛益让他们查清整座地宫的走向，回去报告源贺。

源贺聚集部将研究地宫结构，他们想着如何攻入，众人想了几个方案，源贺都感觉不是很妥当，现在最大的问题是拓跋仁手握重兵，而他们手上的兵将却很少，两方力量过于悬殊。这时边关告急，刘宋大将萧道成率军入侵北魏边境，一直打到了洛阳南面的广成关。广成关是荆楚之地进入河洛的第一关卡，一旦此关失守，洛阳定是难保，拓跋仁负责镇守南方，他赶忙召集洛阳的文官武将商议对策。

源贺说："我受朝廷重托，来做洛州刺史，不如你守洛阳城，我率兵去前方御敌。"拓跋仁听后说："我是洛阳镇将，怎么能够看着敌人猖狂，还是我带兵去抵抗的好。"拓跋仁说完，还是觉得不对，他现在异常矛盾，假如让源贺带兵到边境抗敌，自己的兵权就要落入源贺之手，假如自己带兵到边境，洛阳的老巢又落在源贺手里。源贺早已看穿了他的想法，主动提出："这萧道成可是非常狡诈，我们不如一起去前线，你做主帅，我做副手，我不信萧道成能够越过淮河！"拓跋仁听后点头说好。

拓跋仁当即率领自己的大将穆登奎和尉建仓出发，让于龙海严密看守金镛城。源贺也带着自己的部将何无忌、花太平、源怀、司马金龙一起出发，冉勇和源延则留在洛阳城。牛益也混入民工的队伍中。

他们走出伊阙关，直抵汝河边的广成关，拓跋仁率大军入驻汝阳城，源贺则带少量士兵驻守广成关。广成关设在崆峒山上，天下有三个崆峒，平凉的是西崆峒，汝阳的是中崆峒，东面还有个崆峒，中崆峒是神仙广成子的故乡，所以是最初的崆峒山，广成关也因广成子得名。

源贺带人在广成关观战，萧道成每天都派遣骑兵过来攻打广成关，可是不等源贺出兵，那些南宋兵们就很快又撤回到自己的营地，众人都不知道萧道成究竟在玩什么把戏。幸好源贺在南朝有眼线，对南朝的朝廷非常了解，他很快明白了萧道成的真实用意。

原来南宋当今皇帝宋明帝刘彧，害怕自己死后，太子无法掌控朝局，正在大肆杀戮自己的功臣。宋文帝刘义隆死后，他的儿子刘子业凶狠残暴，不仅杀了许多宗亲大臣，还准备向自己的叔叔刘彧下手，刘彧便收买了刘子业的侍卫，把刘子业杀死，自己当上了皇帝。他刚当上皇帝的时候，还特别的贤明，任用贤臣良将讨平叛乱，可是随着自己年老，他总是担心自己死后儿子无法把控整个朝政大权，为了以防万一，他把当初辅佐他的文臣武将逐个处死，此时的萧道成驻守在北方边疆，就接到了宋明帝的圣旨，要他火速进宫。萧道成担心自己回去被处死，陷入进退两难的境地，后来他的参军荀伯玉给他出了一计，那就是养寇自重。萧道成就派骑兵进入北魏境内掳掠，猛攻广成关，果然招来魏军。宋明帝得知北魏大军压境，就让萧道成在边境抵抗。

双方都是因为国内矛盾而假意攻打，所以边境一时陷入僵局。拓跋仁已经隐约感觉到源贺的目的，穆登奎说："源贺到洛州来任刺史，却派人四处巡查，项庄舞剑，意在沛公。"尉建仓说:"现在正是除掉源贺千载难逢的好时机，等我们杀了源贺，到时就栽赃到南朝身上，自然不会引人怀疑。"拓跋仁大笑："说得好！我要叫他有去无回。"

拓跋仁一面派人回洛阳，让于龙海斩杀冉勇和源延，一面命源贺率军出击，渡过汝河去攻打萧道成。源贺跟拓跋仁说："萧道成在对岸正等待我们自投罗网，现在不宜出击。"拓跋仁说："南朝军队每天都等在那里，已经麻痹，正好出奇制胜。"最后直接命令源贺出击。

源贺只好率军出动，他们刚刚走出关城，广成关立即就被拓跋仁的部队占领，源贺顿感不妙，前有宋军，后有叛军，他赶忙率军转入崆峒山中，拓跋仁果然率军从后面追杀而来，源贺边跟对方厮杀边后撤，源贺手下的士兵本来就少，现在又被逼入山中，一下子陷入了险境。

前方就是悬崖峭壁，源贺悲凉地对手底下的部众说："敌人要置我们于死地，我们不能就这么束手就擒，只要还有一口气，我们就要跟敌人拼个你死我活！”正在这时，天降大雨，暴发山洪，拓跋仁的军队被冲下山去。拓跋仁带兵把路口堵死，试图把源贺困死在山崖上。

为了寻得一线生机，源贺让花太平和何无忌分头把守好关口，自己带着源怀和司马金龙去寻找退路。他们在山巅看到一座道观，三人进去造访。一进山门，就看到一个白眉白须的老人坐在那里打哈欠：“成公兴，你小子快点，我等你都等到老了。”这时只见一个年轻人从旁边的温泉走出，一边走着还一边系着腰带。源贺赶忙大呼：“成公兴？你不是在嵩山吗？”成公兴懒洋洋地说：“谁说我不能来崆峒山，我想到哪里就到哪里。”旁边的老人说：“他来看看我广成子不行吗？”源贺又问：“您就是广成子？您不是早就成神仙了，怎么还在这崆峒山里？”广成子说：“谁说神仙就得整天待在天上？”听了源贺和二人的对话，源怀和司马金龙很是惊讶，他们甚至有些不敢相信自己的眼睛。

源贺看到了救星，赶忙拉着源怀和司马金龙给二位仙人行礼说：“今天是天助我也，遇到两位神仙，恳请两位神仙救救我们！”广成子和成公兴并未理会源贺他们，他们开始坐下下棋，仿佛源贺等人不存在一般。源贺说：“两位神仙，如今拓跋仁要造反，把我们围困在山上，我和我的部下都被逼上了绝路，两位神仙可否救救我们？”两位神仙却在那里自顾自下棋，源贺只好带着源怀和司马金龙在旁边观战。许久之后，广成子说：“什么绝路？那边不是有小路吗？”源贺带着源怀、司马金龙在道观外找了一圈，果然看到一条弯弯曲曲的小路，他赶忙回来给二人叩首：“多谢神仙指路！”成公兴又说：“那样走掉太可惜了。应该绕到背后里应外合！”源贺恍然大悟：“神仙是说，联合南朝的萧道成，把拓跋仁消灭！神仙真是神机妙算！”成公兴继续和广成子下棋，二人并未理会源贺他们，他们只是在谈论自己的棋局而已，源贺却得到了启示。

源贺告辞二位神仙，带着源怀和司马金龙回到军营就聚集诸将说：“山后有条小路，如果我们就这样逃掉，回去乙浑定会找借口把我们杀掉。既然是在前线，萧道成的大军就在背后，我们应该借助萧道成的力量，消灭拓跋仁！你们谁愿意去？”源贺话音刚落，源怀和司马金龙站出来异口同声说道：“末将愿往！”源贺点头说：“你们俩素来机灵，这次关系到我们的生死存亡，务必要完成使命！”源怀和司马金龙领命而去。

拓跋仁自认为源贺插翅难飞，只是让人将他们围困在山崖上，以为他们迟早会下山投降。源贺让大将把守关口，自己亲自送源怀和司马金龙从背面的小路下山。源怀和司马金龙二人带着一小队壮士绕过广成关，从汝河的一个渡口坐船到了河对面。

他们藏身到一座路边小庙商量对策。源怀说：“我们若是直接去跟萧道成说，前后夹击拓跋仁，他怎么会相信。”司马金龙说：“不但不会相信，没准还会把咱俩给砍了，到时咱俩的抱负只能成空。”他们在那里左思右想，不知如何去劝说萧道成才好。

这时他们看到山下的大道上有一队人马走来，各种旗帜有一百多面，各种依仗也有一百多件，主人坐在四匹马拉的辇上，上面盖着黄色的褂子，这分明是使持节的阵仗，一看就是皇帝的钦差大臣。二人相视一笑，计上心头。

他们带着一群壮士从山的那边绕到路边埋伏起来，单等这些耀武扬威的人过来，仪仗队走过一半的时候，他们一下子从旁边的草丛中冲出，把旁边的马匹都夺了、把护卫都杀掉，源怀跳上主人的战车，把赶车的一脚踢下去，看到车上坐着一个肥肥胖胖的男人，嘴上没有胡子，嗓音又细，他已经猜出是一个公公。源怀对他说：“你乖乖地跟我们走一趟，我们就不会伤害你，若是敢反抗，就不要怪我们不客气！”那公公连连点头。

司马金龙带壮士一马当先，杀出一条路来，源怀驾着马车跟在后面，一直奔跑到汝河边的码头。他们劫持这公公上船过河，一直到北岸才松了一口气。源怀问那人：“你是什么人？”那人细声细气地说：“我是朝廷钦差大臣吴大喜，皇上派我来前线督战的。”司马金龙说：“原来是吴公公，多有得罪了！我们这就带你去督战！”说完他们哈哈大笑起来。他们把吴大喜的马车也运到河边，对面就是萧道成的军队。

萧道成正在营帐中，就接到战报，朝廷派来的钦差大臣吴大喜被北朝军队给劫走了，这可非同小可，万一吴大喜有个闪失，他的脑袋也难保，他当即率领大军从营寨出发，一直抵达汝河南岸，这时候他看到了吴大喜的马车。源怀和司马金龙看到萧道成上钩了，他们开始赶着吴大喜的马车朝着广成关下走去。萧道成下令渡河，南朝的军队早已做好准备，在萧道成的带领下千军万马渡过了汝河。

源怀和司马金龙让一个壮士将吴大喜的马车一直赶到广成关下，他们则从侧面先行撤走。萧道成带着大军兵临广成关下，把吴大喜救下，吴大喜喜极而泣。萧道成要在钦差大臣面前显示自己的勇猛，他亲自率军攻打广成关，拓跋仁慌忙率军转头迎战，源贺知道萧道成的军队来了，他赶紧率领自己的人马从山上冲下来。拓跋仁腹背受敌，被打了个大败，他率领残余部队趁乱逃走。

萧道成缴获大批辎重，让人带着战利品渡过汝河归营。源贺收编拓跋仁的部队，让他们把守广成关，自己率军追击拓跋仁。拓跋仁带领残兵败将朝着洛阳城逃跑，那里是他的大本营，只要能回到洛阳城，他就能率军东山再起。源贺早知他的意图，带着兵将在他们后面紧紧追赶。

拓跋仁并不知道，此时的洛阳城中，同样也在上演着一出好戏。原来源贺离开的时候，早已让冉勇和源延见机行事，还让牛益组织民工，准备夺取金墉城。在拓跋仁攻打源贺时，他派人给于海龙送信，要他斩杀冉勇和源延，于海龙便在金墉城中整顿军队，准备前去捉拿冉勇和源延，这事被牛益知道了。牛益当即率领数万民工起义，这些民工平日饱受于海龙压榨，一个个对他早已恨之入骨，他们把于海龙的军队全部斩杀，于海龙的人头也被割下来挂到金墉城上。冉勇、源延、牛益占领了整座洛阳城，他们又分别派兵去把守八关，牛益亲自去把守伊阙关。伊阙关因伊河流出而得名，两山相对，有龙飞出，所以叫龙门。

拓跋仁被击败后，跟穆登奎和尉建仓带着残兵败将逃到这里，向关门上的守将喊话，牛益在暗处让人打开关门，拓跋仁毫不怀疑，带着部队进入，只听牛益一声令下，守城将士全都提刀围了上去，拓跋仁如同瓮中之鳖，看到这架势，他的部将全都放下了武器，拓跋仁和穆登奎、尉建仓束手就擒。拓跋仁跟牛益说：“你把我放了，我们一起举兵造反，一直打到平城，一起坐江山！”牛益说：“这些话你带到阴曹地府跟阎王爷说吧！”

源贺带兵赶到，牛益出城迎接，源贺让人把拓跋仁和穆登奎、尉建仓押赴平城。源贺回到洛阳城，跟源延和冉勇会合。源贺把起事的民工都编入自己的部队，让牛益统帅。牛益却说：“大人，您可知道我们是平齐户？你知道我们的苦吗？我希望朝廷为我们所有的平齐户平反！”关于平齐户的事源贺怎会不知，当年北魏攻打淮北四州，徐州、兖州自动归顺，齐州士族抵抗一年后投降，只有青州士族以东阳城为据点抗拒了三年才被朝廷大军攻破，为了惩戒那些反抗的民众，拓跋焘让徐州兖州的民众仍然生活在当地，齐州人都迁到代北，建立了平齐郡统治。从前还有平定凉国后建立的平凉郡，他们的身份还是平民，只不过是离开了故土。最差的是青州的民众，他们的身份是杂户，被称为平齐户，他们全部被打乱，分发到全国各地做苦工，形同奴隶。源贺对牛益说："都是国家的子民，理应一视同仁，这次要不是有你们，拓跋仁早就率兵打到平城了，我一定会上表为你们平反！"

源贺知道萧道成并不是真的要北伐，他留下兵马把守城关，自己率大军返回平城，他把干女儿上官媚也带回了平城。乙浑没想到源贺不但平定了叛乱，还得到了一支强大的军队，他虽然内心不悦，但是依然代表朝廷封赏了他。源贺把牛益等人的功劳上奏，牛益被封为殿中尚书，他的部下也都各有封赏。源贺把平齐户的事在朝上向皇帝启奏："青州士族多是忠勇之人，当年只是各为其主，才得罪了朝廷，再说这也是太武帝时的旧事了，这次若不是他们相助，恐怕难平拓跋仁的叛乱，臣请废除平齐户，让他们成为平等的魏国子民。"乙浑的人赶忙站出来反对，源贺的人和他们激烈争辩起来，源贺让牛益当庭讲述当时起义的经过，在场的朝臣无不被感动，最后在多数人的支持下，平齐户终于平反了。

源贺又说："洛阳居天下之中，有八关之坚固，有河洛的便利，最适合做帝都。黄河是中华的核心，长安、洛阳、邺城是沿河的三大都会，长安在支流渭河上，洛阳在支流洛河上，邺城在支流漳河上，多个朝代都在那里建都，所以东平王拓跋道符、永昌王拓跋仁、濮阳王闾若文才会分别聚众造反，臣希望朝廷在合适的时候迁都洛阳。"源贺这一说，可谓一石激起千层浪，朝堂上顿时吵成一片，迁都洛阳之事，鲜卑贵族尤其反对。京兆王拓跋子推说："平城地处草原和中原的交汇处，向北通过六镇控制柔然，向南可以统治中原，迁都后北方的草原势必会丢失，我们鲜卑的传统也必将消失！万万不可迁都啊！"最后沉默的冯太后突然开口："源贺说得有理，洛阳是天下的中心，理应迁都洛阳，但是现在迁都时机还不成熟，这事以后再议吧！”此事就这样被搁置了下来，不过冯太后倒是开始筹备起将来迁都的事宜。经过这次征伐，虽然乙浑还是一手遮天，但是在朝的文臣武将也看到了源贺的力量，朝廷暂时处于平衡状态。

第二十八章

钦文姬辰比武招亲　司马金龙娶得娇妻

人间三月，桃红柳绿，正是踏春的好时节。钦文姬辰和上官媚正在商议出去游玩的事情，这时钦文姬辰的好闺蜜沮渠可以来了。上官媚正准备去跟源贺说她们三人打算今天出门游玩的事情，钦文姬辰却一把将她拉了回来，她挤着眼睛跟二人说："要是让爹知道，他非派一支军队跟着我们不可，到时候我们还怎么玩！"上官媚说："可是万一遇到山匪怎么办？"沮渠可以说："那就让钦文姬辰做山大王的压寨夫人！"钦文姬辰说："做压寨夫人有什么不好的，还可以在山头呼风唤雨，哪像在这京城这般烦闷！"说完三人笑了起来。

她们又商量到哪游玩好，钦文姬辰说："我听说京城西面的武州山很好玩，那里正在开凿佛像，再说又离京城很近，也不用担心会被山匪劫走，我们就去那里玩吧！"沮渠可以和上官媚点头，她们本来就会骑马，趁源贺上朝的时候，三人带着几个奴仆偷偷溜了出去。

她们从京城一路向西，沿着武州川一直朝西走，很快就抵达武州石窟，也就是后来的云冈石窟，她们听到开凿佛窟的声音，清脆的声音在山谷间传响，她们看到许多僧侣在半山开凿佛像。当年太武帝的灭佛令，让这里的佛寺废弃多年，从文成帝开始，佛教文化才又渐渐复兴。在山间行走，上官媚尤其感觉到难得的清幽。

钦文姬辰最喜欢探险，她准备到对面的山下游玩，上官媚和沮渠可以也想去看个究竟，她们就越过武州河川，穿过清幽绿林，看到山前一座山门，上书“灵岩寺”。她们正要进去，就听到山林中传来一阵马蹄声，等那几个骑马的人近前来，才看到是同样来游玩的三个年轻公子，他们是内行长乙肆虎、安乐王拓跋长乐、河间王拓跋琛。乙肆虎看到三个女子长相不凡，知道她们一定是贵族小姐，乙肆虎一眼便看上了为首的钦文姬辰。乙肆虎看到灵岩寺，为了显示自己的能耐，就神气地说：“太武皇帝当年下的灭佛令没人听吗？给我进去把那些和尚抓出来问话。”他当即让随从大摇大摆地骑马进入寺庙。钦文姬辰一看，对乙肆虎心生厌恶，大声呵斥：“那都是什么时候的事了，从先帝文成皇帝开始，早都开始重新崇奉佛法，我看你们谁敢在这里造次！”乙肆虎为了讨好钦文姬辰，转而说自己其实也信奉佛法，他还上前自我介绍说自己是内行长乙肆虎，钦文姬辰早就听说乙浑的儿子中他是最无法无天的，今天一见果然如此，钦文姬辰心中暗想如何收拾他，挫一挫他的傲气。

这时从远处过来一队胡商，大约有一百人，乙肆虎想在三个女孩子面前表现一下自己的能耐，他故意上前去咋咋呼呼盘问，哪知那队胡商是柔然间谍所扮，他们的口音露出了破绽，干脆一不做二不休，掏出武器要跟乙肆虎他们拼杀。乙肆虎慌忙后撤，柔然人掏出武器杀了过来。乙肆虎第一个骑马逃入寺庙，他赶紧让拓跋琛前去阻挡，拓跋琛的武功号称平城第一，拓跋琛且战且退进入寺庙，钦文姬辰指挥卫兵把守山门，柔然人一时也攻不进来，但是那些精明的柔然人，似乎发现被围的乙肆虎和钦文姬辰他们并非普通百姓，他们像狼一样把寺庙包围起来，准备夜晚偷袭。

乙肆虎和钦文姬辰等六人进入寺庙，在那里见到了灵岩寺高僧昙曜，昙曜命人为他们安排了饮食，佛寺的中间是石窟，东面是僧寺，西面是尼寺，男女分开住。六人互相认识，拓跋琛则为上官媚所着迷。上官媚见到昙曜，有一种天然的亲切，主动去给佛祖上香，保佑他们平安，拓跋琛也跟着去上香。上官媚向昙曜请教佛法，昙曜与上官媚聊了几句后，忍不住夸赞她有佛缘，赐给了她一尊银制佛像，上官媚如获至宝，回去后日夜供奉，这是后话。

夜里，柔然人果然开始偷袭，乙肆虎借口在寺庙保护众人，实则贪生怕死，偷偷躲了起来。钦文姬辰不愧是将门虎女，亲自披挂率领几十个卫兵出门跟柔然人打斗，拓跋琛和拓跋长乐也拔剑前去应战，但还是渐渐不敌。在危难关头，只见背后突然火光四起，有援军杀来，钦文姬辰内心振奋，率领卫兵奋勇杀敌。钦文姬辰在火光中被几个柔然人围困，一个身穿银色铠甲的将军骑着白马手提银枪赶来，先把一个柔然人捅死，两个柔然人要跑，也被他从后面挑死。钦文姬辰立刻被这个白马将军吸引，看到有几个柔然人又准备联手攻击钦文姬辰，这位将军赶忙回身把她拉上了战马，然后带着她跑到了魏军队伍里。随着一声令下，魏军一拥而上，柔然人腹背受敌，死的死，伤的伤，逃的逃，很快就被清理掉。

原来这个白马将军，正是司马金龙。钦文姬辰在司马金龙的马上，感觉到从来没有过的幸福，她对司马金龙可谓一见钟情。这时她也看到自己的哥哥源怀，原来她们三个私自出走，至晚未归，源贺拷问府里丫鬟，才知道她们三个是到了武州川，源贺连夜派源怀和司马金龙前来找寻，幸好他们及时赶到，钦文姬辰才没有发生危险。钦文姬辰知道眼前的将军就是司马金龙后，心里越加喜欢，她早就听说司马金龙是有名的美男子，今日一见果然名不虚传，司马金龙看到刚才钦文姬辰以一敌众，也对钦文姬辰心生爱慕。

他们进入寺庙的时候，乙肆虎这才假意拔出剑来要杀贼，钦文姬辰嘲笑道：“等到你出来杀敌，我们几个早就都成刀下鬼了！”乙肆虎一副不以为然的样子。正是半夜，昙曜派僧人为源怀和司马金龙安顿住处，当天众人就都住在了寺庙里。乙肆虎晚上去找钦文姬辰，钦文姬辰却跟沮渠可以去看司马金龙，她跟司马金龙谈古论今，发现司马金龙不但武功了得，还文采出众，临走的时候，她故意给司马金龙留了张纸条。司马金龙展开纸条，只见上面写道：“救我！明天就去向我父亲提亲，不然我就要落入乙肆虎之手。”

钦文姬辰和沮渠可以说说笑笑正准备回房歇息，半路却遇到拓跋琛在向上官媚献殷勤。夜已深，三个女孩将拓跋琛赶走，三人在房内互相评论着这几个男人。钦文姬辰讲起司马金龙来滔滔不绝，她不停地讲着司马金龙的好，沮渠可以也暗中喜欢司马金龙，只是碍于钦文姬辰也爱上了他，生性温润内敛的她，只能把情爱埋藏在心底。上官媚在晚上遇险时，是拓跋琛在真正保护她，她心知肚明却什么也没说。

次日一大早，他们便一道离开武州石窟，赶回了平城。钦文姬辰回到源府，就被源贺叫去训话，钦文姬辰假意讨饶：“爹爹别生气！女儿倒是因祸得福，遇到了一生中最重要的人。”源贺大喝：“什么？”钦文姬辰撒娇道：“爹爹不是老说女大不中留，我倒是给爹爹物色到了一个好女婿。”源贺气得说：“你居然有脸说！”钦文姬辰说：“这有什么不能说的，丈夫是要陪我的，又不是陪你们，所以首先要我中意。我看上司马金龙了。”源贺听后放下心来，不过还是假意生气，也不给钦文姬辰回话，只是让人把她看管起来。

源贺正准备出门跟吏部尚书贾秀相会，商议除掉乙浑的计策，却有人来报，丞相乙浑带着礼物来访。源贺要下人回绝，可是乙浑已经大大咧咧走了进来。

乙浑指挥下人把几大箱的礼物抬进来放下。源贺非常不解地问："乙丞相，你这是干什么？应该我给你送礼才对，你怎么反倒给我送起礼来？"乙浑却说："源将军，我就不绕弯子了，听说将军有一女，长得是如花似玉，我有个儿子，也长得一表人才，本来我们是政敌，可是无奈小儿肆虎对你的女儿钟情，所以今天我是来为小儿提亲的，何不让我们借此强强联手。"

源贺正不知如何回绝，这时有人来报，中书博士司马胤之来访。源贺赶忙让人迎接进来，司马胤之同样抬着几箱礼物，源贺赶忙问司马胤之："世侄你这又是？"司马胤之说："自从父亲仙逝，长兄如父，我日夜为弟弟金龙的婚事操心，听说伯父家女儿钦文姬辰堪称绝代佳人，所以我是来为舍弟提亲的，希望可以继续我们两家的世交。"

源贺听后，计上心头，他对乙浑和司马胤之说："你们看，现在提亲的人这么多，前面我还没有答复几位公卿，我也正为此事犯愁，小女生性好武，不如我就举行一场比武招亲，也可以让所有的人公平竞争。"说着源贺就喊上官媚来，上官媚婀娜多姿地走来，当乙浑看到她时，早已经把提亲的本意给忘了。源贺看到，不免吃惊，他还是吩咐上官媚："媚儿，现在许多世家子弟来向你妹妹提亲，我准备举行比武招亲，你拟写告示，三天后举行。"

上官媚得令而去，乙浑看着上官媚离去，魂都飞掉了。在源贺的提醒下，乙浑才回过神来，他不说提亲的事，倒是问起上官媚："刚才的女子，也是将军的女儿？"源贺说："这是我在洛阳认的干女儿，过去也是官宦人家的女儿，因为父母双亡，才沦落到民间，是个可怜的孩子。"乙浑说："这个女子才叫国色天香，不知道有没有许配人家？"源贺说："这倒是还没有。"乙浑面露喜色，告辞而去，让源贺摸不着头脑。

当天源府贴出告示，要为钦文姬辰举行比武招亲，这件事很快就传遍了平城，许多后生纷纷报名参加。比武招亲共分三项，第一天射箭比赛，第二天力量比试，第三天武功比试。司马金龙和乙肆虎自然也前来报名了，此次报名的还有京城的许多世家子弟。

上官媚出门时，拓跋琛趁机接近她，约她一同到京郊去赏玩。上官媚说了自己的悲惨身世，讲父亲在胡人叛乱中为民请命反被拓跋仁冤杀的事，后来自己还被拓跋仁奴役，是源贺把她救了出来。拓跋琛也讲出自己的身世，他本来是齐郡王拓跋简的儿子，拓跋简是左昭仪沮渠可人的儿子，右昭仪乙郦华的儿子拓跋若本来是河间王，可惜十六岁就病死了，在乙郦华的要求下，拓跋琛被过继给了她。拓跋琛原本一身正气，可惜总被乙浑控制，根本不能自由决定自己的事……二人变得无话不谈。

比武招亲开始，由源贺亲自主持，他和三个夫人乞伏缦卿、拓跋宝、美罗德坐镇观看。钦文姬辰和沮渠可以、上官媚也在骑马走动。缦卿是钦文姬辰的亲生母亲，这场关乎女儿婚事的比武招亲，她看得比谁都认真，她一边看一边在心中默默祈祷，希望自己的女儿能够选上一位如意郎君。第一天在校场设了箭靶，要骑马射箭，射中多的人得胜。在众多的报名者中，上官媚居然发现了拓跋琛的身影，拓跋琛看到上官媚，也自觉心虚，他追上上官媚想跟她解释，可上官媚却甩开他，生气地离开。源贺亲自骑马示范，他的箭术奇准，百发百中，让人叹为观止。司马金龙自幼跟着源贺，得到了真传，同样百发百中。乙肆虎虽然也很好，但不是司马金龙的对手，第一天司马金龙胜。

第二天比力量，在校场设了各种重量的铁球，参赛者要举起铁球，不断加码。乙肆虎五大三粗的，他已经算准了，司马金龙为了保护自己，这一天乙肆虎胜。参赛者在校场比赛的时候，上官媚感觉拓跋琛有隐衷，她后悔昨天没有听一听他的解释，这次她故意骑马离开校场，果然拓跋琛骑马赶来。上官媚假装不理拓跋琛，拓跋琛赶忙上前解释："媚儿，我只爱你一个，我这次参加比武招亲，也是身不由己。"上官媚说："你先跟我说这究竟是怎么回事？"拓跋琛为难道："我现在还不能说。"上官媚说着拍马就要离开，拓跋琛赶忙上前阻拦："好吧！我告诉你，不过你别跟别人说。这是乙肆虎的主意，他要我在第三天打败司马金龙，然后再假意输给他，因为他知道自己不是司马金龙的对手。"上官媚气道："你怎么能把感情当儿戏，你明明知道钦文姬辰爱司马金龙，还要用卑鄙的手段把他们拆散。"拓跋琛说："可我不敢得罪乙肆虎！"上官媚说："钦文姬辰是我最好的姐妹，她的幸福就是我的幸福，你若是真的爱我，明天就不要上场。"拓跋琛点头答应了。

最后一天是比武功，如今司马金龙和乙肆虎各胜一局，今天开始比武。拓跋琛的武功号称平城第一，人们都期待看到拓跋琛和司马金龙比试，可是等了半天却不见拓跋琛的身影，原来他假装坠马受伤。这让乙肆虎急得团团转，他只能上场对抗司马金龙，经过一番打斗，乙肆虎被司马金龙打下了擂台。

司马金龙得胜，钦文姬辰喜极而泣。比赛结束后，司马金龙亲自登门拜谢源贺和钦文姬辰的母亲乞伏缦卿，发誓会一辈子照顾好姬辰。源贺和缦卿对这门亲事很是满意，三日后给他们举行了婚礼。司马金龙把钦文姬辰娶到府邸。新婚当晚，司马金龙和钦文姬辰二人海誓山盟，生死相依。几年之后，钦文姬辰为司马金龙陆续生下三个孩子，司马延宗、司马纂、司马悦，司马金龙也被封为琅琊王。后来钦文姬辰病逝，离世前，她痛哭流涕让司马金龙娶沮渠可以，因为她知道沮渠可以喜欢司马金龙，一直未嫁，这样沮渠可以就成为司马金龙的继室，为司马金龙生下了儿子司马徽亮。十年后，司马金龙去世，跟钦文姬辰合葬，兑现了自己的誓言。

第二十九章

源怀审贪斩杀粮霸　源贺伏击柔然告捷逃生

司马金龙和钦文姬辰的婚礼结束不久，朝廷就接到边关急报，柔然可汗吐贺真率领大军入侵，一时间北方六镇告急。源贺和乙浑在朝上的争锋暂时被外敌所终止，源贺想着如何退敌，让柔然不敢再踏足魏境，乙浑却谋划利用这次入侵，将源贺置之死地。想到朝廷定会派源贺领兵抗击柔然，乙浑想到了一直身居闲职的拓跋尼须，他是拓跋子推的弟弟，曾经做过吏部尚书，因为任人唯亲，源贺认为他不堪重用，将他弹劾了，也因为此事，拓跋尼须对源贺心生怨恨。乙浑想在源贺的兵将中安插拓跋尼须，拓跋尼须跟源怀为连襟，算起来也是源家的亲戚，源贺定不会生疑。

乙浑夜里去见拓跋尼须，拓跋尼须正坐在酒桌前自斟自饮，看到乙浑，拓跋尼须诧异道："乙大人如今可是一人之下万人之上的红人，怎么会来老夫府上？"乙浑笑着说："正所谓无事不登三宝殿，我是来给你一个机会。"拓跋尼须抬头看着乙浑说："什么机会？现在朝里没有一个人能够容得下我。"乙浑说："天下谁不知道你拓跋尼须是能人，犯了小错误，就被源贺弹劾免官。"拓跋尼须愤愤道："休再提此事！只要给我机会，我保证在那源贺老儿之上！"

乙浑内心暗笑，他不露声色地对拓跋尼须说："我此番来找你，就是要给你送一个你想要的机会！如今柔然入侵，明天我就率领文武百官上谏陛下，让你挂帅出征，抵抗柔然！"拓跋尼须一听，兴奋得扔掉酒杯站起身来："乙大人此话当真？我正需要这样的机会去建功立业，我得让源贺那老儿瞧瞧我的厉害！"乙浑点头。当日乙浑回去，就派人密会自己门下的文武官员，将一切安排妥当。

次日，冯太后以献文帝名义召集文武百官，冯太后说："柔然如同豺狼，本性不改，再次入侵，塞北六镇告急，我朝谁人能够统兵驱逐柔然！"乙浑出列道："陛下、太后，老臣举荐拓跋尼须，他素来胸怀大志，饱读兵书，勤于练武,一定可以将柔然击退！"乙浑的党羽全都附和。源贺站出来说:"陛下、太后，老臣认为拓跋尼须好酒斗气，不宜做统帅！老臣身体尚还健朗，愿意领兵出征，为大魏分忧！"朝中正义的臣子都支持源贺。一时间，两方唇枪舌剑，吵得不可开交。冯太后感觉内有玄机，最后只好说："源贺、乙浑，你们是大魏的柱石，你们讲得都有理。源贺，你是身经百战的老将，由你出征，柔然定然闻风丧胆，只是你已年近七旬，让年轻有为的拓跋尼须辅佐，那就万无一失了。"源贺和拓跋尼须当即被封为正副统帅出征，双方都无话可说。

源贺骑着先皇赐的火凤凰，背上挎着宝弓，腰间佩着短剑，手中握着长枪，率领源家军花太平、何无忌、冉勇、源延、源怀、司马金龙出征。拓跋尼须也穿着祖先的轻质铠甲出征，此次出征，乙浑还让乙肆龙作为拓跋尼须的军师一起随军。因为有乙浑在朝中撑腰，拓跋尼须在军中显得趾高气扬，不可一世。

源贺和拓跋尼须率领魏军抵达盛乐城，击退了围城的柔然大军，不过很快吐贺真又率领更多的军队前来。眼看城里的存粮不多,后勤补给又迟迟未到,源贺聚集众人说:“现在我军粮食短缺,从平城发来的一千车粮食按期早该到了,不知为何到现在还毫无踪影,这其中可别出了什么变故!源怀向来谨慎,我命你到武川镇沿途查看粮草都到哪了!”源怀立即领命率领亲军趁夜突围而去。

源怀火速赶往武川镇,武川镇守白道,白道是从平城穿过大青山的交通要道,因为两边都是青色的,唯有中间的道路为白色而得名。武川镇将是新上任的贺楼劲,他是拓跋尼须的舅舅,拓跋尼须一人飞升仙及鸡犬,他一恢复官职,就把自己的舅舅贺楼劲安插在了这里。贺楼劲设宴招待源怀,源怀看到席上的山珍海味,忍不住皱起眉头说:“贺楼将军,如今前线的战士连吃的都没有,我们怎么能这样大吃大喝?”贺楼劲说:“武川镇因为有白道,过往商旅繁盛,所以自然比其他五镇富庶,源将军到此,自然倾其所有招待!”源怀说:“我来这里是办公务的,以后一切从简,我问你,朝廷发的一千车粮食可曾送到?”贺楼劲对源怀说道:“一千车粮食?我正要向朝廷上报,军粮在白道被柔然兵抢了!”贺楼劲说完,还命人把他从柔然兵处缴获的一些兵器搬了上来,源怀看着这些兵器若有所思。

源怀回去,跟左右说:“柔然士兵根本就没有来过武川,怎么会有柔然士兵劫粮,我看其中有鬼!”源怀决定查案。次日一早,他们就出了武川镇,沿着白道行走,当走到大青驿的时候,他们发现此处熙熙攘攘,云集着南来北往的客商,很多人在这里贸易,形成了一个大集市,在这处集市上,最显眼的是沿路开着的一家叫“裕丰”的粮店,只见这家粮店顾客盈门,比别家的生意要好很多,这让源怀心中生疑。

源怀带人走进裕丰粮店,店小二头也不抬就问:“要多少?”源怀说:“你们店里有多少粮食？”店小二这时候抬起头来，他打量了一番源怀，看其穿戴不凡，后面还跟着几名随从，立即满脸堆笑，对源怀说道：“这位客官，您想要多少粮食，我们店里都有，我们店里粮食多得是！”源怀一听，心头升起了疑惑，这小小的驿站粮店，哪来这么多粮食？肥头大耳的店老板在屋里听到外面来了个大主顾，不等店小二叫唤，就赶紧迎了出来，此人外号“圆头猪”，是白道的粮霸，控制着白道的粮价。圆头猪问源怀：“敢问客官尊姓大名，要买多少粮食？”源怀镇定道：“我是沃野镇的商人源思礼，我看你店里这小米不错，要买二百石，你店里可有？”圆头猪看着源怀得意地说道:“不说二百石，你就是想要五百石一千石，我们店里都有！”源怀听完警觉起来，为了探清情况，他对圆头猪说道：“你可别蒙我！不说一千石，光二百石就是不小的数目，我看你店面就那么点大，哪里有那么多粮食，我要先见到粮食！”

圆头猪看源怀财大气粗的样子，就带他到店铺后面的山前，那里的家丁都全副武装，不亚于军营，圆头猪让人把粮仓打开，里面是堆积如山的小米，众人都被震住了，谁也没想到这小小米店的粮仓会储存着这么多的小米。圆头猪看到源怀他们被震住了，脸上露出得意之色。源怀抓起一把小米看了看，颜色金黄，颗粒饱满，众人还在惊叹，细心的源怀却看到了旁边的一个仓库里停放的运粮车，上面标着“魏粮”字样，他顿时明白过来，这仓库里堆放的正是那些被劫走的军粮。为了不打草惊蛇，源怀说道：“果然是粮食满仓，我今天带的银两不够，先到武川镇去取钱，明日早上来提货！”圆头猪听罢只好先把源怀他们送走。

源怀当日返回武川镇，见到镇将贺楼劲，命他明日带兵到白道驿查案，贺楼劲怀疑源怀有所发现，连夜派师爷前去找圆头猪，问他白天可有什么可疑人物来过店里？圆头猪说：“有个沃野镇的大客商源思礼要二百石粮食，可惜钱没带够，说明日再来提货！”师爷说：“你真是糊涂！源思礼就是源怀，赶紧把运粮车全部烧掉！”圆头猪说：“咱有副统帅为靠山还害怕他不成！”师爷说：“他可是统帅源贺的儿子，专门来查军粮的！”圆头猪听后，吓得面如土色，赶紧指挥壮丁，把所有的运粮车拉到野外烧毁。

源怀一早跟贺楼劲带兵赶往白道驿，直奔裕丰粮店的仓库，仓库门外的壮丁都被他们缴了械，源贺带领众人走进仓库中，却意外发现昨日堆放运粮车的仓库空空如也。源怀把圆头猪抓过来问：“昨天这里堆放的运粮车呢？”圆头猪说：“这里只有粮食，运粮车运来粮，自然就走了。”源怀怒目道：“死到临头竟敢狡辩！我昨天明明看到你的粮仓里停着我大魏的运粮车！”贺楼劲赶紧上前：“将军恐怕是看错了！这圆头猪不过是一小商贩，他哪有那么大的胆量和能耐去打劫军粮！”源怀并未理会贺楼劲，他拔出刀架在圆头猪脖子上问：“我再给你一次机会，昨天的运粮车呢？”圆头猪只好说：“在后山烧掉了！”源怀急忙带人赶到后山，可惜还是来晚了一步，他们只看到大片的灰烬。源怀正在叹息的时候，一个侍卫看到那些灰烬中有一处还在冒烟，他走过去用长枪挑开，发现一架燃烧了一半的运粮车，车身上的“魏粮”二字还清晰可见。

源怀命人押圆头猪来问:“这是我大魏的运粮车,证据确凿,你快从实招来,你们是怎么将这些军粮抢劫来的？”圆头猪望向贺楼劲,贺楼劲急忙拔刀上前,假装怒斥圆头猪:“你这个狗贼,大魏将士在前方拼杀,你却胆敢在此抢劫军粮,人人得而诛之！我今天就宰了你！”贺楼劲举起刀准备向圆头猪砍去，源怀赶紧把贺楼劲挡开了。源怀看着贺楼劲说：“大魏有魏律，我们会按照律法将他绳之以法的，至于他背后的主谋，也休想跑掉！”贺楼劲听罢，心中一阵哆嗦，手中的刀垂到了地上。

源怀的侍卫从圆头猪的住处搜到了一份密函，他把密函呈给源怀，源怀看后塞入衣内。源怀命人带圆头猪到白道驿的市集公开审理，白道驿的百姓听说粮霸被抓，全都围了过来。当着众百姓的面，圆头猪包揽了所有罪状，源怀知道这背后的主谋是贺楼劲，可是圆头猪就是不肯将他招供，源怀想，这圆头猪定是受了那贺楼劲的威胁，他暗中派侍卫前去查看，果然发现圆头猪的家人正被贺楼劲囚禁在一座山洞中，侍卫把圆头猪一家人都救了出来，带到了现场。圆头猪看到家人，这才说出实情："这一切都是贺楼劲干的，他把魏粮运到这里，假意受到柔然人抢劫，我只是替他销赃而已。"贺楼劲大怒："好你个圆头猪，你死到临头还血口喷人！大家切勿相信这刁民的一派胡言！请大人明察！"源怀说："我当然会秉公执法，明察此案！有没有冤枉你，这封密函足以可以说明一切！"源怀把贺楼劲写给圆头猪的密函从怀中掏出，在众人面前展示，并让人大声读了出来。贺楼劲只好跪地，求源怀开恩："源大人，饶命啊！我是尼须的舅舅，论起来我们还是亲戚！不看僧面看佛面，求你饶了我！"源怀说："今日就算我亲兄弟犯法，我也只能秉公执法，私吞军粮可是死罪！先把他绑起来，明日午时斩首！"围观的百姓一听，无不拍手称赞。

贺楼劲和圆头猪被绑在木桩上，一天过后，二人就被晒得不成人形了。边关百姓，常年深受其害，听说粮霸被抓，十里八乡的人都赶来围观，有的吐唾沫，有的扔石头。时近午时，刀斧手前来行刑，这时却突然冒出一个年近七旬的老人，只见他拿着赶羊的鞭杆，看到圆头猪明晃晃的脑门，照着脑门就猛敲，直把圆头猪敲了个半死，众人拉都拉不住。源怀赶到，问明情由，原来圆头猪在当地作恶多端，不仅帮贺楼劲销赃，而且还经常囤积粮食高价出售，老人的儿子找他理论，被圆头猪的家丁给活活打死了，过后圆头猪又

源怀审贪

把老人的儿媳妇丁零儿奸污了，丁零儿被奸污后，次日便上吊身亡，老人无依无靠，最后只能拖着年迈之躯在野外牧羊为生，如今听说圆头猪被抓，特意前来报仇。源怀劝慰了老人一番，并告诉老人他定会按照国法将圆头猪斩首，老人这才平静下来。当日贺楼劲和圆头猪被刀斧手在街口斩首，白道驿的人都拍手称快。

斩杀完粮霸，源怀赶紧带人押送军粮赶往盛乐城，源贺得知源怀押送军粮已经行至盛乐城外，他率领部下跟源怀里应外合，把城南的柔然兵击溃，源怀顺利把军粮运入盛乐城。魏军士气大振，向柔然大军猛冲，柔然骑兵损失惨重，吐贺真带着柔然军退走。

夜里源贺召集部众商议："如今柔然人败逃，应该乘胜追击，以绝后患！为了防止有诈，由冉勇率领前锋探路，我率领中军随后。"想着殿后的人选，他看了看自己的部将，拓跋尼须见势，立即站出来说道："源将军，我拓跋尼须也不是孬种，此次打仗你一次都没有用我，再怎么说我也是副帅！"源贺看拓跋尼须一脸愤懑，就对他说："拓跋尼须，那这次就由你统帅后军，你切不可贸然进击，假如前军遇伏，全靠你救援！"拓跋尼须点头领命。看到源贺终于任命自己，拓跋尼须的脸色这才缓和下来。

当夜冉勇就带先锋追击，源贺带领花太平、何无忌、源延、源怀、司马金龙随后前进，司马金龙说："大帅，我对那个拓跋尼须不放心，我请求在后军支援。"源贺点头，司马金龙便率领了一支部队留在后军，拓跋尼须并不知情，他还以为司马金龙的这支部队是中军的后部。

途中驻军休息的时候，拓跋尼须和乙肆龙在营帐中饮酒，乙肆龙对拓跋尼须说道："你舅舅贺楼劲这次被源怀当众斩首，听说他可是喊着你的名字被砍的头！”拓跋尼须三两酒下肚后，眼睛一瞪，怒上心来，他当着乙肆龙的面大叫：“源怀那个一根筋！什么狗屁亲戚，一点亲情不念，我这次算是跟老源家卯上了，他们不是一家忠烈吗？我要叫他一门全都忠烈！”乙肆龙赶忙敬酒：“大帅，这次可是千载难逢的机会，他们在前面跟柔然军厮杀，不管谁胜了，最后我们过去以反叛之名，把源家军消灭掉，你看如何？”拓跋尼须听后笑逐颜开，大叫：“妙计！”二人觥筹交错，直到黎明出发。

冉勇在前面一路追击，只遇到零散的敌人，一直没有发现柔然人主力，他派人前去通知源贺，源贺判断柔然人是彻底溃散，他命大军全面追击。他们经过一天一夜追击，追到阴山古道。冷月高悬，两边的柏树黑压压的，在风中摇摆，源贺感觉不妙，可是已经来不及收兵，吐贺真一声令下，柔然骑兵从树林中骑马冲出，把魏军分成几段。

源贺骑着火凤凰冲杀，最后进入一个山坳中，周围几十个柔然骑兵朝他围拢而来，夜色中他们并不知道谁是源贺，他们齐头并进杀来，源贺先是连发几箭，几个柔然骑兵应声落马。等到近前来，源贺又挥舞长枪，连挑几个柔然骑兵。在拼杀中，源贺将长枪刺在一个柔然骑兵后心没有拔出，他又挥舞短剑拼杀，几个柔然骑兵被刺下马。源贺拼尽全力与这些柔然骑兵厮杀，然而围拢而来的柔然骑兵却越来越多，源贺实在太累了，血汗都渗出他的铠甲，最后冷不防被一个柔然骑兵的刀砍中，落在了马下。

柔然人暂时停止进攻，花太平、何无忌、源延、源怀也稳住了大军，他们被柔然人围在了一个巨大的盆地中，他们四处寻找源贺，这才发现不见源贺的身影，他们都觉得源贺凶多吉少，可此时众人已是自身难保，只能先想着突围。源延派人突围出去，向后军送去求救信。柔然人又开始向他们进攻，包围圈在不断缩小。

突围的士兵分别给拓跋尼须和司马金龙送去了求救信，拓跋尼须以避免全军覆没为由拒不发兵，还把要求发兵的副将当众斩首，以立军威。司马金龙看到求救信后，立即率军火速前去救援。司马金龙率领一支部队杀过去，打开了一个缺口，花太平、何无忌、源延、源怀率军冲出，源延和花太平主张撤回盛乐，何无忌和源怀则要等着源贺返回，最后四人协商了一下，先在附近的山头驻扎，柔然人倒是一时攻不上来。

他们准备等到天亮，如果源贺回不来就撤军，可是他们一直等到黎明时分，还没有等到源贺的消息，即下令部队离去。源怀和源延流着眼泪下跪，遥望着东方叩首，突然看见地平线上冒出一个红色的马头，正是父亲的坐骑火凤凰。源怀兄弟喜出望外，擦去脸上的泪水，赶忙上前迎接，只见火凤凰背上驮着奄奄一息的源贺。

原来源贺左肩当时中了一刀，因流血过多，昏死了过去。北方夜里寒冷，假如不能尽快苏醒，就只能长眠于此了。幸好火凤凰不断打着响鼻往源贺脸上喷着热气，还用前蹄拨弄源贺，源贺这才苏醒过来。这时柔然兵已经退去，源贺从死尸衣服上撕下布条，给肩膀上的伤口做了简单包扎，可是无论如何也站不起来，火凤凰见状，竟然跪在地上，源贺看到火凤凰如此通人性，内心大受震动，他拼尽全力艰难地爬上了马背，火凤凰看到主人爬上了自己的后背，这才缓缓站起，慢慢跑向南方，源贺这才逃过一劫。

他们赶紧叫来军医，为源贺包扎，然后给他灌下热气腾腾的肉汤，源贺才慢慢缓了过来，他对部众说：“现在发丧，全军缟素！柔然人以为我这主帅已死，他们一定会追来，我们可在鸦风口设伏，杀他个回马枪！”大家异口同声赞同。各部清点人数，除了尼须的人马外，还有一万三千人，源贺心里踏实多了。

司马金龙做了假灵车后对外宣布源贺昨夜战死，全军缟素，撤军南归。

吐贺真很快得到源贺战死的消息，立即命部众继续追击，一举全歼魏军。

午后探马报告，柔然兵追上来了，距离大军四十里地，源贺命令部众加速前进，傍晚在鸦风口南口扎营。鸦风口两边是山，中间的峡谷足有三里长，南口两边是悬崖峭壁，时值隆冬，大风刮过，发出呼呼的狂叫声，令人听了毛骨悚然。

过了鸦风口，源贺观测天象，发现午夜后会下一场暴风雪。他命部众全部穿上厚棉衣，披上白披风，命花太平和何无忌埋伏在两边的山坡上，源怀和源延藏在北口山后，司马金龙镇守南口。司马金龙连夜在南口垒起一人高、三丈宽的石墙，中间留一个两丈宽的口子，同时派人通知尼须，黎明前务必到达南口待命，相机投入战斗。源贺和牛益坐镇中军，一切安排就绪。源贺躺在帐中闭目养神，其实他的伤口还在渗血，隐隐作痛，身体非常虚弱，他强忍住伤痛，等待着柔然兵的到来，半夜天上果然下起鹅毛大雪，把魏军的千军万马埋在了雪下。

吐贺真带着一万骑兵追到离鸦风口二十里的地方扎营，他知道鸦风口地势险要，夜间不能通过。他命前锋派尖兵进鸦风口侦察。尖兵在山坡上踩到雪下的魏兵，魏兵岿然不动。四更时分，尖兵回来报告，鸦风口两边山坡白雪皑皑，没有伏兵，魏军正在南口烧火做饭。吐贺真闻讯大喜，立即传令:“佛晓通过鸦风口，在南口围歼魏军”。

东方发白，纽纥提带着柔然大军冲入鸦风口，试图打魏军一个措手不及。哪知源贺在山坡上一直观察着柔然大军的一举一动，当他看到纽纥提的骑兵完全进入伏击圈时，才下令全线出击，随着魏军三支响箭发出，顿时号角齐鸣，喊杀声四起，两边山坡上飞下无数的滚石和箭矢，柔然兵遭突然袭击，乱作一团，互相踩踏，死伤无数。花太平和何无忌趁乱率军冲下，缊纥提急忙率军后撤，可是为时已晚，源延和源怀率军从山背后冲下，堵住了北面的口子。缊纥提率军扑向南口，可是南口本就狭小，又有司马金龙垒起的石墙阻挡，缊纥提指挥骑兵强行跃马跨过石墙，可是马的前蹄落在凹凸不平的乱石中，都被石缝夹脚而倒地，从口子冲出的骑兵也被魏军的绊马索绊倒，魏军像砍西瓜般砍杀着，不一会儿工夫，南口堆满了被砍死的柔然兵。

司马金龙看到时机成熟，率军从南口攻入，把柔然兵重重包围了起来。柔然骑兵仗着人数众多，又都骁勇善战，他们拼命抵抗，缊纥提大喊："车轮战！车轮战！"何谓车轮战？车轮战适用于被包围方为避免阵营被冲散，以数百人围成圆圈，分外圈和内圈，外圈的士兵倒下了，内圈的士兵立即补上，围成圆圈的士兵可避免左右和背后被敌人袭击，"车轮"可以向左旋，也可以向右旋，依仗长矛、大刀和弓箭杀伤对方。源贺站在山坡上指挥，鹅毛大雪打在他苍白而刚毅的脸上，他的眉毛和胡须都沾满了白色的雪花，当他看到柔然兵改用车轮战后，敌我态势明显有利于柔然兵，柔然兵组成的"车轮"如同一只巨大的刺猬，魏军无法靠近，双方都伤亡惨重。源贺随即传令："后退八丈，脱离接触，用《十二阵图》中的骑射法克之！"可谓棋胜一招，"车轮"原地空转，魏军的箭矢如同蝗虫般飞向"车轮"，柔然兵不断中箭倒地，"车轮"越转越小。吐贺真看到此情景，急火攻心，吐血倒下马来，幸好旁边有护卫迅速将他扶起。

源贺看到柔然兵已经是强弩之末，强忍着肩膀上的伤痛，拔出马刀，跨上战马，不顾身体虚弱，亲自披挂上马，率牛益的两千兵马，以排山倒海之势，冲入战场，牛益大喊："主帅复活了！主帅复活了！"士兵也跟着呼喊，呼喊

伏击柔然

声在山谷中回荡，魏军看到源将军亲自上阵，士气大振，柔然兵看到“死而复活”的源贺，个个面面相觑，吓得胆战心惊，只能硬着头皮抵抗。源贺拉弓搭箭，瞄准了缊纥提，将缊纥提射下马，魏军跟着射去，缊纥提被乱箭射死，柔然兵乱作一团，但是他们拒绝投降，直到最后全部战死。

吐贺真可汗看到大势已去，急忙换上魏兵的衣服，在混乱中逃出重围，带着几个部众向北逃走。源贺把柔然留下的辎重补充到魏军，就地休整两天，然后率军浩浩荡荡向南返回。

拓跋尼须和乙肆龙北进，准备去消灭源贺，当他们在路上相遇时，拓跋尼须大喊：“源将军，出征之前，陛下已经知道你要叛乱，命我将你袭杀！”源贺大笑：“尼须，将士们在前线拼命，你却按兵不动，现在还要污蔑我反叛！你赶紧下马伏法，还能保你全尸！否则我将你碎尸万段！”拓跋尼须大怒，对着自己的部众喊话：“谁能为我取下源贺首级？”阵前无人动弹，这时只见乙肆龙拔出刀来，拓跋尼须以为乙肆龙要出战，哪知乙肆龙朝他喊了句“叛贼拓跋尼须！”手起刀落，拓跋尼须的人头落地。

源贺率军回到平城，受到冯太后和全城百姓的热烈欢迎，源贺在朝野的威望空前。乙浑荐人不当，本来是要被追究责任的，因为有乙肆龙斩杀拓跋尼须有功，冯太后就没有追究，为了安抚，还为乙肆龙加官晋爵。在朝堂上，乙浑说：“源将军此番为国征战，功劳震烁古今，应该加九锡！”源贺却说：“老臣只是做了臣子应该做的事，倒是乙将军一直为国操劳，应该加九锡！”彼此谦让一番，双方表面上重归于好。

第三十章

源贺巧施美人之计　乙浑九锡祭坛伏诛

源贺和乙浑表面上风平浪静，实则都在私底下谋划着除掉对方。源贺接到冯太后的密旨，要召他紧急入宫商量要事。源贺在赶往宫里的路上，意外撞见上官媚和拓跋琛在一起约会，这让他很是吃惊，由于有要事在身，他来不及细问。

源贺抵达后宫，见到冯太后和献文帝，吏部尚书贾秀已经在后宫，新兴公拓跋丕、肥如王冯熙、平昌公和其奴陆续抵达。冯太后说：“最近乙浑正忙着串联朝臣，上书为他加九锡，想要获得一人之下万人之上的权利，他下一步诸位都知道，那就是篡位。现在朝臣大半都是乙浑的人，哀家能够依靠的也就你们几位了。”献文帝说：“朕已成年，无奈乙浑把持朝政，一手遮天，朕想把乙浑除掉，诸位爱卿有什么良策。”

贾秀说：“老臣早就知道乙浑心怀不轨，他擅杀大臣，连顾命大臣陆丽都敢杀，朝臣是惧于乙浑的淫威，敢怒不敢言，老夫等这天已经等了许久。”冯熙说：“给我五千精兵，我直接把那老贼砍了。”源贺说：“你别小瞧了乙浑，没等你靠近他，他没准就已经把你给杀了。”拓跋丕说：“我们不如趁他上朝时将他抓住杀掉。”源贺说:“他的三个儿子乙肆龙做内将军，乙肆虎任内行长，乙肆豹任内都大官，早已牢牢控制着京城，在朝堂上杀他万万不可！”和其奴说:“羽林中郎将是我的旧部，我可以说服他，杀掉乙浑。”源贺摇头说:“羽林中郎将依然不是乙浑的对手啊！”

他们议论半天都不得要领，源贺突然想起乙浑对上官媚垂涎三尺，今天又撞到拓跋琛和上官媚幽会，他想到了一个计策。源贺对众人说：“乙浑的集团固若金汤，不如用美人计打入他们内部，等他们分崩离析了，到时不怕杀不了乙浑。”源贺把自己的计策跟众人说了，众人觉得虽然是步险棋，但是现在的情况也只能如此。献文帝咬破自己的手指，用血写下诏书，要他们铲除乙浑。冯太后说：“这是生死存亡的事，假如有谁泄露出去，我们的身家性命就保不住了，事成与否就看诸位爱卿的了。”五人跪拜，誓死效忠。

源贺回到府邸，就把上官媚叫到自己的密室。上官媚知道源贺是要问她跟拓跋琛见面的事，她赶忙跪下求源贺：“女儿父母的大仇得报，剩下的人生都是多出来的，女儿也想追求自己的幸福，还请父亲大人赐婚。”源贺把她扶起来：“我知道你跟拓跋琛是真爱，只是拓跋琛是乙浑的人，你是我源贺的女儿，就算我想让你们在一起，可乙浑他一定不会放过你们！最近乙浑蠢蠢欲动，他已经准备篡位了，朝廷危在旦夕，我倒是有件事想求你！”上官媚听后说道:“父亲快说，我早就是死过的人，要不是父亲救我于水火，现在我早已不在人世，只要我能帮上的，赴汤蹈火，在所不辞。”源贺说：“乙浑准备篡位，朝廷危在旦夕，如今唯一的机会在于拓跋琛，而乙浑也对你垂涎三尺。你就是貂蝉，拓跋琛是吕布，乙浑是董卓。”上官媚听后，顿时脸色大变，她渐渐回过神来，对源贺说：“女儿明白了！既然父亲面临这样的危局，女儿只能把自己的幸福抛诸脑后，以报答父亲的救命之恩。”源贺说：“这也是万不得已，我内心非常痛苦，希望女儿不要怪我。等到此事做成，也是名垂千古，我会把你送到一个地方，让你以后远离纷争。”上官媚让源贺不要自责，他们开始密谋这一出美人计。

在上朝的路上，许多文臣武将都在，乙浑对吏部尚书贾秀说：“我的妻子祖上也是贵族，应该在名册中封为公主。”贾秀却说：“公主是皇族的女子，是何等尊贵的称谓，不是什么人都能封公主的！”乙浑心想这根本不算是什么事，他一直把贾秀当成是橡皮图章，没想到今天贾秀竟然如此不给他面子，他在贾秀背后大声呼喊道：“你个老奴官，这么悭吝，你等着瞧！”果然当天在朝堂上，太尉乙拔就参奏贾秀贪赃枉法，献文帝和贾秀都知道这是乙浑在背后指使的，献文帝当着众臣的面把贾秀免职了，许多大臣都在内心替贾秀喊冤，可迫于乙浑在朝堂上的权势，他们都不敢吱声。

当天源贺以感谢乙肆龙为名宴请乙浑，乙浑想看源贺葫芦里卖的什么药，可是又担心有伏兵，最后他让拓跋长乐带兵在源府外保卫，他带着拓跋琛、乙肆龙一起赴宴。源贺把乙浑迎接进府，先是称赞乙肆龙临危不乱，又赞美乙浑：“丞相可谓是前无古人、后无来者的重臣，我大魏王朝的柱石，将来可要提点在下。”源贺还在乙浑耳边说：“贾尚书今天也太不识时务。”乙浑心想源贺这次设宴，也许是想要加入自己的党羽，这才稍稍放下心来。

源贺让家里的歌姬跳舞助兴，盛装的上官媚上场，仿佛众星捧月一般，让乙浑看得五迷三道。乙浑问：“这不是上次见到的源将军的义女！”源贺说：“正是我的义女上官媚。”乙浑问：“可曾婚配？”源贺说：“尚未。不知丞相有什么好人家介绍。”乙浑看着色眯眯地笑了起来，拓跋琛则在乙浑身边心事重重。当天乙浑酒足饭饱离开，对源贺的警惕放松了。

上官媚约见拓跋琛，她对拓跋琛哭诉："你倒是赶紧向我父亲提亲呀，你看乙浑那老贼老是盯着我，我心里不踏实，我可不想做他的小妾。"拓跋琛说："我正在找机会向乙浑说，要知道我现在什么都得听他的，我最近根本没有机会跟他提这件事。"上官媚一方面要勾引拓跋琛，内心又不忍心骗他，所以显得愁容满面，这让拓跋琛更加不能自拔。

源贺再次约乙浑宴饮，这次乙浑故意没有带贴身侍卫，只是在暗中派了人手守在源府周围。上官媚在下面翩翩起舞，乙浑看得都移不开眼，酒酣耳热之际，源贺说："我听说丞相的右夫人空缺，不知小女上官媚能否填补。"乙浑看着源贺说："源将军可是当真？"源贺说："只怕小女不入丞相的眼，丞相嫌弃。现在朝廷上下谁不知道丞相是周公再世，想要跟您攀亲可不容易啊！"乙浑笑着说："这样再好不过，你把上官媚许配给我，以后我们就是一家人，将来荣华富贵共享，前代的积怨也就此一笔勾销。"源贺赶忙呼唤上官媚过来，上官媚为乙浑端茶倒酒，乙浑恨不得当晚就跟她颠鸾倒凤，源贺阻止道："凡事要讲究礼仪，丞相什么时候迎娶小女？"乙浑说："那就明天。"当天乙浑便兴冲冲告别回去准备。

次日，乙浑果然就迫不及待派人用花轿把上官媚迎娶到乙府为右夫人，上官媚用自己千娇百媚的手段，让乙浑三天都没有上朝。拓跋琛是乙浑迎娶上官媚那天才知道的这件事，大家都在喝乙浑的喜酒，唯独他一人躲在屋中喝闷酒。

拓跋琛想见上官媚，可是想到她已是乙浑的妾室，本想死心算了，偏偏上官媚趁乙浑不在，偷偷约拓跋琛在后花园相见。上官媚对拓跋琛哭诉："我的心是属于你的，只是身体被乙浑玷污了，希望来生再长相厮守。"听完上官媚的哭诉，拓跋琛内心痛苦而愤怒，可是现如今他又不知如何是好。上官媚就那样两头应付着。

源贺表面上顺从乙浑，乙浑便志得意满，自以为天下无敌，想到朝堂上的那些大臣现在都听他的，他就急着想要推动自己篡位的计划。上朝的时候，安乐王拓跋长乐说："丞相乙浑，上为皇帝分忧，下能安定民众，对内德行兼备，对外征伐不臣，应该加九锡。"群臣都附和，源贺、冯熙、拓跋丕、和其奴也在其中，献文帝就下诏，三日后在京郊设坛为乙浑加九锡。

下朝后，乙浑兴高采烈地回到府邸，近日他每天都到上官媚的房间，他答应上官媚等自己登基后，就封她为右昭仪。乙浑去忙九锡的事，上官媚又偷偷跟拓跋琛幽会，她又向拓跋琛哭诉："乙浑要加九锡了，以后势必会篡位，等他当了皇帝，我们不但不能再相会，若是我们的事被他发现，还会惹祸上身。"拓跋琛被激怒："我是有心杀贼，可是无法下手。"上官媚趁机说："朝廷中想除掉乙浑的忠臣也是有的，我义父他们会在加九锡的仪式上下手，到时你只需旁观就行。"拓跋琛说："当真？我负责祭坛周围的安全，我早已对他恨之入骨，到时我绝对不插手。"当天二人海誓山盟。上官媚把这些都告诉源贺，源贺开始排兵布阵。

三天后，祭坛周围大旗猎猎，禁卫森严，文武百官都赶来。台下是九锡：一曰车马、二曰衣服、三曰乐悬、四曰朱户、五曰纳陛、六曰虎贲、七曰斧钺、八曰弓矢、九曰秬鬯。乙浑也早已布置好，他让自己的三个儿子内将军乙肆龙、内行长乙肆虎、内都大官乙肆豹控制好平城，让拓跋琛带兵在祭坛周围警戒。

当天由老臣高允主持仪式，他将九锡逐个赐予乙浑："第一件大辂是赐予德可行者，第二件衮冕是赐予能安民者，第三件乐准是要赐予使民和乐者，第四件红门是要赐予民众多者，第五件梯阶是要赐予能进善者，第六件卫兵赐予能退恶者，第七件弓箭是要赐予能征不义者，第八件斧钺是要赐予能诛有罪者，第九件香酒是要赐予孝道备者。”

乙浑正要接受，只听喊杀声响起，文武百官都退到旁边，乙浑大喊拓跋琛，可是冲进来的却是全副武装的殿中尚书牛益、陇西王源贺、新兴公拓跋丕、武邑公贾秀。贾秀取出献文帝的血书，厉声宣布拘捕叛臣乙浑，牛益率兵上前控制乙浑，安乐王拓跋长乐率军闯入保护乙浑，牛益和拓跋长乐的人开始拼杀，乙浑趁机跳上马逃跑，源怀和司马金龙带兵追击，乙浑看到拓跋琛，仿佛看到了救星，等到近前来，拓跋琛一声令下，他的那些手下一下子就把乙浑拉下马，五花大绑起来。

这时何无忌、花太平、冉勇、源延早已里应外合，攻入了平城，把乙肆龙、乙肆虎、乙肆豹抓捕，拓跋长乐也被源怀和司马金龙击败俘虏。冯太后和献文帝宣布乙浑十大罪状，乙浑全家老小满门抄斩，乙浑的两个哥哥乙瑰和乙拔，乙拔同样满门抄斩，乙瑰娶了上谷公主，儿子乙乾归又娶了安乐公主，父子俩都是驸马，没有参与叛乱，所以没有受牵连。拓跋琛有功，乙郦华没有直接参与叛乱，所以也没有受牵连。拓跋长乐是皇子，在王府中被赐死。

乙浑的党羽都被抓捕了，唯独步六孤威远消失得无影无踪，原来事情发生的时候，他从机关密道逃走了。源贺下令张榜缉拿，没过多久就有人提着步六孤威远的人头来投案，原来是拓跋郁的弟弟拓跋目辰，自从他和哥哥反抗乙浑失败后，他就逃亡在江湖。这次乙浑倒台，步六孤威远也隐身江湖，却被拓跋目辰撞到所杀，拓跋目辰把步六孤威远的人头拿去祭祀自己的哥哥，然后才向源贺投案。

长期把持朝政的乙浑被除掉了，乙浑的党羽也被贬的贬，杀的杀，朝政一片清明。献文帝也已长大，他宣布自己要亲政，他封赏了这次有功的六大

乙浑伏诛

臣：源贺、贾秀、拓跋丕、和其奴、牛益、冯熙，源贺重新做回了他的太尉，贾秀也官复吏部尚书，拓跋目辰被封为宜都王，何无忌、花太平、冉勇、源延、源怀、司马金龙都有封赏。

乙浑临死前见了源贺一面，他对源贺说："成王败寇，你是不是为报当年秃发和乙弗的仇，才加害于我？"源贺说："你错了！那些恩怨都已是前朝往事，你如此说，说明你心里有仇怨。你忘了文成帝临终托孤时对我们的嘱咐了吗？他希望我们辅佐新帝，共同为大魏效力，我灭你，是因为你篡魏夺权。"乙浑死后，秃发和乙弗两家的世仇算是了结了。

第三十一章
昙曜开凿云冈石窟　昙媚佛前进献造像

乙浑被除掉后，拓跋琛如愿以偿得到了上官媚，他将上官媚娶为夫人，不过他的正妃却是高夫人。起初他们如胶似漆，整天在一起，直到有一天，拓跋琛听说上官媚是源贺主动献给乙浑的，他感觉自己是被利用的棋子，不顾上官媚怀有身孕，渐渐对她冷落起来。

这次拓跋琛虽然功过相抵，没有受到牵连，但是却被养母右昭仪乙郦华训斥了一番，人们都把他当成叛徒，朝廷也没有重用他，他经常沉迷酒色，上官媚对他劝解时，他还要加以打骂，完全变了个人，上官媚有愧于他，所以处处忍耐。上官媚后来为拓跋琛生了个儿子，取名拓跋法，拓跋琛并没有因此而多看她一眼，上官媚从此把自己的心都放在了儿子身上，她还开始信佛，在家里建了佛堂，整天诵读经书，以求在尘世中解脱。

拓跋琛本来还想为国出力，可是乙浑被除掉后，他的前途也算断了，他曾是乙浑的属下，后又做了叛主之事，不可能再被朝廷重用，不会再有大作为，所以他把心思都用在了享乐上。他在京郊修造了豪华的宅院——宝园，有连片的高屋，里面亭台楼阁陈列，花园中林木并列，曲径通幽，宛若江南。

拓跋琛无法在朝中升迁，直到后来认识了大宦官刘腾，刘腾喜欢钱财，他通过贿赂刘腾，终于升做定州刺史。他到定州做刺史的时候，在那里去搜刮了不少钱财，他还在那里娶了一个美妾，取名超媚，故意气上官媚，还养了三百名歌舞伎，个个都是天生丽质。在京城的宝园，他专门为她们修筑一座园林，用玉石做井台，用金子做水壶，用银子做水缸。有人说他的园林堪比永昌王拓跋仁的庄园，他说他早就超过拓跋仁了。后来拓跋琛因为贪污被人检举，被贬回家。

因为刘腾所保，不久拓跋琛又被派往秦州做刺史。他在秦州依然故我，还在那里娶了一个羌人美妾朝云，朝云擅长吹芦竹，听到的人无不动容。有羌人部落叛乱，他多次带兵前去征讨都无法降服，后来拓跋琛让朝云装扮成老妇到叛乱的地方吹芦竹，那些羌人听到故乡的音乐后都泪流满面，纷纷投降，兵不血刃便解决了多年的叛乱，事后人们都说："快马健儿，不如朝云吹芦。"拓跋琛还好马，他专门派人到波斯求得一匹千里马，取名为追风赤，追风赤喂食用的食槽是用银子做的，装饰环领则是用金子做的。

拓跋琛在秦州的贪腐又被人告发，他又被朝廷免职。拓跋琛回到平城的家里闲来无事，就专门给自己的几个美妾修筑迎风馆，窗棂用玉石雕琢而成，窗户用青钱装饰成花，屋里用的都是金瓶银瓮，各种用具都是金银造的，水晶钵、琉璃碗、赤玉杯、玛瑙勺满柜都是，这些贵重的器具许多都是从于阗、嚈哒、波斯、罗马运来的。当时有好多王公到他的迎风馆参观过，回家后想到自己多年的俸禄还不及拓跋琛几件藏品的价格，居然有人气得一病不起。

拓跋琛又给刘腾贿赂无数金银，终于又被提拔为都官尚书，兼任都督，朝廷派他前去讨伐氐人、羌人的叛乱。这拓跋琛平时只顾着搜刮钱财，老百姓都说他比虎狼的祸患还大，他哪里是打仗的材料，他被叛军围攻，将士们死了几千人，他自己逃了回来，他原本还想让刘腾保他，可没想到刘腾已被人弹劾，连他自己的官爵都被罢免了。

拓跋琛变得一蹶不振，从前是迎来送往的，如今是门可罗雀。拓跋琛没了官职，无法搜刮，整个府邸的开销逐渐成了问题，无奈之下他把他的歌舞伎全都解散了，只剩下超媚和朝云，最后超媚和朝云也离开了他，拓跋琛凄惶成疾，上官媚带着儿子拓跋法照顾他，拓跋琛这时才注意到自己的儿子拓跋法已经长大，注意到含辛茹苦的上官媚。上官媚近年一直在诵读佛经，她为他讲述十二因缘和人生八苦：生苦、老苦、病苦、死苦、怨憎会苦、爱别离苦、求不得苦、五取蕴苦，拓跋琛幡然醒悟。他们一起去武州灵岩寺拜访昙曜，昙曜正在开凿佛窟，他收上官媚为俗家弟子，取名为昙媚，后来拓跋琛也做了俗家弟子，取名为昙宝。拓跋琛的正妃高氏早已去世，最后拓跋琛将上官媚扶为了正妃。

上官媚通过源家疏通，让拓跋琛恢复了河间王爵，这时正好遇到汾州的胡人叛乱，朝廷便派拓跋琛前去平叛。拓跋琛特意带上儿子拓跋法，想要他在战场上历练一番。上官媚给拓跋琛父子送行，临别时，拓跋琛对上官媚说："从这一次平叛开始，我要改过自新，要让子孙后代也以我为荣。"上官媚听了倍感欣慰。

拓跋琛和拓跋法离开后，上官媚开始整顿家务，等待丈夫和儿子凯旋，然而等来的却是他们的死讯。此次平叛，拓跋琛倒是振作精神去作战，可是拓跋法被围，为了救自己的儿子，拓跋琛被乱箭射死，拓跋法最后也没有突围出来，父子双双阵亡。上官媚想到自己少年丧父，中年丧夫丧子，不禁悲从中来，她对红尘已无眷恋，她将一半家资捐给了贫苦百姓，自己到灵岩寺追随昙曜削发为尼，为自己的家人日夜念经。

昙曜带着昙媚去看正在开凿的佛像。昙曜此时已是昭玄统，相当于原来师贤任职的道人统，专门掌管大魏僧众。昙曜平日都在灵岩寺指挥工匠开凿佛像，总共开凿了五大佛像，每尊都有六七十尺高，窟高都在二十余丈以上，其中有一尊佛像是按照文成帝的样子雕刻的，工匠们正在那尊佛像的脸上和脚上镶嵌黑色的石头，那是文成帝的痣，这尊佛昂首挺胸、气概非凡、英俊潇洒，人们都说跟文成帝一模一样。昙媚建议在周围开凿千佛洞，用各种歌舞伎来娱佛，昙曜认为很好。

太武帝颁布了灭佛令，昙曜是如何得以开凿佛像的，这要从头说起。源贺、陆丽、刘尼、长孙渴侯这白登四友剪除宗爱之乱后，辅佐太子拓跋晃的长子拓拔濬为皇帝，这就是文成帝。在拓跋晃和崔浩内斗的时候，拓跋晃支持佛教，崔浩支持道教，结果两败俱伤。由于子贵母死的惯例，拓拔濬的母亲在他小时候就被处死，一直由乳母常纨抚养长大，所以他一登基就封常纨为保太后。保太后素来信奉佛教，知道京城有许多贵族暗中礼佛，她就想了个办法让拓拔濬解除了灭佛令。

那天保太后突然病倒，这可急坏了拓拔濬和冯淑仪，他们赶忙请太医来为她看病，可是无论什么药都无法治好她的病。常纨说：“我梦到永安寺地宫中的一尊金佛。”拓拔濬说：“永安寺早已毁弃多年，哪有什么金佛！”冯淑仪说：“我们不妨去看看。”他们就陪常纨到京郊的永安寺。永安寺自从灭佛令以来，已经毁弃多年，大门上都结出了蜘蛛网，然而让他们惊讶的是，这废弃的寺庙里竟然住着一个人，他虽然没有穿袈裟，但却在大殿中专心地念经。

常纨指着毁弃的佛塔说：“金佛就在那个地宫下面。”拓拔濬派人挖掘，很快找到了地宫入口，打开石门后进入地宫，里面果真有一尊金佛，还有几大箱子的佛教用品，其实那些箱子里装的是佛经佛具，都是信奉佛教的王公贵族们捐献的，拓拔濬打开一卷经书，看到抄写的人竟然是自己的父亲拓跋晃，顿时泪流满面。

拓拔濬出来后，刚才还在大殿中念经的人突然出现在他的面前，他当着拓跋濬的面，将自己的粗布衣衫脱掉，露出里面的袈裟，此人正是昙曜。昙曜给拓跋濬行完礼后说道："当年太子殿下一心扶持佛教，希望教化天下苍生，他还让老衲的师傅师贤做了道人统，虽然遇到挫折，但是师傅每日都在坚持修行，师傅圆寂时向我交代，一定要把袈裟穿在心上而不是穿在身上，把佛法发扬光大，老衲今天终于迎来了圣人再世的陛下，老衲请求陛下能够收回灭佛令，让佛法在大魏光大。"拓拔濬从小跟着父亲拓跋晃，何尝不是一心向佛，他知道灭佛令是先帝所下，自己刚刚上台，废除也要服众才行。拓拔濬内心矛盾，所以没有当场回答昙曜，昙曜请求为保太后常纨做法，拓拔濬答应了。昙曜召集自己的秘密弟子，进入皇宫为常纨念经，说来也怪，念完三天经后，常纨的病居然不药而愈。

拓拔濬次日上朝，当着众臣的面讲述了保太后的经历，他说："当年太武帝下灭佛令是事出有因，佛教是利国利民的好事，朕想收回灭佛令，众位爱卿可有意见？"果然他话音刚落，就有朝臣反对，反对的理由无非是当年辩论时的内容，拓拔濬只好召昙曜进殿，问他有何应对之策。昙曜说："佛教能够教化天下，利国利民，大爱无疆。不过由于管理不善，会影响到国政，所以可以设立昭玄统来统领全国僧众，在州镇设立僧曹统，统管州镇的佛事，专门划定僧祇户，起初可以从齐州的平齐户和凉州的平凉户中选，他们不服国家杂役，每户供奉六十斛粟为僧祇粟，寺庙周围的地归寺庙，由向善的囚犯耕种，专门编为佛图户，这样一来供奉寺庙，二来劝人向善。"拓拔濬问群臣昙曜的应对之策如何，源贺、刘尼等本就觉得当年灭佛太过极端，现在陛下要纠正，自然都是支持的。

拓拔濬当即任命昙曜为昭玄统，管理全国僧众，他又让人在各州镇设立僧曹统，划定僧祇户和佛图户，从那天起，佛教才重新在魏国兴盛起来。昙曜又向拓拔濬上奏："老衲在武州山看到五色的灵光圈，正是开凿佛像的圣地，老衲希望在当地开凿五个大石窟，为我大魏开国以来五位皇帝道武、明元、太武、景穆和陛下供养佛祖。"拓拔濬听后大喜，开凿佛像，供养佛祖，可是无量功德，他立即带头捐了金银，文武百官也纷纷响应。资金备齐后，昙曜开始在武州山下建立灵岩寺开凿石窟，这就是后来的云冈石窟。

话说昙媚跟着昙曜修习佛法，修为越来越高，最后她决定把自己家的宅院宝园改为佛寺，自己再无牵挂。她在大佛中为家人开凿小佛，自己亲自书写《比丘尼昙媚造像记》：

夫含灵镜觉，凝寂迭代。照周群邦，感垂应物。利润当时，泽潭机季。概不邀昌辰，庆钟播末。思恋灵福，同拟状金石。冀瞻容者加祇受；想像者增忻希。生生资津，十方齐庆。颂曰：灵虑巍凝，悟言鉴觉。家绝照周，蠢趣澄浊。随像拟仪，瞻资懿渥。生生邀益，十方同沐。

僧侣们都夸她的字写得好，昙曜看后说："结字方整，笔势开张，稳健而宽博，古朴而飘逸，真是巾帼不让须眉。"最后让工匠雕刻好，放在了石窟中，这块造像记一直保存到千年后的今天，成了魏碑书法中的极品。

第三十二章

源奂送母波斯省亲　沙普携妻见证罗马

自从乙浑被诛杀后，朝政大权终于重新回到拓跋弘母子手中，冯太后继续垂帘听政一年，把魏朝的事都安排好了，看到献文帝拓跋弘已经成长起来，冯太后便把朝政要务完全交由儿子拓跋弘处理，自己则专心抚养皇孙拓跋宏。

拓跋弘是个雄心勃勃的皇帝，他亲自率军攻打柔然，一直打到大漠以北才返回，又率军攻下刘宋的彭城，占领淮河流域大片土地。一时间周围的国家纷纷派使臣前来朝拜，当时来大魏朝拜的国家有嚈哒、普岚、粟特、于阗、扶余、波斯等五十国之多，他们的使臣还分别为魏国皇帝拓跋弘献上了各种奇珍异宝。使臣来访时，献文帝带领文武百官到西山打猎，亲自射死虎豹各一头，让在场的使臣深受震动，他们回去后把大魏的国威传播到很远，其他国家也不禁对大魏心生敬畏。

这天于阗国使臣来报丧，国王尉迟秋仁驾崩，他的哥哥尉迟婆罗二世继位。文成帝拓拔濬的王妃于仙姬自从少女时代嫁到魏宫，就再也没有回过故国，只是以自己的国名为姓，经常怀念于阗国，这次听到于阗国的使臣来报丧，她借机向献文帝请求回去省亲。当时献文帝正在跟源贺和贾秀议事，献文帝想找个将军护送于仙姬，源贺说："老臣的夫人美罗德是波斯人，她也多年没有回过故国，她近日也正想回去探一探亲，我保举小儿源奂护送太妃回去，顺路可以送他母亲到波斯。"献文帝听后非常高兴，便宣源奂进殿，命他为大魏特使，护送于仙姬和美罗德回家省亲。

美罗德和于仙姬备好行李，源奂率领一队一百人的队伍随行出发。源奂是源贺和美罗德生的小儿子，平日有点公子哥气，源贺一直想让他历练一番，此次护送王妃和他母亲回国省亲，他叮嘱儿子一定不辱使命。

现在大魏已经一统中原，不像当年十六国纷争时代，兵荒马乱，关卡重重，所以源奂率领的队伍很快就到了武威。从武威向西就是河西走廊，美罗德特意让源奂在胭脂镇休息一天。在胭脂镇，美罗德跟源奂讲起了自己当初跟源贺相会的故事，源奂听罢特别羡慕，他没想到自己的父母亲还有过这么一段浪漫的邂逅。美罗德在胭脂镇购买了许多上好的胭脂，准备到波斯国送给亲朋好友，于仙姬也买了一些。

他们继续向前，经过张掖、酒泉，抵达敦煌，这里是魏国的边境，前面是茫茫大漠，再过去就是西域三十六绿洲国，好在这些国家大都是北魏的附属国。他们沿着昆仑山前进，源奂从小在平城长大，几乎没出过远门，这次护送王妃和自己的母亲回国省亲，沿路的经历可谓让他大开眼界，于仙姬和美罗德则一路怀想着她们在故国时那段美好的岁月。

他们沿着丝绸之路抵达于阗国，受到了盛大的欢迎，国王尉迟婆罗二世把他们接进宫里。尉迟秋仁已经安葬，佛教是于阗国的国教，他们一起随僧侣为尉迟秋仁设坛祷告。

在于阗城盘桓一段时间，源奂告别于阗国皇室，继续护送自己的母亲美罗德到波斯，于仙姬则留在了于阗国，等他们母子二人从波斯返回时，再接

源奂送母

她一同回大魏。

源奂带着自己的母亲美罗德继续向西，翻过葱岭就进入了嚈哒汗国的境内，他们是从前大月氏人的后裔，大概因为大月氏曾经是匈奴属国，所以他们被称为白匈奴。他们抵达嚈哒国的首都昆都士城，看到一支很长的队伍，嚈哒王金卓拉骑马走在前面，紧跟着是大将育蒂须提拉，嚈哒士兵押送着大批的俘虏归来，还抬着一具尸体欢呼，美罗德能听懂他们的语言，原来他们抬着的那具尸体是波斯帝国萨珊王朝的皇帝菲鲁兹一世，最近两军在边境赫拉特交战，萨珊军队被击败，嚈哒军队俘虏了萨珊军队的许多将士。

美罗德焦急地跟着押送囚犯的队伍，想要辨认是否有认识的人，她家是波斯贵族，果然她很快认出了菲鲁兹一世的弟弟巴拉什王子，他穿着破烂的铠甲，被人驱赶着前进，他已经完全不是王子的形象，和普通的囚徒没什么两样。美罗德跟源奂说："看到那个人了吗？那是我们波斯国皇帝菲鲁兹一世的弟弟巴拉什王子，小时候我们还一起玩过呢，他是我哥哥卑路斯的好朋友，赶紧想想办法，我们要救他回去。"源奂说："母亲先不要着急，我们先在这里住下，我是大魏的使节，嚈哒跟大魏是友邦，他们一定会热心款待我们，到时我们再想个法子将他救出来。"

他们当晚准备先在城外的贵霜旅馆里住下，贵霜旅馆是贵霜人开的，贵霜帝国曾经是这里的强国，当时跟汉朝、罗马、波斯并称四大帝国，后来贵霜帝国被金卓拉率领的嚈哒人灭亡，嚈哒才取代贵霜成为强盛一时的汗国。他们的驼队在进入贵霜旅馆的时候，一个面庞冰冷的女子骑马经过，后面带着一群女兵，她好像闻到了骆驼上的胭脂香，当即停下，用嚈哒语对他们说："这些香料我都要了，把骆驼都给我赶走，把金币给他们。"只见一个女兵朝源奂丢了一袋金币，几个女兵就要赶走骆驼，源奂听不懂嚈哒语，看到这些女兵的举动，就上前去阻止。女子用嚈哒语说："男人竟敢这样对待女人！看我怎么教训你！"她伸出马鞭就要抽打源奂，哪知手里的马鞭却被源奂一把抓住，源奂用汉语说道："没见过像你这样霸道的女人！"

女子冷笑一声，接着大喝道："居然还有人敢跟我作对。"后面的女兵要上前围攻源奂他们，女子命她们退后，源奂也被激怒了，他把女子的马鞭夺走，二人开始骑马对战。源奂在平城时整日舞枪弄棒，这领头的女子哪里是他的对手，几个回合下来，女子不仅兵器被源奂抢走了，人还被源奂打下了马，她气得咬牙切齿，女兵要上前替她出气，却被她拦下了，她突然笑起来："在嚈哒国，我还没遇到过任何一个对手，你们先不要跟他透露我的身份，明天我们再来会会他。"

女子带着女兵回到城里，美罗德对源奂说："奂儿，你大概得罪大人物了。你不知道嚈哒国的习俗，这里女人才是一家之主，刚才那位女子非富即贵，咱们还是换家旅馆吧！"源奂说："母亲不要害怕，明日我们就进宫，以大魏使臣身份拜见嚈哒国国王，有国王的保护，看她还怎么为难我们！"

他们当天住在贵霜旅馆，晚上源奂聚集自己的下属商议如何救走巴拉什王子。美罗德说："我们若以大魏的使团出现，肯定无法救下巴拉什，没准还会连累了大魏。要知道大魏离嚈哒远，波斯离嚈哒近，两国征战多年，就是为了今天，怎么可能轻易放走自己的俘虏。"源奂说："那我们不如假扮波斯使团。"美罗德说："这倒是个好主意，让我好好想想。现在国王被杀，波斯的宰相苏克拉是最有权势的，我们都属于卡伦家族，他算是我的叔叔。我完全可以扮演苏克拉的使臣，跟嚈哒缔结和平条约，把巴拉什王子救出，顺便跟他们要上国王菲鲁兹的尸体。事到如今，也只能如此了。"当天美罗德找人用波斯语写好国书，还让随从们全都换上了波斯的服装。

嚈哒国王金卓拉正在宫廷跟群臣商议如何处置波斯俘虏，这时就有侍卫报告波斯使团求见。金卓拉让使臣进来，化了装的美罗德就带着源奂进去，给金卓拉呈上了他们连夜伪造的国书。金卓拉说："这次你们波斯人动作倒挺快的。"美罗德说："萨珊和嚈哒本来是邻邦，这次是萨珊的过错，所以吃了败仗。我们丞相苏克拉派使臣前来议和，只是希望汗王能够放走所有俘虏，还回波斯国王龙体。"金卓拉说："萨珊皇帝不是一直以为天下无敌吗？我还想把他的头颅挂在城门上激励士兵呢！"美罗德说："这对汗王并没有好处。"金卓拉说："说吧！苏克拉什么条件？"美罗德说："将赫拉特割让给嚈哒，每年给岁币十万金币。"金卓拉说："我想要波斯一半的国土。"美罗德说："那我做不了主。"

谈判正陷入僵持状态，这时一名女子突然闯了进来，源奂看到进来的正是昨天跟他们在街头起冲突的那名女子，他赶忙低下了头。那女子一反冷冰冰的面庞，在金卓拉跟前撒娇耍赖，她对金卓拉说："我终于找到一个不错的丈夫人选。"金卓拉问："那人是谁呢？"她说："在贵霜旅馆，昨天还见到的，今天却不见了，父汗一定要给女儿找到他。"金卓拉说："娜波卡，你这是什么话，这种小事都要父亲去做吗？"原来此女是娜波卡公主，源奂捏了一把冷汗，心想可别让她认出才好。

金卓拉要娜波卡先离开，就在娜波卡转身的时候，她看到了源奂，她突然跳下去抓住源奂的手大叫："父汗，就是他！就是他！在嚈哒国，他居然不怕我！"金卓拉说："别胡闹，他可是波斯国的使臣，咱们的敌人。"娜波卡说："我不管！父汗一定要把这使臣给我扣下，我要让他当我的第一个丈夫。"

金卓拉看议和无法谈下去，也有意要晾一晾波斯使者，就宣布改日再谈。美罗德带着源奂出去，源奂猜到娜波卡身份不一般，听了母亲的翻译还是吃了一惊。源奂抱怨说："什么第一个丈夫？"美罗德解释说："在所有的国家都是一夫多妻，可是在嚈哒却是一妻多夫。"这让源奂气得不得了。

他们回到贵霜旅馆，娜波卡再次带人前来，她这次打扮得妖娆多姿，看起来不像第一次见到的那般冷酷，她随身带的女兵也换成了侍女。她要美罗德做翻译，她对源奂说："你留下来，做我的第一个丈夫，你想要什么有什么。"源奂说："你这么蛮横，做我第一个妻子，我还不乐意呢！我要把你排到第十二个妻子！"娜波卡笑着说："我知道，波斯国俘虏在我们手里，你要是答应留下，我可以帮你们去跟我父汗谈判。"源奂听后大喜，心想这倒是一个好办法，先答应她，过后再想法逃走也不迟。

源奂就说："那你要答应我一个条件，你只能有一个丈夫。"娜波卡也说："那你也要答应我一个条件，你只能有一个妻子。"源奂点头答应，娜波卡问源奂的名字，源奂向美罗德示意，美罗德为他取了个波斯名字沙普尔。哪知娜波卡当即拉着源奂到皇宫，美罗德也只好跟着一同前往。

娜波卡找到金卓拉："父汗，波斯副使沙普尔已经答应做我的丈夫了！我要跟他举行婚礼！"金卓拉问源奂，美罗德代为回答："沙普尔同样是卡伦家族的，作为他的长辈，他的婚事我可以做主。"金卓拉起初有些不乐意，后来经不住娜波卡缠着，居然答应了。

让源奂万万没想到的是，三天后他和娜波卡就要举行婚礼，现在他想后悔也来不及了。三天后，他和娜波卡成婚了，虽然起初源奂觉得娜波卡就是胡搅蛮缠，逼他跟她结婚，但是后来相处了几日，他突然觉得娜波卡非常可爱，他们真正相爱了。源奂为了娜波卡，还开始学起了嚈哒语。

既然成为一家人，金卓拉便答应了议和，条件就是波斯国将赫拉特割让给嚈哒，每年给岁币十万金币，因为金卓拉也知道，这些俘虏在自己手里，也顶多是被关押，每天还要消耗人力去看管，根本得不到一分好处。

两国边界恢复和平，美罗德把巴拉什王子救出，巴拉什才知道这是怎么一回事，他们带着菲鲁兹一世的尸体准备返回波斯国，源奂要跟着众人回去复命，娜波卡也要跟随，金卓拉不让娜波卡到波斯国，娜波卡竟然私自偷偷跟了出来。他们抵达波斯首都泰西封，就是现在的巴格达，在底格里斯河和幼发拉底河流域，这里曾经是世界的中心。

他们一到城门口，就看到波斯国的丞相苏克拉带领着萨珊贵族前来迎接，包括美罗德的哥哥卑路斯，原来在他们返回之前，巴拉什早把一切报告给了苏克拉。这次见面，苏克拉当着众人的面称赞了美罗德的机智。他们为菲鲁兹一世在皇家琐罗亚斯德教的寺庙举行国丧，琐罗亚斯德教就是拜火教，是波斯的国教。苏克拉趁机在群臣面前推举巴拉什王子为国王，虽然菲鲁兹一世的几个儿子有意见，但是他们也只是敢怒不敢言。巴拉什当了波斯国新的国王后，给美罗德赏赐了很多东西，他还让美罗德的侄子做宫廷侍卫长，专门负责皇宫安全。

美罗德带着源奂和娜波卡回到自己家，她已经跟哥哥卑路斯多年未见，卑路斯对他们特别热情。卑路斯的儿子现在是宫廷侍卫长，然而他的热情还在经商上，泰西封有一半的产业是属于他们家族的。

卑路斯带源奂到自己家的店铺去参观，源奂发现这些店铺售卖着来自世界各地的货物，向东远到中国，向西远到罗马。娜波卡发现这里远比昆都士繁盛，整天要源奂带着他四处游玩。他们一起到底格里斯河中划船，源奂不忍心一直欺瞒她，好在他经过一段时间的学习，已经会了一些基本的嚈哒语，他告诉她自己来自中国，他的母亲是卡伦家族的人，但他并没有跟她提起假使团的事。娜波卡才不管那么多，听说他来自中国，就想要跟着他到长安，她早就听说长安相当繁盛，源奂告诉她，现在中国最繁盛的是平城。

卑路斯有生意在罗马帝国的拉文纳城和新罗马城，他要去照看，美罗德要卑路斯带源奂到拉文纳城和新罗马城走走看看，以便增加他的人生阅历，娜波卡自然要跟着。他们的商队从泰西封出发，从小亚细亚进入罗马帝国，沿路上卑路斯都在向源奂介绍罗马帝国的情况。罗马帝国跟中国一样伟大，从意大利的罗马城开始，罗马帝国征服了地中海周围的所有地方，除了从前的古国希腊。现在罗马帝国分成了东西两部分，由两个皇帝统治，东罗马的皇帝是芝诺，首都在新罗马城，就是君士坦丁堡，西罗马的皇帝是尼波斯，首都在拉文纳城，他们早已从罗马城迁出有两百多年。

听了卑路斯对罗马帝国的介绍，源奂发现罗马帝国的状况跟中国何其相像。东西罗马，大概像东西晋朝，晋朝是在匈奴族建立的汉赵国皇帝刘聪的进攻下迁移到南方的，罗马则是在匈人建立的匈人帝国皇帝阿提拉进攻下逐步南撤的，汉赵之后又出现二十四个胡人建立的王国先后征服中国北方，匈人帝国同时有七大日耳曼王国占领罗马北方，他们是西哥特王国、汪达尔王国、东哥特王国、法兰克王国、伦巴德王国、勃艮第王国、英格兰王国。源奂怀疑匈人就是当年被汉朝赶走的北匈奴，包括嚈哒也属于匈奴的一部。

他们很快就抵达了新罗马城君士坦丁堡，这座城市建在海峡两岸，大船从海峡通过，源奂终于见到可以跟长安、洛阳媲美的城市，他显得很兴奋，娜波卡则对任何新鲜事物都好奇，见什么买什么，让源奂苦不堪言。他们在街头看到基督徒，卑路斯讲到罗马皇帝戴克里先曾经禁止基督教，君士坦丁不久才刚解除了这道禁令，这让源奂想起太武帝的灭佛令，后面到了文成帝继位，大魏才得以恢复佛教，源奂突然间似乎明白了许多道理。

他们在新罗马城处理完事情，就开始继续向西，准备前往拉文纳城。在路上，卑路斯和源奂他们遇到了仓皇逃走的罗马军队，原来是罗马皇帝尼波斯被将军欧瑞斯特赶出了宫。他们进入拉文纳城的时候，罗马皇帝已经变成罗慕路斯，他是欧瑞斯特十五岁的儿子，虽然他是皇帝，但实际上整个朝廷都是欧瑞斯特在统治。

卑路斯说："看这政治形势，我们得抓紧时间把生意全都转移到新罗马城，这里将会变得动荡不安。"卑路斯开始安排商铺转移，源奂有心帮忙，却被娜波卡拉着四处游玩。卑路斯要将西罗马所有的生意全都转移走，所以在拉文纳城耗了不少时间。

事情基本上处理完了，他们准备离开拉文纳，这时又有一队罗马军队闯入城中，这支军队主要由日耳曼人组成，统帅是奥多亚塞。就在他们离开的当晚，拉文纳发生了一场大动乱，他们通过海路连夜离开，过后才知道奥多亚塞杀掉了欧瑞斯特，皇帝罗慕路斯下落不明，从此西罗马帝国便灭亡了，帝国势力转移到了君士坦丁堡东罗马皇室手中。

他们从海路返回泰西封城，正遇到萨珊王朝内乱，原来菲鲁兹一世的三个儿子库思劳、扎伊尔、卡瓦德，不甘心皇权落入巴拉什手中，策动了宫廷政变。在政变中库思劳被巴拉什杀死，扎伊尔逃往亚美尼亚，卡瓦德逃往嚈哒。这为后来巴拉什被废黜埋下了隐患，卡瓦德就是后来的卡瓦德一世皇帝。目前政局总算是稳定下来，源奂也在准备着带美罗德和于仙姬回国复命。

第三十三章

拓跋弘紧逼冯淑仪　冯太后软禁献文帝

就在源奂经历罗马王朝更迭的时候，魏朝的宫廷也不太平。拓跋宏马上就三岁了，他一直深受冯太后喜欢，在冯太后的提议下，拓跋宏被立为太子。冯太后将拓跋宏哄到自己宫里，然后让人宣李皇后，李皇后知道按照魏朝子贵母死的制度，一旦拓跋宏被立为太子，自己也将要被处死，当时拓跋弘正在李皇后宫中，李皇后恳求拓跋弘救自己一命："臣妾宁愿永远做一个小宫女服侍陛下，求陛下救我，臣妾还不想死。"拓跋弘一直深爱着李皇后，他不忍心李皇后为此丧命，就去向冯太后求情。冯太后斥责他："子贵母死是祖上定下的规矩，更是我大魏之国策，这么做也是为了防止外戚专权，你身为一国之君怎可有妇人之仁！"李皇后被宦官架着从宫中走出，她不停地号啕大哭，冯太后劝慰她："子贵母死是我大魏国策，只有你死了，你的儿子才会被立为太子，这是何等的荣耀！你告诉哀家，你还有什么亲戚，哀家定会重重封赏他们。"李皇后说出自己的父亲李惠，还有叔父李初、李乐。李皇后说完后哭着去抱拓跋弘的大腿，冯太后让宦官把李皇后拖走，用白绫勒死，许多人为她深感惋惜，拓跋弘也黯然神伤，然而这只不过是冯太后和献文帝母子分歧的开始。

拓跋弘过后把李皇后的父亲李惠从益州刺史任上宣回，封他为征西大将军，晋爵为中山王，他的弟弟李初和李乐也都封为殿中尚书。冯太后本不想插手朝政，可在这件事上，她不能坐视不管，她召见拓跋弘，语重心长地对他说："子贵母死是先王定下的规矩，就是为了防止外戚专权，我知道你仁慈，可是李惠不应该留在京城里，万一他拥兵自重，后果将不堪设想。"拓跋弘说："母后，孩儿觉得不应该是外戚就不重用，都说内举不避亲，外举不避仇，为了大魏江山，更要唯才是用才是。"冯太后说："哀家这也都是为了拓跋家的大魏江山考虑，希望你考虑清楚。"

过后拓跋弘聚集亲信京兆王拓跋子推、宜都王拓跋目辰、武都公尉洛侯、中山王李惠到自己的宫殿议事，拓跋弘想要继续让李惠担任京官，拓跋子推说："现在朝廷里的文武百官大多都是太后的人，他们都只听太后的话，我们只有把那些大臣调走，才好在朝野上推广陛下的王政。"尉洛侯说："只能先暂时委屈中山王，把他外调，同时把太后的人也都调走。"

拓跋弘听从了拓跋子推他们的建议，次日便在朝堂上宣布官员大调整，他把李惠外调为青州刺史，加征南大将军，同时趁机把贾秀外调为豳州刺史，牛益外调为营州刺史，拓跋丕外调为枹罕镇将，和其奴外调为离石镇将，冯崇因为是冯太后的弟弟，只是封为没有实权的太师了事。源贺知道新皇要立威，装病在家观察时局变化，所以他并没有受影响。而贾秀、拓跋丕他们可都是冯太后的心腹，拓跋弘将他们全外调为官，这让冯太后心中大为不满，母子矛盾愈发加深。

拓跋弘送李惠离京，拓跋弘说："你可知道朕为何把你调到青州？"李惠说："陛下封臣为征南大将军，是要臣掌控南疆的魏军。"拓跋弘说："你知道就好，等你到了青州便可以暗中招兵买马，这些兵马对我们至关重要。”李惠说:“请陛下放心！女子临朝，也不是我大魏祖制，臣也希望陛下能够整顿朝纲，大展宏图。”拓跋弘说：“为了我们的计划，委屈爱卿了，等事成之后，朕再把你调回京城。”临别时，李惠又对拓跋弘说道:“后宫流传太后在宫中养男宠，臣建议陛下可以从李奕入手，李奕的哥哥李敷有一个朋友叫李欣，为了不打草惊蛇，从他身上下手定能胜券在握。”拓跋弘大吃一惊，他开始谋划斗倒冯太后。

李奕是何人？冯淑仪那次要为丈夫拓拔濬殉情，跳入火海后，差点被大火烧死，当时是殿中尚书李奕把她从火海中抱出来。李弈把冯淑仪抱到旁边的大殿，让太医抢救，冯淑仪慢慢睁开眼睛，看着面庞清秀的李弈说：“为什么要救我！我一个人活在世上还有什么意义！”李弈说:“娘娘可不要这么想！人生这么漫长,后面还有许多未可知的事情,等经历过了一切再死也不迟啊！”冯淑仪若有所思，从此以后就再也没有寻死觅活。

冯太后过后经常把李奕召到宫中陪她说话解闷，二人慢慢产生了感情，最后索性开始偷情，李奕经常是黄昏入宫、黎明离开，冯太后害怕被人发现，就把李奕升为武卫将军兼宿卫监，专门统领皇城的禁卫军，这样冯太后就能整日跟李奕在一起。

然而世上没有不透风的墙，这件事很快就被右昭仪乙郦华发现了，自从乙浑被满门抄斩，乙郦华就失去了可以依附的势力，她一直在寻找机会扳倒冯太后，这次机会就在眼前，但是她又不敢跟冯太后正面作对，她知道献文帝对冯太后不满，而献文帝又最信任自己的岳父李惠，她便派人悄悄把这个消息透露给了李惠，这才有了李惠临行前献计拓跋弘一说。

从李惠处听说了此事，拓跋弘派心腹宦官暗中监视冯太后，果然看到李奕在冯太后寝宫整夜不出，他有心要捉奸，可是那样又有损皇家颜面。他想起了李惠的建议，李欣现在是相州刺史，他派遣亲信尉洛侯到相州去找李欣的把柄。

李欣是范阳世家李崇的儿子，李崇曾经是燕国皇帝冯跋的重臣，可是在关键时刻率领十个郡投降了拓跋焘，让燕国元气大损，不久燕国就灭亡了，过后李崇还对燕国太子冯崇构陷，若不是源贺冒死保住冯家血脉，冯家早已灭绝，所以冯李两家就为世仇，这点冯太后一直还没有找他算账。

李欣不愧是世家出身，从小就在中书学读书，跟李敷是同宗和同学，两人都是品学兼优的学生，但二人相比，李欣更加优异，拓跋焘钦点他为文成帝拓拔濬的老师，等到拓拔濬登基后李欣就受到了朝廷的重用，拓拔濬封他为安南将军，晋爵扶风公，调为相州刺史。李欣在相州任上也是政绩突出，被拓跋濬当朝表彰为四十州第一名，还特别赐给他锦衣，这让李欣非常娇狂。

李欣住在邺城，邺城就在相州地界，属于繁华之地。李欣一向自命清高，可是他的两个手下范摽和赵端却是奸猾狡诈之徒。李欣不爱钱财,可是爱女色，范摽和赵端便专门给他寻找美人，李欣将那些美人全都娶回了家，前前后后总共纳了七个小妾，这些小妾每日要花销，李欣的官饷哪里够用，为了满足那些小妾们的需求，他渐渐开始接受贿赂，胃口也越来越大。

邺城富商的儿子把人打死了，富商找范摽和赵端帮忙开脱，并许诺事成之后，给他们送三箱珠宝作为酬谢，尉洛侯知道后，就串通好范摽和赵端，等富商把装珠宝的箱子抬到李欣家后院的时候，李欣的七个美妾都来挑选之时，钦差大臣尉洛侯突然带人出现。尉洛侯说 :“李大人，你平日在朝廷倒是整天讲清正廉明，到自己头上却是满箱珠链。”尉洛侯当即让人把李欣羁押起来，他没有把他送到牢房里，而是送到一个院子软禁起来。

这可把李欣急坏了，这不但要毁了自己的一世清明，还可能面临牢狱之灾。李欣被饿了一整天，尉洛侯才允许范摽和赵端进去送饭，李欣狼吞虎咽吃完，愁眉苦脸不知下一步如何是好。范摽和赵端就开始开导他，赵端说:“老爷，现在你没有被关进监牢，说明事情还有转圜的余地。”李欣说：“这钦差想要什么，要银子？要房产？该不会要女人？”范摽说：“老爷，这些人家都不要，今天尉大人提点我，说只要老爷招供出李敷、李奕兄弟的罪行，他就免了老爷的罪，当什么事情都没有发生过。”李欣一听赶忙摆手：“这怎么行！李敷跟我是同宗又是同学，他也是先帝器重的臣子，现在又是南部尚书，爵位高平公，李奕更是太后的红人，现在是武卫将军，兼宿卫监。他们位高权重，让我去指证他们，以后我还怎么在朝廷立足啊！这样的事我万万不能做！”

范摽和赵端一听，知道李欣一时不会同意，只好先退下了。过后尉洛侯又让李欣的夫人和他的七个美妾来看他，对他哭诉了一番，李欣开始心软。范摽和赵端再次出现时，他就问：“钦差大人果然有说，如果我招供李敷、李奕的罪行，就能免我的罪行？”赵端说：“千真万确，朝廷的斗争想必大人也知道，现在陛下要推行新政，那就得换掉太后的人。”李欣说：“可是我根本不知道李敷有何罪状，让我如何招供？”范摽就等李欣的这句话，他从衣兜里取出一张纸，上面详细罗列了李敷、李奕兄弟的三十条罪状:李敷贪赃枉法、强占土地、草菅人命；李奕偷娶宫女、强抢民女、逼良为娼……里面的罪状不一而足。李欣看得心惊肉跳，他惊讶道：“李奕连宫女都敢娶？那可是皇帝的女人！”范摽说：“大人只需要按照这个招供就是了，尉洛侯说他们早已收集好了证据。”赵端说：“大人就等着新皇帝重用吧！”李欣想到自己的前途，只能答应了。

尉洛侯回到平城，把李欣弹劾李敷李奕的奏折交给了拓跋弘，他把事情的原委向拓跋弘报告了，拓跋弘听后大喜，当即派人去抓捕李敷和李奕。李敷的府邸直接被官兵包围，因为他是长子，官兵还把他的堂弟李显德、妹夫宋淑珍一起抓捕了。拓跋弘派人抓捕李奕的时候，发现李奕并不在府里，原来李奕在冯太后宫里，尉洛侯派人等在宫外，他一出来就被抓了起来，李奕大声呼叫，冯太后出来阻挡，尉洛侯取出圣旨，强行把李奕带走了。

冯太后带人去找拓跋弘为李奕求情，拓跋弘说："李欣上奏弹劾，引起了满朝文武的愤怒，朕要是不秉公审理，还怎么给天下人交代？"冯太后知道李氏兄弟是被陷害的，她有心要救他们，但是如今朝廷上下都是拓跋弘的人，况且李奕素来行事也不检点，许多证据都是真的，她只能忍痛舍弃李奕。

拓跋弘命拓跋目辰全权审理此案，因为证据早已收集好，所以李奕和李敷很快被定罪了，拓跋弘不但削去他们父亲李顺的高平王爵位，还诛杀李奕和李敷全家，包括他们的堂弟李显德、妹夫宋淑珍、长子李伯和、李仲良等，虽然李敷素来守法，他的家人也都谦恭有礼，但终究都逃不过一死，当时许多人都为他们惋惜。发生这件事后，冯太后发誓，要重新掌握朝政。

冯太后把源贺和冯熙召进宫，跟他们说："你们现在是我最亲近的人，哀家本想还政于小儿，可是他翅膀硬了却欺到哀家头上，哀家不能再任由他胡作非为！"源贺说："太后想要怎样？"冯太后说："我自从嫁入皇家，就一心为大魏的江山社稷考虑，现在有了宏儿，皇上他却一错再错，只能让他交出皇权。"源贺说："既然太后下了决心，臣只能竭尽全力！皇上现在把朝廷都控制了，他的心腹无非是拓跋子推、拓跋目辰、尉洛侯、李惠，拓跋子推虽然德高望重，但却不足虑也，因为他向来不涉党争，我们只要在朝中除掉尉洛侯，而拓跋目辰和李惠尤其要提防，鹿死谁手最后要靠军队。如今我大魏的军力主要分布在三个地方，京师、六镇、南疆，京师的军队依然在我那些部下手中；李惠掌控的南疆的军队在青州前线，虽然离京城远，但我们不得不防；六镇的军队就在京城附近，现在是拓跋目辰在暗中控制，这是需要我们重点提防的。只要除掉这三位大臣，拓跋子推自然不用担心，至于李欣以后再慢慢跟他算账。除掉这几个人，皇上的四肢就算失去了，到时不怕他不交出权力来。”冯太后听后点头说：“跟哀家想到一处了。我们在朝廷中也要培植一些人，拓跋目辰他们四个表面上是一起的，可是他们各有各的打算，我们可以先从尉洛侯下手。”

冯太后先是暗中提拔王叡为吏部尚书，控制吏部后，她就可以安插自己的人了。后来从底层官员中，冯太后又暗中提拔李冲为南部尚书，提拔游明根为大鸿胪，提拔高闾为中书监，不知不觉中，这些人都成了冯太后新的心腹。拓跋弘在杀掉李奕后就把宿卫监换成了自己的亲信娄提，冯太后便给一些有才能的宦官以恩惠，宫中禁卫实际上被四大宦官：抱嶷、王遇、张祐、苻承祖控制，冯太后深谙只要在宫内扶植起自己的人来，一切不利的局面都可反转。

这一切都运筹好了，冯太后只等着一个可以动手的好时机。这天有普岚国使者送来一匹汗血宝马，拓跋弘非常高兴，当即骑马带着自己的侍卫娄提和蛭拔寅、蛭地于到西郊去狩猎，竟然射死了一只老虎。拓跋弘自以为整个朝局早已掌控在自己手中，他索性乘兴继续到附近的州镇去打猎，娄提知道崞山是打猎的好地方，二人就带着拓跋弘前去。

献文帝一离开，冯太后就召来自己的亲信开始谋划。他们要从尉洛侯开始下手，尉洛侯的手下有个叫陈提的，一直跟随尉洛侯，现在尉洛侯成为大将军，正准备升他为车骑大将军，尉洛侯新娶的夫人是陈提喜欢的表妹，陈提和他表妹经常背着尉洛侯偷情。那日，二人正在京城一个屋子温柔缱绻，就被收到消息的尉洛侯带人赶来，当场抓了个正着，原来那个消息是源贺派人暗中送给尉洛侯的。看到自己的夫人和自己的下属苟且，尉洛侯雷霆大怒，当即扇了他们几个耳光，然后恶狠狠地对陈提说："家丑不可外扬，我看你也别想活了。"陈提灰溜溜地溜走，他素来知道尉洛侯的行事风格，心想尉洛侯不会放过自己，正好最近柔然使节来访，他准备投靠柔然，跟着柔然使团趁夜混出城去。

这个消息同时被冯太后和献文帝的人知道，冯太后让源贺去抓捕，献文帝让尉洛侯去处理，双方的军队同时出现，他们把柔然使团的住所团团包围起来。源贺说："陈提叛国，理应由太尉府惩罚。"尉洛侯说："陈提是将军府的人，必须交给将军府处理。"陈提跟柔然使者说："我有大魏的秘密，只要你们把我救走，拿下大魏指日可待。"柔然使节有心想救他，可他自己都离不开都城，自己也是焦头烂额。源贺和尉洛侯的军队剑拔弩张，僵持了一天，柔然使节要吃饭，就派了两个使者出去买饭，其中一个使者正是乔装打扮了的陈提，这被司马金龙认了出来，他当即让人将陈提捆绑起来，带到了兵营中。

源贺亲自审陈提："我知道你是尉洛侯的人，你为什么要逃到柔然使团中？"陈提说:"尉洛侯要杀我。"陈提将事情的经过跟源贺说了一遍，源贺说："现在有两条路你可以选，一条是生路，一条是死路。死路就是，我把你和你的家人交给尉洛侯，任凭他处置。生路就是，我给你个机会，你把尉洛侯的罪状招供出来，本太尉会为你做主，把奸臣铲除了，你就是功臣。"陈提陷入了沉思，源贺让人把陈提的家人都带来跟他相聚，他的儿子也劝他把尉洛侯招供出来，陈提终于下了决心，他把尉洛侯过去干过的贪赃枉法、杀人灭口、作奸犯科的事全都招供了。

源贺有了陈提的供状，当即派人抓捕尉洛侯，因为证据确凿，背后又有冯太后支持，而献文帝还在崞山打猎，根本没人加以阻挠，源贺很快就把尉洛侯抓捕起来了，他没有急于定他的罪，而是继续软硬兼施，要他招供拓跋目辰和李惠的事，尉洛侯想到自己背后有献文帝撑腰，对源贺骂不绝口。源贺早想好计策，他假装派人在拓跋目辰门外监视，这被拓跋目辰发现了，他以为东窗事发，居然连夜带领亲信逃出平城，直奔六镇中的抚冥镇，那里的镇将是他的旧部，哪知刚到抚冥镇，城头出现的却是源怀，原来源贺早已让六镇的镇将换防，拓跋目辰只好率部向北投奔柔然，被柔然可汗郁久闾予成收留。

在源贺抓捕尉洛侯的时候，他派司马金龙去巡视南疆。司马金龙直接抵达南疆前线的青州城，李惠带人前来迎接，他还带着司马金龙去各处巡视，司马金龙问："为什么南疆的军队比原来多出一倍，将军私自招兵买马，这是要干什么？"李惠这是奉了皇帝的密旨，只能说："韩信用兵，多多益善。"司马金龙说："韩信后来可是反了！"李惠感觉来者不善，司马金龙怕打草惊蛇，赶忙补充说："我这只是戏言，将军别见怪！"过后司马金龙的人故意在营中把京城中陈提告主、尉洛侯被捕、拓跋目辰叛逃的事传播开。李惠的弟弟李初和李乐听说后，非常焦急，二人去跟李惠说："恐怕太后已经重新掌权了，这里离京城遥远，我们可以率部投奔南朝，这样或许还能自保。"李惠当即训斥他们："我们李家是皇亲国戚，我受皇帝之命守卫南疆，我们李家世代忠良，怎么能够做出这样的事！"当天晚上，李初和李乐思虑再三，还是决定带着自己的部众向南逃跑，司马金龙早派人紧盯他们，只等他们出城时自投罗网。二人在逃跑出城时，便被司马金龙的人包围了起来，司马金龙将二人当场抓获，宣布他们要叛逃，然后派人把李惠一家全都抓捕，全部在校场砍头。

等到献文帝带着自己的侍从返回京城，才发现自己的四个大臣只剩下拓跋子推了，拓跋子推自然是保持中立。拓跋目辰叛逃，李惠被斩首，尉洛侯看到献文帝也无法救自己，一夜之间急白了头，最后只得认罪，尉洛侯也被满门抄斩。

献文帝发现自己一夜之间什么也没了，朝野上下也全被冯太后所控制，他为此非常消沉，开始整日与和尚、道士探讨玄学，似有所悟，他有了出世的想法，冯太后趁机派人传话要他退位给拓跋宏，自己做太上皇。

献文帝就召集群臣说："人生苦短，譬如朝露，最近朕经常有出世的想法，朕想把皇位让出。"这在朝堂上引起轩然大波，当然大部分人早已知道这是冯太后的意思，有人假意劝阻，献文帝说："朕意已决，爱卿不必再劝。只是太子还小，在皇族中皇叔子推是最为德高望重的，朕想把皇位禅让给他，由他主持朝局，定是江山社稷之福。"大臣们谁也没想到献文帝会将皇位让给拓跋子推，源贺赶忙跪地说："陛下，皇位自古都是传给嫡长子，断没有传给皇叔的理，虽然皇子年幼，但是有太上皇和皇太后辅佐，自然能够处理政事，这才合乎天意人心。臣请陛下禅位于太子拓跋宏！"任城王拓跋云说："祖宗规矩不能改！否则会祸乱朝政！"太保陆馛跪地说："太子圣德承基，四海属望，不可横议，干国之纪。假如不传位太子，老臣就当庭撞死！"王叡、李冲、游明根、高闾带领文臣附议，花太平、何无忌、冉勇、源延带领武将附议，后来文武百官全都附议，拓跋子推看到满朝如此阵势，也赶忙推脱。最后献文帝无法，只能禅位给了拓跋宏。

五岁的拓跋宏继位，改元为延兴，他就是后来赫赫有名的魏孝文帝。拓跋宏封冯太后为太皇太后，拓跋弘为太上皇。冯太后带着拓跋宏入住简陋的永安宫，拓跋弘则迁居崇光宫，至此专门研究佛道，只有原来的侍从还跟着他，虽然朝政大权已不在他手中，但是朝廷大事按例都会通知他。

冯太后重新执掌朝政，把贾秀、牛益、拓跋丕、和其奴都调回京城，想起当年李奕被从自己宫门口拖走的情形，她开始为李奕平反。当年的罪魁祸首李欣，在陷害李奕后，受到了献文帝的重用，此时已经做到了司徒，晋爵为范阳公。李欣做事非常谨慎，冯太后找不到他的把柄，就改封他为镇南大将军、开府仪同三司、徐州刺史，让他到南方前线徐州去镇守边疆。李欣知道冯太后恨自己，所以做事更加谨慎小心，他带着自己的僚属赴任，他的僚属中也包括了范摽和赵端。

从前李欣得意的时候，范摽和赵端可是像苍蝇一样整天围着他，把他哄得心花怒放，鞍前马后什么事都不需要他操心，现在冯太后得势，二人从李欣身上获得的油水就少了许多，范摽和赵端看到冯太后对他愤恨，朝臣也都讨厌他，就有心要改投别人。

没过多久，范摽和赵端就向冯太后举报了李欣贪腐的不法行为，冯太后问起诬陷李奕的事，范摽和赵端和盘托出，还添油加醋描绘了许多细节，冯太后听罢愤怒不已，她让范摽和赵端上奏检举，二人对李欣的底细一清二楚，他们罗列了李欣的三十条罪状。冯太后看到主要是贪污的事，就对二人说："这些还不足以让他死。"二人意会，上奏李欣谋反，冯太后就把李欣传唤回来责问，李欣矢口否认，冯太后让范摽和赵端与其当庭对证。李欣气得说："你们这两个不仁不义的奴才！"范摽说："你就不要责备我们了！难道你的品行能比李敷、李奕兄弟还好吗？"李欣知道东窗事发，只好伏法，冯太后将李欣满门抄斩，同时为李奕、李敷兄弟平反。乙郦华因牵涉其中，冯太后把她打入冷宫，没过多久，乙郦华就离开了人世。

第三十四章

西征敕勒平定边疆　源氏父子西平祭祖

自从拓跋弘失势后，从前的大臣有事都是奏请冯太后定夺，很少有人来看望他，只有宿卫监娄提还经常来看他，告诉他朝廷的动态。拓跋弘原来对佛道也是一时心血来潮，过后他渐渐感到无权的失落，娄提告诉他，朝中上下都唯冯太后马首是瞻，拓跋弘开始叹息。拓跋弘身边还有两个侍从蛭拔寅、蛭地于，这两兄弟都是敕勒人，以前他们为皇室运送官马，在戈壁迷路，饥渴难耐之际就把马杀了吃，过后娄提审理他们，按照北魏制度，谁杀了官马谁就要被杀头，可是这兄弟俩都争着说官马是自己杀的，跟对方没关系，娄提看兄弟相争，不知如何断案，正好献文帝经过，看到他们有情有义，就下诏免罪，兄弟二人感恩，从此成为拓跋弘身边的贴身侍卫，只要有二人在，任何人都别想暗算拓跋弘。

拓跋弘聚集娄提和蛭拔寅、蛭地于，对他们说："朕现在是被困的老虎，要如何才能走出这该死的牢笼？"娄提说："明天太皇太后不是要带着拓跋宏去虎园看虎吗？到时我可以把禁军集中到北苑，假如群臣感念陛下，定会归附，如若群臣不来归附，我们就当是演习。谁说太上皇就不能带兵打仗！"拓跋弘认为这是个不错的主意，点头应允。

次日，冯太后果然带着拓跋宏和源贺、冯熙、王叡、李冲等近臣到西郊的虎园看老虎，他们都骑在马上，各自带着弓箭。当他们转过山头，突然一只老虎向冯太后扑去，吓得冯太后坠下马去，眼看老虎就要扑过去，这时王叡急忙拍马赶来，手起刀落把老虎的头砍了下来，看得众人心惊肉跳，冒出了一身冷汗。

冯太后刚刚缓过神来，正要赏赐王叡，这时听到北郊喊杀声阵阵。司马金龙骑马赶来报告："太上皇在北苑阅兵！"冯太后大喊："谁让他阅兵的！谁敢参加阅兵！"冯太后随即跟拓跋宏坐上马车，带人赶往北苑，果然看到拓跋弘坐在马上阅兵，参加阅兵的人数虽然不是很多，但还是让冯太后大吃了一惊。冯太后问："皇儿，你这是干什么？"拓跋弘说："母后，我在宫里整天待得大腿都生了许多肉，我想要统兵北征柔然，保卫我们大魏王朝。"

冯太后知道拓跋弘这是在向她挑衅，不再与他多言，愤而离去，文武百官也全都跟着离去，只剩娄提站在那里。拓跋弘知道，群臣都是向着太皇太后的，只好结束阅兵，回到崇光殿。拓跋弘一回去，他所住的宫殿就被冯太后派去的禁卫军给包围了，冯太后下令以后不准他出宫半步。冯太后本还想免去娄提的官，源贺谏言："娄提在朝中威望很高，现在免去他的官，会让朝臣心生不满，只要调离宿卫监就好。"冯太后就把娄提平调为管司法的内三郎，司马金龙成了宿卫监，冯太后让他派人专门监督献文帝。冯太后怀疑拓跋子推在背后支持拓跋弘，才使拓跋弘有那么大的胆子阅兵，就封他为开府仪同三司、青州刺史，将他调离京城。拓跋子推已经年迈，去青州赴任的时候，没想到行程颠簸，死在了就任途中。

这让拓跋弘内心很是愤懑，不久柔然使团来访，使者自称是可汗予成带给了拓跋弘一匹马，司马金龙让蛭拔寅去取马，蛭拔寅骑着马回来，司马金龙看到可汗予成送的这匹马非常普通，内心起了疑惑，他找人前来问话，果然，宫里他收买的太监禀报，蛭拔寅取马回来后，把一封信交给了拓跋弘。司马金龙赶紧将这一情报报告给了冯太后，冯太后带人前去搜查，最后搜到了拓跋目辰写给献文帝的那封信，信里约定要他逃往敕勒川，敕勒首领郁朱于已经答应勤王，予成可汗也答应出兵支持，还要约刘宋夹击北魏。

冯太后大怒，让人把蛭拔寅抓捕斩首，他的哥哥蛭地于害怕自己也受到牵连，得到消息后就连夜逃走了。冯太后还修书柔然可汗予成，斥责他干预大魏朝政，予成看到事情败露，把拓跋目辰驱逐到敕勒川，跟自己撇清关系。

不久崇光殿中传出哭声，原来是献文帝拓跋弘突然病死，没人知道病因。朝臣们虽然大多都向着冯太后，但是同情献文帝的也大有人在，现在看到他不明不白地死了，许多大臣都开始躁动不安。娄提向来忠君，他在朝堂上大喊一声："圣上离开，臣子当随！"当即拔出刀来，众人都吃了一惊，以为他要刺杀冯太后，没想到他把佩刀插入自己腹中，当即昏死过去。冯太后赶忙让御医救治，总算是救回了他的一条命。过后冯太后在朝堂上夸奖了娄提的忠君，还赐给他二百匹帛做奖赏，这样朝野上下才算是安定下来。那一年，献文帝被葬到了金陵，年仅二十三岁。

北魏把献文帝埋葬在盛乐的金陵，冯太后和孝文帝、文武百官都停驻在盛乐城，这时突然有大批骑兵前来攻城。冯太后以为是柔然人入侵，赶忙命源贺率兵迎敌，事后才发现是敕勒骑兵，领兵的是敕勒首领郁朱于，郁朱于身旁是拓跋目辰和一个将领，源贺看到那名将领好生眼熟，可是又一时记不起来他是谁。源贺对郁朱于大喊："朝廷待你不薄，为什么受人蛊惑，现在速速退兵，朝廷不会追究你的责任，否则你只有死路一条！”郁朱于大笑：“你们害死了皇上，我如今是来讨伐你们，上斩妖后冯淑仪，下杀你们这些奸臣！”郁朱于话音刚落，拓跋目辰就带头大叫:“清君侧！杀源贺！”敕勒兵跟着呼喊，呼喊声一浪高过一浪，喊声停止后，郁朱于开始命弓箭手射箭，箭像暴雨一样落入城内，源贺赶紧指挥士兵用盾牌阻挡。敕勒兵又开始冲杀，都被魏兵阻挡了下来。

双方暂时陷入僵持，源贺叫来冉勇和何无忌：“你们给我看看，郁朱于旁边的那人是谁？”冉勇说：“那年我们征讨柔然时候认识的，名字一时想不起来。”何无忌说：“我记起来了，叫翟帅！”源贺说：“对！是翟帅，他还说服高车王阿伏至罗一起攻打过柔然，难怪我看他如此眼熟！”

源贺有了计策，开始指挥调派，他让冉勇回平城调兵，让花太平到六镇中的西三镇沃野、怀朔、武川调兵，让何无忌到东三镇抚冥、柔玄、怀荒调兵，然后修书一封，让源延绕到敌营去找翟帅，源贺送源延走时叮嘱：“此行你是最危险的，这么多年过去了，我不知道翟帅变了没，你就见机行事吧！”

源贺把自己的亲信派去搬救兵后，开始跟源怀和司马金龙设法守城。源贺对将士们说：“我已经派人去搬救兵了，只要死守城池，一定会有人来救我们的！”将士们大受鼓舞，敕勒兵的几次进攻都被击退了。

且说源怀看准了翟帅的营帐，半夜就带着两个随从从城墙上缒下去，潜入了翟帅的大营。翟帅的侍卫发现了，当即掏出刀来拼杀，他自然不是源怀的对手，几招过后就被源怀用刀指在心口，源怀扔下兵器，对侍卫说：“我不杀你，快带我去见你们将军，我有要紧的事要告诉他。”侍卫只好带着源怀进去，翟帅正一个人在思考，侍卫报告：“翟将军！我们抓到一个魏军将领，他说有事告诉你。”翟帅问：“你是什么人？”源怀说：“我是你一个故人的儿子。”翟帅看源怀手中并没有武器，就让侍卫出去，源怀掏出信来说：“我是源太尉的儿子源怀，这是家父给你的一封信。”

翟帅拿过信来读完，他问源怀：“这么说拓跋目辰反叛在先，却诬陷太后和太尉？”源怀说：“千真万确！拓跋目辰在朝中结党营私，尉洛侯、李惠、拓跋子推都已伏法，只有他听到风声逃走了。拓跋目辰就是要利用敕勒来达到自己反叛的目的，你们千万不要上当。”翟帅说：“其实敕勒军中，只有郁朱于想要造反，想要借机攻入平城称王，许多将帅跟我一样，都不主张这次出兵，高车王阿伏至罗早已西迁到车师，他根本不知道内情，郁朱于也是假借车师王的命令来达到自己造反的目的！”

源怀说：“家父希望将军念在当年一起为朝廷征战的旧情，再次联合，剿灭反贼，建功立业！”翟帅略为沉思，然后站起来说：“这原本就是我们做臣子的使命！”源怀说：“我们的救兵也快到了，那我们约定，明日城头放炮为信，一起夹击郁朱于！”二人商议好后，翟帅让亲信把源怀送走。

次日一早，郁朱于又率军猛攻盛乐，可是明显没有了昨天的气势。中午郁朱于对众将领说：“我们的骑兵贵在速战，六镇就在盛乐城附近，等他们的救兵赶到，我们只能功亏一篑，你们跟我一起攻破盛乐城，只要活捉了冯太后，大魏江山就是我们的了！”将帅们随声附和。

下午郁朱于开始指挥敕勒骑兵围绕盛乐城猛攻，翟帅则率军在后方观望，他在等待源贺的信号。郁朱于亲自率兵攻击北门，守城门的魏军将士大都阵亡，北门就要攻下了，幸好有博陵公尉元和城阳公孔伯恭率军赶来死守，可是后来他们也渐渐不支。这时司马金龙报告，魏军援军已经出现在城南，源贺赶忙命人在城头放炮。随着三声炮响，翟帅率军从背后掩杀，还让人大喊：

"郁朱于败了！郁朱于败了！"魏军六镇的援军也从四周围拢来，司马金龙和源怀打开城门，带领魏军冲杀出来。郁朱于没有想到风云突变，兵败如山倒，带着敕勒兵向北撤退。拓跋目辰想要拦截逃跑的敕勒兵，却被不知哪儿飞来的箭射中，死在了敕勒骑兵的马蹄下。

源贺和翟帅大军在城北相会，源家军四处收拾残余的敌人，冯太后召见翟帅，封他为征北大将军，让他统领敕勒川的兵将，镇守魏国的北疆。源贺派人护送冯太后、孝文帝和文武百官回平城，自己则率领源家军继续追击郁朱于。

郁朱于此次虽然失败，但是并没有受到致命打击，他率领自己的部众向西逃亡，想要跟屯驻在金城的弟弟郁伏罗会合。敕勒人擅长骑射，所以源家军一路始终没有追赶上，一直追到了金城，郁朱于和郁伏罗兄弟二人早已合兵一处。金城在黄河南岸，源贺带人追到黄河岸边，郁朱于命人把渡船全部烧掉，阻止源贺他们渡河。

源贺假意派人造船，准备突破黄河天险，暗中派源怀和司马金龙带兵从上游的青石关古渡过河。郁朱于和郁伏罗还在等着源贺半渡时好出手攻袭，没想到源怀和司马金龙率领的北魏大军突然出现，如同从天而降，他们率领魏军猛攻金城，郁朱于和郁伏罗趁夜逃亡，源贺渡河率军追击，一路斩杀八千敕勒人，还俘虏了一万多，郁伏罗也在突围中被箭射死。

郁朱于继续带领敕勒叛军逃往枹罕城，源贺领兵追击，这里是西秦国的故都，有他太多的记忆，源贺对源延、源怀、司马金龙他们一路讲述自己当年的经历。南凉国都城乐都城被西秦国围攻后，他的哥哥虎台太子率领文武百官投降，全部都被安置在枹罕城里，他的父亲也只好投降，被封为左南公，最后仍然被乞伏炽磐赐死。虎台太子和秃发皇后为了匡复凉国，策划刺杀乞伏炽磐，被炽磐发现后全都处死了，当时逃走的只有他和哥哥保周。

枹罕城本来是一座大城，可惜西秦国灭亡时被烧毁，枹罕成为镇之后，虽然在原来的基础上修筑了城墙，但是只有原来的四分之一大，现在只能算是一座小城。郁朱于只是在枹罕城里劫掠了一番，就继续逃亡，他带着他的部下跨过乞伏飞桥后，就命人一把火把桥烧了，连铁链都被他命人给毁了。面对滔滔的黄河，没了跨河的桥，源贺只能命人强渡。

郁朱于本已感觉自己山穷水尽，可是他无意间发现了秃发傉檀、折掘琬儿及秃发虎台和秃发娑媚等秃发王族的墓园，这是当年他们被西秦人杀后的安葬之地。郁朱于喜上眉梢，他到悬崖边向源贺喊话："源贺！你听着！这里有你爹傉檀，你哥虎台，你姐娑媚的墓，我要你立刻退军，否则我就把他们的骨头挖出，挫骨扬灰，咱们做鬼也要同归于尽！"听到这些话，三军都停止了前进，大家都在等待源贺的命令。源贺忍着怒火说："郁朱于，我限你速速投降，我在陛下面前可以为你求情，你还继续做你的敕勒酋长，否则我要你死无葬身之地！"郁朱于冷笑:"那我倒要看看,你如何让我死无葬身之地！"源贺只好命部队先撤退，驻扎在河岸上。

当时天色已晚，众将领都聚集在源贺营帐中。源延说："父帅！难道就这样让他们跑掉吗？他们一旦逃走，前面就是吐谷浑地界，以后我们别想再追到他们！"司马金龙听完，对源延说道："你忘了沿路你父亲给我们讲过的那些往事吗？你想让秃发家的祖先灰飞烟灭吗？现在只能用缓兵之计！"源家军开始争论不休，源贺一个人走出了营帐，在这个地方，埋藏心底多年的国恨家仇，突然像浪潮一样涌入他的内心，他宁可放走郁朱于，也不想他毁掉父兄的尸骨。他们就那样等了一个晚上。

天亮后，源贺派了几个手下潜水过去，发现河对岸已经没有了敕勒兵的痕迹，源贺这才率军渡河。追了一段时间，源贺感觉再也无法追上郁朱于，正准备搬兵回朝，这时却突然看到敕勒兵返回，好像背后有大军在追杀他们，源贺喜出望外，当即率军掩杀。敕勒骑兵本来就已经被源贺他们追击得疲惫不堪，哪里经得起两面夹击，很快就成了落网之鱼。

源贺他们把叛军围困在一个山坳里，郁朱于宁死不屈，被乱刀砍死，剩下的将士纷纷投降。两军相会，源贺看到对方的士兵一半穿着奇装异服，不像是中原人，一半穿着皮衣皮帽，好像是些游牧者，对方的两个首领骑马过来，源贺才发现一个是自己的儿子源奂，一个是自己的堂哥秃发樊尼。源怀和源延也跑来，亲人们紧紧抱在了一起。

他们安营扎寨，开始攀谈起来。原来源奂从波斯国护送母亲回来，波斯派遣一百多人的使团跟随，到嚈哒国又有护送娜波卡的使团一百多人，到于阗国又有护送王妃于仙姬的使团一百多人，加上源奂带的魏国使团一百多人，也有五百多人。他们一路向东，从张掖地界到胭脂镇，源奂以前经常听父亲讲南凉国的故事，可是从来没有去过，他对南凉国的故土非常好奇，这次正好有机会，他就从扁都口向南，一路抵达西平城。他在西平城的时候，听过往商客说源贺正带领大军在枹罕围攻叛军，源奂就把美罗德、于仙姬等妇孺留在城里，自己率领各国使团中的壮士向枹罕进发，在山林中遇到牧人袭击，真是不打不相识，那些牧人不是别人，正是秃发樊尼率领的秃发旧部。于是源奂和秃发樊尼合兵一处，向枹罕进军，没想到在路上遇到了逃跑的敕勒兵，敕勒兵就被他们打了回来。

司马金龙问："你不是说带着嚈哒公主回来吗？"源奂赶忙去找娜波卡，娜波卡正在给大家分礼物，她送给源贺一把镶嵌宝石的宝刀，源延、源怀、司马金龙、秃发樊尼等都有礼物，她还带了许多礼物准备回去送给自己的婆婆和妯娌等。

当天大家都聚集在一起，源贺带着源延、源怀、源奂他们先去祭拜了自己的父亲秃发傉檀、母亲折掘琬儿和哥哥虎台、姐姐娑媚的陵墓。然后让人杀羊宰牛，秃发樊尼让人打开他们带来的昆仑殇酒，在大营犒赏三军。

过后源贺对众人说："西平是我们秃发祖宗基业所在，那里有兄长虎台建立的虎台点将台，我想趁着这次机会去祭祖。"源贺让花太平、何无忌、冉勇把敕勒俘虏押送到京城，自己率领秃发后人赶往西平城，跟妻子美罗德和王妃于仙姬会合。

秃发樊尼带领他们抵达虎台点将台，快到的时候，有三个人出来迎接，他们是虎台的三个儿子秃发无天、秃发少天、秃发常天，看到他们的容颜，源贺仿佛见到虎台一般，顿时泪落如雨。无天、少天、常天兄弟三人带源贺去拜见了白发苍苍的胡掖紫楼，如今她已经儿孙满堂，孙子辈有十几人，最大的是秃发荣枝。

源贺命人在虎台点将台前建立了秃发祠堂，供奉列祖列宗的牌位，摆上各种祭品。源贺选定了一个黄道吉日，带领秃发家族的人祭祀列祖列宗，他站上高高的点将台，看着周围插满的旗帜，对众人说："我们鲜卑人本来是黄帝之后，黄帝有二十五个儿子，最小的儿子叫昌意，受封到北方的大鲜卑山，这就是我们的祖先。后来过了七十二代到拓跋推寅，迁移到南方的大泽，周围是上千里的草原。鲜卑的一代大汗檀石槐诞生，汉朝打败了匈奴，檀石槐把匈奴的草原全部占领，向北打败丁零族，向东打败扶余族，向西打败乌孙族，向南进攻中原，鲜卑大的部落，除了拓跋部，还有慕容鲜卑、宇文鲜卑、段部鲜卑、乞伏鲜卑，共五大部，当时都在檀石槐的大联盟中，吐谷浑部是从慕容部分离出的。檀石槐后，拓跋部成为最强大的部族，再经过八代就到

西平祭祖

拓跋诘汾继续南迁，留在当地的拓跋部后来就是柔然汗国。拓跋部一路经过许多大山和大川，一直找不到出路。有一天，他们遇到一头神兽，长得像马，声音像牛，在前面引导，经过几年的跋涉，众人看到一马平川。后来他们来到阴山，缓缓的阴山前面就是黄河，这里就是以前匈奴的故地，在那里匈奴酋长把公主胡掖夫人嫁给诘汾，所以我们一直叫匈奴人为舅舅部落。拓跋诘汾先帝有两个儿子匹孤和力微，拓跋力微成为酋长，拓跋匹孤就带着人继续迁徙。拓跋匹孤向西迁移到河西，就是我们现在的地方，匹孤的儿子寿阗出生在胡掖夫人的皮袍中，所以又叫秃发。拓跋力微就是拓跋部的祖先，到拓跋什翼犍的时候建立代国，后来被苻坚灭国。什翼犍的孙子拓跋珪后来建立魏，所以大魏明元帝曾经对我说：与卿同源，赐姓为源。拓跋和秃发本来是一家，现在又重新融合在了一起。”

源贺开始讲秃发部的历史：“我们秃发部，在先祖树机能时大盛，树机能是匹孤的曾孙。秃发部本来在雍州和凉州之间，后来晋朝在雍州和凉州间分出秦州，刺史胡烈残暴，先祖树机能就联合凉州八部乙弗部、契翰部、卢陵部、折掘部、意云部、思磐部、车盖部、麦田部和秦州十二部乞伏部、鹿结部、吐赖部、莫侯部、勃寒部、匹兰部、密贵部、裕苟部、提伦部、越质部、悦大坚、扑浑部造反了，胡烈根本不是对手，带兵去讨伐，被树机能打得大败，最后杀死。树机能的起义振奋人心，周围的匈奴、卢水、屠各、羯胡都跟着造反，晋武帝就派司马骏都督雍、秦、凉三州军事前去讨伐，树机能就跟二十部的酋长暂时送人质过去投降，可是晋朝官吏却开始清洗起义军，树机能秘密让人把人质救出，再次造反，攻下凉州城。树机能原本只是想为我们鲜卑争得权利的，可是后来却被晋武帝派的马隆打败。树机能被叛徒杀害后，树机能的堂弟秃发务丸成为酋长，务丸去世后，他的孙子秃发推斤继位，推斤去世后是我的祖父思复鞬继位。”

源贺继续讲南凉国的历史：“我们凉国的历史要从思复鞬讲起，当时我们秃发部人强马壮，思复鞬的八个儿子个个都是好汉，他们是奚于、乌孤、利鹿孤、傉檀、俱延、吐雷、文真、文支。苻坚建立的秦国灭亡，以前的王公重新复国，凉国的王子张大豫带人回来，可是凉州早已被吕光占领，我的叔祖奚于率众跟人征讨吕光被杀，从此我们秃发部决定奋发图强，思复鞬去世后，乌孤继承酋长之位，在廉川堡自立为王，秃发凉国自此建立，很快就占领黄河、湟水、浩门河所在的三河地区，后来乌孤又把都城迁移到乐都城。乌孤坠马而去后，利鹿孤继位，把都城迁到西平城，可惜三年后驾崩，父亲傉檀继位。我们秃发凉有十八年历史，其中十二年就在傉檀统治下，父亲南征北战，最终占领凉州城，成为西域最强大的国家。我们秃发家族，乌孤有三个儿子樊尼、羌奴、赴单，利鹿孤有一个儿子穆亦干，我是父亲七个儿子中最小的破羌，前面还有虎台、明德归、他儿、安周、染干、保周六个哥哥。太子虎台，胸怀天下，希望在乱世中求得太平，可惜生不逢时，在父亲西征乙弗勿敌国时，首都被西秦国王乞伏炽磐袭击，秃发凉国就此灭亡。炽磐背信弃义，毒杀父亲傉檀，折掘母后随之而去，炽磐的皇后是我的姐姐娑媚，她跟我们秃发皇族谋划复国，八年后正准备起义被炽磐镇压，娑媚和虎台被斩杀，我和保周逃到沮渠蒙逊处，可是蒙逊又准备出卖我们，最后我们逃亡到了平城，太武帝赐我姓源名贺，才有了我如今的名字。”

源贺把秃发家族的历史讲了一遍，带着众人祭拜列祖列宗。源贺征求秃发部人的意见，最后樊尼带领部众到周围游牧，虎台后人留在西平守祠堂。源贺带着源延、源怀、源奂、司马金龙等返回平城复命，半路上便接到朝廷的紧急诏书。

第三十五章

南御刘宋逼萧道成　北伐柔然封狼居胥

冯太后继续垂帘听政，北魏的内政安稳下来，她召集群臣议政，冯太后说："大魏所面临的外患，北有柔然如苍狼，南有刘宋如恶虎，他们只要有机会就会进攻我们。最近边疆回报，刘宋派使者到柔然，准备夹击我大魏，诸位爱卿有何良策？"源贺说："如今我们新平定了敕勒的叛乱，在我们北方有三道防线，翟帅的敕勒军，六镇的边镇军，平城的守卫军，柔然必然不会贸然南侵，反倒是刘宋即将陷入内乱，我们可以趁机攻击，就算不能大获全胜，也可以给他们来个下马威。"冯太后当即封陇西王源贺为征南大将军、青州刺史，博陵公尉元和城阳公孔伯恭为副将，花太平、何无忌、冉勇、源延、源怀、司马金龙随行，率军前去青州前线攻打南宋。

源贺率领魏军抵达青州，前方就是刘宋的重镇彭城，彭城的守将是薛安都。尉元和孔伯恭都建议趁刘宋内乱攻打彭城，却被源贺制止了。源贺说："我们要静观其变，自从刘彧杀掉自己的侄子刘子业自立为帝后，起初还能举贤任能，平定晋安王刘子勋的叛乱，可是很快他就开始诛杀功臣，还把自己的兄弟给杀了。刘子勋起兵的时候，身为平北将军、徐州刺史的薛安都响应，只是刘子勋很快就被平定了，薛安都也向刘彧上表投降。以刘彧多疑的性格，我看他一定不会放过薛安都，到时我们可以把他争取过来。这薛安都，你们可能都不知道，当年盖吴反叛的时候，他的堂兄薛永宗响应，他也盗取官马造反，可惜在那场反叛中，薛永宗被杀，他只好投奔刘宋，他跟别人不同，造反的时候他已经是秦雍二州都统，说到底他本是我们大魏的官员。”

魏军因此按兵不动，刘彧却是极为天真愚蠢，他看到所有的叛乱都被镇压，不顾萧道成的反对，派遣前将军沈攸之和镇军将军张永带领五万大军前去迎接。这让薛安都内心忐忑不安，薛安都的侄子薛索儿说：“如今我们都已经上表投降陛下，他却派遣大军前来迎接，近日许多功臣都被他杀了，何况我们还是罪臣，请父帅早做打算！”薛安都说：“我岂能不知道陛下的脾性，只是现在前有沈攸之的南朝大军，后有北朝源贺大军，让我如何是好？”这时薛安都的儿子薛道次说：“我们本来就是北朝人，当年被逼无奈才反叛，如今魏帝英明，何不上表魏帝请降。”虽然女婿裴祖隆反对，但是薛安都思虑再三还是决定投降北魏，他表面上让人迎接沈攸之的前锋张永，暗地里却派人把投降书送到源贺手中。

源贺拿到薛安都的降书，降书上向源贺请求援兵，说两军可以一举扫灭刘宋。众人都说可以，源贺说：“等的就是薛安都的这份降书，不过火候还不到，还不能派兵接应，因为现在薛安都还没有到走投无路的地步，薛安都生性多疑，诈降也是有可能的。”源贺一面回信给薛安都，答应接应他，一面把降书上报冯太后，等待懿旨。

张永的部队已经抵达彭城，薛安都安顿在附近的下邳城，城外就是沈攸之的大军，薛安都却不见魏军。薛道次说：“我看魏朝是不信任我们，孩儿自愿前往源贺军中，做他们的人质，他们就没有不援助我们的道理。”

薛道次带领侍从进入北魏境内，直接来到源贺帐篷，催促源贺出兵。这时源贺也收到冯太后和拓跋宏的旨意，要他接受薛安都投降，圣旨中封薛安都为镇南大将军、徐州刺史、河东公，希望趁机南征刘宋。

源贺看到时机已经成熟，他当即率领大军向南进军，薛安都派人前去迎接，将他们安顿在了小沛城，小沛和下邳跟彭城互为掎角之势。源贺和薛安都约定，一起进攻下邳城，下邳城被攻破，张永带领前锋败走，但是沈攸之的大队人马却正好赶来，重新夺取了下邳城。源贺率军返回小沛，薛安都则退回彭城，他分别让自己的侄子薛索儿和儿子薛道次驻守彭城的门户萧城和留城。

沈攸之也是刘宋屡立战功的大将，此时他的麾下除了副将吴喜，还有四大将军长水校尉王玄载、积射将军沈韶、游击将军陈显达、骁骑将军王穆之，沈攸之自以为自己天下无敌，跟吴喜、沈韶率领中军，王玄载率领左军，陈显达率领右军，王穆之殿后，猛攻彭城，他认为只要攻下彭城，魏军也会退走。没想到源贺派遣司马金龙和尉元、孔伯恭偷袭王穆之，因为王穆之押送着粮草辎重，事关本次征伐的胜负。王穆之率军拼死保卫粮草辎重，可惜魏军强大，王穆之最后还是被司马金龙斩杀，沈攸之的粮草全都落入魏军手中。源贺趁机率领大军出击，薛安都也从城中冲出，刘宋大败，沈攸之带领残兵败将狼狈而逃，撤回下邳城。

沈攸之从来没有遇到这样的大败，留下王玄载守下邳，沈韶守宿豫城，自己率军撤回到淮河南岸的淮阴，在淮河对面的淮阳和睢陵二城设立堡寨，让陈显达守卫。沈攸之的失败让宋明帝刘彧大怒，下令撤掉沈攸之的主帅之职，沈攸之只能以贞阳县公统领三军，他派遣吴喜前去最前线的下邳督战，一时陷入守势。

这时徐州形成三足鼎立之势，薛安都占领彭城，源贺占领小沛，沈攸之占领下邳。源贺多次派人前去接管彭城的门户萧城和留城，可是都被薛安都以各种理由拒绝了。源贺这才发现沈攸之也派人游说薛安都，希望薛安都重新投降刘宋。薛安都一时不知如何是好，当前的局势，魏军和宋军势均力敌，哪方若是得到薛安都的支持，获胜的概率就会更大。

源贺派遣冉勇带人秘密潜入彭城，监视薛安都的动向，冉勇发现沈攸之派遣王玄载前去游说，王玄载跟薛安都的女婿裴祖隆是故交，裴祖隆又坚决主张投降刘宋，薛安都居然被他们给说动了，双方约定三日后一起攻打小沛。冉勇派人把这个消息告诉源贺，源贺派遣更多暗探进入彭城，开始调兵遣将。

三日后的夜晚，薛安都果然跟薛索儿、薛道次率军出城，准备跟王玄载会合，然后连夜袭击小沛，可是左等右等都等不到。这时源贺率军突然出现，他对薛安都大喊："薛将军，你这是要去哪？"薛安都非常慌张，他赶忙说："准备夜袭下邳。"源贺说："怎么也不通报我，我们联合起来袭击，我想敌人就无路可逃了，刚才王玄载已经被我的部将击败了。"

这时薛安都的人接连来报，先是萧城和留城被魏军攻破，接着是彭城也被魏军里应外合控制了。薛安都急得满头大汗，跟源贺说："源将军，这是怎么回事！"源贺说："我接到密报，薛将军的女婿裴祖隆要投降刘宋，就派人帮将军铲除掉了。"薛安都赶忙说："都是裴祖隆误我！我自从投降大魏，就一心要报效大魏，准备为大魏开疆拓土。"源贺说："我自然知道将军的忠心，只是身边有小人挑拨，将军才一时犯了浑。我们一起回彭城吧！"

两军一起回到彭城时已是天亮，城头已经是冉勇的人，源贺让冉勇开城门，冉勇就打开城门，把裴祖隆押了出来。源贺问："薛将军，你看应该怎么处置叛将裴祖隆。"薛安都厉声说："斩首示众！"冉勇当即命人把裴祖隆斩首。

源贺为了安抚薛安都，让冉勇率军退出彭城，让薛安都入城，薛安都从此死心塌地投降北魏。

且说王玄载原本要跟薛安都会合，可是路上却遇到打着薛安都旗号的司马金龙，冷不防被司马金龙杀得大败而归。萧城和留城也被源延和源怀占领。源贺一不做二不休，不断让薛安都派人前去下邳报告吴喜：“薛安都要重新投降宋朝，你快派人来迎接。”开始吴喜不信，可是几次三番地报告使得吴喜深信不疑，报告给了沈攸之。

此时沈攸之已经恢复原职，宋明帝命他进攻彭城，沈攸之认为运粮不便，前后七次拒绝出兵，这让宋明帝大怒，命他必须出兵，否则就让吴喜做统帅。吴喜的报告到来，沈攸之虽然将信将疑，还是率领三军开始进攻彭城。

宋军集中在下邳，薛安都果然派人投降，群臣都说这是诈降，因为他都命人把女婿裴祖隆给斩首了，这已表明了他的立场。沈攸之说：“不管他真降还是诈降，只管给我攻下彭城！”沈攸之率大军进攻彭城，沿途都没有遇到任何抵抗，一直到彭城下，他率军猛攻彭城，薛安都坚守不出，沈攸之只好退兵，这时有人来报，说下邳城被魏军占领，后面又有薛安都的军队攻来，沈攸之腹背受敌，宋军大乱。沈攸之化妆成逃兵，一路逃到后方的陈显达兵营才得救，他匆匆回到了淮阴城，利用淮河来防守，这一仗下来，沈攸之又被宋明帝撤了职。

源贺和薛安都分别率领大军掩杀，沈攸之的大军被消灭了，他们趁机派兵攻城略地，把刘宋淮河以北的青州、冀州、徐州、兖州、豫州全部占领，从此北魏和南朝以淮河为界限。源贺和薛安都准备率军渡河，可是被前来接替沈攸之的萧道成阻挡，萧道成同样是南朝名将，他迅速组织军队防守，魏军和宋军只好隔着淮河对峙。

萧道成和源贺可谓是棋逢对手、将遇良才，萧道成坐镇南兖州的广陵城，源贺坐镇徐州的彭城，互相派人攻伐，互有胜负，都无法击败对方。几年后，源贺被朝廷紧急征召，因为柔然可汗予成率领三十万大军进攻北魏。这让源贺进退维谷，要是自己离开，萧道成必然率军入侵，可是自己不回去，予成又会长驱直入，正当源贺左右为难之际，他突然得到消息，淮河对岸的刘宋军队全都穿了丧服，原来宋明帝去世，这就意味着萧道成这时候不会率兵入侵大魏，源贺心中的这块石头总算可以放下，他留下部分驻军，这才放心地率军返回平城。

萧道成当然也不能北伐，他也返回了首都建康，宋明帝驾崩后，遗诏萧道成为右卫将军、卫尉，跟尚书令袁粲、护军褚渊、领军刘勔成为四大顾命大臣，太子刘昱继承皇位。这刘昱是有名的暴君，经常随意杀人，一天不杀人他就手痒。有一次，萧道成在家睡午觉，刘昱突然出现，他用骨箭射中萧道成，把萧道成惊得不得了，过后萧道成和其他大臣合谋把刘昱杀了，立刘昱的弟弟刘准为帝，这就是宋顺帝。萧道成后来不仅把其他三个顾命大臣除掉了，还把起兵造反的沈攸之击败杀掉了，他实际上已经把控了整个朝廷，宋顺帝封他为相国，总领百官，封给他十个郡的封地，号称齐公，颁赐九锡，同时担任骠骑大将军、扬州牧、南徐州刺史。两年后，宋顺帝就禅位给了萧道成，萧道成就是齐国的开国皇帝齐高帝，刘宋王朝终结，南朝进入萧齐王朝，这是源贺去世那年的事了。

且说源贺率领源家军返回平城，冯太后和拓跋宏召集群臣商议对策，予成的大军已经击败翟帅，翟帅在朝堂上说：“这次柔然可汗予成率领三十万大军亲征，这予成跟以前的可汗不同，他继位后就开始学习汉人文化，他请求刘宋的使者派人去传授，所以他对中原的谋略非常了解，他仿照中原制度建年号永康，自号受罗部真可汗，就是惠王的意思。这次他看准魏和宋交战，出其不意袭击我们敕勒川，所以敕勒兵都溃败了，如今他已经兵临盛乐城下。”

冯太后命源贺为征北将军，率军前去征讨。源贺率领源家军抵达盛乐城，只见前面都是黑压压的柔然兵。源贺让盛乐城的士兵死守，六镇的镇将也不得出击，这让众将不解，尤其是翟帅。源贺问翟帅：“你们的高车王阿伏至罗在哪？”翟帅说：“现在车师游牧。”源贺说：“车师附近就是高昌，高昌王现在是何人？”翟帅说：“高昌王名义上是阚首归，实际上一切都要听命于予成的儿子豆仑。”源贺说：“予成势大，我们从正面只能凭借城池防守，要想将他击败，必须要从高昌入手。”

花太平、何无忌、冉勇、源延、源怀、源奂、司马金龙、翟帅都问究竟，源贺说：“我在回来的路上已经打听清楚，高昌王就是北凉的残余势力沮渠无讳的弟弟沮渠安周，安周被柔然攻灭后，立阚伯周为王，阚伯周死后让小儿子阚义成继位，可是长子阚首归勾结柔然太子豆仑，发动政变，杀掉弟弟，篡夺王位，他当然要听命于豆仑。这豆仑以高昌为中心，奴役西域北路的焉耆、鄯善、龟兹、姑墨等国，在车师的高车王也不敢得罪豆仑，豆仑残忍嗜杀，饮酒器都是人的头颅骨做的，他现在正在攻打于阗，于阗国向嚈哒国求救兵，双方正处于对峙状态。”

源贺继而说道：“这高昌是西域的大城，西域诸国的物资都源源不断运往柔然，柔然有了这些物资储备，予成才敢进攻我大魏。源奂、翟帅、金龙听令，源奂可以向嚈哒王金卓拉搬兵，翟帅去向高车王阿伏至罗搬兵，金龙去敦煌调遣魏军，三路夹攻高昌，只要高昌被攻下，那么予成的粮草就断了，柔然军自然退去。”众人听了源贺的这一番解说，无不心悦诚服。在源贺的指挥下，众人开始分头行动。

源奂带上娜波卡，跟翟帅、司马金龙趁夜色带着随从一路向西而去。他们抵达敦煌，在那里见到敦煌太守张孟达，张孟达看到源贺的命令，想到自己一直在边疆厉兵秣马，正等着为朝廷效力，现在机会终于来了。他当即对源奂、翟帅、司马金龙说："我们可以先袭击高昌东面的伊吾，我的堂弟张孟明如今是高昌王阚首归的长史，他原本是先王阚义成的部下，一直想为阚义成报仇，我们可以和他里应外合，袭取高昌城。"众人听后大喜，司马金龙和张孟达带领所部兵马向西攻下了伊吾城，张孟达派人到高昌跟张孟明联络，三人在此分别，源奂带着娜波卡向南到于阗国，翟帅带人绕到北面的车师。

源奂带着娜波卡化装成商人，带着驼队穿过大漠，抵达于阗国，他们在那里见到了于阗王尉迟婆罗二世。嚈哒大将育蒂须提拉正在当地驻扎，娜波卡到军营中去找育蒂须提拉，育蒂须提拉慌忙参拜公主。育蒂须提拉问："公主是要回国吗？"娜波卡说："不！现在柔然人残暴，占领高昌国，奴役周围的国家，我和源奂代表大魏准备联合嚈哒和敕勒对付柔然人。"育蒂须提拉说："这正是我所要做的，前不久豆仑率兵进攻于阗，大王金卓拉派我前来营救，我们刚把柔然人击退了。可是现在的兵力根本不够，你们先在这里住几天，等到嚈哒援军到来，我们一起联合西域三十六国进攻柔然。"尉迟婆罗二世赶忙派人广泛联络三十六国国王，这些国家被柔然奴役多年，当然希望赶走柔然人。

翟帅也抵达了车师，策马赶往高车王阿伏至罗的牙帐，阿伏至罗正跟几名臣子在饮酒作乐，帐篷中央美女翩翩起舞。阿伏至罗看到翟帅，因为翟帅原本是阿伏至罗的人，他就让人给他也安排了席位一起欣赏歌舞，一直宴饮到后半夜才散去。次日，翟帅去拜见阿伏至罗，阿伏至罗问他前来所为何事，翟帅说：“柔然一直是我们的敌人，如今大魏要联合敕勒和嚈哒消灭他们，我是奉命前来向候娄匐勒请兵的。”候娄匐勒是高车王的封号，是天子的意思，太子则称为侯倍，此时的侯倍是阿伏至罗的堂弟穷奇，二人各自统领十万部众。阿伏至罗说：“现如今，柔然并没有侵扰我们，我们去招惹他干什么，这事我还要跟侯倍穷奇再商量商量。”阿伏至罗安于享乐，请兵之事被他一天天推后，翟帅只能等待。

此时张孟达派出的人已经跟他的堂弟张孟明联络上，人人都知道高昌城中两个王，阚首归是小王，豆仑是大王。张孟明早对阚首归和豆仑不满，可是无奈柔然驻军强大，他也没有办法。张孟明得知北魏要攻打柔然非常高兴，赶忙召集自己的部下马儒和麹嘉，秘密联络高昌国的义士，希望这次能够找到机会杀掉阚首归。

豆仑四处派兵在西域三十六国搜刮钱财、征集壮丁，他们带着大批的物资送往盛乐前线，路上突然冲出敕勒骑兵，为首的是穷奇的长子仆骨，他带领敕勒兵们把豆仑他们的物资全都抢走了。豆仑得报大怒，带人去追击敕勒兵，很快就把仆骨给抓获了，愤怒的豆仑把仆骨拴在马尾巴上，在高昌城中拖死，他还把仆骨的头骨做成了饮酒器。

消息传到高车国，穷奇异常生气，悲愤之下，他带着自己的部众去找阿伏至罗，请求阿伏至罗出兵攻打柔然，为他的儿子仆骨报仇。敕勒人听说了此事后群情激奋，翟帅赶忙去阻止：“现在我们还不是柔然的对手，等源奂搬到嚈哒的救兵，加上魏国的敦煌兵，到时我们合兵一处，必定能让豆仑死无葬身之地。”穷奇在自己儿子弥俄突、伊匐、越居的劝说下，这才强忍住怒火。

随着嚈哒援军的到来，源奂和育蒂须提拉、娜波卡带着嚈哒大军穿过沙漠，他们一路联合西域三十六国的军队，虽然这些绿洲国家兵力很少，但是集中起来也有几万人。源奂带领嚈哒联军抵达车师，在这里跟阿伏至罗和穷奇、翟帅的敕勒兵会合，一起朝着高昌国进发。这时司马金龙和张孟达也收到密令，他们也带领敦煌兵开始朝着高昌进军。

嚈哒军、敕勒军、敦煌军突然兵临高昌城下，豆仑赶忙指挥柔然骑兵应战，柔然兵虽然强大，但却抵挡不住联军的进攻。高昌城坚固，豆仑让人死守高昌城，然后派人前去搬救兵。

半夜高昌城中突然响起喊杀声，张孟明和马儒、麴嘉带领部下反叛，马儒和麴嘉分别去进攻阚首归和豆仑的府邸。天亮后，高昌城已经被张孟明的军队占领，可是豆仑带人趁夜逃走，阚首归则在逃跑时撞到敕勒军营，被敕勒人抓捕起来。联军进入高昌城，张孟明在广场上列出阚首归的十大罪状，然后将他当众绞死，百官推举张孟明为新国王，后来高昌国不稳，马儒和麴嘉先后为王，高昌国到了麴嘉手中时，才算是稳定下来，一直传了有一百多年。

当时他们把军队集中到一起，敕勒兵、嚈哒兵、敦煌兵分三路追击豆仑的柔然兵，一直追到大草原上。豆仑一路逃到予成大营，此时予成和源贺已经交战多日，听说高昌失守，他赶紧带领大军连夜撤退。源贺带领花太平、何无忌、冉勇、源延、源怀率军追赶，柔然骑兵行动神速，他们之间始终保持一天的脚程。

柔然骑兵在越过戈壁滩后失去了踪影，源贺路过一个关卡，那里戍边的都是当年源贺上奏施行仁政时免死的平齐户和平凉户。由于粮食短缺，源贺近日一直跟战士们一样吃小米树皮粥。源贺正在帐中看书，源延带着三头羚羊进来："父亲，今天是您的七十大寿，我打到三头羚羊，准备给你办个寿宴！"随后花太平、何无忌、冉勇、源怀都进来了。源贺这才记起今日是自己的七十寿辰，源贺对众人说："现在草原饥馑，军中缺粮，今年的寿宴就不办了，把羚羊煮成肉汤，分给全军将士们！"源延只好照办，把羚羊煮成肉汤，分给将士们。

他们正在喝肉汤，戍卒代表拿着各种礼品前来贺寿，侍卫拦都拦不住。源贺听到营帐外一阵吵闹，就出去查看，戍卒代表一看到源贺，立即跪在地上："听说恩公路过此处，特地代表戍卒前来拜谢，多谢恩公当年的仁慈，才让我们这些平齐户和平凉户能够真正做人！"源贺赶忙上前将戍卒代表扶起，把礼物分给将士，还亲自给戍卒代表分了肉汤，将士们都非常感动。

源贺继续行军，最后跟源奂、翟帅、司马金龙率领的援军会合。源贺召集各国将军说："柔然一直是西域最大的祸患，他们奴役三十六国多年，嚈哒、高车这样的大国都要受其骚扰，而柔然也一直是我大魏的边患，现在正是彻底击败柔然的好机会！"育蒂须提拉和阿伏至罗都表示响应。

源贺对众人说："柔然的老巢在鄂尔浑河上，予成知道我们会去，他必然要回去把柔然的妇女小孩带走，我率中军日夜兼程追击，左军和右军分别从两面迂回包围，予成就是插翅也难逃。"源贺重新整顿军队，自己率领中军，张孟明的敦煌兵也被他编了进来；育蒂须提拉率领嚈哒兵，包括三十六国联军，编为右军，源奂随军；阿伏至罗率领敕勒兵，包括穷奇的部众，编为左军，翟帅随军。

三路大军越过戈壁滩，日夜追击。源贺大军抵达鄂尔浑河上，果然看到牙帐所在的方向一片烟尘。源贺率兵赶到，发现柔然人已经拔营撤走，但是他们离开的时间并不久，源贺根据马蹄印判断予成的逃跑方向，赶紧率领骑兵追赶，他们越过一道山梁，就看到了逃跑的柔然人。源贺命大军鼓噪而进，予成让豆仑率军迎战，双方在旷野上厮杀，一直打到太阳落山，双方的伤亡都很大，源贺的后续部队很快就赶来了，而柔然士兵不但没有援军，而且还有许多士兵在交战中逃走。

夜晚，阿伏至罗率领的敕勒兵和育蒂须提拉率领的嚈哒兵也相继抵达，他们便从三个方向攻打柔然，柔然人溃散，予成和豆仑带领亲军向西逃亡。在这性命攸关的时刻，予成和豆仑把财宝沿路撒落，连自己的美妾也留下不要了，阿伏至罗贪恋财宝和美色，让士兵一路搜罗，所以予成和豆仑才得以逃脱，保住了自己的小命。

大雪来临，他们无法再寻找到柔然人的踪迹，敕勒人和嚈哒人为了争夺财宝居然大打出手，幸好有源贺居中调停，他们才暂时停手。联军就此三分，源贺继续率军到附近的狼居胥山，阿伏至罗和育蒂须提拉分别率军返回。嚈哒和敕勒一回到西域就开战，后来穷奇被嚈哒击败杀死，他的三个儿子弥俄突、伊匐、越居也做了俘虏，好不容易才逃回。

源贺抵达狼居胥，山顶的云雾弥漫，阳光从云间射下，仿佛有天神在此居住。源贺的大军正在前进，突然有一头狼跑过，部众要拉弓搭箭将它射杀，被源贺阻止。源贺说："这里是草原民族的圣山，你们就放了它吧！从猃狁到匈奴，从鲜卑到柔然，人们都崇拜这座圣山，当年霍去病打败匈奴，还曾经在这里勒石记功。"这时司马金龙看到一块刻有汉字的石头，源贺赶忙下马去查看，他们抹去上面的冰雪，果然是霍去病在汉朝时留下的记功石。源贺说："霍去病是一代名将，是他把匈奴彻底击败，解决了中原永久的边患。"源贺当即下令在旁边的巨石上刻下魏朝历次征伐柔然的胜利。事后他分别派人屯驻漠南和淮河，这才搬兵回朝。

第三十六章

解甲归田遗训子孙　临终预演孝文改革

孝文帝延兴四年，源贺在太尉府庆祝自己的七十岁大寿，整座太尉府张灯结彩，热闹非凡，贵宾从四面八方赶来拜贺。源贺和三位夫人乞伏缦卿、拓跋宝、美罗德坐在高堂上，家人和来宾依次向他拜贺。

源贺的儿女率先拜寿。长子广武侯、凉州刺史源延夫妻带着儿子源鳞和女儿源华先拜。接着是次子冯翊公、骠骑大将军源怀夫妻带着七个儿子拜贺，源怀一家最是引人注目，源怀的七个儿子分别是源规、源荣、源徽、源纂、源子雍、源子恭、源玄凉，源怀也是源贺的三个儿子中最有成就的。后面是三子源奂和娜波卡，二人生性好游玩，还没有要孩子，源贺催促他们早生贵子。最后是女婿琅琊王、镇西大将军司马金龙和女儿钦文姬辰，他们带着三个外孙来贺寿，三个外孙分别是司马延宗、司马纂、司马悦。西平秃发家族的代表秃发荣枝带着故乡的土产来贺寿。源贺的义女昙媚由于出了家，只是派人捎来了贺礼。

源贺的亲朋好友开始拜寿，源贺挨个向众人介绍，他们中有当年一起粉碎宗爱之乱的白登四友：刘尼、陆丽、长孙渴侯的后人；魏国最尊贵的勋臣八姓：

穆、陆、贺、刘、楼、于、嵇、尉；汉族士族四贵：崔、卢、李、郑的代表也来贺寿；一同粉碎乙浑之乱的六大功臣：贾秀、拓跋丕、和其奴、牛益的后人也来了。冯熙则是亲自带礼前来，如今他是魏国最受宠幸的大臣，现在是昌黎王、太师、车骑大将军，皇帝正准备加赐他九锡，他有七个儿子、八个女儿，其中四个女儿都嫁给了孝文帝，冯清、冯润先后为皇后，冯嘉和冯懿分别为左右昭仪，他自己娶了博陵长公主，他的长子冯诞跟拓跋宏形同亲兄弟，冯诞则娶了乐安长公主为妻。

源贺的门生故旧接着拜寿，花木兰和王郎派人带来礼物，花太平、何无忌、冉勇、翟帅也都来拜贺，他们虽然比源贺年轻，但是也都已年入花甲，官阶都在刺史以上，源贺看到他们，就想起了当年和他们一起走过的峥嵘岁月。

让源贺万万没有想到的是，文成皇后冯淑仪和孝文帝拓跋宏突然驾到，源贺赶忙带领众臣叩拜，冯太后笑着说："众爱卿免礼！今天是源太尉的大寿，我们就不拘君臣礼节，所有的人都不必行礼，行礼也只需向我们的老寿星行礼！"现场重新热闹起来。

席间，冯太后对群臣说："源贺是我们大魏的柱石，辅佐太武皇帝南征北战，北征柔然，南讨刘宋，东定冀州，西伐敕勒，一统二十四国。从明元帝开始，在太武帝、景穆帝、文成帝、献文帝时期，他都是我大魏的股肱之臣，现在又辅佐拓跋宏，是六朝元老，他先后平定阉人宗爱之乱，拥戴文成帝，后粉碎权臣乙浑之乱，还政献文帝，近年迎立拓跋宏更是立了大功。文可以废除严刑酷法，武能够推演十二阵图，这样一位文武全才的社稷之臣，真是世上难找。"

源贺听到冯太后如此评价自己，回想自己的一生，感动得落下了眼泪。源贺也当众宣布："我本来是落难的王子，是太武帝念在同根同源而收留，赐我姓源名贺，我们生逢二十四国乱世，是太武帝结束战乱，让中原一片太平，可惜他被奸人宗爱所利用，司徒崔浩和景穆太子先后遇害，他自己也被宗爱所害。当时我跟白登四友杀掉宗爱，拥戴太子的儿子文成帝，冯太后贤良淑德。理当统领后宫，无奈文成帝早早驾崩，朝政被权臣乙浑控制，我才跟众臣铲除了乙浑，现在看到陛下和太皇太后把国家治理得如此好，老臣内心欣慰。无奈我已经是年逾古稀的老人，恐怕也没有几年光阴，所以趁此机会，特向太皇太后告老还乡。”

拓跋宏听后说：“源爱卿，你是朝廷的柱石，国家的藩篱，还要活一百岁呢！怎么能这么早告老还乡。”众人听说，都劝源贺留任，源贺只好答应再留任几年。当天源贺的寿宴，高朋满座，鼓乐齐鸣，众人欢饮到半夜才陆续散去。

过后几年，源贺三次请辞太尉，都没被准许，直到一天源贺在官署晕倒，经过御医抢救才活了过来，冯太后这才让源贺告老还乡，她命人在平城为源贺修筑了敞亮的府邸，还赐给源贺邺城郊外一座宽广的庄园，让他用来养老。拓跋宏让人把源贺送到骊山的皇家神女汤泉养病，专门派御医伺候，朝廷有什么大事一时无法裁决的，他都会派人去请教。

源贺初到骊山，因为众人皆知连皇帝都要派人前去请教他许多问题，当地官员更是络绎不绝，源贺应接不暇。源贺戎马一生，前面晕倒就是累的，经过休养，他的身体很快就恢复了，他让身边的亲朋故旧陆续回家，唯独留下小儿子源奂和儿媳娜波卡。

一日，他突然把源奂和娜波卡叫来，他像老顽童一样笑着对他们说：“我这辈子都没有自在过，好不容易告老还乡了，还要应付这些事。你们愿不愿意跟我顺着黄河游历一番？”源奂看惯了父亲南征北战，却从来没见过父亲提出游历的请求，娜波卡一听要沿着黄河游历，比谁都兴奋，他们当即同意了。

待一切都准备好之后，源贺带着源奂和娜波卡还有几个仆人离开了骊山，他们直达渭河边，那里早已准备好了一艘船，源贺在船上换上普通百姓的衣服，戴上一顶草帽，披上一袭蓑衣，顺河而下。源贺看着沿河的景致对众人说："我们大魏把首都定在平城，在建国初期有必要，可自古控制天下，都要在长安或洛阳定都，我要借此考察一番。长安地处关中中心，东有潼关、南有武关、西有散关、北有萧关，历代帝王都定都于此，只是此时偏向西了。"

他们沿着渭河向东，源贺沿途给源奂和娜波卡讲了许多典故，他告诉源奂："黄河是大水，下游经常泛滥，不宜在大水上建城，所以大都市都是在黄河支流上，长安在渭水，洛阳在洛水，邺城在漳河。"

船过潼关，很快抵达洛河入黄处，大水在这里打转，源贺告诉他们："伏羲氏正是在河洛交汇处得到启示，绘制出阴阳八卦图，河图洛书都是从这里出现的。"他们直接乘船顺着洛河到洛阳城，在码头上靠了岸，这里熙熙攘攘，好不热闹，源贺让他们行事不要声张，以免地方官员知道他们到了此地。

源贺跟源奂和娜波卡讲起他当年平定拓跋仁叛乱的事。洛阳城对于源贺而言，就像一位久别重逢的故人，源贺对洛阳城非常熟悉，他带着源奂他们四处游览。这里北有邙山，南有嵩山，伊水洛水交汇，是天下之心。源贺带他们到周围的伊阙、广成、大谷、轘辕、旋门、孟津、小平津八关又看了看。

这天黄昏，他们路过汝阳城的一个村堡，看到那里吵吵嚷嚷的，忍不住过去一探究竟，只见村民们在土城上拿着各种农具，城门下面是一队士兵。为首的两个官兵在用鲜卑语说："我们从寿阳前线回来，要在你们村里休息，明天就离开。"城头的村民用汉语说："你们这是要干什么？村里什么也没有，你们赶紧离开！"官兵用鲜卑语说："我们为你们守卫边疆，又不是土匪，为何不让我们进去？”村民用汉语重复：“你们这是要干什么？村里什么也没有，你们赶紧离开！”

双方剑拔弩张，军官下令准备攻下村堡，源贺看出是双方语言不通，才导致的误会，他赶忙让源奂上前去制止。源贺上前问两个军官：“你们是哪个军队的？”年长的军官说：“我叫破六韩拔陵，这是我堂弟破六韩孔雀，我们是从沃野镇到寿阳城换防的，路上跟大部队走散才要找地方投宿，可这些百姓却把我们当敌人！”源贺说：“当地百姓不懂鲜卑语，他们以为你们要入侵他们的家园，才会有这样的反应，你们切莫见怪！现在中原百姓都讲汉话，你们要学习汉话，要不然下次还会造成今天这样的误会。”破六韩孔雀说：“我们又不是汉人，再说汉人都已经被我们打败征服了，凭什么要说汉话！再说我为什么要听你这个老头的？”源奂呵斥：“放肆！你知不知道你前面的老人是当朝太尉！”破六韩兄弟听说，慌忙跪地。

源贺将破六韩兄弟扶起说：“胡汉本是一家，都是黄帝的后人，鲜卑和汉人有共同的祖先，汉人的文化先进，现在既然统一中原，我们就要学汉话，读汉书，穿汉服。以前我也曾遇到过类似的事，就因为双方语言不通，造成了一次民变。今天要不是我路过制止，恐怕你们就要酿成大祸了，我这次回去就要禀明圣上，融合胡汉。”破六韩拔陵和孔雀听后连连点头，源贺跟土城上的百姓说明情况，百姓听后，这才打开土城，让鲜卑兵住宿。

源贺一路上跟源奂讲人类同源、世界大同的道理，源奂更是深有感触，他想起上次护送于仙姬和母亲美罗德回国省亲，从中国到嚈哒、波斯、罗马的行走，他把中国十二太岁地支图跟罗马十二星座图画出来让源贺看，他们发现中国的十二太岁地支与西方的十二星座有许多相像之处。

他们离开汝阳城坐船继续向东行走，黄河在历史上多次变道，曾经向北夺海河的河道入海，向南夺淮河的河道入海，过去有九河之说，是大禹治水让黄河驯服，但是后来黄河又经历了多次改道，在魏朝的时候，黄河走向跟现在不同，那时漳河如同渭河、洛河一样是黄河的支流，所以源贺他们一路行走到漳黄交汇处，继续划船进入漳河，然后在邺城停下。

源奂带源贺到临漳县皇帝赐给源家的田产去。他们家的田产正在漳河两岸，现在家丁正在建设庄园。他们登岸后，看到成片绿意盎然的庄稼地，宛如碧玉锦缎，感觉无比惬意。源贺跟源奂和娜波卡说："当年我做冀州刺史的时候，就想着将来在这里归隐田园，以后我们源氏子孙可以在这里定居，把这里当成新的乐都，源家的籍贯就从西平乐都改为相州临漳！"

源家田产上的房舍已经修建好，源贺准备在这里小住，修改自己的《十二阵图》，突然皇帝紧急宣见。原来源贺离开骊山游历时，只留下一封书信，信中并没有提自己要去哪里，冯太后和孝文帝知道后非常担心，派人四处打听，最后终于在邺城找到了他。此次沿河游历，源贺感悟颇多，正想着何时向皇帝上奏，接到宣召后，他随即返回平城。

源贺回到平城的家中，还没来得及进宫面圣，就突然病倒了，冯太后和孝文帝闻讯带着太医前去医治，源贺握着孝文帝的手说："老臣恐怕没几年可活了，前不久从长安顺河而下，在洛阳游历一番，最后到邺城。我们鲜卑人原本在草原上，可是现在已经入主中原，洛阳是天下的中心，希望陛下将来可以把国都迁移到那里。胡人、汉人原本同源，我们都是黄帝的子孙，就像拓跋和秃发分开一样，因为不同的原因，分别生活在草原和中原，汉人的文化比我们先进，如今入主中原，我们应该说汉话，读汉书，穿汉服，跟汉人融合在一起。我的儿女也都是跟汉人士族通婚的，陛下，老臣希望以后我们国家能真正的胡汉合一！”

孝文帝说：“这些也是太皇太后经常跟朕讲的，爱卿放心养病，你说的这些，朕保证很快就会实现！”源贺说：“那老臣就放心了，但是也不要忘了我们鲜卑的根本，不要忘记六镇的鲜卑人，胡汉各不偏废！”源贺的叮嘱孝文帝都记在了心中。

源贺病好后，又过了一段安稳的日子，最后一次病倒的时候，他让人把源延、源怀、源奂、司马金龙的家人都叫来，他知道自己将不久于人世，他语重心长地对他们说：“源氏的子侄们，我的话你们一定要记住。我从小在乐都长大，在那里经历国恨家仇，最后跟哥哥保周来到平城，陛下赐我姓名，我一生跟陛下南征北战，结束二十四国之乱，我服侍了六位皇帝，皇帝给了我无上的恩典。现在因为我年老体衰而告老还乡，天子降恩，让你们继承爵位。你们一定不要骄傲吝啬，不要玩乐放纵，不要奢侈炫耀，不要嫉妒猜疑；疑虑要多问，说话要审慎，做事要恭敬，吃穿要有度；要用眼看真相，要用耳听正理；阻止恶行多做善事，亲近贤人远离小人；对皇上要忠诚勤恳，对自己要清廉约束。我死后下葬时，穿身上这身衣服就已足够，你们准备一口棺材，就足以表示孝心了，至于各种陪葬，我不需要。凡我源氏子孙，都要遵从！”说完就咽气了，一旁的源氏子孙痛哭流涕，一代贤臣良将就这样离开了人世。

《魏书》记载：北魏太和三年九月，源贺病逝，终年七十三岁。孝文帝赠源贺侍中、太尉、陇西王印绶，因为圣善周闻谥曰宣，陪葬云中金陵拓跋焘墓，还赐予命服、辒辌车、温明秘器等皇帝所用的陪葬品。

几年后拓跋宏长大，他就是后来的北魏孝文帝，他执政后，全面推行了鲜卑、汉族融合的大一统政策，在源贺离世十四年后，他将首都迁往洛阳，源贺的遗愿实现了，北魏进入鼎盛时期。源氏子孙在魏、齐、周、隋、唐、

临终遗训

宋六朝中做过大官者不胜枚举，史书中记载的就有几十人。源氏是几百年的名门望族，在源氏家族中，有不畏权贵惩治贪官的一代廉吏源怀，有横刀立马战死沙场的一代名将源子雍，还有治政宽简、勇于担当的大唐宰相源乾曜。宋咸淳十年源氏一支在源潜夫率领下南迁，最终抵达现在的广东鹤山霄乡，他们在那里开始务农经商，繁衍生息，如今子孙遍布海内外。源氏子孙，遵从源贺遗训，在北方为官八百年，在南方务农经商八百年，可谓是中华民族融合的一个缩影，千年家族传承的一个传奇。

据核实，源家宋朝有三名进士第，其中源护是北宋尚书兵部郎中知福州军士柱国，另外两人均为地方官吏。

两兄弟和两个王朝的命运

曹　谁

曾经有两个兄弟，他们都是鲜卑秃发部的王子，他们的名字分别跟两个王朝相关联，太子虎台的一生是南凉王朝的背影，太尉源贺的一生是北魏王朝的缩影。大概是命运使然，我分别以他们兄弟的传奇故事写成长篇小说姊妹篇《乱世孤星·虎台太子传奇》和《北魏风云·源贺传》。

我最初是感念虎台太子的悲惨命运而写了《乱世孤星·虎台太子传奇》，这本书后来被南凉皇族的后裔源荣枝读到，他就找到我，希望由我执笔书写，由他提供资料，共同完成《北魏风云·源贺传》。

虎台和源贺这两兄弟的关系要追溯到战马萧萧的五胡十六国乱世。五胡中最强盛的是鲜卑人，鲜卑七大部中有两大部：秃发部和拓跋部，原本是同一部，祖上兄弟分家，秃发部向西到青海建立南凉王朝，拓跋部向东到平城建立北魏王朝。南凉王朝经历三代凉王而亡，末代太子就是秃发虎台，虎台的弟弟叫秃发破羌。南凉王朝灭亡后，破羌逃亡到北魏，北魏皇帝因为和他的祖上原本就是一家人，所以赐姓为源，又因为他作战英勇无敌，赐名为贺，源贺就是源氏的得姓始祖。

源贺是北魏的重臣，辅佐拓跋焘一统十六国，先后侍奉过六个皇帝，他对北魏的政局有举足轻重的影响，对外对抗柔然、刘宋威胁，对内平定宗爱、乙浑动乱，对名垂千古的魏孝文帝改革有重大影响。源贺的遗训也非常著名，让源氏家族成为千年望族——源氏家族在以后的一千六百年中，前八百年在朝中做官，后八百年到广东务农经商。

源贺在《魏书》和《北史》中有专门传记记述。我就是在史书记载的基础上，加上对他传奇生活的演绎，一面记录北魏政局的风云变幻，一面反映源贺人生的跌宕起伏，凡是有记载的都以真实面目呈现，生活细节则以艺术手法虚构，所谓七分真实、三分虚构。在形式上采用章回体，这种古典文体，尤其适合演绎历史人物的传奇。源氏家族的研究曾经在青海和广东成为热点，在本书的写作中，得到谢佐、赵宗福、何争流、颜宗成、王永昌、陈宗君、赵淑兰、任国民等学者朋友的帮助，在这里一并感谢。

我曾经受邀到源氏家族现在所在的广东鹤山霄乡去，从大风猎猎的青海，到柔情似水的广东，眼前的景象让我百感交集，时光穿越千余年，地域跨越数千里，现代的广东霄乡源氏，北朝的青海南凉王朝，就这样奇妙地联系起来。源氏家族的一千六百年传承，也是中华民族大融合的一个缩影，我只希望跟源荣枝先生一起以雅俗共赏的形式把源贺的传奇写出来。这本书的出版得到西宁市委宣传部的资助，这是他们为宣传青海的历史文化所做的又一大贡献。本书还通过江门市申报入选“2017 年广东省宣传文化发展专项资金资助项目”，得到广东省各级政府的支持。青海省是源贺出生的故乡，广东省是源贺后人居住的地方，在此特别感谢青海省和广东省各级党委、政府对这本书的鼎力支持，作为本书作者对他们表示诚挚感谢。

现在本书终于完成，我想起源荣枝先生在霄乡种下的两棵榕树，如今已经长成参天大树，源荣枝先生为它们取名为兄弟树，两棵大树的树冠相连，让我仿佛看到源贺和虎台两兄弟在天堂欣慰地相聚在一起。

二十年寻根路

源荣枝

我叫源荣枝，今年七十六岁，广东鹤山市源氏十九世传人。二十年前一次偶然的机会，得知自己的祖先是鲜卑人源贺，怀着对祖先的敬仰，于是与乡亲们成立源氏历史研究会，从此走上了漫长的寻根之路，沿着祖先迁徙的足迹，从大兴安岭的嘎仙洞开始，进入呼伦贝尔大草原，经阴山，下河西走廊的凉州、南凉国故都乐都、北魏首都大同，源氏郡望洛阳，广东南雄珠玑巷，行程数万公里，搜集到大量历史资料，我一直梦想把先祖源贺的故事写出来，后来读到作家曹谁写的《乱世孤星·虎台太子传奇》，知道虎台是源贺的长兄，于是决定把我搜集到的资料提供给曹谁，由他主笔，共同创作《北魏风云·源贺传》。

霄乡鲜卑古村落

我的故乡在广东鹤山市龙口镇霄南村，地处珠江三角洲腹地，就在珠江干流西江的右岸，西江支流龙口河绕村流过，清澈的河水润泽着这一方水土，哺育着源家的世世代代。村里鱼塘连片，就像一串珍珠把整个村子围起来了，村里的巷道都用花岗石铺设，连房屋的基石、鱼塘沿边都用花岗石建造，青砖黛瓦的古老屋舍倒影在绿色的水面上，微风吹过，逐起一波又一波的涟漪。霄乡又称莲花之乡，每年夏天荷塘的荷花绽放，引来许多游人，好不热闹。巷道上的门楼上都雕着"仁和里""太原里"之类的名字，村里木棉树、古榕树随处可见，显得古香古色。

霄乡布局分东门、北门、西门、南门，环绕村庄建有围墙、护城河、迎龙闸，与南凉国乐都古城的布局相似，迎龙闸建在村的西北方，面朝青海方向，可能寓意着我们来自青海，怀念乐都吧！源家人为什么把城门称迎龙闸呢？因为我们是黄帝之后，龙的传人，迎龙闸用花岗石垒制而成，雕刻有精美的图像，非常壮观，酷似洛阳的白马寺门楼，霄乡还有日月山，这种称谓与青海的日月山同名，可惜这些古迹在几十年前都被破坏了，如今留给人们的唯有永远的怀念和惋惜。

南宋咸淳年间，我的祖先源潜夫从南雄珠玑巷迁居霄乡至今已有七百四十多年，起初称广州府新会县坚城乡，后划入鹤山县改为霄乡，霄乡归属霄南行政村管理，南门主要是杨氏家族，霄乡主要是源氏家族，源氏在鹤山共有一千三百多人（含分支的东山、石头村），在外地和世界各地有约两千多人，加上河南省方城县三百多人，源氏族现今查到的有四千多人。

霄乡的祠堂过去多达十三间，现尚存九间，纪念源潜夫的祖祠处于迎龙闸之内，后来被改建成小学，现在又用作鲜卑历史展览馆，这些祠堂大多重建于清末民初（明朝时期建有源乾曜祖祠，后因年久失修坍塌了），祠堂的基石用花岗岩石条砌成，墙壁用水磨青砖垒建，祖祠的梁柱上刻绘着各种人物和花草，图像栩栩如生，金碧辉煌的神庵内摆放着祖先的神位。源西平堂（源贺）上历代祖先之神位摆在中央，祠堂的大门口都刻有“发源由北魏，晋爵纪西平”“华胄开东粤，明礼祀北平”等念祖楹联。祠堂内挂着刻有源贺遗训的木匾，源潜夫从洛阳迁徙到鹤山，根据源贺的遗训“报国”“务实”“和谐”“谨慎”“节俭”“清廉”，制定出家规八则：“敦伦”“新族”“勉学”“劝职”“立品”“节用”“睦邻”“和众”。家规中还规定家族内男女不能结婚，外姓人不准长久居住在源氏的村内，女婿入赘也是严禁的。

源氏虽然从西北边陲迁移到东南沿海，不过依然可以感觉到他们血液中跳动的豪爽基因。源氏族人逢年过节、红白事都会在祠堂聚餐，大碗喝酒，大块吃肉，以此融洽族人关系。古代鲜卑人有祭天、祭地、祭山川的习俗，以表达人们对大自然的敬畏。霄乡源氏人也保留每年八月十五拜天神烧军塔的传统。军塔高 4 米，直径 3.2 米，用青砖砌成塔形，内部置放大量干树枝。八月十五，源氏人会集中在祠堂前的广场上，男女老少穿着节日盛装，在广场上摆设拜桌，桌上摆放着贡品，晚上主祭人带领大家祭祀。过后男女老少围着军塔翩翩起舞，随后由族长点火烧军塔，熊熊大火燃起，人们在大火中祈祷五谷丰登。这种活动应该是传承了古代鲜卑人祭天的习俗。

在霄乡中心有一座双孖井，是村里风水最好的地方，附近有一个高大屋宇的院落，从斑驳的装饰依然可以看出当年的富丽堂皇，那是源吉林“甘和茶”的创始人“医药大亨”源吉华家的宅第，“甘和茶”仍在港粤和东南亚地区行销。源吉华的后人，二十世源而细先生旅居香港，1982 年，他回大陆投资致富，富裕后不忘报效祖国，汶川大地震中他捐款人民币 100 万元，他先后捐助家乡人民币 160 多万元，用于修建源氏祠堂和源贺纪念公园，在此也特别感谢源而细先生对本书出版的资助。在霄乡东面有一座龙章花园，这是“染料大王”源龙章宅第的一部分，这座花园虽然经过重修，规模比以前缩小了，但依然可以感觉到当年的气派。昆扬源公祠是他以父亲源昆扬的名字命名的。这里还有源杏翘的故居，源杏翘是香港太平戏院的老板，他的经历最具有传奇色彩——一个农村小伙，独闯江湖，经过二十年的奋斗成为香港富豪，谱写了从穷小子到大富豪的传奇，他创立的太平戏院闻名粤港澳，还曾经是香港的地标。除了源吉华、源而细、源龙章、源杏翘，还有源礼棠、源灵昌、源子玲等一大批源氏后人都是源家的佼佼者。

二十年寻根路

我们的寻根路，大概要追溯到1996年盛夏的一天。那天，天要下大雨了，源可就正在霄南卫生站坐诊，这时来龙口镇探望姐姐的广西民族学院学生李曼华闯进来避雨，她看见墙上执业医生源可就的名字，研究民族历史的她惊喜地问：“源医生你们的祖先是鲜卑人，出自内蒙古的呼伦贝尔，你们是怎样从大兴安岭的林海雪原走到这里来呀？”这一问，源可就懵了，他开始追寻自己的祖先。还在香港中文大学读书的源月霞在上历史课时，老师说，你的祖先是鲜卑人；随后旅居香港的源国振回老家，找到了压在柜底七八十年、用油纸包裹的《源氏大宗族谱》，谜底终于揭开了：源氏出自鲜卑族南凉国王秃发傉檀的幼子源贺。消息传到香港，亚洲电视台觉得追寻这段历史是个好题材，1999年5月，该台摄制组跟随源可就一起踏上了千里寻根之路，我们借此成立源氏历史文化研究会，源氏寻根之路从此拉开了帷幕。

2002年，青海师范大学何争流教授到鹤山探望女儿，他在《鹤山县志》上发现了鹤山居住着南凉后裔，随后他到霄乡村进行了深入调查，撰写并发表了《南凉后裔今何在》的文章。2006年，青海省西宁市隆重举行南凉虎台遗址公园开园剪彩仪式，邀请我们家族派代表参加，我们组织了十九人，举着绣有源字的族旗，拉着“南凉后裔源氏寻根团”的横幅，参加了这一庆典活动，我还代表源氏乡亲在庆典上讲了话，过后《人民日报》、《青海日报》、青海电视台等数十家媒体报道了这一消息，真是一石激起千层浪，一个本来不知名的霄乡村，突然间热闹起来了，各地慕名而来调研参观的人络绎不绝。

2006 年 5 月的一天，我在网上发现了一位叫源书旭的年轻人，据网上资料显示，他家住河南省方城县草堂坡村，这可把我乐坏了，我立即打电话到方城县志办核实，通过白主任跟源氏后人源书旭联系上，当时他问我：你也姓源吧？我屏住呼吸，用激动的语气回答说：我也是源贺的后代。我们俩非常兴奋，通话声音越讲越大，书旭浓重的河南口音让我觉得时而陌生，时而十分熟悉，这通电话整整打了一个小时。十天后，我与源景林、源景新三人赴方城县探亲，前来接站的书旭兄弟也久等了，在车站旅客通道上，我们俩视线相触，两个大男人不约而同地相拥而泣，他喃喃地说，我们找你们找了几百年呀！到目前为止，虽然我们还未找到祖先当年从洛阳南迁的出发地，但是却发现方城县居住着源姓乡亲三百多人。

2007 年，我们邀请时任青海师范大学副校长的赵宗福和郑州大学文学院副院长徐正英到霄乡村参加源氏历史研究会，会毕，他俩在村里作调研。每到一间古屋，赵教授都爬上木梯察看神台上的牌位，以判定家支的脉络关系，他俩走进源兆河老先生的古屋，寒暄几句后就爬上木梯观察牌位，突然间，赵宗福先生惊叫一声，我们以为出了什么事，哪知他兴奋地跟我们说：“发现了源西平堂上历代祖先的牌位！”西平堂就是源贺啊！这是我们村发现的第三尊源贺始祖神位。

2015 年，我读到作家曹谁创作的长篇小说《乱世孤星·虎台太子传奇》，通过描写南凉末代太子虎台的命运，再现了南凉国的历史，小说在末尾写到虎台的弟弟源贺到北魏，辅佐拓跋焘统一中原，我一口气读完，心情非常激动。过后我通过谢佐先生跟曹谁取得联系，并邀请他到霄乡，我们在旅馆中彻夜长谈，决定合作创作《北魏风云·源贺传》。

二十年来，我们在源氏历史研究会的组织下，自费八批次组团沿着祖先一千多年前迁徙的路探寻，行程数万公里，先后举办了四次源氏历史研究会，参与过中央电视台拍摄的《走遍中国——南凉虎台揭秘》《大迁徙》《长城中国的故事》等多部纪录片。旅居加拿大的源氏后人源志藩先生撰写了《鲜卑遗民源氏源流》一书，在香港发行。源氏家训还入选中纪委的“廉史镜鉴”，以告诫现在的官员要为官清廉。

源氏家族流脉

二十年来，我通过查阅资料和实地考察，大概寻找到源氏家族的源流。源氏家族直接来自南凉国末代国王秃发傉檀的小儿子秃发破羌，南凉国是五胡十六国时期鲜卑秃发部以青海为基地建立的一个小王朝。那么这秃发鲜卑部又有怎样的来历？鲜卑人自称源自黄帝二十五个儿子中的幼子昌意，他们最初生活在大鲜卑山的嘎仙洞周围，到汉朝檀石槐为部落首领的时候，占领了匈奴败退后的广大草原，由五大部落组成，即拓跋鲜卑、慕容鲜卑、宇文鲜卑、段部鲜卑、乞伏鲜卑，后来秃发部从拓跋鲜卑分出，吐谷浑部从慕容鲜卑分出，共是七大部。拓跋鲜卑是鲜卑最强大的部落，拓跋之名据说是鲜卑父、匈奴母之意，相对应的匈奴父、鲜卑母意为铁弗匈奴，到酋长拓跋诘汾时，两个儿子力微和匹孤分立，力微的后代向东建立北魏，匹孤的后代向西建立南凉。匹孤的曾孙是大名鼎鼎的秃发树机能，在晋朝率领河西二十部鲜卑举行了河西大起义，虽然最终失败了，但是秃发部却成为河西的强大部落，在五胡十六国的混乱中建立了南凉。

南凉最初的大本营是廉川堡，地处今日甘青交界的民和川口镇，当时河西的统治者是五凉中的后凉，后来凉州的南凉、西凉、北凉都由后凉衍生。后凉衰落后，乌孤率先称王，占领后凉的河湟五郡，继而把首都迁移到乐都，乌孤在乐都大封群臣，就在他要大展宏图时，不幸坠马而亡。乌孤的弟弟利鹿孤继位，他把首都从乐都迁往西平（西宁），西宁作为南凉的首都就是利鹿孤在位的三年，利鹿孤颇有帝王风范，劝课农桑，开国子监，西宁现在的凤凰山（南山上）、麒麟河（南川河），都因他在位时发现祥瑞而得名，可惜利鹿孤三年后就去世了，谥号为康王，葬在西宁南山，现在山中有疑似康王墓。

利鹿孤的弟弟傉檀继位，开启了南凉的全盛时期，傉檀在整个十六国时期也是个大人物，史书上记载他“少年机警，有才干胆略”，当时在国内深孚众望，在列国间也很有名，据说当时南凉王位兄弟相传，就是为了传到他手里。傉檀把首都迁回乐都，跟周围的群雄战斗，几乎是打遍天下无敌手。他广有谋略，当时后秦正在统一天下，他假意向后秦称臣，趁机袭取了武威，不费一兵一卒，就入主凉州。不过盛极而衰，他迁都武威后成为众矢之的，南有西秦、北有北凉、东有胡夏、西有吐谷浑，由于连连失败，只好重新退回到乐都。

在十六国的历史中，南凉和西秦两国之间可谓是充满了爱恨纠葛，南凉属于秃发鲜卑，西秦属于乞伏鲜卑，南凉的中心在黄河西面的河湟地区，西秦的中心在黄河东面的秦州地区，最初两国同属鲜卑的兄弟之国，后来西秦被后秦所灭，西秦王乞伏乾归投降后秦，太子乞伏炽磐到南凉为人质，西秦的目的是押两个宝，不管哪个强大都不至于灭亡，还可以找机会复国。在南凉时，傉檀对炽磐礼遇有加，还把女儿嫁给他，后来炽磐找机会逃走，傉檀本来已经将炽磐抓住，后因心慈手软又命人把炽磐放走了，没想到这却为后来南凉灭亡埋下隐患。炽磐跟父王乾归会合恢复西秦，父子二人为受到的屈辱所鞭策，奋发图强，西秦重新强大起来。

南凉跟周围的诸侯连年征战，土地不断缩小，这年正遇到饥荒，傉檀让太子虎台守城，自己率精锐向西攻略乙弗部。西秦王炽磐闻讯趁机围攻乐都，虎台太子不敌，率众投降，傉檀虽然获得大量牛羊，无奈自己的儿子和妻子被俘到西秦国都枹罕（临夏），自己也投降西秦，南凉国就此灭亡。这些历史在曹谁的《乱世孤星·虎台太子传奇》一书中有详细的描写。

秃发部的故事并没有因此而结束。秃发虎台是秃发傉檀的儿子，也是南凉的末代太子，现在西宁巨大的金字塔形点将台——虎台，正是以虎台太子的名字命名的，国破后，虎台太子被西秦国掳走，傉檀投降后被自己的女婿炽磐毒死，几年后，虎台太子和秃发皇后等南凉皇族后裔被西秦王以叛乱为由清洗。

当时跟虎台太子一起被掳走的还有他的弟弟秃发破羌和秃发保周，虎台被西秦王杀死后，破羌和保周逃走，先到北凉，北凉王沮渠蒙逊也是南凉的女婿，他密谋将南凉皇族交给西秦，秃发兄弟得知后又投奔北魏，受到了北魏皇帝的重用。由于秃发和拓跋同源，赐姓为源，又由于破羌作战英勇，赐名为贺，至此，秃发破羌改名为源贺，他的后代也就改姓为源。

源贺是源氏家族得姓始祖，在北魏有举足轻重的影响，他可谓是六朝元老。他辅佐一代雄主拓跋焘南征北战，先是消灭大夏，后来向东灭北燕，向西灭北凉，拓跋焘封源贺为西平王。拓跋焘将十六国重新统一，只剩下北方的柔然和南方的南宋，就在北魏走向全盛的时候，却发生宦官宗爱之乱，值此生死存亡之际，源贺和几个大臣一起诛杀宗爱，立拓跋濬为帝，北魏的江山才稳定下来。拓跋濬派源贺去做富甲天下的冀州刺史，推行仁政，省刑薄赋，使冀州成为当时的模范州。拓跋濬去世，年幼的拓跋弘继位，朝政被权臣乙浑掌控，源贺又协助冯太后将乙浑诛杀，让皇位顺利传给拓跋宏，就是魏孝文帝。在孝文帝之前，冯太后已经开始汉化政策，年幼的孝文帝曾经受到源贺的巨大影响，后来进行了彪炳史册的孝文帝改革，将鲜卑族与汉族融合，迁都洛阳，北魏走向极盛。

在北魏只有皇族有“直勤”的称号，源贺却享有同样的称号，可见北魏皇室完全把他当成自己人。源贺之后源氏在魏、齐、周、隋、唐成为望族，后代有许多高官，在唐朝的时候源乾曜曾经做丞相近十年，《全唐诗》中还收录他的四首诗。源氏到唐德宗时期开始衰落，这跟源休这个人有关，源休也是个怪杰，他也曾经做过宰相，不过做的却是叛乱政权的宰相。源休由于自己得不到重用，在朱泚入主长安篡位时，以劝进有功被封为宰相，朱泚对他是言听计从。四年后，朱泚的汉政权被唐军推翻，唐德宗清理叛党，源休父子被杀，源氏从此一蹶不振。源氏看破官场的险恶，开始逐步退出政坛，转而经商。

北宋末年，金兵入侵，祖先从居住地洛阳（或是河北相州）向南迁移。源氏族人先是到南雄珠玑巷（属韶关）经商，据传，官府要血洗珠玑巷，源潜夫携弟源潜傅向南逃往广州府新会县坚城乡，就是今天的江门鹤山市霄乡村，在这里繁衍生息到现在。

古代鲜卑人以游牧为业，哪里水草丰美就在哪里安家，源氏后人如今也秉承了祖先的特征，哪里有商机就到哪里经商。源氏后人中许多已迁徙到香港、澳门，甚至东南亚、日本、美国、英国、加拿大、澳大利亚等地，他们融入当地社会，在那里繁衍生息，追寻着自己的梦想。

前不久，我们在霄乡建成了源贺纪念公园，一座高 6 米、重 3.8 吨的铜像在公园中央树起，那正是挥戈跃马的源贺。

近年来，在源氏后人的同心协力和政府强力支持下，我们共筹得 1000 多万元改造村容村貌，如今一座占地一千多平方米的鲜卑历史博物馆也在源潜夫祠堂旧址修成，欢迎四海宾朋的到来。站在源贺铜像下，我浮想联翩，寻根二十年，地跨数万里，在这条探索的路上，我们希望发扬源氏家族的优良传统，共同谱写中华民族团结的乐章。